U0672120

FUQIN DE XUESHAN

MUQIN DE CAODI

父亲的雪山
母亲的草地

贺捷生 著

百花洲文艺出版社
BAIHUAZHOU LITERATURE AND ART PRESS

图书在版编目（CIP）数据

父亲的雪山　母亲的草地 / 贺捷生著. -- 南昌 :百花洲文艺出版社，2019.1
（2021.5重印）
ISBN 978-7-5500-3121-0

Ⅰ.①父… Ⅱ.①贺… Ⅲ.①散文集－中国－当代 Ⅳ.①I267

中国版本图书馆CIP数据核字(2018)第253497号

父亲的雪山　母亲的草地

贺捷生　著

特约编辑	刘立云
责任编辑	许　复
书籍设计	方　方　黄敏俊
出版发行	百花洲文艺出版社
社　　址	南昌市红谷滩区世贸路898号博能中心Ⅰ期A座20楼
邮　　编	330038
经　　销	全国新华书店
印　　刷	江西千叶彩印有限公司
开　　本	710mm×1000mm 1/16　　印张 24.5
版　　次	2020年2月第1版
印　　次	2021年5月第2次印刷
字　　数	350千字
书　　号	ISBN 978-7-5500-3121-0
定　　价	59.00元

赣版权登字 05-2018-479

版权所有，侵权必究

邮购联系　0791-86895108
网　　址　http://www.bhzwy.com
图书若有印装错误，影响阅读，可向承印厂联系调换。

感谢生活，感谢命运，它们让我经历了那么多，那么曲折和独特。这其中有苦难，有艰辛，有郁悒，有悲伤；有绚丽和繁华，也有黯淡和零落。同时，还得感谢命运给了我一支笔，它让我几十年来始终保持着诉说的欲望。作为一个过去时代的见证人，一代俊杰和风流的目击者，朋友们每次见到我，都说我这个人本身就是一部书。

贺捷生，祖籍湖南省桑植县。少将军衔。高级军事科学研究员。著名军旅作家。1935年11月1日出生，在襁褓中跟随父亲贺龙、母亲蹇先任全程经历红军二万五千里长征。1955年考入北京大学历史系。先后在青海、中国革命博物馆、基建工程兵、解放军总政治部和军事科学院工作。曾任全国政协委员、北京市政协委员，军事科学院军事百科研究部副部长、部长。参与主持《中国军事百科全书》编纂出版工作，历时十余年。总字数达一千五百万字的十卷本《中国军事百科全书》陆续出版发行，荣获国家图书最高荣誉奖。发表许多文学作品，多部影视剧本被拍成电影和电视剧。先后荣获全国报刊优秀新闻作品奖、《中国作家》优秀作品大奖、《解放军报》多届长征文艺奖、《人民文学》年度优秀作品、中国作家出版集团奖、朱自清散文奖、冰心散文奖等奖项。散文集《父亲的雪山 母亲的草地》获第六届鲁迅文学奖。

目 录

信仰的力量（自序）

　　三年前，我利用住院体检的闲暇机会，读了一本名为《讲坛随笔》的书，作者是部队的一名将军，长期在部队从事政治工作。作品以散文随笔的形式谈理想道德话题，对这样一本谈信仰说励志的书，有人可能觉得不合时宜，我却捧读在手，欲罢不能，并想起了许多与理想和信仰有关的往事。

　　理想、信仰，今天忽然成为一个十分突出的问题摆在全社会的面前。社会发展了，时代进步了，信仰何以成为人们精神生活中的问题？这确实很值得研究。《讲坛随笔》中谈到电视剧《潜伏》的一个情节，国民党天津情报部门的李涯讽刺用情报换美元的谢若林"没有信仰"。谢若林回答得很干脆，也很无耻："我有信仰，我信仰生存主义。"这就是说，我为生存活着，只要能活着，其他的通通无所谓。无疑，这种观点丢掉了一个人的社会属性(责任)，剩下的只是自然属性，即像丛林里的动物那样弱肉强食，为活着而活着。让我不可思议的是，在网上，竟然有许多帖子对这种论点表示赞同。我在读到《讲坛随笔》对信仰的分析时，思绪回到五十年前，那时我在北京大学读书。那时我们也谈理想，也谈信仰，当时我们的中心话题是：报效国家，尽快完成学业投身建设社会主义的强大中国。我们的青春同朝气蓬勃的新中国一样，时时充满向上的活力。而在五十年后的今天，再谈信仰，为什么会突然觉得沉甸甸的？是的，在市场经济的大潮下，信仰变得多元，甚至更趋功利化，因此，这种讨论也更具特别的意义。

正如《讲坛随笔》书中所说，在有些人看来，在今天这样一个价值多元的年代，理想和信仰是一种很遥远的东西，已经不值一提了。而在我们这代人看来，信仰不仅是理念和精神，更是人生的指南和人生的最高追求。不论社会怎么发展，不论经济怎么繁荣，即使到了我们成了世界头号经济强国的时候，如果放弃了对理想对信仰的追求，我们的社会同样也会走向沉沦和没落。同时，不谈信仰，我们的先辈抛头颅洒热血的牺牲精神也就无法理解。

我是研究军史的。《讲坛随笔》一书在谈信仰时，以较大的篇幅谈了牺牲的话题，读后我很有同感。其中有一篇《高山芦苇》还写到我的父亲贺龙和贺家英烈，更让我感动落泪。在中国革命史上，毛主席一家为革命牺牲过六位亲人，是社会上都知道的；徐海东大将的家族有七十多人牺牲，就少有人知了。我也想起我家的历史，从我父亲投身革命直到新中国成立，贺龙宗亲有名有姓的烈士就有两千零五十人。父亲贺龙在世时，认为满门忠烈，都是为国家献身，那是战争和革命事业的需要，不必常提我们自己，所以很少有人知道。多年前，我女儿为缅怀先辈业绩，自费出版了一本贺氏宗亲英烈名录，社会上才知道这件事。我常常想，前辈们这种不惜生命代价的精神为了什么？是为了理想，为了他们坚守的信仰。可能当年千百万的普通士兵只是为了有饭吃有田种的最低目标，然而，作为共产党和军队的领袖们是非常明确的，那就是在中国彻底推翻黑暗的旧制度，实现民族解放和人民的彻底翻身解放。所以，他们可以舍家纾难、英勇献身。

2009年和2012年，为上天子山给父亲扫墓和缅怀牺牲在三湘大地上的无数英烈，我不顾七十多岁的高龄，先后两次回到故乡，重访一个又一个英雄的牺牲地，凭吊一座又一座烈士陵园。满目青山中，埋着许多与我的家族有着亲密联系的先辈和亲朋，沿路我想了很多很多，理想信仰的问题再次撼动我的心灵。

我的叔叔贺文掌，大革命年代，他因参加武装斗争遭敌人逮捕，敌人要我父亲贺龙送五万大洋便可放人，但送信的人遭到我父亲一顿怒斥，敌人随即将我这个年仅十五岁的叔叔放在笼屉里活活蒸死。我的四姑贺满姑，是一个闻名湘西的双枪女英雄，1928年桑植起义后，在当年五月的一次作战中，被敌人包围，在弹尽粮绝中，她同她的二子一女同时被捕。敌人对这样一个三十岁的女红军最后用了极刑，我四姑在敌人凌迟的惨烈手段下英勇就义。至死她都顽强不屈。我的大姑贺英（《洪湖赤卫队》韩英原型）、二姑贺五妹，她们两人牺牲在同一次战斗中，同样英勇悲壮。他们为了什么？为了国家的独立和全民族的彻底解放。

有一段记载今人或许无法理解，1927年我父亲率兵赴南昌起义前，蒋介石得知消息开始拉拢他，以五百万光洋，外加一个汉阳兵工厂和武汉卫戍司令的头衔送他，企图收买贺龙一颗效忠心。但这丝毫不能动摇贺龙的崇高信仰和政治理想。他脱下皮鞋穿草鞋，毅然决然率领包括三千湘西子弟兵在内的国民革命军暂编第二十军，浩浩荡荡地开赴南昌参加起义，从此中国共产党和中国人民才有了自己的一支革命武装。起义之后，敌人出于对贺龙的仇恨，对他的家乡桑植洪家关进行了疯狂的烧杀屠戮。在"诛灭贺龙九族，鸡犬不留"的叫嚣声中，"铲共"义勇队和"清乡"队所到之处，十室九空。贺氏族人一次就被杀害八十多人。

我重提这些历史，绝不是要重温家族的光荣，而是要说明信仰的光辉和理想的旗帜，是父辈们舍生忘死的动力之源。正如那位将军在《讲坛随笔》中说的，先辈们如若没有信仰，我们的国家和人民就没有今天。信仰永远都是鼓舞我们奋发进取的精神号角。有了信仰，我们的事业才能发展，我们的国家才能进步，我们的军队才能立于不败之地。我们才能真正理解：我们的前辈在九十多年前，为什么能像雄鹰一样"飞"到欧洲去倾听大革命的余音流响，"飞"到苏俄去领受工农革命的风暴？为什么会有一批又一批热血青年抛弃殷实富裕甚至毁家纾难而走进山林建立革命武装？为什么一批纤弱的知识分子能组织起千万民众用热血托起沉沦的大地？要知道，包括我的父亲在内，他们中的许多人当时都有比较殷实的家庭生活，但他们投身革命，义无反顾，为什么？这就是信仰的力量。

历史告诉我们，一个国家，一个民族，缺什么也不能缺信仰。在人的生活里金钱是重要的，但仅有金钱是不行的，拜金主义只会让人堕落，金钱的泛滥能使信仰沉睡，官场的庸俗能使理想失色，逐利的失信能使社会畸形。值得注意的是，蔑视理想的拜金主义已经开始并且正在损害着我们社会的健康肌体。在全社会中张扬理想，重塑信仰，建立和倡导一种高尚的社会道德，去和一切腐朽的低俗东西作斗争，是摆在我们面前的任务，所有中国人都应当为此努力。

近几年，央视播出了《恰同学少年》《潜伏》《人间正道是沧桑》《我们的法兰西岁月》等一批好作品。国家各出版社也出版了大量此类书籍。我认为，这些作品都是在更宽泛的意义上讨论理想话题的。这说明一个现象，我们的社会有一大批正直的艺术家、史学家、文学家已经发现了我们的社会存在信仰危机的问题，他们用先辈的光荣历史在拷问自己，也在拷问所有中国人。

我以为，中国人的精神信仰是不能"死机"的，它应当不断地被激活。从这一点出发，我用了三年时间，苦心写作这本散文集《父亲的雪山 母亲的草地》，就是想以一个老人的绵薄之力，加入激活精神信仰的行列。因为我们的精神世界应该有更宏伟更高远的目标；因为精神信仰的薪火，需要我们一代一代传承下去。

2012年12月12日　北京木樨地

卷一　苍茫

　　父亲贺龙在我的心目中，就像一部书，一部博大精深的书。从我懂事那天起，我就用心灵去读他，用我沿着他的足迹孜孜不倦地跋涉和寻找去读他。而在我用几十年生命读懂的几个篇章里，南昌起义前后投向共产党怀抱，是他写下的最激动人心的一章，最耐人寻味的一章。如果给这个章节取个题目，我想，非"忠诚"二字莫属。我查过民国时期的史料，1916年2月，当他带领十二个弟兄端了芭茅溪盐局，在故乡湘西桑植建立第一支农民革命武装后，一时三湘震惊，朝野惶恐，当时的湖南省长曾继吾后来在《湖南各县风俗调查笔记》中写道："桑植地处偏僻，昔年风俗淳朴，民性耿直，自民五(1916)军兴，匪风颇炽。贺龙以贩夫走卒，揭竿作乱，不数年荣绾军符，总领数千，身跻显要，名震乡帮……"

回到芭茅溪

昨夜，我又回到了芭茅溪。在这个我反复做过的梦中，我还像三十六年前那么年轻，那么脚步匆匆，归心似箭。出现在眼前的那条山路，也依然像从前那么曲曲弯弯，起起伏伏，在皑皑白雪的覆盖下若隐若现，若有若无，如同画在白纸上的一道随时可以被擦去的印记。山路的一边是高高的悬崖，由于南方多雨，头顶上的岩石无论凸出来还是凹进去，都湿漉漉的，长着苍翠的青苔；山路的另一边，是万丈峡谷，深不可测。正值大雪纷飞，放眼望过去，漫天乌突突的，崇山峻岭间一片苍茫。山岭上的树木却不屈不挠，纷纷从苍茫中挣脱出来，彼此摇落身上的积雪，顽强地显露出生命的绿色。最倔强，最让人震惊的，是那些芭茅草，在春夏时节，它们无边无际，茎粗叶阔，长得比人还高，巴掌宽颀长的叶片上布满锋利的芒刺；寒冬到来，虽然在一片片枯黄和凋败，但它们却痴心不改，继续以无处不在的阵势，用生命力最旺盛时的坚韧和挺拔，骄傲地伫立在茫茫的积雪中；怆然插向空中的叶子，宁愿被折断，也不愿被压弯；凛冽的风从远山吹来，成片成片的枯叶在风中摇晃，发出窸窸窣窣的声音，如同一个伤痕累累的军团，擦干血迹，咽下悲伤，又要整装待发。

在北方生活已久，我是见过雪的。三十六年前走在这条被白雪覆盖的山道上，我初次投向这片土地的目光，我那颗荒凉的心，一下便被漫山遍野顽强挺立的这些芭茅草，被这些凶猛的刀砍不尽火烧不绝的山地野生植物，密密麻麻地占据了，塞满了。看到它们不亢不卑，生生不息，一副傲对苍天的模样，我热血奔腾，顿时感到无比亲切，内心升起一股难言的愧疚感。我真想走到它们面前，伏下身去，把它们一丛一丛抱在怀里，对它们说出我的渴望，我对这片土地万劫不复的眷恋，哪怕被它们锋利的叶片割得遍体鳞伤，鲜血直流。但我不知道当我走进它们的深处，当我看见那几间被芭茅草簇拥着的房屋时，究竟有什么在等待着我。

我就这样踏着漫天皆白的雪野往前走，或者说往前扑。记得那时候我真是年轻啊，刚过四十岁，但却感到疲惫不堪，两只脚像踩在深深的烂泥里，瘦弱的身子仿佛被岁月掏空了。在崎岖并寒冷的山道上奔走，就像一片枯干的叶子在山峦中随风飘荡。因为我几十年走过的路，实在是太曲折，太迢遥了，走得跌跌撞撞，苦辣酸甜。你想啊，出生才几天就被父母时而揣在怀里，时而放在竹背篓里，跟随他们去长征；到了延安，水土还没有适应过来，又被他们送回湘西老家隐姓埋名，东躲西藏。解放后，爸爸妈妈好不容易找到我，接回身边，接着便上学，当兵，连个恶补亲情的机会都没有；大学还未毕业，便被派到青海去写民族史，但刚着手收集和整理资料，十年动乱又开始了：父母在一夜之间身陷囹圄，我和我的家人被迫跟着含冤负辱。三十四岁正当而立之年，天塌了，作为共和国元帅的父亲抱恨而去。哦，几十年的日子就这样颠颠倒倒，漂泊不定，弄得家破人广，不堪回首。

三十六年前是什么年代？1975年！当时昏天黑地的"文化大革命"还没有结束，含冤去世的父亲离伸张正义还遥遥无期。为此我咬紧牙关，忍住泪水，把能说上话的老帅、将军和要害部门的前辈，都找遍了。唯一让我感到欣慰的，是经过著名历史学家胡华教授的举荐，我从西北调回到了北京，然后几经周折，被安排在中国革命博物馆工作。因为我是学历史的，现在有了名正言顺的调研和宣传革命史的任务。澄清历史的本来面貌，还党史中诸多重要人物的政治清白，从此成了我主动背负的使命。

事后想起来，或许是在战争年代的苦难中长大，父亲虽然没有传给我像他那样高大的身躯，却传给了我坚强不屈的性格，认准的事情谁也不能阻拦。

这次故乡桑植之行，我给自己的任务是，必须到父亲当年带领十几个弟兄举义的芭茅溪盐局去考察一下，看看这座旧址是否还存在。即使遭到人为破坏，我也要看看究竟被糟蹋成什么样子了。有句话叫"树高千尺不忘根"，在我的心目中，芭茅溪盐局就是父亲革命的根，也应该是我的根。我已到不惑之年，如今有了亲身寻找历史的机会，能不去寻找父亲和我自己的根吗？

芭茅溪是桑植的一个小镇，离县城一百五十里，与湖北的鹤峰毗邻相接。三十六年前我到达这里时，还没有通公路，只能步行。天说凉就凉了，临近年关，山里开始飘雪。走在父亲当年无数次走过的山道上，我感慨万端，心潮起伏，仿佛脚下踩着的每块石头，每坯泥土，从悬崖上垂下的每片芭茅叶，都带着父亲的体温。

父亲早熟，注定是一个闯天下的人。他长到十三岁，已是虎背熊腰，身强力壮，耿介刚烈，没有多少人敢小看他。为减轻家里的负担，他脚蹬草鞋，身系一把柴刀，主动去马帮当骡子客，跟随姐夫谷绩廷去赶马。那时的盐被官府严加控制，各地设有盐局，都由如狼似虎的税警把持。在故乡桑植那种偏乡僻壤，盐就像金子那样珍贵，不容许私自贩运，老百姓吃不吃盐都得交盐税，税负重得让人无法承受。所谓赶马，就是把盐从外地运回来，交给盐局，那是一种辛苦而又危险的营生。因为远走他乡不仅要爬山过坳，日夜兼程，餐风露宿，还会遇上拦路抢劫的土匪和强盗。所以，当骡子客，光有力气是不够的，还必须体魄健壮，生性强悍，经得起摔打，在紧要关头能挺身而出，以命相搏。当年湘西的土匪可是多如牛毛，远近闻名，让人闻风丧胆，有人马没有赶回来，命却丢在了半路上。但父亲不惧怕这些，他甚至渴望有这样的机会让自己一试身手。后来到延安写出《西行漫记》的美国著名记者斯诺，还未见到我父亲，就为父亲在红军中广为流传的故事着迷。他在《西行漫记》里用了一个章节写我父亲，特别提到他在少年时代的一件往事：那还是清朝时期，桑植的一个武官听到我爷爷多次说起我父亲勇敢无畏，从不惧怕险恶，怀疑我爷爷是在吹嘘自己的儿子。一天，那个武官有意请我爷爷吃饭，叮嘱我爷爷一定要把我年幼的父亲带上。席间，暗中布置的人神出鬼没，突然在桌子下开了一枪，客厅里顿时鸡飞狗跳，有人吓得面无人色，但我父亲贺龙却"面不改色，连眼睛都没有眨一下"！

　　想象得出来，小小年纪，当时在崎岖的山道上赶马的父亲，是多么英俊潇洒。他头上系着故乡的男人们常系着的那种裹了好几圈的大汗巾，走起路来脚下生风，像打夯般咚咚作响；身上那件单薄的色泽模糊的褂子，无论严冬还是酷暑，总往两边撩开，露出胸膛上饱满的肌肉；天热的时候，额头上和胸肌上的汗水像黄豆那样爆了出来，实在耐不住了，他才会解下头上的汗巾，狠命地擦一把。好不容易攀上一座山坳，他必定会站在高高的山垭口，用他那正在变声的粗重嗓子，对着逶迤起伏的山脉发出一声呼吼，立时群山震荡，挤挤挨挨的芭茅草在瑟瑟抖颤，如同天上打下一个轰轰隆隆翻滚的惊雷。父亲身后永远插着一把柴刀，左胯或右胯上则吊着一摞草鞋，走起路来柴刀啪嗒啪嗒拍打着屁股，那摞草鞋在前后左右晃荡，要多干练有多干练。对了，他身上插着的那把柴刀，足足有四五斤重，刀刃过尺，握在手里寒光闪闪，除去用来劈砍沿途倒伏的芭茅和荆棘，让马帮通过，便是用于防身，随时准备抽出来对付劫道的强人。最有趣的是脚上穿着的草鞋，走烂一双，随手扔一双，然后从胯下吊着的那摞草鞋里扯出一双来换上。在他们走过的山道两旁，到处可见这些穿烂的草鞋。几十年后看过几部美国电影，我突发奇想：像父亲那样的骡子客，差不多就是美国西部片里的那些牛仔了，只是胯下少了一把左轮枪。但我又想，父亲肯定是想得到这样一把枪的，因为他从小练武，喜爱舞枪弄棒，不然他日后就不会想到去弄枪了。

5

赶马的人叫骡子客，其实就是脚夫，一天到晚都在路上走，从没有穿袜子一说。裸露的脚经日晒雨淋，黑得如同涂上了一层釉，特别费鞋。所以，他们格外痛惜自己的脚。父亲给我讲过一个细节，他说，一天的路走下来，晚上住进专为骡子客投宿的歇铺，头等重要的事，就是烫脚。歇铺家家搭有凉棚，在凉棚里都备好木盆，供他们洗脚。那些木盆奇大无比，装满水，几个人都抬不动。他们到了歇铺，卸下骡马背上的盐巴，给骡马添好草料，接着便开始泡脚，用滚烫的水泡。用他们的话说，饭可以不吃，脚不能不泡，否则第二天的路就走不下来。届时七八个人把脚同时伸进一个盆里，洗得热火朝天，蔚为壮观。由于都穿草鞋，脚上特别脏，沾着云南的沙子贵州的土，每次都能把一盆清水洗成一盆泥汤。洗脚水倒掉后，盆里的泥沙有铜钱厚。

　　父亲跟随姐夫谷绩廷的马帮走南闯北，经常昨天湖南、湖北，今日四川、贵州，都是些山野之地，强蛮之地，见过各种场面，阅尽人世沧桑。那种历练，是当今这个年纪的人所无法想象的。最吸引父亲的，是一当上骡子客，便加入了"哥老会"，因为姐夫谷绩廷就是哥老会的"龙头大爷"，是个叱咤风云的人物。这是自发组织起来的民间团体，行侠仗义，成员遍及全国各地，需要出头时一呼百应。偏偏当时朝廷更替，军阀混战，盗匪猖獗，天下大乱，官可以买卖，税可以收到百年之后，于是有人兴风作浪，有人乘势而为。几年赶马生涯过来，父亲看到了清政府官场的腐败和黑暗，百姓的疾苦，结交了许多江湖豪杰，对那个黑暗世道恨之入骨，不抱任何希望。他生前曾对我说，当时的清政府对内残酷镇压，对外屈辱求和，烂进了骨子里；人民苦难深重，看不见一丝光亮。1911年的辛亥革命推翻了封建帝制，清朝变民国，但换汤不换药，那些朝廷命官剪掉辫子，摇身一变，依旧横行霸道，欺压穷人。可怜的老百姓只能逆来顺受，继续生活在水深火热之中。1914年7月，东渡日本的孙中山先生吸取辛亥革命失利的教训，把"同盟会"改为"中华革命党"，决定进行讨伐袁世凯的"二次革命"，派陈楚南回湘

1929年11月24日，我父亲贺龙正带领红四军在湘鄂西艰苦作战，洪家关祖居被国民党桑鹤联防指挥陈策勋一把火烧毁，连供群众过路的那座以父亲命名的廊桥也未能幸免。

西发展进步组织。说来也是必然，正是在这个时候，陈楚南出现在了父亲面前，经他启发和引荐，父亲毅然改投中华革命党。那年父亲正好十八岁，那是个只要给他机会，他就敢翻江倒海的年龄。

后来发生的事情，在每部党史和军史中都应该有记载：父亲用两把菜刀闹革命，在故乡桑植端了芭茅溪盐局。这是1916年2月，蔡锷在云南宣布发起护国战争，率部进入四川与军阀势力展开两军对垒。我父亲在湘西不谋而合，登高一呼，率领故乡洪家关的十几名青年农民杀入芭茅溪盐局，宣布起兵讨袁。我在北京大学读历史系的时候，回到家里自然要追问父亲当年的来龙去脉。父亲告诉我，当时的盐局属警察部门，由税警把持，是反动政府镇压百姓的帮凶。他们把目标对准盐局，就是公开向黑暗统治宣战。芭茅溪盐局地处偏僻，镇守在县里的军警鞭长莫及；加上盐局的税警穷凶极恶，如狼似虎，时时以刀枪相逼，老百姓越穷越搜刮无度，害得大家走投无路，你不端它端谁？因此父亲起兵的时候，第一个目标就选中芭茅溪盐局。在杀向盐局的路上，父亲手里本来握着随身带着的那把柴刀，刚好从家门口走过，见奶奶和姑姑正在堂屋用柴刀剁猪草，他灵机一动，又从奶奶手里接过一把柴刀，然后就用这两把柴刀把盐局砍得天翻地覆。

这次起义，父亲他们生擒了税警李佩卿，缴获了十二支毛瑟枪。轻易到手的胜利，既让他欢欣鼓舞，又让他认识到反动势力貌似强大，其实是外强中干，只要你不惜性命，敢于走出第一步，就能在天上捅一个窟窿。从这时开始，他凭着从盐局夺来的十二支毛瑟枪，拉起了一支队伍。当年3月，父亲在洪家关召开"桑植讨袁民军成立大会"，被推举为桑植讨袁民军总指挥。没多久便攻进县城，杀了城内的头号恶霸朱海珊。

父亲在孩子们面前那么和蔼的一个人，说到几十年前怒向刀丛，揭竿而起，两眼闪闪发光。我想起有些书里写到他当年威震四方时，都引用了他在自述中说过的一句话："先后提了盐局和沈典三的枪。"问他为什么用那个"提"字，父亲嘿嘿笑起来。他说，在我们桑植洪家关的土语中，"提"字有居高临下、轻松自如和手到擒来的意思，比如官府捉人就不叫"捉"，而叫"提"；再比如谁是个种田好手，样样能干，就称赞他"肩能扛，手能提"。听他这么一说，我豁然开朗，禁不住放声大笑。你想啊，我父亲说他领导起义农民"提"了芭茅溪盐局和分水岭团防沈典三的枪，而不是"夺"了他们的枪，那是何等的气魄，何等的从容，就像说那些枪本来就是他的，他砍了芭茅溪盐局的税警和恶霸朱海珊、沈典三，只当是砍瓜切菜，随手把他们的枪带回来！我为有这样一个气吞山河的父亲感到骄傲。接着又问他：史书上明明写着你用两把菜刀闹革命，怎么成了用两把柴刀闹革命？父亲听后笑得更可爱了，说，这话是毛主席在井冈山说的。当时秋收起义失败了，毛主席带领剩下的部队退到湘赣边界，有不少人情绪低落，对革命胜利缺乏信心。经过著名的"三湾改编"，毛主席站在村口的一棵大樟树下，用他做例子，对部队讲述星星之火、可以燎原的道理。毛主席说，贺龙用两把菜刀闹革命，现在当军长。我们现在不止两把菜刀，还怕干不起来吗？因为我父亲和毛主席都是湖南人，口音很重，"柴刀"和"菜刀"的发音又几乎相同，听起来很难分辨。再说，当时的队伍匆匆来去，毛主席是即席讲话，不可能有文字稿，红军战士都是在许多年后凭印象回忆毛主席说这番话的，因而把柴刀听成菜刀，也是很自然的一件事情。说到这里，父亲认真地解释道，不过菜刀和柴刀还是有区别的，菜刀是放在厨房里切菜用的，刀把那么短，怎么能用来对付拿枪的税警？何况他们训练有素，个个身手不凡。还是柴刀管用。但既然大家记得毛主席说的是菜刀，那就菜刀吧。说完，父亲又憨厚地笑起来。

从毛主席说的这番话里，细心的读者也许能品出另一层意思：他对我父亲十一年前在芭茅溪举行的武装暴动，是极为赞赏的，话里表达了对我父亲的敬意。因为毛主席肯定了我父亲是"用两把菜刀闹革命"，而且"现在当军长"。都知道"三湾改编"发生在1927年9月29日，而我父亲作为军长，带领他的国民革命军暂编第二十军参加南昌起义，是这年的8月1日。这说明什么呢？说明早在秋收起义之前，我父亲的麾下就已经兵强马壮。当然，那时他的部队属于国民革命军。

我父亲砍了芭茅溪盐局后，清醒地走上了民主革命的道路。在此后的几年里，他不遗余力地搞武装，拉队伍，跟随他的人越来越多。队伍由小到大，由弱变强。1916年6月，袁世凯在举国声讨中一命呜呼，北洋军阀分裂成各个派系，南方各省响应孙中山的各路将领忙于争夺地盘或相互兼

如果说中国革命的胜利是一片燎原大火，那么它最初的星星之火，其中有一粒，就是我父亲在芭茅溪点燃的。

并。我父亲却抱着革命到底的决心，不为金钱和名利所诱惑，带着他的队伍连续参加了讨袁护国、护法之战和声势浩大的北伐战争，直到升任国民革命第二方面军暂编第二十军军长。1927年8月1日，中国共产党把他这支队伍当成绝对主力，在南昌城打响了武装革命的第一枪。

史书中写得清清楚楚，在南昌起义中，担任几支国民革命军总指挥的我父亲，当时还不是共产党员，但他多次提出加入共产党，并甘愿把他苦心经营的部队交到中国共产党手里。起义军南下潮汕途中失败后，他从香港至上海，又从上海至洪湖，辗转千里，再次回到故土湘西重召旧部，白手起家。巧的是，他回到故乡桑植那天，正好下大雪，下得铺天盖地。他想到这样的日子正是官府失去警惕的时候，不顾一路的疲倦，马上走村串户，找到在南昌起义后被打散的官兵，发起"年关暴动"。只过五六年，又带出了一支浩浩荡荡，后来发展成为红二方面军的红二军团。1936年4月，他率领与红六军团会师后发展壮大的红二、六军团向云贵高原挺进，接到朱德总司令签发的"北渡金沙江，北上抗日"的电令，带着这支队伍经过二万五千里长征，胜利到达延安，与党中央会合。没过多久，作为红军三大主力之一的这支队伍，通过国共合作中的整编，以八路军一二〇师为番号，驰骋在抗日战场，威震敌胆；他自己经过几十年艰苦奋战，也由一个行走江湖的骡子客，荣膺中华人民共和国开国元帅。

我承认，在三十六年前，当我行走在寻访芭茅溪的雪路上，如漫天的飞雪，心里是迷茫，是苦闷，甚至是愤愤不平的。想到父亲在尚未结束的动乱中蒙受不白之冤，以至付出生命的代价，我百思不得其解：作为共和国的开国元帅，贺龙对中国革命的胜利，可谓功不可没，天地可鉴；他从湘西带出的队伍，也已汇入人民军队的皇皇序列之中，这些谁能否认？但父亲在革命胜利之后，在和平的阳光已经照耀新中国十七年之时，却被诬蔑为"大土匪""大军阀"，遭到如此悲惨的厄运，这到底是为什么？如此一想，尽管我只是个弱女子，但我更感到为父亲的清白四处奔走，是应该的，必须的，这不仅事关父亲和我家人的政治命运，而且事关党和军队的历史不被人篡改；同时，我更感到芭茅溪不是个可有可无的旧址，我即使爬也要爬到芭茅溪去，从那儿寻找到我父亲革命的根，我生命的根。我想，我有理由也有责任让芭茅溪盐局的那几间屋子站出来说话，有责任通过它告诉世人：1916年2月在这里发生的事情，对于中国，对于我们这支军队，意义非凡，谁都没有权利忽视它，淡忘它。

是的，如果说中国共产党领导的武装革命是一条大河，那么芭茅溪就是汇入这条大河的一条最重要的支流；如果说中国革命的胜利是一片燎原大火，那么它最初的星星之火，其中有一粒，就是我父亲在芭茅溪点燃的。是的，是这样！任何历史都不可能像孙悟空那样，突然从石头里蹦出来，都有它的源头，它无数条涓涓流淌的小溪；任何一棵参天大树，都有它深扎在泥土里的根。就说南昌起义吧，史书上说，在这一天，我们的人民军队光荣诞生了，但那是谁在指挥这一天的搏斗？那是谁在这一天迎着枪林弹雨冲锋陷阵，把血染的旗帜插上南昌城头？而透过历史的硝烟，人们看到的，难道没有我父亲从芭茅溪一路走过来的身影？要知道，在南昌起义的队伍中，仅我的故乡桑植籍的官兵，就达两三千人！

芭茅溪渐渐出现在我眼前。哦，它与我在梦境里，在无数次悲伤地眺望南天时，想象的一样，深藏在湘西桑植的山窝窝里。作为一个集镇，在中国，应该是小得不能再小，偏僻得不能再偏僻了。此时此刻，雪下得更大了。在茫茫风雪中，我发现它只不过是一条狭长的谷地，两边夹住镇子的悬崖，陡如刀削。零乱分布在几个山冲里的村子，房屋低矮，全都是干打垒的红泥墙壁，屋顶原本盖着的灰暗的瓦，被雨水淋黑的杉木皮，还有厚厚的茅草，让人担心，雪再这样下下去，会被压塌。烟囱里升起的几缕炊烟，懒洋洋的，细若游丝。一条溪流从田野中间淌过，潺潺湲湲，这大概就是芭茅溪了；溪流两旁的水田里，水已封冻，结着薄薄的冰凌。田野上空无一人，连鸟都很少飞过。从山林间蜿蜒下来的雪路上，几团巨大的草垛在缓缓移动，却看不见背草的人，更分不清是男人还是女人，想是家里过冬的柴草已用尽，或者担心雪下个没完没了，所以才冒雪上山打柴。道路右边靠近缓坡的地方，有相对集中的一片屋子，那便是集镇，听得见那个年代特有的广播声，在播放那个年代的噪音。除此之外，整个镇子暮气沉沉的，好像过去怎样，现在还怎样，几十年来没发生变化。

与镇子的陈旧形成强烈反差的是周围山上的植被，在飞雪中顽强地挺起一片深绿，我认出了其中的古樟树、杉树和低矮成片的油茶树。虽已干枯，但跟那些墨绿色的树木遥相呼应，如同甘蔗林般簇拥成一团团，一片片的，不用说，我也知道是芭茅草，在这里享有盛名。长得最欢的时候，它们见缝插针，四处蔓延，蓬蓬勃勃，就像后来的人们常说的，给点阳光就灿烂。与别处不同的是，这里的芭茅草竟敢长到田头来，长进屋角来，而且长得格外的野，格外的疯，格外的放肆，仿佛在和谁赌着一口气，又像固执的要向世人证明：没有这些芭茅草，也就没有芭茅溪。

没听人考证过，这个镇子到底是因为它有条芭茅溪而得名，还是因为到处都长着芭茅草而得名。

我顾不得去想这个了，只感到心在怦怦跳动，而且越是走近小镇，跳得越厉害。我没有觉得我是初次来芭茅溪，而是觉得回到了它久违的怀抱。这里的山势，草木，田地，房屋，还有在空气中飘浮着的那股清冷的泥腥味，我都感到特别熟悉，感到它们本来就应该是这样的。噢，是真的，我相信我来过这里，至少，我曾作为一滴血，早在五十九年前就被我父亲带到了这里。眼睛在不知不觉中模糊了，湿润了，脚下的步子也变得踉跄起来。县里陪同我来的同志，像是在身后喊我，追我，但我的脚就是不肯停止，它们想跑，想飞，想追着天上的雪花往前飘。我只想踏着蓬松的积雪，就这样走下去，走下去，直到走回五十九年前，走回当年的历史深处，走回我亲爱的父亲那一声惊天动地的呐喊中。

我父亲在那样一个年代离世，太让我心酸和心痛了，他带着满身的伤痕，走得那么凄惨，想起来就让我撕心裂肺。我万般遗憾的是，日月流转，光阴似水，当我今天以踉跄的脚步去追忆他时，他当年在斗争中留下的实物却荡然无存。现在唯一剩下的，就是芭茅溪盐局的这个旧址了。当我千里迢迢扑向它时候，仿佛就要扑进父亲的怀里，真恨不得大声哭了出来。

但这几间屋子让我欲哭无泪。此前我说过，父亲惨遭迫害，在我启程来芭茅溪的时候，为他恢复名誉的努力还在继续中，因而与他相关的一切依旧被冷落。父亲当年用两把柴刀劈砍的盐局，不仅被抹去了它本来应该发出的光芒，反成了他的罪证之一。

我脚步沉重地向旧址走去，但见那几间屋子在厚厚的积雪中摇摇欲坠，几近倒塌；屋子里堆满杂物，地面上有野狗、野猫或冬天躲进来避风的路人留下的粪便；窗户上的玻璃大多被打碎了，丝丝缕缕的蛛网随风摇荡；铺在偏屋顶上经过日晒雨淋的芭茅草，局部已烂为泥土，甚至有多处已塌陷，露出苍茫的天空；很长时间无人走过的正厅，地上和墙壁上，泛出一片片毛茸茸的苔藓。墙上挂着的牌子有的不翼而飞，有的已耷拉下来。唯有旧址后面的山崖和前面的溪谷里，依然如同残荷般地挺立着一丛丛不愿倒下的芭茅草。这些生命力旺盛、粗壮的叶子上长满芒刺的草类啊，几十年了，它们就这样默默地长，默默地在飞雪和寒风中坚守着自己的信念，仿佛要把干枯但却不肯弯曲的叶子扎到天上去，深深地刺进人们的记忆中去……

那次，我是带着深度的失望离开芭茅溪，离开我的故乡桑植的。我虽然身体弱小，但我的胆量却不小。临走的时候，我不是以贺龙的女儿，而是以中国革命博物馆的一个史学工作者，一个普通人的良知，对县里的同志留下了几句话。我说，历史终归要还它的真相，你们应该把芭茅溪盐局的旧址好好地修整一下，让它作为革命文物留存下去。我父亲贺龙到底是个什么人，他砍过的盐局，在中国革命史上究竟占据什么样的地位，等着吧，后人一定会做出公正评价。我还说，都把眼光放远一点嘛，请相信我父亲贺龙决不会为故乡抹黑，他只会为故乡增添荣耀。总有一天，他的光芒会重新照耀这片土地。

后来，听说县里拨了款，重新修缮了这几间房屋并立了牌匾。再后来，我虽然没有再去过芭茅溪，但芭茅溪这三个字，却沉甸甸地坠在我心头。

当我踏上回北京的路途时，已是1976年1月。从北京站一出来，迎接我的是一片凄厉的哭声——周总理不幸逝世了！和我在故乡的遭遇一样，这时中国的整个大地都落下了一场雪，一场迷茫的悲痛的大雪。而且，这场雪是黑色的。

所幸这一年还没有过去，十月的天空便响起了春雷……

啊，三十六年就这样过去了。三十六年哪！三十六年前回到芭茅溪的那个风尘仆仆的桑植女儿，如今已经是个古稀老人了。

今年的3月22日，便是我父亲贺龙元帅诞辰一百一十五周年的纪念日。在这个日子一天天临近时，芭茅溪也成了我越来越焦虑的念想。我多么想，多么想再回到芭茅溪去，站在盐局旧址的面前，把三十六年前没有哭出来的悲伤和思念，大声地哭出来！

最近故乡来人说，张家界的有关领导特地去芭茅溪盐局的旧址考察过了，市、县有关部门已拿出了对芭茅溪盐局旧址的整修方案。在不久的将来，它就将以本来的面貌出现在世人面前。

听到这个消息，我眼含热泪，口里振振有词，在父亲的遗像前恭恭敬敬地点了三炷香……是啊，后人不忘前事之师，在喧嚣的一切以商品衡量价值的今天，我们太需要革命先辈身上那种爱国主义和革命英雄主义精神了。而记住历史，记住书写历史的人，我们这个民族和国家，才有可能保持永远创造历史的活力。

我梦里的芭茅溪哟，你说是这样吗？

2011年1月　完稿于春节前夕

父亲的忠诚

　　父亲贺龙在我的心目中，就像一部书，一部博大精深的书。从我懂事那天起，我就用心灵去读他，用我沿着他的足迹孜孜不倦地跋涉和寻找去读他。而在我用几十年生命读懂的几个篇章里，南昌起义前后投向共产党怀抱，是他写下的最激动人心的一章，最耐人寻味的一章。如果给这个章节取个题目，我想，非"忠诚"二字莫属。

　　在人们的印象中，留着两撇小胡子的父亲，身材伟岸，手里总是握着一只大烟斗，动如虎，静如松，是个无所畏惧而又敢于担当的人。他生于民风强悍的湘西，长于军阀混战的乱世，一旦给他一个机会或一片天地，他便会像苍鹰那般翱翔，像蛟龙那般翻飞。我查过民国时期的史料，1916年2月，当他带领血气方刚的十二个弟兄端了芭茅溪盐局，在故乡湘西桑植建立第一支农民革命武装后，一时三湘震惊，朝野惶恐，当时的湖南省长曾继吾后来在《湖南各县风俗调查笔记》中写道："桑植地处偏僻，昔年风俗淳朴，民性耿直，自民五（1916）军兴，匪风颇炽。贺龙以贩夫走卒，揭竿作乱，不数年荣绾军符，总领数千，身跻显要，名震乡帮……"

　　父亲出身贫苦，小小年纪就凭着超人的胆识，出外赶马谋生，养家糊口，曾继吾说他是"贩夫走卒，揭竿作乱"，虽然口吻轻蔑，但与事实大体相符。问题是，在那个黑暗的年代，正是"贩夫走卒"这样的劳动人民才会被逼得走投无路，揭竿而起。在以后共产党领导的红军队伍中，试问有几个不是这样的贩夫走卒？又有几个不被他们梦想推翻的统治阶级诬陷为"赤匪"？至于曾继吾说我父亲"不数年荣绾军符，总领数千，身跻显要，名震乡帮"，我倒要感谢他如实道来，为历史记录下了父亲在那个远去的年代，曾怎样的八面威风，怎样的叱咤风云。

父亲就是这样走过来的。在南昌起义前的十几年，他追随孙中山，自告奋勇地站在讨袁护国和护法的旗帜下，东征西讨，屡建奇功。他几起几落拉起的人马，也在一次次成功与失败的磨砺中发展壮大。但是，穿着那身挂着乱七八糟零碎的旧式军服，他却心生烦忧，对狗咬狗般连年不断的军阀混战深恶痛绝，尤其不忍看到生灵涂炭，流离失所的老百姓啼饥号寒。1921年，四川南北两军形成对峙，父亲奉命率领一团人马入川作战。三年乱仗打下来，父亲虽从团长升任师长，但对孙中山利用旧时武装治理中国的做法产生了怀疑。许多年后，他用一生也没有改掉的湘西口音叹道："我们在四川打了三年，真是神仙打仗，凡人遭殃，吃亏的还是四川老百姓。中国地方这么大，为什么这么穷，这么弱？就是给这帮军阀、官僚搞乱了。不打倒这些人，老百姓还能指望过好日子吗？可是困难哪，这么大一个烂摊子，哪个能够收拾？我们这几千人又能怎么样？我天天都在想这个问题。"

几十年后我读到这段话，深感父亲当时的内心有多么凄苦和悲凉。因为这次公开发表的言论，既透出了他对中国时局积重难返的无奈，又流露出对中国未来的茫然。他看到了要让中国的老百姓过上好日子，必须打倒军阀和官僚，又苦于身单力薄，根本改变不了中国的现状。那种进退维谷的窘境，就像在黑夜中踯躅，在荆棘丛中盘桓。

1925年至1926年，广东革命政府在中国共产党和苏联的帮助下，先是依靠有许多共产党人的黄埔师生喋血东征，荡平了陈炯明叛匪；接着成立了国民革命军，从广州开始北伐。父亲驻扎在贵州铜仁的队伍被编入国民革命军

1927年8月1日，作为国民革命军暂编第二十军军长的我父亲，站在了南昌江西大旅社的台阶上，一手举着他那支银光闪闪的勃朗宁小手枪，一手掐着秒表，庄严地下达了南昌起义的命令。在共产党人最危险，历史的天空最黑暗的时候，他主动选择并跟定共产党。

第九军独立第十五师，这使他渐渐看到了希望的曙光。

那个在曙光中第一次出现在父亲眼里的人，是共产党人周逸群。他是以北伐宣传队的名义进驻父亲那支队伍的。当两个人的手握在一起，都有一种相见恨晚的感觉。原来周逸群的家就在父亲的队伍驻扎过的贵州铜仁，他父亲还是我父亲的好友。由于周家富裕，我父亲的部队曾吃过他家慷慨支援的许多粮食。周逸群认定我父亲是个可以为共产党所用的国民革命军将领，一见面就自报家门说，我是"红脑壳壳"，我带来的三十名宣传队员都是"红脑壳壳"。因为当时正值第一次国共合作时期，共产党员的身份在国民革命军中是合法的。父亲也有心接触共产党，他想看看传说中的共产党到底比国民党有何高明之处。因此他对周逸群说，红脑壳壳好嘛，可惜你们共产党不兴结拜，要是兴结拜，我现在就想和你这样的共产党写兰谱。周逸群说，兰谱还不就是一张纸？只要我们的奋斗目标一致，兰谱算个什么？

有了周逸群这个共产党的朋友指点迷津，出谋划策，父亲在北伐路上精神焕发，春风满面。他指挥的部队势如破竹，一路高歌猛进，直到和友军一道攻克武昌，把革命的烈火顺势烧向中原。当父亲的队伍先后在中原要地许昌和郑州大败奉军，率先占领河南省会开封时，武汉国民政府发来通电嘉奖，称"诸将士忠勇用命，冲锋陷阵，建此奇功，弥深庆慰"。并决定将父亲领导的独立第十五师扩编为军，授予国民革命军暂编第二十军番号；父亲升任暂编第二十军军长，周逸群升任军政治部主任。这也就是说，正在赤化的父亲和他那支队伍，开始变得举足轻重起来，连共产党人周逸群也得到了重用。可惜好景不长，父亲在河南突然接到了撤出中原、回师武汉的命令，没过多久又奉命向江西九江方向移动。

熟悉这段历史的人都知道，当父亲的部队在北伐路上摧枯拉朽，乘胜进军时，突然荣光备至，又突然从北方调到南方，这背后隐藏着一只只黑手。说到底，无论蒋介石还是汪精卫，都想把父亲和他的这支队伍招致麾下。不过共产党已先行一步，此刻不仅周逸群成了父亲的左臂右膀，而且通过周逸群，在队伍中吸纳了大量的共产党人，正在暂编第二十军筹建以共产党员和共青团员为主的新编第三师，让周逸群当师长。

共产党领导的南昌起义，就在这时进入了倒计时。

后来发生的事情我们都知道了：因为在这一年，也即1927年，蒋介石率先在上海发动了"4·12"事变，继而汪精卫又在武汉发动了"7·15"事变，国共两党从此分崩离析，以刀枪相见。在突起的狂风暴雨中，无数的共产党人被通缉、被逮捕、被屠杀、被囚禁，革命转眼被浸泡在血泊中。但在这年的8月1日，作为国民革命军军长的我父亲，却站在了南昌江西大旅社的台阶上，一手举着他那支银光闪闪的勃朗宁小手枪，一手掐着秒表，庄严地下达了南昌起义的命令。

要知道，那时候父亲还不是共产党员。他之所以被推举为南昌起义的总指挥，和共产党策动南昌起义的最高领导人周恩来肩并肩地站在一起，除去他这支部队成了南昌起义的绝对主力，还在于他作为国民党的一军之长，在共产党人最危险，历史的天空最黑暗的时候，主动选择并跟定共产党。而且，他是那样的义无反顾，那样的急不可待，就像在用一生等待这一天。

父亲于是有了这段被共产党信任和重用，被人民拥戴，被后人击节赞叹的光荣历史。史家风行的说法是，他从此抛弃了高官厚禄，富贵荣华，跟着共产党"大路不走走小路，皮鞋不穿穿草鞋"。

最近有朋友去南昌拜访"八一起义"纪念馆，回来告诉我，南昌"八一起义"纪念馆至今还保存着父亲当年的入党登记表。这是父亲经历起义中的激烈战斗，起义后的仓促撤离，在南下瑞金途中填写的。这时起义部队已损失过半，围剿起义军的反动军队正像疯狂的狼群那样扑上来，战斗进行得异常激烈和残酷。父亲已经没有退路，也不想要退路了。因而，在且战且退的一路上，他反复对周恩来说，恩来，让我入党吧。我把一切都交给共产党了，党叫我怎么办就怎么办。

这天，部队驻在后来被开辟为中央苏区的瑞金县城的一座破旧的学校里，周恩来想起父亲多次向他提出入党要求，便把发展父亲入党的任务交给谭平山和周逸群。这当然是一件神圣的事情，尽管是非常时期，但作为父亲的入党介绍人，老资格的共产党人谭平山和周逸群认为可以省略庄重的仪式，也可以省略在墙壁上悬挂党旗，但对父亲进行一次严肃谈话是不能省略的，哪怕他的历史功绩比他们大，实际地位比他们高。

谭平山和周逸群对像学生那样虔诚地坐在一条板凳上的父亲说：贺龙同志，此刻我们代表党向你问话，你必须如实回答，不得隐瞒。请问你的动产、不动产、现金等等，现在还剩多少？

父亲淡然一笑，摊开双手说：我什么都没有了。

谭平山和周逸群又问：那么你的社会关系呢？你在工农军政各界有什么社会关系？他们对待革命的态度怎样呢？

父亲说：以前的社会关系，参加革命后都不来往了。

或许还问了更多，但那份党员登记表只记录了这些。

我不知道经历了那么漫长的年代，那么多战火，又是在那么严酷的行军途中，父亲这份入党登记表为什么还能保留下来。但我知道父亲上不愧天，下不愧地，是个对共产党绝对忠诚的人。当他把脚迈入党的门槛，就和过去一刀两断了，开始与党患难与共，不离不散。

故事延伸到国共第二次合作的1938年1月17日。

那天，蒋介石作为国民革命军的最高军事长官，在洛阳召开包括有共产党领导的八路军三个师的师长参加的军事会议。此时已成为共产党的红军统帅、率领红二方面军长征到达延安的父亲，作为八路军第一二〇师师长，气宇轩昂地受到蒋委员长的召见。

一阵寒暄后，蒋介石突然问我父亲，民国十六年（1927年），你为什么放着好端端的军长不当，去参加共产党的南昌暴动？父亲想了想，诚实地回答，我与委员长的政见不同嘛。蒋介石又问，你的家里可好？父亲说，房子都被你们烧光了，人也被杀光了。蒋介石一时语塞，嘟囔说，喔，你是老革命了。

父亲退下后，蒋介石擦着额头上的汗珠，用生硬的浙江官话对躬身站立在身边的侍卫长说，这人以后我再也不要见他。

2012年10月5日—10日

21

虫声唧唧不堪闻

（父亲和一首诗）

上世纪五十年代，我在北京大学历史系上学。每逢节假日，总要回到父亲贺龙身边，感受他迟到的父爱。父亲六岁发蒙，性情粗放，胆大过人，厌倦寒窗苦读，没念几天书便外出拜师习武，心思再没有回到学堂里。后来他投身革命，南征北战，官越做越大，地位越来越高，遇到用书的时候也越来越多，因此常常感叹没有读好书，对有学问的人很是尊重。当自己的女儿以北大学子出现在面前时，我看得出来，他的心里是高兴的。

父亲表达情感的方式，在我的印象中，是静水深流。或许针对我所学的专业，当我们难得坐在一起的时候，他会有意无意地从他熟悉的某个人或某个他所经历的事件入手，找到父女之间交谈的渠道。我猜他这样做，是既想让我走进他的生命之中，又想让我领略隐藏在历史深处的奥秘。因为父亲的大半生都是从风起云涌的历史潮头走过来的，我对他每次提起的话题，自然充满期待。

有一次，父亲同我谈到他与周恩来总理的患难之交，突然问我，你知道历史上有个叫张皞如的人吗？我的大脑一时空白，怎么也答不上来。我知道他又想起了某件往事，但真是遗憾，在我当时的涉猎中，确实没遇到过张皞如这个名字。这似乎在父亲的意料之中，他马上说，不怪你女儿，这个叫张皞如的人，我知道的也不多，只知道他是民国时期的一个老师，蛮有学问的，也蛮有骨气。然后父亲说，那是在民国初年，张勋复辟帝制，给所有希望国家进步的人泼了一瓢冷水，就像天空刚出现阳光又被乌云遮住了。为此，张皞如公开在报端上发表了一首诗，题目叫《伤时事》。诗写得很好，你想办法找来看看。

父亲大概觉得，要说清这段历史，先必须找到那首叫《伤时事》的诗，并要了解写这首诗的张皞如是个什么样的人，否则这种交谈对我来说没有多大意义。回到学校，我立刻向近代史老师请教，然后又钻进学校图书馆，费了很大的力气，才从故纸堆里查到那首诗。原来是首七绝，我至今还能背出来。诗前面有段附言："九月二十八日阅报，见徐州会盟，祸已近眉睫，政府犹用敷衍主意。国命运已断送于数人之手矣，不禁掷书流涕，遂成口号。"诗如下：

太平希望付烟云，
误国人才何足云。
孤客天涯空有泪，
伤心最怕读新闻。

读着这首诗，我感到一种彻骨的忧伤跃然纸上，当然是忧国忧民。透过悲愤而又低沉的诗句，仿佛能看见一个身穿长衫的中年男人，以歌当哭，正在烟云飞渡的天空下独自徘徊，泪雨纷飞。面对军阀当道，枭雄窃国，他是那样的孤独，那样的失望和悲伤，但他无所畏惧，敢于痛斥窃国者的倒行逆施，表达对他们的不满。

这首七绝1916年刊登在天津出版的《敬业》杂志上。杂志可能发行量不大，发行范围有限，我在北大图书馆并没有查到它的原刊，只查到《伤时事》最早刊登于这本杂志。但看到1916这个年份，我蓦然想到，正是在这一年的二月，我父亲贺龙在故乡桑植带领他的十二个弟兄，揭竿而起，用两把菜刀（其实是两把柴刀）砍了芭茅溪盐局，夺了官府的十二支枪。难道这是一种巧合？接下来，我开始追踪张皞如先生的足迹，希望能更清晰地找到他写下《伤时事》的前因后果。我想，父亲文化不高，也没有诗词方面的造诣，可他在几十年后仍然记得这首诗，记得写这首诗的张皞如先生，其中必有原因。

后来我获得了如下资料：张皞如，名穆熙，字皞如，1878年生于河北省盐山县大许孝子村，卒于1934年，时年五十六岁。张先生从小天资聪慧，颖悟过人，青年时应童子试考中秀才。因亲眼看到清皇室的昏聩无能，丧权辱国，对列强赔款割地，屈膝投降，深感欲图强必维新，非维新不能救国，遂确立了"读书救国，学以致用"的宏大目标。但他很快发现当时的教育制度腐朽而陈旧，以八股文束缚人们的思想，害人子弟，随即改换新学，于1905年离家赴保定深造。由于他进取心强，成绩优异，不仅受到同学的推崇，而且受到美籍英语教师麦迦利先生的器重。学习期满后，张先生回家乡办教育，先在盐山县创办"劝学所"，自任所长；后又在县里创办许孝子高等学校，自任校长。一时声名鹊起，受到当地民众的热烈欢迎和拥戴。南开老校长张伯苓先生留美回国后，曾在保定大学任课，经美籍教授麦迦利推荐，对张皞如的才华和学识倍加赏识。张伯苓先生创办南开学校并主持校务时，恰逢张皞如被选为河北省参议员，便聘请他到南开学校任语文教师。当时，少年周恩来正在南开中学读书，张皞如便成了周恩来的老师。周恩来思想开放，品学兼优，向往光明和自由，这必然引起张皞如先生的注意，很快，张皞如和周恩来建立了深厚的师生情谊。颇能说明这种师生情谊的，是两个人经常在《敬业》杂志上以诗词唱和，共同表达对国家命运的关注。

张皞如那首七绝诗《伤时事》，就是在南开任教时期写作和发表的。其时，辛亥革命已落入低潮，数年前成立的中华民国被淹没在军阀混战之中。张勋为打击孙中山先生领导的资产阶级民主革命，处心积虑地拉拢和勾结各地军阀，在徐州阴谋订立北洋七省军事攻守同盟，意在复辟封建帝制，开历史倒车。张皞如从报纸上看到这条新闻，不由怒发冲冠，拍案而起，奋笔写了《伤时事》一诗，既愤怒痛斥张勋复辟，又对中国向何处去表示出严重忧虑，充分体现了一个进步人士的道德良知。

又一个假日来临，我把从图书馆抄下来的《伤时事》带回家去给父亲看。父亲说，就是这首诗。不过你找到这首诗，只完成了任务的一半；任务的另一半是，当时作为张皞如先生的学生，周恩来步张皞如这首诗的原韵，也写了一首七绝。应该把周总理的这首诗也找出来，不然故事就不圆满了。

沿着少年周恩来在天津南开时的活动轨迹，我在图书馆果真找到了他写的那首诗。让我大为惊异的是，周总理的这首诗不仅是步老师张皞如那首《伤时事》的原韵，而且与张皞如的诗发表在1916年10月出版的同一期《敬业》杂志上。这印证了周恩来与张皞如的师生情谊非同一般，可谓师生同道，心有灵犀。

周恩来总理当年写下这首诗的标题为《次皞如夫子〈伤时事〉原韵》。诗如下：

> 茫茫大地起风云，
> 举国昏沉岂足云。
> 最是伤心秋又到，
> 虫声唧唧不堪闻。

懂诗的人都能读出来，周总理的这首七绝，不仅是步张皞如先生的原韵，而且与他的《伤时事》琴瑟合奏，一脉相承，同样表达了对反动军阀逆历史而动的满腔义愤，谴责了他们把国家搞得乌烟瘴气的罪恶行径。如果说有什么不同，则表现为周恩来对张勋复辟的极端不屑和蔑视。从诗里我们可以看到，他运用了古诗词中常用的隐语，指出张勋复辟只不过是秋天的唧唧虫声，发出的是行将灭亡的哀鸣。那种高远的意境，盛极必衰的辩证眼光，如同英国著名诗人雪莱的名句："冬天到了，春天还会远吗？"换句话说，少年时代的周恩来，其心胸和抱负，还有那股初生牛犊不怕虎的劲头，已远在他的老师之上。

我把好不容易找到的这首周恩来总理在少年时代写的诗，急切地交给父亲，他当即露出一脸欣悦之色。然后默默地，几乎是逐字逐句地读了一遍，接着便给我讲述了由这首诗引起的一段传奇。

父亲告诉我，这是南昌暴动后发生的事。父亲有个习惯，总是把他参与领导的1927年8月1日南昌起义说成"南昌暴动"。人们都知道，南昌暴动是中国共产党领导下的革命武装对国民党反动武装打响的第一枪；作为暴动的主要军事指挥，父亲从此投入了党的怀抱。但暴动胜利后，起义军在南下潮汕途中，遭到国民党反动军队的层层阻击和包围，最后终因寡不敌众，被迫接受失败的命运。在起义军领导人决定分开行动时，在潮汕的某地，周恩来与父亲贺龙有过一段恋恋不舍的话别。因为父亲在南昌暴动之前已是国民革命军暂编第二十军军长，他带领七千多人的部队参加起义，公开倒向共产党，这可是件天崩地裂的大事，震惊朝野。但经过夺城激战和南下潮汕的一路恶战，七千多人的部队死的死，伤的伤，散的散，忽然让父亲成了一个光杆儿司令。周总理怕父亲承受不了这种打击，对革命失去信心，主动和他推心置腹，谈起了自己对革命的追随过程。父亲几十年后说，周总理那天的诚恳和对中国未来的冷静分析，就像刀劈斧砍，

【父亲与周恩来】南昌起义的部队在南下潮汕途中被打散了，周恩来对父亲说，失败是暂时的，部队没有了我们可以重新招兵买马，因为国民党右派把国家治理得一片昏暗，让老百姓看不到希望，但他们不过是几只唧唧秋虫而已，在寒露中哀哀鸣叫。以后的事实证明此话不虚。

给他留下了刻骨铭心的记忆，永远不会磨灭。

正是在这次话别中，周总理提到了他在南开读书时与老师张皞如的那次诗词唱和，并以款款语气，吟诵了1916年10月步张皞如《伤时事》原韵写下的这首七绝。念完诗后，周总理对父亲说，失败是暂时的，部队没有了我们可以重新招兵买马，因为国民党右派把国家治理得一片昏暗，让天下百姓看不到希望，但他们不过是几只唧唧秋虫而已，在寒露中哀哀鸣叫，严冬一到就没了声息。中国那么大一个国家，那么多的人，怎么能让反动势力一手遮天呢？因此，我们必须站出来挽救国家危亡，继续战斗下去，担起重整山河的重任。

父亲性格中最突出也最富有魅力之处，就是敢于担当，敢于对天下的黑暗势力发起挑战。在这之前，他已经百折不挠，百战不殆，从没有在险恶面前低过头。因此，他告诉周恩来，自己今后最想做的，便是东山再起，继续拉一支队伍，把旧中国搅个天翻地覆。

历史过去了八十多年，在今天，我依然能想象出当年的情景。

那应该是最后的一场残酷激战之后，天边残阳如血，战场上升起的废烟把天空遮得忽明忽暗。在某个险峻的山头上，周恩来和父亲如同两棵大树那样傲然挺立，任一阵阵风把凌乱的头发吹得竖了起来。他们已经疲惫不堪，衣服上和挂在胸前的红飘带上，或许还溅着几滴鲜血。但他们心心相印，难舍难分，就这么迎风站着，说着，向着未来远远地眺望和憧憬着，都想把心窝里的话掏出来。当周恩来对父亲念过那首诗，说过那番话之后，父亲必定会紧紧地握住周恩来的手，动情地对他说，恩来，你放心吧！我贺龙这一辈子跟定了共产党。这山有多高，我的信心就有多高。起义的队伍虽然被打散了，但是，这没什么了不起，无非让我们卷土重来嘛。现在我哪里也不想去，就想回我的湘西。你信不信，不出两三年，我贺龙又会浩浩荡荡地拉出一支队伍来！而周恩来就在等这句话，他也必定会对我父亲说，贺胡子，我不信你信谁呢？你在国民党那边那么自在，那么道

1975年6月9日，父亲含冤逝世六周年之际，在中共中央召开的"贺龙同志骨灰安放仪式"上，周总理抱病从医院赶来致悼词。临别，总理握着我的手，此时无声胜有声。

遥，但你放着好好的军长不做，跑到我们这边来，吃苦受累，图什么？我们又能给你什么？就算给你一个天下，那也得自己去夺啊！我父亲呢，这时必定会把周恩来的手握得更紧，又必定会说，不，恩来，我跟定共产党，当然是有所图的，我图推翻这个乱世，让我们共产党自己得天下……

后来发生的事情，我们都知道了：在南昌起义八年后，我父亲在长征途中接到了同是南昌起义领导者的朱德总司令的电报，把1934年红二军团和红六军团在贵州木黄会师后组建的红二、六军团，带到了革命圣地延安。此时在他的身后，又是兵强马壮，铁流滚滚，簇拥着近万人的部队。

再后来的事情，发生在天安门城楼。

这是1949年的开国大典，周恩来总理和我父亲贺龙以开国领袖的姿态站立在天安门城楼上。盛大的阅兵式开始了，父亲忽然想起什么，径直走到周恩来身边，对周总理说，恩来，你还记得1927年潮汕失败时，你给我念过的那首诗吗？

周总理两眼放光，热烈地望着我父亲说，贺胡子，连你都记得那首小诗，我怎么会不记得呢？

这时，参加阅兵的队伍正走过长安大道，那种排山倒海的阵势，所向无敌的气势，激起万众欢腾，声震云霄。父亲手扶栏杆，扯开喉咙对周总理说，哈哈，如今的反动派，真是"虫声唧唧不堪闻了"。

周总理听见我父亲吟出他三十多年前的诗句，也报以大笑，然后说，不，贺胡子，如今是"雄鸡一声天下白"了！

2010年12月改定　北京木樨地

途经香港那串足迹

　　1975年，在我父亲贺龙的骨灰安放仪式举行之后，我怀着难以平复的悲痛，踏上了寻访父亲的战斗足迹，抢救革命文物，和代表父亲的在天之灵看望老区乡亲的旅途。那时，大批惨遭迫害甚至蒙冤去世的老干部，依然背负着莫须有的罪名。当时我想，这场号称"史无前例"的运动折腾了近十年，不仅父亲无以取代的历史功绩和个人名誉遭到了残暴践踏，就连与他相关的那些革命旧址、旧居，以及散落在各地的历史文物，也被糟蹋得破败不堪，惨不忍睹。哪怕我不是贺龙的女儿，仅仅作为中国革命博物馆的一名普通工作者，我也有责任为他们伸张正义，还历史的本来面目。

　　促使我匆匆上路的，还有另一个原因：曾跟随我父亲几十年浴血奋战的许多老战友、老部下，当时还有不少人健在，但经过那场既触灵魂又触及皮肉的动乱，使他们满是伤痕的肉体又遭受到了骇人听闻的摧残，有的人已到风烛残年。我必须趁着他们一息尚存，把他们亲身经历的往事搜集起来，记录下来。如果等到历史醒悟的那一天再去做这件事，那就晚了，只能仰天长叹了。

　　就是在这次寻访中，我在故乡桑植找到了在南昌起义前后作为父亲的警卫员，在那些日子与父亲形影不离的贺学栋大哥。他是父亲的堂侄，当年只有十八岁。从小富有正义感的父亲因在相互残杀的旧军队待的时间

我父亲到了香港后，曾去海岸看了一处炮台。那处炮台保存完好，他抚摸着炮管，回头对卢冬生和贺学栋说，反动派比豆腐还软，可惜这样好的炮台，拱手送给了帝国主义。但是，等着吧，总有一天我们要把这炮台连同香港一起拿回来。

太长，对跟随自己的人高度警惕，尽量把贺家和桑植子弟放在身边。贺学栋就是其中的一个。这些人对父亲忠心耿耿，不图升官发财，有一碗饭吃便心满意足。正所谓打虎亲兄弟，上阵父子兵。

在劫后余生中见到我这个贺龙的大女儿，六十六岁的贺学栋大哥痛哭失声。他死死抓住我的手说，捷生啊，你是应该来找我啊。你父亲领导南昌暴动的事世人皆知，但潮汕失败后，他同谭平山、彭湃、卢冬生等人如何去的香港，却无人知晓，也无人问津。因为彭湃和卢冬生早早地牺牲了，谭平山也不在人世了，当时的一行八人中，就剩下我还活在世上。可我只是个默默的随从，又离开队伍回老家几十年，没人注意，也没有人听我诉说。对你父亲这段艰难的日子，别人可以不重视，不拿它当一回事，但我们贺家子孙应该记在心里。他还说，用古书上的话说，你父亲那段日子是败走麦城，十几年辛辛苦苦拉起的队伍忽然只剩下身边的几个人。但正因为起义军南下潮汕被打散了，你父亲还坚持去找组织，找党，更说明他痴心不改，一心要把自己交给共产党。

面对这位憨厚的几十年想着念着我父亲的贺家兄长，我陪着他哭，陪着他流泪。我说学栋大哥，你说吧，我这次奔你而来，就是来听你诉说的。

学栋大哥擦去泪水，像一座雕像，陷入了对往事的追忆。他说，南昌暴动的第三天，即1927年8月3日，起义军大队人马南下广东，但因受到官军和沿途军阀的围追堵截，一路苦战，伤亡惨重。由于宣传工作没跟上，老百姓对起义军不了解，队伍因缺乏群众基础而逐渐陷入孤立无援的境地；南方的八月又异常炎热，病号急增，不少人在途中开了小差。汤坑一仗，起义军损失过半。剩余的人马在奔向海陆丰途中，被陈济棠的人马彻底冲散。最终，起义军领导人决定分散行动。

会议决定我父亲去香港。在与刚刚生死与共的周恩来挥泪别过后，父亲同从上海前来领导起义的中共领袖谭平山、彭湃，还有他的爱将卢冬生等八人，一起上路了。父亲字文常，索性以文姓化名，大家都叫他"文先生"。几个人在整整一个月的转战中，脸色被晒得黝黑，身体已极度疲惫。行伍出身的父亲因高大魁梧，身材板正，很容易被人认出来。为此，他把蓄了好些年的胡子剃掉了，手里拿一把伞，路过村镇和集市，都用这把伞遮住面容。南京政府四处张贴布告，严令捉拿起义军领导人，其中父亲的头像被绘制在最突出的位置，悬赏捉拿他的赏金达十万大洋。为防不测，他们夜行昼伏，专拣人迹罕至的山路走，从不敢在客栈投宿。但路越往前走，太阳越毒，即便穿着单薄的汗衫，汗水也止不住往下流。人出汗多了，不仅容易疲劳，而且饿得也快，走在路上脚是软的，身体发飘，必须打起十二分精神。

这样走了十几天，他们实在饿得不行了，始终跟在父亲身边的贺学栋对父亲说，人叔，想办法弄点吃的吧？他在父亲的眼里还是个孩子，虽说小时候也吃过苦，但从没有吃过这般苦。父亲慈爱地望着他说，栋啊，忍一忍吧，还是赶路要紧。贺学栋不敢再说什么，低下头继续走。

此时，他们正走在一条羊肠小道上，抬头望去，四处没有人烟，想停下来找东西吃也找不到。听见肚子在咕咕叫，贺学栋用拳头狠狠地擂了肚子几下，边擂边说，看你还叫唤，看你还叫唤！父亲看着堂侄带着几分孩子气，风趣地说，栋呀，肚子想造反了，镇压它一下！说着，从口袋里摸出一块饼干递给他。那饼干被父亲的汗水泡胀了，一碰就掉渣。贺学栋宝贝似的捧在手里，奇怪地问，叔，你怎么还有这种东西呢？父亲说，昨天出发时你给我的啊。

原来头天动身时，贺学栋在父亲的衣兜里装了几块饼干，未想忍饥挨饿了这么多天，父亲还留下一块，而且自己不吃给他吃。也是饿得太狠，贺学栋一口吞下饼干，才想起父亲不仅是他的堂叔，还是起义军总指挥，脸上顿时露出羞愧之色。父亲笑了，反过来安慰他说，栋呀，把牙咬紧些。叔当年赶马的时候，还没有你大呢，挨饿是天天要遇到的事。但把裤带勒紧一些，又能翻山越岭，走几十里山路。困难就这么欺弱怕硬。听父亲这么一说，贺学栋再不觉得"饿"了。

临近正午，太阳垂直照在头上，像要把人往泥土里砸。这时前方出现了一个小集镇，贺学栋想，自己还吃了大叔留下的一块饼干，可大叔和另外几个领导人什么都没吃，该想办法给他们找点吃的了，就对父亲说，大叔，镇上肯定有人卖东西，我先过去看看吧！

父亲停下脚步，把伞移开，朝小集镇看了看，只见镇子里人来人往，便锁着眉头说，栋啊，镇上人多，情况复杂。

贺学栋说，叔，你已经把胡子剃掉了，没人能认出你。

父亲想想，也觉得此处偏僻，是个天高皇帝远的地方，不妨进去看看，搞些吃的。他征求谭平山、彭湃的意见，两人都同意。

到了镇口，迎面是家小饭馆，里面没有什么人吃饭。一行人走了进去，只见一个青年男子正在独自喝酒。他本土打扮，头发很长，眼里布满血丝，衣服背后破了个大洞，露出油光发黑的肌肤。贺学栋觉得此人可疑，走过去拍拍他的肩膀，老乡，酒的味道好吗？

青年男子没有回答，痴痴地向我父亲这边眺望，脸色逐渐在发生变化。看着看着，他把手中的筷子啪地放在桌子上，嘴唇微微哆嗦起来。我父亲发现这个人在注意他，故意把脸扭向一边。青年男子忽然站了起来，走到我父亲面前，一副想看个究竟的样子。

贺学栋疾步插在我父亲和青年男子之间，想把青年男子挡开。青年男子却绕过贺学栋，一把拉住我父亲的衣角，劈口说，没错，你是贺龙！

众人吓了一跳，不知青年男子想干什么，为何有此举动。贺学栋赶紧把他推向一边，怒斥他说，你胡说什么！他是我叔。

青年男子没理睬贺学栋，又蹿到我父亲面前说，你一定是贺龙！

贺学栋急了，指着青年男子的鼻梁，你胡说个甚？我们是买卖人；贺龙是个大人物，怎么会到这里来？

谭平山、彭湃开始向我父亲身边移动，眼睛警惕地逡巡四周。卢冬生三两下把汗衫的衣袖撸上肩膀，露出粗壮的胳膊。彭湃是广东海丰人，熟悉当地语言，在青年男子被贺学栋逼得步步后退之际，镇定地用广东话对他说，后生，你不要随口乱说，现在官兵正悬赏通缉贺龙，你说我们这个买卖人是贺龙，那还了得！

我父亲扯扯彭湃的衣袖，坦然走上前来，说，小伙子，你说我是贺龙，是不是想抓我去发大财呀？

青年男子见对方人多势众，本想全身而退，一听我父亲问他是不是想发大财，连忙否认，不不不，我不是想发财，我是要找贺龙。

你找贺龙既然不是想发财，那想做什么？贺学栋追问道。

青年人支支吾吾，想什么终没有说出来，很无辜的样子。

我父亲阅人无数，几次对答，已看出青年男子血气方刚，决非蝇营狗苟之辈，忽然说，小伙子，算你有眼力，我就是贺龙！

青年男子"哎呀"一声，只差倒头一拜。他扑上来抓住我父亲的手，猛地摇晃说，你真是南昌暴动的贺龙？我找你好久了，总算把你找到了！又说，那些坏东西悬赏十万大洋，到处张贴布告要抓你，我看见布告就撕下来，一路不知撕了多少。还说，我是看了你们队伍发的布告，才知道你们是穷人的队伍，是好人，立刻来找你。因为我就是个穷人，被财主逼得家破人亡，你能带我走吗？

我父亲伸出手，重重地拍了几下青年男子的肩膀，小伙子，你都看到了。现在我贺龙成了孤家寡人，既没有队伍，也没有枪了，还受到官府通缉。你这时候找我，不是自讨苦吃吗？

我愿意！青年男子说，反正我豁出去了。

我父亲说，小伙子，现在还不是投我的时候。这样吧，你先回家，到时听到我在哪里闹出什么动静，再来投我也不迟。我想会有这一天的。

谭平山不想拖延时间，提出马上离开，大家同意。但他们往外走的时候，青年男子也跟上来了，再三劝说都不愿离开。磨到最后，他提出送大家一程。我父亲觉得他没有恶意，又是当地人，熟悉路况，便答应了。

青年男子一直把我父亲一行送到海边，看着他们一个个登上一只小船并驶离岸边，才恋恋不舍地离去。

我父亲到了香港后，曾去海岸看了一处炮台。那处炮台保存完好，炮台上铁铸的炮管还挺新的，他抚摸着炮管，回头对紧跟着他的卢冬生和贺学栋说，妈的，反动派比豆腐还软，可惜这样好的炮台，拱手送给了帝国主义。但是，等着吧，总有一天我们要把这炮台连同香港一起拿回来。

为防意外，谭平山、彭湃两个中共领袖一到香港，就与父亲他们分开了。父亲、卢冬生及几个起义军随从也分开居住，其中父亲带卢冬生住在南京大旅社二十一号，贺学栋和一位姓张的随从住在一个小店里。父亲交代贺学栋说，就在小店里等候，决不能踏进南京大旅社一步。

置身于人生地不熟的繁华香港，第一次离开父亲的贺学栋忐忑不安，早晨醒来的第一件事，便是到街上去找报纸看。他知道敌人正千方百计地抓我父亲，我父亲一旦遭遇不测，报纸上就会有消息。那天早上，他看到报纸上的大标题赫然写着"贺龙已逃入香港"，不禁大吃一惊，心想香港也不是一个太平世界，还不如留在广东山区安全呢。无奈父亲有交代，决不能去南京大旅社找他，贺学栋一时不知如何是好。

第三天报纸上登出的消息更吓人，说我父亲被捕了。贺学栋扔下报纸，不顾一切地往南京大旅社跑。到了门口犹豫片刻，想想，还是应该进去看看。一个穿西装留分头的人突然蹿出来挡住了他，问他找谁。他张口结舌，不敢说出我父亲贺龙的名字。那人又问，你到底找谁？他只好说找"文先生"。那人仔细看了他一眼，说，你是贺学栋？他惊奇地看看眼前的这个人，觉得不认识，从未见过面。这时那个人什么也不问了，对贺学栋说，跟我来吧。

贺学栋断定那人是自己的同志，进了门，小声地问，我大叔贺龙被捕了？那人轻蔑一笑，露出雪白的牙齿，报纸就会吹牛，贺龙已经去上海了。他吩咐我在这儿等你。

听说我父亲去了上海，贺学栋既为我父亲安然无恙高兴，也为自己独自留在香港着急。他想，我父亲这一走，他在香港举目无亲，就像断了线的风筝。接着问那个人他该怎么办，那个人对贺学栋说，你也去上海吧。

走出南京大旅社，贺学栋才发觉两眼一抹黑，接下来不知道该往哪里走。首先香港不是久留之地，待在这里随时可能被抓不说，连基本的生活也没有保障；如果按照刚才那个人的提议去上海，他没有我父亲的落脚地址和联络方式，上海那么大，人那么多，上哪里去找我父亲？最后他决定回武汉，去汉口贺公馆找我父亲名誉上的妻子向媛姑婶婶。率部参加南昌起义前，我父亲把全部亲人召集在汉口的公馆里，他们中有我的同父异母姐姐贺金莲、父亲的堂弟贺干成、小姜胡琴仙。父亲还留下跟随他多年的亲侄贺学祥负责他们的安全保卫工作，以便风云突变时迅速转移。贺学栋想，只要回到武汉，就不愁找不到我父亲了。

贺学栋当即买了船票，置了一套洋装，把自己打扮成一个少年模样，挤进了开往内地的一艘客船。

十几天水陆兼程，辗转到了汉口。想不到敲开贺公馆的大门，从里面走出来一个妖艳的女人。贺学栋向她打听贺家人的下落，竟回答得驴唇不对马嘴，他这才猛然醒悟：南昌起义之后，我父亲已成为被当局追逃的要犯，自然要连累家人。向媛姑他们不知是落在了敌人手里，还是虎口脱险，躲到什么地方去了。想到这一点，他慌忙从公馆退出，找了一个小旅店住下来。

以后的几天，他每天去街头转悠，希望能碰上贺家的人，起码能打听到一点消息。找了几天，突然在一个小水果摊上碰到了向媛姑。向媛姑也认出了他，但没有吭声，只给他递了个眼色，意思是跟她走。贺学栋心领神会，悄悄地跟着向媛姑进了一个极隐蔽的住所。原来，南昌起义的消息传开后，向媛姑立刻带领全家搬出了贺公馆。敌人到处搜捕他们，逼得他们已换了十多个地方。问向媛姑是否有我父亲的消息，她说他们也焦急万分，不知我父亲的死活。由于没有我父亲的下落，她领着这大大小小的一家人，未来也不知道沦落何处。

贺学栋在汉口待了几天，死心了，从此回了湘西桑植老家。

后来发生的事情是这样的：我父亲从香港辗转到上海后，党中央决定派他去苏联学习。是周恩来亲自向他传达这一决定的，但我父亲听后苦笑

道，恩来同志，我连中国字也识不了几个，那洋字码就更认不得了，还是让我回湘西拉队伍吧。

　　几天后，中共中央同意了我父亲的要求，决定由他、周逸群、郭亮、柳直荀和徐特立五人组成中共湘西北特委。任务是在湘西北发动群众，建立工农革命军，创建革命根据地。1928年1月中旬的一天，我父亲贺龙、周逸群、卢冬生等十余人，在上海秘密登上一艘江轮，逆水而上，直奔汉口。

　　不到一个月，桑植发生年关暴动，父亲在中国革命战争史上再次拉起的那支气吞山河的队伍，在此踏上了征程。

上世纪八十年代，我（左四）和老伴李振军（左二）回到桑植，寻访跟随父亲参加南昌起义和长征后回乡的老战士，同时看望父老乡亲。

2012年7月10日—15日整理旧作

木黄，木黄，木色苍黄

一

站在那棵遗世独立的大柏树下，我抬起头往上看：两根硕大的树干并驾齐驱，直直地插向空中；到达十几米处，它们像突然意识到了什么，彼此亲热地向对方靠上来，紧紧地拥抱在一起，如同两个失散已久的兄弟。再往上看，是茂密的蓬蓬勃勃的枝叶，根本分不清哪根树枝和哪片树叶是从哪根枝干上长出来的。一群群鸟在枝叶间飞进飞出，发出叽叽喳喳欢快的叫声。在墨绿的树冠上面，天空高邈，湛蓝，一望无际，飘浮着一朵朵轻盈而素净的白云，仿若盛开在天空的一簇簇白玉兰。接下来，往云朵里看，我便看见了那支不倦的在天上行走的队伍，他们衣着破烂、脚登草鞋的身影若隐若现，几乎听得见他们甩动手臂的声音，枪托丁丁当当地敲击水壶的声音，弹袋里可数的几颗子弹在哗啦哗啦晃动中被磨得金光闪闪的声音。

眼睛一阵灼烫，我知道我在流泪。那是我总也止不住的泪。

到1975年9月13日的此时此刻，我已经走了很长的一段路，从江汉平原、四川盆地往云贵高原走。不是一个人，而是三个人。我们从夏天启程，沿着红军长征的道路顺走一段，逆走一程。先去了湖北洪湖，然后翻过二郎山，从雅安进入阿坝；再然后从青草长得比人还高的大草地折转身子，顺岷江而下，跨过大渡河、金沙江和乌江，沿阶梯般步步登高的山脉进入云遮雾罩的乌蒙山。走到贵州的时候，已是秋风浩荡，眼看就要万木霜天了。进了贵州省城贵阳，几个人累得东倒西歪，人困马乏，都想躺下来美美地睡一觉。

我是三人中唯一的女性，当然更累，两条腿沉得像深陷在沼泽里。可我不想停下来，还想继续走，往黔东的印江、沿河和四川的酉阳走。我对我的两个中国革命博物馆的同事万岗和何春芳说，你们在贵阳歇几天吧，剩下的几个地方我一个人去。我没有说出的另一句话是，黔东那片偏僻而蛮荒的土地，于公于私，都是我不敢遗忘的地方。我发誓此生必须亲自去寻访，就像有什么东西丢在了那里。

离开同事，我直奔省府找李葆华。他是革命先驱李大钊的儿子，在贵州当省委书记。说起来，我们是心照不宣的老熟人和老朋友了，到了贵州没有理由不见他，何况我还有事要求他。但那一年，跟着小平同志出来"促生产"的这批老干部，被那批热衷于"抓革命"的人揪住不放，日子很不好过。听说北京来人要见他，正在开会的李葆华一脸疑惑地走出来。我像在黑暗中找到了党，开门见山，提出请他从省博物馆派个同志陪我去黔东。他说这事他还能办到。当时正是午餐时间，他想会开得差不多了，回去简单做了交代，然后对我说，捷生，你来得真不是时候，我没法招待你，跟我去吃食堂吧。

省博物馆派来陪我的谭用中同志，是个党史专家，学问很深，对黔东革命史了如指掌。他建议我先去印江，因为印江的木黄太重要了，非去不可。这与我的想法不谋而合，我说我最想去的就是木黄。万岗和何春芳不放心我一个人走，当即打点行装，和我们一起上路。

那年我虽然还年轻，但也禁不起折腾，当我们沿着惊涛拍岸的乌江舟车劳顿地走到木黄这棵千年古柏下时，我已是脸色枯黄，头发蓬乱，身上的衣服皱皱巴巴的。从附近挑着担子走过的土家族人和苗人，都用惊奇的目光望着我，不知道一个外乡人为什么会对着一棵树流泪。

肯定是李葆华的特别叮嘱，印江派出一个副县长接待并陪同我们寻访，不过那时叫革委会副主任。副县长和我一样，也是个女同志，叫张朝仙，是很朴素也很泼辣的一个人。许多年后，她以县政协文史委员的名义在县里局域网上撰文回忆，她在印江县招待所第一眼看见我，都不敢相信我是贺龙的女儿，"像一个女知青"，她说。

二

木黄是因为那棵千年古柏而闻名，还是那棵千年古柏因为见证过那段轰轰烈烈的历史而闻名，没有人能说得出来。反正当我寻遍木黄的那几条简陋的街道，最后站在那棵古柏下时，我发现木黄唯一能作为那段历史和我面对面的，也就剩下这棵树了。

这让我无语而泣，悲从中来。

我们怎么能忘记木黄呢？当着它满山遍野又要飘落的黄叶？

党史和军史都应该记载的中国工农红军第二、六军团木黄会师，迄今都过去四十一年了，新中国也建立二十六年了。我想，我们可以不知道历史的每个细节，但应该知道在红军的三大主力中，有一个红二方面军。而红二方面军的一个重要源头，就是1934年10月，从湘西发展壮大的红二军团与从湘赣边界跋涉而来的红六军团，在贵州印江的这个叫木黄的小镇上胜利会合。从此两支劲旅合二为一，生死与共，开始了让世人称奇的全新征程。

红二、六军团的会师地点，就在木黄的这棵大柏树下。

许多红二方面军的老同志回忆，四十一年前，就是在这样一个木色苍黄的秋日，父亲贺龙亲自带着红三军主力，站在木黄的这棵树下焦急地等待任弼时、萧克和王震，等待他们带领的那支远道而来的筚路蓝缕的队伍。

这是1934年10月24日，层林尽染，弯弯曲曲的山路上白霜铺地，在黔东逶迤起伏的山岭里吹荡的风，已经像藏着刀片那般凌厉了。

九天前的10月15日，父亲在酉阳南腰界获悉由任弼时、萧克和王震带领的红六军团号称"湘西远殖队"，从江西永新出发，试图深入湘西，与我父亲的队伍会合。经过一路恶战，此时已进入黔东印江和沿河一带寻找我父亲率领的红三军。这让我父亲喜出望外，因为到这时，他在湘西拉起的这支队伍已经有整整两年与中央红军失去了联系。在这两年里，由于"围剿"的敌军蜂拥而至，夏曦又在红军内部大搞"肃反"运动，闹得人心惶惶，军心涣散，把父亲在湘鄂西好不容易建立的根据地给弄丢了。父亲惨淡经营，站出来收拾残局，他把我怀孕在身的母亲丢在湘西的山野中苦苦挣扎，自己带着由红四军改为红三军的部队退到黔东的印江、沿河和酉阳等地，建立新的根据地。黔东一带虽属贵州军阀王家烈和川军的地盘，但因地处湘黔川三省边界，山高林密，河流纵横，敌人鞭长莫及；还有一个原因，是当地的民众也和湘西一样，多为土家族和苗族，与父亲这支在湘西土家族和苗族地区拉起的队伍有着天然的亲近感，因而逐渐被当地号称"神兵"的民族武装接纳，这使这支伤痕累累的部队勉强扎稳了脚跟。

那天，部队报告说抓到了一个探子，但几番审问，最终弄清是个普通邮差。父亲说，既然是个邮差，就把他放了吧，把信件和汇款单还给他，让他继续去送信，但必须把报纸留下来。如果没有路费，再发给他路费。就是从邮差留下的那摞敌人的报纸里，父亲看到了任弼时、萧克和王震率领的红六军团经湘南向黔东"流窜"的消息。

红六军团同样是一支苦旅。1933年10月，蒋介石调动几十万精锐部队步步为营，对江西中央苏区进行第五次"围剿"，因王明推行的"左"倾

上图：远处是梵净山，近处是木黄镇。黔东这片偏僻而蛮荒的土地，于公于私，都是我不敢遗忘的地方。我发誓此生必须亲自去寻访，就像有什么东西丢在了那里。

下图：1975年9月，我（中）由贵州省博物馆党史专家谭用中（右二）等陪同，来到贵州印江寻找父亲和红二、六军团的足迹，受到印江领导的热情接待。图为与印江县革委会主任瞿大国（左二）、革委会副主任张朝仙（左一）及梁化政（右一）同志合影。

父亲尊重中央红军，信赖中央红军。他虽然担任两军会师后的红二、六军团总
指挥，但他在大会上说了一句话，让后人交口称赞。父亲说，会师，会师，会
见老师，中央红军就是我们的老师！（后排左关向应，右贺龙；前排左周士
第，右王震）

路线占据上风，中央红军屡战失利。为实行战略转移，中央命令在湘赣边界作战的红六军团开始西征，挺进湘西与贺龙领导的红三军会合，策应中央红军突围。这支由任弼时任军政委员会主席、萧克任军团长、王震任政委的部队，1934年9月从湘黔边界进入贵州，立刻遭到王家烈联合三方会剿。部队原想冲破敌人的防线，西渡乌江，进军黔北，中央军委却命令他们奔向江口。10月7日拂晓，第六军团在辗转中到达石阡甘溪，准备白天休息，晚上利用夜色越过石阡、镇远进入江口。谁知敌人在甘溪设下埋伏，一场让红六军团在须臾之间损失三千指战员的惨烈战斗在此打响，军团十八师师部及五十二团指战员大部分壮烈牺牲，团长田海青阵亡，师长龙云被俘后被杀害。军团参谋长李达引领前卫四十九团、五十一团各一部突围后，意外得知贺龙的部队在印江、沿河一带活动，毅然率部奔赴沿河地区。

在获悉红六军团主力行踪的同一天，前方传来消息，李达在突围中带出来的部队与红三军七师十六团在沿河水田坝会合。父亲兴奋不已，在第二天，也就是10月16日，率领红三军主力从酉阳进入松桃，在梵净山区纵横交错的峡谷里寻找中央红军。

在山里整整转了七天，22日，当红三军主力到达印江苗王坡时，红六军团主力已先他们一步经苗王坡向缠溪进发。看见红六军团踩过的青草还没有直起腰来，父亲一挥马鞭说，快！抄近路追赶，不能让中央红军再吃苦受累了。

22日深夜，随红六军参谋长李达突围、先期与红三军会合的郭鹏团长，率侦察连穿插到印江苗王坡，忽然听到后面发来一阵"嘀嘀哒哒"的军号声。仔细一听，是他极为熟悉的红六军团四十九团的号谱！郭团长欣喜若狂，命令司号员吹应答号。霎时一问一答的军号声此起彼伏，就像两股泉水在空中欢快地碰撞和交缠。号音未落，两队人马已在溪谷的一块坪地上泪光闪烁地抱成一团。

23日，红六军团从印江缠溪出发，经大坳、枫香坪、官寨、慕龙，宿于印江落坳一带。红三军从印江苗王坡出发，经龙门坳、团龙、坪所，宿于芙蓉坝、锅厂、金厂。从地图上我们就能看清楚，两支部队其实是向一个中心靠拢，这个中心就是木黄。

24日中午，按照事先约定，任弼时、萧克、王震率红六军团主力经落坳、三甲抵达木黄。父亲贺龙、关向应和先期到达的红六军团参谋长李达带领红三军，提前在木黄的大柏树下列队迎接。

虽是满身战尘，衣衫破旧，还拖着三百多名伤病员，但在枪林弹雨中跋涉而来的红六军团，精神百倍，指战员们该刮胡子的刮了，背包里还有换洗衣服的都换上了。队伍走近大柏树的时候，正生病躺在担架上的任弼时，一见父亲的身影，立刻从担架上跳下来，坚持要自己走；父亲连忙迎上去，想让他继续躺在担架上。任弼时激动万分，紧紧握住父亲伸来的手，说这下好了，我们两军终于会师了！

父亲也非常激动，连连说好！好！好！我们终于会师了！

站在各自首长身后的队伍，顿时欢呼雀跃，掌声如雷。在两军领导人历史性握手之际，双方涌上来热烈拥抱，相互通报姓名，又相互捶打着对方的肩膀。后面的人挤不进去，急得砰砰啪啪地朝天放枪。

木黄的这棵千年古柏，就这样见证了两军会师的伟大时刻，见证了红军中几个湘籍领袖久久地把手握在一起。说得是上天遂人愿吧，如同身边这棵大柏树的两根树干，无论经历多么长时间的分离，但它们长着长着，便又拥抱在一起，因为它们本来就是一棵树啊。

两军会师后，双方领导人在镇上的水府宫召开紧急会议，商量下步行动。会议根据中央的部署和黔东的敌情，作出了迅速向湘西发展的决定，而且事不宜迟，第二天便拔寨启程，实施战略转移。

10月25日，两军到达酉阳红三军大本营南腰界。这里鸡鸣三省，群众基础稳固，暂无敌人追击之虞。部队驻下后，用红六军团的电台及时向中央军委报告了会师情况。26日，在南腰界一块坪地上隆重召开两军会师大会。在会上，作为中央代表，任弼时首先宣读了党中央为两军会师发来的贺电，接着宣布红三军恢复红二军团番号；两军整编后正式称为红二、六军团，设军团总指挥部，总指挥贺龙，政治委员任弼时；副总指挥萧克，副政治委员关向应；参谋长李达，政治部主任甘泗淇。其中红二军团下辖四、六两师四个团共四千三百余人，贺龙任军团长、关向应任政委。红六军团的军团长仍为萧克，政委仍为王震，下辖三个团共三千三百余人。

父亲尊重中央红军，信赖中央红军。他虽然担任两军会师后的红二、六军团总指挥，但他在大会上说了一句话，让后人交口称赞。父亲说，会师，会师，会见老师，中央红军就是我们的老师！

28日，红二、六军团从南腰界出发，向湘西挺进，拉开了创建湘鄂川黔新苏区的序幕，有力地策应中央红军长征。

熟悉中国红军史的人都知道，红二、六军团木黄会师，意义重大，它使不同战略区域的两支红军汇成了一股强大的革命力量。

1936年7月5日，在紧追中央红军的长征途中，中央军委发来电文："决以二军、六军、三十二军组织红二方面军。"

三

是的，我寻访木黄的时候，正值如今我们已不堪回首的年代，那时十年动乱还没有结束，在人们的期待中艰难复出的小平同志又面临着被打倒的危局，中国大地正处在火山爆发的前夜。

自然，那时父亲贺龙的名字还讳莫如深。都知道他作为共和国开国元帅，在1969年6月9日被迫害致死，尽管中央在1974年已作出为他平反昭雪的决定，1975年6月9日召开了有周总理参加的追悼会，但有关方面规定不准见报，不准宣传。正因为如此，在那个骚动不安的秋天，我是怀揣着

1974年9月29日中央发出的《关于为贺龙同志恢复名誉的通知》上路的。在这片写满父亲的光荣，每个人都说得出他名字的土地上，我每到一地，每遇到一个当地领导，都要拿出那份红头文件给他们看，让他们眼见为实。我对他们说，毛主席都说话了，贺龙是个好人，对中国革命有过巨大贡献。在中央为父亲举行的追悼会上，带病出席追悼会的周总理连鞠了七个躬。我还说，我是按照周总理的指示，以中国革命博物馆文物征集组副组长的名义，沿着贺龙等老一辈革命家创建湘鄂川黔革命根据地的足迹，来寻访和收集革命文物的，请多多包涵。

现在回想起来，我当时是那样的谦卑，那样的怯懦，就像鲁迅笔下那个絮絮叨叨的祥林嫂。其实大可不必，当我们第一站到达印江，县里的领导就几乎倾巢出动，甚至在我们住着的县招待所安排了岗哨。这让我大感意外，又大为感动。我想，天下自有公道，原来老区人民并没有忘记我父亲贺龙，没有忘记他们这一代革命老前辈。还有什么比一片土地上的人，在那样一个错乱的年代，在心里深深地铭记着他们的功德，更让人感到激动和欣慰呢？

路途遥远又崎岖，第二天一早，县革委会主任和副主任、木黄所在的天堂区革委会主任，还有县公安局负责安全保卫的同志，近十人前护后拥，一起陪着我们去天堂区兰克公社的毛坝寻访。那儿有红三军一个师部的旧址，和我父亲的旧居。户主是个叫陈明章的老人，当年给我父亲做过饭，放过哨，至今还能说出他的音容笑貌。

走进那栋年久失修的房子，楼下的一间厢房洞开，我心里一惊，仿佛闻见从里面飘出来一股熟悉的烟草味。陈明章老人说，我父亲当年就住在这间厢房里，在夜间，他声震屋瓦，常听见他累得像打雷那样打鼾。听见这句话，我一头往厢房里钻。屋子里逼仄、幽暗、潮湿，微弱的光线从一扇不大的开得很高的窗口射进来；两条长凳架着一块薄薄的床板，想必就是父亲睡过的床了，靠近头部的位置明显有松明火熏过的痕迹。那时还没有开放参观一说，更不敢提贺龙曾在这里住过，我一眼认定都是原物，而且几十年都没有人动过。我趴在留有父亲汗渍的床前，想起他睡下后又撑起身子来够墙壁上的松明火点烟斗的情景，止不住失声痛哭。父亲苦啊！但当年他苦，是他心甘情愿的选择，苦中有乐，有他能远远看到的光明和希望。可后来呢？后来革命胜利了，他当了人民赞颂的元帅，却在那场黑白颠倒的运动中，死在了一间同样阴暗潮湿的屋子里，而且那是一间钢筋水泥屋子，墙壁比这还坚硬，还冰凉；而且父亲去世的时候，重病缠身，连一口水都没有喝上……

全程陪着我们的县革委会副主任张朝仙，后来在她自己整理的回忆文章中这样记述："贺捷生抚摸着父亲曾经睡过的床，睹物思人，想到父亲为党和人民的事业革命一辈子，在如此艰难的环境中都度过来了，却在'文化大革命'中，惨遭林彪、江青、康生一伙的残酷迫害含冤而死，不禁悲从心起，泣不成声。看到她的哀伤，不知道该怎样安慰她，我想还是让她痛哭一场宣泄一下为好。从陈明章家出来到公路有三里左右路程，贺捷生边走边哭，一直到上车才止住哭泣。这次恸哭，是我陪她在整个寻访过程中哭的时间最长的一次。"

接着我们去了青坨红花园。

我记得清清楚楚，在一个叫何瑞开的老乡家，进门便看到板壁上保留着一条巨大的红军标语："反对川军拉夫送粮，保护神兵家属。红三军九师政治部宣"。字迹古朴，醒目，散发出一股在那个年代红军和民众心心相印的感召力。从红二、六军团几个幸存的老同志嘴里，我听说当年负责往墙上刷大标语的，是后来长期主政新疆的王恩茂。我不敢断定这条标语就是他写的，但我说，这是一件难得的珍贵文物，征询主人何瑞开愿不愿意让中国革命博物馆征用。怎么不愿意？何瑞开拍着胸脯说，只要给我一个屋顶避雨，需要这栋房子都可以征去。又说，贺同志，你父亲当年为我们打江山，生生死死，图个什么？还不是图我们老百姓能过上太平日子！

现在真太平了，没有人欺压我们老百姓了，我怎么舍不得这壁木板？还说，我懂，不是这壁木板有多么金贵，是红军写在上面的字，字字千金。

这天，我们还去看了铅厂黔东苏维埃工农兵第一次代表大会会址——枫香溪湘鄂西分局会议会址。两个地方都是穷乡僻壤，需要翻山过坳，累得人筋疲力尽。令人痛心的是，因为父亲蒙受冤屈，这些理应受到保护的革命旧址，已无人问津，显得破败不堪，岌岌可危，有几处墙壁开始坍塌。

从枫香溪会址出来，已过傍晚七时，黑下来的天突然下起了瓢泼大雨，满世界回响着雨打山林的声音。下一站去耳当溪，还要走六里山路才能坐上车，只能冒雨前行。走在杂草过膝的山路上，衣服很快便湿透了。天又冷，浑身起着鸡皮疙瘩。走到耳当溪，水漫进了吉普车里。车往前开，看不见一盏灯光。走着，走着，耳边传来轰轰隆隆的流水声。

张朝仙说，贺处长，这地方叫沙坨，前面就是乌江，就是红军突破乌江的乌江。今晚我们也得突破乌江，到对岸的沿河县投宿，但江上没有桥，必须摆渡过去。又说，贺处长，沿河是印江的邻县，条件可能还没有印江好，要有思想准备哦。在路上，张朝仙自作主张，总是叫我"贺处长"，我多次纠正她说，我不是处长，是文物征集组副组长。她固执地说，国务院"文革"领导小组的领导也叫组长，那是多大的官啊！你们中央来的人，组长都比我们县长大，叫你处长还不应该？听她一路对我表达歉意，说贵州穷，贵州的老区更穷，让我受委屈了，我又忍不住说，你们能这样接待我，已经让我感激不尽了，还讲什么条件？你以为我有多么娇气啊，其实我也为人妻、为人母，吃的苦和受的罪，不比别人少。她没话说了，惊愕地看着我。

在江边等船的时候，漆黑一团，深夜的雨打在肌肤上冰凉刺骨。登上渡船后，湍急的浪涛噼噼啪啪地撞在渡船上，明显感到船身在震颤。站在甲板上，比我高大的张朝仙用双臂护着我，好像怕我被浪涛卷走似的。可我在想，当年父亲他们反反复复过乌江，有多难啊！

到达沿河县招待所，已是下半夜了。服务员在半醒半梦中从窗口扔出来一把钥匙，让我们自己去客房。打开门一看，这哪里是招待所？分明是北方的大车店：房间里摆着八九张硬板床，没有被子、褥子和床单，也没有蚊帐，简陋的床板上铺着满是破洞的粗席子。虽是初秋，但山区的雨夜很冷，加上在山里跑了一整天，又淋了雨，睡过去肯定要着凉。我对张朝仙说，就这样凑合一夜吧，反正天快亮了。张朝仙说不行，丢咱老区的脸，转身去找服务员。只听见她对服务员说，这是北京来的领导，你们得给她换一床干净的被子和床单，把领导招呼好，我们无所谓。没多久，她抱回来两套破旧的被褥，给我铺好后，说贺处长，您好好休息，今天太累了，早点睡，有什么事叫我。说着往隔壁走。我知道隔壁的条件比这还差，一把拉住了她。我说朝仙同志，你就住这里，我们在一起说说话。

这个晚上窗外雨水滴答，空中蚊虫飞舞，我和张朝仙在各自的床上靠墙而坐，扯着被子盖住双腿，聊了很久。我把我父母怎么结的婚，母亲是个什么人，姓什么，叫什么；我父亲带领红三军到黔东后，母亲怎样怀着姐姐红红在湘西的山里打游击，姐姐红红又是怎么死在她手里的；还有我幺姨蹇先佛怎么嫁给红六军团军团长萧克，怎么在长征途中生的孩子；我的童年怎么寄养在湘西，大学没毕业又怎么去青海支边等等，都给她说了。听得她泪光闪闪，连连说想不到，真是想不到。我还对她说了我父亲当年在黔东的一个生活细节：那时候战斗频繁，居无定所，父亲为了养精蓄锐，养成了在扁担上睡觉的习惯。他在两条凳子上放一根扁担，又在手指上绑一根点燃的香，躺下就能睡过去。当那根香烧疼他的手指，马上就能醒来。因此，他每次睡觉的时间，掌握得就像钟那么准确。我讲完这个细节，张朝仙已在黑暗中抽泣。她说，当年打江山有多苦啊！我弄不明白，现在为什么要整那些老干部，这不是过河拆桥嘛。

从这个晚上开始，我和张朝仙成了朋友，以后常有来往。

四

我再次站在木黄那棵千古柏下的时候，是10月2日。这时我在黔东的崇山峻岭中前后跋涉了近十天。中途张朝仙送我在乌江上船，回贵阳参加了一个文物会议。正想着下步往故乡桑植走，北京打来电话，说中央准备开展纪念红军长征四十周年活动，要我在当地请一个摄影师，重回印江木黄和酉阳南腰界去拍组照片。我重新出现在印江县招待所时，张朝仙大感意外，以为我把魂丢在了印江。

我说我的魂真丢了，但没有丢在这里，丢在了木黄。

还是张朝仙陪我下去。到了小镇上，摄影师只顾得取景拍照，我独自在大柏树下盘桓，心里有个莫名的念头在不住地翻涌和缭绕，却捉不住它，说不清它。之后，我拨开树丛，攀上了父亲曾经战斗过的一面山坡。这里居高临下，能一览无余地看到木黄的全貌——

远处的梵净山主峰，虎踞龙盘，在奔涌的云雾中岿然不动。脚下的木黄镇，夹在一道深深的峡谷中，两岸的青山雄伟，俊俏，一派苍茫。在秋日阳光的照耀下，正在变色的树叶泛出一片片金黄，如同漫山遍野撒落的金箔。与镇子同名的河流穿峡而过，像一条玉色飘带那般逶迤而来，又逶迤而去。三三两两散落在田野里或山路上的农人，小得像一只只各自在为生活奔忙的蚂蚁，好像日子天长地久，谁都是匆匆的过客，即使哪年哪月发生过什么事情，也不过如此，渐渐地就会被遗忘。

想到我两次来木黄，无论在两军会师的古柏下，还是在两军将领在会师后召开会议决定下步行动的水府宫，都没有一块像样的标牌，更别说作为历史见证开辟出来供人瞻仰了，心里不禁有些苦涩。

10月3日，我们经松桃、秀山去酉阳南腰界，过县过省的旅途峰回路转，险象环生。不仅是近日下了几场大雨，把多处的路桥冲断了，车开着开着就得下来步行，而且还有不明身份的人出来捣乱。

那是我们从酉阳去南腰界的路上，途经金家坝休息，忽然有人对前来陪同我们的酉阳县委孙副书记说，孙书记，你要小心，有人要杀你。当时正值"文革"后期，到处很乱，威胁恐吓领导干部是常有的事，因此孙书记并未理会。但稍过片刻，还是在金家坝，忽然又有人贴上来问，孙书记，你们晚上还回来吗？孙副书记还没在意，说当然回来。我们在南腰界拍完照片回酉阳，天色已晚，开着大灯的两辆车在夜幕中缓缓行进。可是，当我们的车驶进一片密林，公路上突然横着一根巨大的木料，路中央堆着一大堆石头，无法通过。此时黑夜沉沉，两边的山林静悄悄的，偶尔传来几声夜鸟的惊叫。张朝仙说，坏了，看来真有人破坏！然后对孙副书记说，孙书记，不能再往前走了，不如折到李溪先住下。孙副书记想起在金家坝的遭遇，也觉得事情蹊跷，同意改道往李溪走。

后来证实，那天晚上真有人要闹事，并且是冲着我来的。原来，1934年，红军在南腰界猫猫山开过一个大会，当场杀了几个恶霸。那几个恶霸的后代听说贺龙的女儿来了，跃跃欲试，暗中组织了几十个人拦路，企图趁乱报杀父之仇。

第二天，孙副书记调来一辆救护车开路，料想那些人不敢在大白天胆大妄为。车开到头天晚上断路的地方，那根横着的木料和路中央堆着的石头依然还在，公路上散落一地燃烧过的柏木皮火把，到处是新鲜屙下的屎；两块石头上分别写着"到此开会，彭××"和"我们到了"等字样。我们下车把木料和石头搬开，用了半个多小时才把路打通。

虽是虚惊一场，但回到印江，我的心里仍然五味杂陈。倒不是感到后怕，我是想，都什么年代了，怎么还会出现当年被惩治的恶霸后代寻衅报仇？而且公然把目标对着贺龙的女儿？这说明历史被淡忘到了何等地步！也说明红军和贺龙的威名，被时间，尤其是被"文革"的倒行逆施，渐渐地磨灭了。这是一件多么可怕、多么令人痛心的事情啊！

上图：1973年12月，我（左四）在红二、六军团陈家河战役贺龙司令部所在位置实地寻访。

下图：1975年9月19日，我（前排中）在印江毛坝寻访红三军旧址后，在天堂区革委会门前与县、区领导合影。中排左三为我的同事万岗同志，前排左一为我的同事何春芳同志。

就在这时，那个几天前在木黄莫名缠绕我的念头，忽然变得清晰起来，明确起来。我想我知道要做什么了。

离开印江那天，我鼓足勇气，含蓄地对张朝仙，其实是对她担任的县革委副主任的职务说，红二、六军团1934年10月在木黄会师的历史地位有多重要，无须我多言。但我去过洪湖，也去过遵义，前些天又和你一起去了南腰界，这些地方都有历史纪念碑，你们想过木黄也应该有吗？

张朝仙沉默许久，认真地说，贺处长，我明白你的意思，但这是一件大事，偏偏我们又是贫困的少数民族地区，容我慎重报告县委和县革委。

五

1977年，我收到张朝仙写来的一封信，告诉说木黄两军会师纪念碑已经破土动工，碑址就选在我攀登过的那座山坡下面。现在这座山取名为将军山，那棵大柏树取名为会师柏。张朝仙还说，纪念碑的碑文，他们请1975年陪同我来木黄寻访的省博物馆党史专家谭用中同志撰写，但碑名至关重要，必须请一个德高望重的老革命家留下字迹，问我能不能找到依然健在的当年率部会师的红六军团政委、时任国务院副总理王震写。

我心里一高兴，马上回答说，这个任务包在我身上了。

事后印江的朋友告诉我，我离开木黄后，张朝仙立刻向县委书记瞿大国汇报了在木黄建碑的想法。我知道县里穷，但可以先拿出万把块钱来建个简单的纪念塔。她说，有总比没有好啊，不能等到后人来戳我们的脊梁骨。瞿大国完全同意张朝仙的提议，并在县常委会上讨论通过。有意思的是，在考虑主管纪念碑建设的人选时，大家都想到了张朝仙。

民族地区的同志感情淳朴，认准的事情按照自己的习惯干了再说。张朝仙不负众望，卷起铺盖一头扎进木黄，动员群众土法上马，兴致勃勃地开始了建碑历程。设计图纸还没有出来，他们就开始平地基，修公路。木黄区革委更是积极响应，从各公社抽调一个民兵排上阵；又从全区选调了一批石匠，进山提前采集石料。县里经费紧张，常委会决定下拨的一万元迟迟没有到账，木黄区革委说，给红军盖碑，是我们多年的愿望，我们不要县里的钱，给大伙记工分。工地上生活艰苦，没有水，便发动机关干部职工和学校师生前来挑水，让各部门负责拉沙。他们提出的唯一条件，是山里的石料用手掰不开，县里得提供雷管和炸药。

木黄虽是老区，又是落后的少数民族地区，交通闭塞，但红军烈属和亲属多，群众觉悟高，有许多见过两军会师的人还活着；甚至还有跟随过红军战斗，但因伤或因其他原因没有跟着走的老游击队员，听说要建红军会师纪念碑，欣欣鼓舞，奔走相告，纷纷涌来助阵。

将军山下，大柏树旁，一时人声鼎沸。

我后来听到这样一个故事：有一天，张朝仙站在张家沟采石场向大家宣讲建碑的意义，人群中突然有个老汉高声回应说，这个同志讲得好，为红军建碑是我们木黄的责任。张朝仙寻声望去，只见那人满脸皱纹，背像弓那样驼着，头发稀稀疏疏地全白了，手里拄着一根拐杖。张朝仙走过去问他，老伯，你是谁？在办哪样？老汉说，我叫张羽鹏，天堂区陡溪公社茶坨村人，贺老总在印江闹革命的时候我当过游击队长。听到要为红军修纪念碑，我特意赶来出力，连口粮都带来了，不信你来看嘛。张朝仙朝他身后背着的背篼一看，果然有一包米、一包饭、一些蔬菜。张朝仙当众表扬老汉说，你这个认识很好，很有代表性，大家要向你学习。因为县城与天堂公社同路，那天回县城时，张朝仙特地请张羽鹏坐她的车走，老汉说，我不跟你走，我是来修碑的，又不是来看热闹的。碑还没建好，我走哪样？最后，张老汉硬是坚持到纪念碑完工，才背着背篼回家。

这个叫张羽鹏的老汉我还见过，在北京接待过他。那是多年后，张朝仙给我打来电话，说那个背着背篼去木黄修碑的老游击队员，你还记得吗？现在他的眼睛不行了，看不见了，想来北京治病，能不能帮帮他？我

1977年，我收到张朝仙写来的一封信，告诉说木黄两军会师纪念碑已经破土动工，碑址就选在我攀登过的那座山坡下面。现在这座山取名为将军山；那棵古柏树，取名为会师柏。

说，怎么不记得？你让他来吧，我来管他。那时我的老伴李振军还在世，张老汉到了北京，我们一起去看他，一起把他送进医院。老汉的住院费和治疗费，全部由我和老伴想办法解决。

印江在木黄土法上马建会师纪念碑的消息，很快传到省里，省文化厅、省设计院和省博物馆迅速派人来察看。他们既为群众自发纪念红军的精神感动，又觉得按此办法建碑太简陋，与两军会师的重要地位不相称，必须重新设计并把碑挪到半山腰，那儿视野开阔，也更庄重，更气派。省里的同志说，给红军立碑，那是千秋万代的事情，不能垒几块石料竖一面碑了事，像盖一个土地庙。印江的领导听得频频点头，从心里感到省里的人就是比自己站得高，看得远。可他们接着说，那么钱呢？那得要多少钱？

木黄会师柏

我们拿不出来啊！省里的同志说，这样吧，我们给你们设计图纸，再拨给你们四万，只有那么多，你们得精打细算。县委和县革委的人笑了，说四万不少了，我们勒紧裤带，再自筹两万。

我就是在这个时候收到张朝仙的来信，让我想办法请国务院副总理王震题写碑名。我知道王震叔叔很忙，但再忙他也不会推辞的。因为木黄会师不仅是红军发展史上的一座里程碑，也是我父亲贺龙、任弼时、关向应，包括萧克和王震在内——他们个人革命生涯中的一座里程碑。何况王震是我父亲的老部下，对我父亲和那段历史感情深厚。所以，当我向他报告木黄正在建造红军会师纪念碑时，他马上说，好啊，需要我做什么？

这已是1978年，听说我拿到了王震亲笔题写的墨宝，张朝仙在电话那边激动得哭了，马上让正在北京参加全国妇联代表大会的县妇联主任上我家来取。妇联主任开完会立即赶回印江，到了县里得知张朝仙在铜仁开会，又马不停蹄赶到铜仁，当面把墨宝交给张朝仙。

1979年夏天，由王震题写碑名的"中国工农红军第二第六军团木黄会师纪念碑"就要落成了，县里挑选7月1日建党五十八周年这个特殊的日子举行揭幕仪式，并来电来信郑重邀请我参加。不巧的是，我刚做完一个手术，行走不便，未能成行。但是，我字斟句酌地给印江县委写了一封贺信，表达我难以平复的喜悦：

印江县委负责同志：

你们好！收到你们的来电和来信，心情非常激动，木黄会师纪念碑终于落成了，这是一件政治上的大喜事，我万分高兴。记得一九七五年，我两次走访印江，那时正是乌云压顶，"四人帮"横行之时。我们敬爱的周总理给贺龙同志恢复名誉的讲话消息尚不能公开见报，印江县委的领导瞿大国、张朝仙等同志就提出要修建木黄会师纪念碑，对我的鼓舞和教育至今仍深深地铭刻在我的心中。印江不仅山清水秀，风景优美，还是个有着光荣传统的革命根据地，在艰苦的战争年代，为革命作出了应有的贡献。解放后，继续发扬革命光荣传统，为祖国的社会主义建设作出了贡献，这些都是值得我学习的。总之，一九七五年的两次印江之行，感受很深，受益甚大。也非常感激县委对我的热情接待。这次我非常想去参加木黄会师纪念碑的落成典礼，但因我患甲状腺机能亢进，刚动过手术不能参加，甚感遗憾，请你们原谅。不过，我一定要争取第三次去印江看望老根据地的人民……

远去的马蹄声

　　嘀嗒嘀嗒嘀嗒、嘀嗒嘀嗒嘀嗒……在漫漫长夜半睡半醒的梦幻中，在阳春三月难以抵挡的春困中，或者当我静静地看着一朵花在盛开，一条清澈的河在流动，一只金色的蜜蜂在灿烂的阳光中振翅飞翔时，总有一种声音在我的耳边，在我想看见却又看不见的地方，若有若无、时断时续、或远或近地回荡，回荡。我说不清楚这种声音，但年复一年，日复一日，我确实感到了它的存在，感到它就像风，就像潮汛，就像十二月的雪花那般凌空飘来：嘀嗒嘀嗒嘀嗒、嘀嗒嘀嗒嘀嗒……

　　那声音是这么的美，这么的刚劲悠扬，这么富有节奏感和韵律感。

　　是时间的脚步在我睡意蒙眬时匆匆赶路？是醒着的雨在迫不及待地敲打我关闭的门窗？或者是我老了，耳朵开始出现幻听？

　　也许是吧。也许还有另一种可能。

　　但另一种可能，是怎样一种可能？

　　我长久地问自己，长久地回想和寻找。那种总在我耳边回荡的声音，会不会是岁月在我混沌未开懵然无知的时候，像雪泥鸿爪或缤纷落英那般洒落在我记忆深处的碎片？我记得从一本书里读到过，人越老，离自己越远的事物便越清晰，越真切。比如说口音吧，你以为自己年纪不小了，你走南闯北，脱胎换骨，话早说得字正腔圆了，但你越白发苍苍，越世事洞明，从你嘴吐出的话语，却越是带着儿时的土腥味。换句话说，许多不知不觉地沉淀在你生命里的东西，潜伏在你身体里的东西，当你老了，忘乎所以了，它们便会反攻倒算，在你逐渐麻木的灵魂中卷土重来。

如果真是这样，那种"嘀嗒嘀嗒"反复在我耳边响起的声音，或许就是我童年的回声，我懵然无知的时候，天天听到的马蹄声。

肯定是的！那种时而像时光奔走，时而像夜雨敲窗，时而像啄木鸟在敲打树干的声音，就是马蹄声，就应该是马蹄声！

这么说吧，初次来到这世界，恐怕没有谁比我听到了更多的马蹄声；没有谁像我那样整日整夜地枕着马蹄声入眠。更没有谁像我那样，每天等待着那串马蹄声的响起，就像等待日出和日落。

嘀嗒嘀嗒嘀嗒……那是阳光落地的声音，雨露滋润的声音。

啊，人在童年说出的第一词，是"妈妈"。我母亲说，我在童年说出的第一个词，不是"妈妈"，而是"马马……"

1935年10月，霜风扑面，湘西万山红遍。接到北上长征命令的红二、六军团且战且退，正在苦苦寻找一道缝隙，准备杀出重围，去追赶遵义会议之后大踏步前进的红一方面军。然而缝隙是没有的，天上没有，地上也没有，因为国民党派出八十多个团蜂拥而来，把每条缝隙都给堵死了。

但就在这时，偏偏就在这时，经过十月怀胎的我却赖在母亲蹇先任的肚子里，迟迟不见动静。挺着个大肚子，被父亲贺龙安排在故乡桑植县南岔村冯家湾待产的母亲火急火燎，连拉开肚子逼我出生的心都有了。她每天早晨醒来，都要拍着圆滚滚的肚子，对我呼喊，儿啊，你怎么还不出来啊？你爸爸就要带着大部队远远地走了，你那么不听话，让我走不能走，留不能留，最终扔下我们娘儿俩那可怎么办啊？！

好像是听见了母亲说这些话，1935年11月1日，那天卫生员外出了，母亲去上厕所，我竟懵懵懂懂地从她的身体里探出头来，似乎想看看她到底急成了什么样子。血泊中的母亲忘记了疼痛，欣喜若狂，当即脱下一件衣服把我小心翼翼地裹了起来，让警卫员火速给父亲报信。父亲正在前线阻击敌军，最先得到消息的红六军团政委王震口述电文，命令电台给前线发报："祝贺军团长生了一门迫击炮！"

因为是明码电报，冲进战壕的通信员边跑边复核电报内容，满身血污的红军战士们齐声欢呼：噢，噢，我们又添了一门迫击炮！我们又生了一门迫击炮！……

父亲大喜，命令部队乘势出击，把潮水般涌来的白军坚决打回去。这一出击不要紧，红军势如破竹，摧枯拉朽，连续取得了龙家寨、十万坪和忠堡战役大捷，斩杀了以著书立说闻名于国民党军的师长谢彬，俘虏了敌另一师长张忠汉。

到这时，父亲才长出一口气，抽出大烟斗装上一袋烟，坐在指挥部美美地吸起来。然后，他对围绕在他身边的任弼时、关向应、萧克、贺炳炎和卢冬生等战友和爱将说，嘿嘿，我当父亲了，你们说给这个丫头片子起个什么名字呢？那时副总指挥萧克刚娶了我的幺姨蹇先佛，和父亲在搭档的基础上又成了连襟，他说，恭喜，恭喜，总指挥带领我们打了胜仗，又喜得千金，我看孩子的名字就叫"捷生"吧，小丫头在捷报中出生嘛。父亲尊重文化人，萧克又是红军领袖中的大秀才，背包里还背着在井冈山战斗间隙写的长篇小说《浴血罗霄》。听他说得头头是道，父亲像批准战斗方案那样一锤定音，要得，孩子就叫捷生，这名字响亮！

那天，父亲骑一匹快马，"嘀嗒嘀嗒"地向他的老家桑植洪家关驰去。离家门口还有十几丈远，他把缰绳往警卫员手里一扔，便向母亲和我住着的那间屋子里扑过来。当时我正在熟睡，母亲给浑身冒着热气的父亲打着手势说，轻一点，轻一点。父亲却顾不了那么多，他把我从小床上抱起来，一下举上半空转起圈来，吓得我从梦中惊醒，哇哇大哭。父亲说，哭吧！哭吧！我就盼着听你这小猴子哭几声呢！母亲说，她明明是个人，还是你的亲生女儿，怎么就成了小猴子？父亲嘿嘿笑着说，你看她小鼻子小眼睛的，就是一只小猴子嘛。又说，小猴子灵活、可爱、漂亮，孙大圣不是也叫美猴王吗？今后我不仅要叫她小猴子，还要叫她的妈妈猴娘。母亲扑哧一声笑了，她喜欢父亲这股粗鲁中的豪爽，幸福地埋怨说，你叫女儿小猴子就小猴子吧，怎么还要搭上我呢？

从战场上回来，父亲水没喝，饭没吃，看我一眼就走了。母亲后来说，那天他远去的马蹄声，嘀嗒，嘀嗒，要多好听有多好听。

这是我第一次听见马蹄声，父亲的马蹄声，胜利的马蹄声。虽然我混沌未开什么也不知道，但那一串"嘀嗒嘀嗒"的马蹄声，却真真切切地飘落在我涓涓细流般的血脉里，并让我此生注定与它命运相连。

十八天后，我坐在由一匹小骡马驮着的摇篮里，成了红二、六军团从桑植刘家坪开始长征的一员。队伍上路时，喊喊嚓嚓的脚步声和嘀嗒嘀嗒的马蹄声，让我乖得不敢发出哭声。我不知道为什么要躺在这样的一个摇篮里，不知道队伍朝哪里走，也不知道驮着我那匹黑色小骡马，是父亲在万般无奈中动用他的柔情，特地调来供我母亲和我使用的。

我不敢不乖啊！父亲原本是不准备带我走的，他连寄养我的人家都找好了。是他的一个亲戚，说好他在离开前把我送过去。但当父亲和母亲轮番抱着我赶到这个亲戚家时，一家人已吓得不知去向。还在月子里的母亲虚弱得像片随时可能飘落的树叶，但在这时却像母狼般地紧紧地抱住了我。到底是从她身上掉下来的血肉，连我发际间的血污都还没有洗干净呢。父亲也不是铁石心肠，看到母亲生怕我失去，想起几年前出生的姐姐红红就死在她打游击途中的冰凉怀抱里，他咬咬牙，说，那就把小丫头带上吧，不过路上艰险，是死是活就看她的命了。

父亲不愿带我走的原因，除去路途艰险，行军不便，还在于我年幼无知，哭笑无常，说不上什么时候会暴露部队的行踪。因为红军要一次次穿越敌人的封锁线，这种时候如果我失声大哭，后果不堪设想。所以，在部

队出发的时候，虽然我父亲是总指挥，但当政委的任弼时伯伯依然板着脸对母亲说，关键时刻，不能让孩子哭，否则，将全军覆灭。

但是，我还是跟着父亲和母亲走了，跟着那串时而敲打在岩石上，时而深陷在泥沼里的马蹄声走了。从此山高水长，风餐露宿，嘀嗒嘀嗒的马蹄声始终陪伴着我，就如同母亲始终对我不离不弃。不过，每当过封锁线，母亲都要把奶头塞进我的嘴里，不让我发出一丁点声音。有几次，因为母亲把我搂得太紧，奶头堵得我透不过气来，都快把我活活憋死了。

风萧马鸣，养育三湘儿女的澧水在轰然而至的爆炸声

翻越连绵不断的雪山，由于天寒衣单，空气稀薄，腹里空空，一些熟悉的面孔走着走着便不见了。我身子单薄的二舅蹇先超，执意要跟着战斗部队走，跟着他一路护送来的伤病员走，最后冻僵在雪山上，再也没有起来。

母亲太不容易了，除了每天要背着行装自己赶路，还得一把屎一把尿地照料我。晚上宿营时大家睡下了，又要把我弄脏的衣服和第二天换用的尿布洗出来。

中咆哮。

母亲还在产期，我也没有足月，我们母女俩最早跟随红二、六军团卫生部行军。卫生部长贺彪又把我们编入伤病员队，并给母亲和我准备了一副担架。伤病员行动缓慢，母亲和我，加上牵骡马的老刘、老尹两个老兵，再加上抬担架的两个红军和那匹小骡马，我们成了一个特殊群体。走到澧水河边，敌机飞来了，像拉屎一般扔下无数颗炸弹。河面上水柱冲天，乘坐伤病员的小船在波涛中颠连起伏，许多人落进了水里。小骡马吓得前蹄腾空，差一点把摇篮掀翻了。解放后出任国家卫生部副部长、解放军总后勤部副部长兼总后勤部卫生部长的贺彪叔叔急了，吓得扔下部队，连忙把我从摇篮里抱出来，塞在母亲手上，自己撑一只船把我们送向河对岸。

船到河中心，我被巨大的爆炸声和敌机飞行的尖叫声吓得号啕大哭，贺彪叔叔冲着母亲怀里的我喝道，你哭，你哭，看你把敌机都招来了，再哭把你扔进河里！我真就不哭了，不知是不敢哭，还是哭不出来了。到了对岸，警报解除了，母亲对贺彪叔叔说，贺部长，捷生那不是哭，她是在吓唬飞机呢，你看敌机不是飞走了吗？贺彪叔叔想到刚才对我太粗暴了，连忙伸出手来刮我的鼻子，逗我千金一笑。

马蹄又响起来了，疲倦的我躺在摇篮里呼呼地睡了过去。这时耳边蹄声嘀嗒，我光光的头一摇一晃，像个光溜溜的浮在水里的葫芦。母亲不时会伸进一只手来，摸摸我的鼻息，看我是否还活着。

这次风雨兼程，整整走了两天一夜。

到了宿营地，母亲什么都不顾，只顾得把我从摇篮里抱出来，手脚并用地给我喂奶、换尿布。经过那么长时间的颠簸和惊吓，我不仅饿了，而且变得臭不可闻。你想啊，两天一夜马不停蹄地奔走，在层层叠叠裹着我的褓褓里，积攒了多少屎尿！那股臭味，简直要熏翻天。医疗队有个男护士跑过来帮忙，没想到我一个出生才二十几天的小婴儿，竟有那么多的屎尿，还那么臭，被熏得落荒而逃。在一片哄堂大笑中，男护士红着脸说，你们不要笑嘛，等过二十年后她长大了，我们把这情景说给她听，她肯定会害羞的。又说，没有叔叔阿姨们的帮助，没有妈妈的辛苦，她怎么能长大？

还未走出湖南，母亲说什么也要回红二、六军团总部。卫生部拖着那么多的伤病员，还有那么多丢不下的设备，她不好意思让人照顾。贺彪叔叔拦不住，让她把抬担架的两个兵和担架也一块带走。母亲说，这怎么可以呢？我想的，就是把担架留下来抬伤病员。

父亲虽然日理万机，但见到我们回到他身边，心里还是很高兴。他知道母亲太不容易了，除了每天要背着行装自己赶路，还得一把屎一把尿地照料我。晚上宿营时大家睡下了，又要把我弄脏的衣服和第二天换用的尿布洗出来。那时快到冬天了，天阴沉沉的，洗好的衣服和尿布干不了，必须找炉火一件件烘干。做完这些事再躺下时，已是凌晨时分，队伍又差不多要上路了。让我们跟着军团走，他总能搭把手。

毕竟还在月子里，母亲也有走不动的时候，就抱着我骑在小骡马上走。父亲看见了，大惊失色，说，猴娘，这怎么行啊！倘若骡马受惊，一摔就是两个，还是我替你抱吧。说着把马并过来，俯下魁梧的身躯，从母亲手里接过襁褓，然后在马屁股上重重抽一鞭。

父亲那匹马高大，健壮，背脊宽阔，跑起来像一片飞翔的陆地。在驰骋中敲响的蹄音，像奔雷，像风暴，像大浪拍打着礁石。

此后几天，父亲每天都带着我在原野上狂奔。他勒紧腰间的皮带，拉开领口，把我小心翼翼地放进他宽大的衣兜里，如同一只大袋鼠装一只小袋鼠。偎依他那温暖的胸膛，我一声不吭，仿佛回到了母亲的肚子里，仿佛那一路上嘀嗒嘀嗒的马蹄声，仍是母亲的心跳。

没几天，发生那个流传甚广的趣闻：他把我弄丢了。

那是过贵州的一个山垭口，前后突然出现了敌人。父亲意识到有落入包围的危险，打马狂奔，迅速调动被挤压在山垭里的部队抢占两边的山冈。但他想不到，就在这时，我就像个飞起来的包裹，从他的怀里被颠了出来，重重地落进路边的草丛里。接下来杀声四起，红军从山垭口夺路而行，没有人想到会从军团总指挥的怀里掉出一个孩子来。

部队突围后，山垭复归沉寂，山风像水那样徐徐漫过来。

我想我以后的反应，纯粹是条件反射，当那串熟悉的马蹄声消失之后，摔晕在草丛里的我慢慢醒过来，感到周围冷冰冰的，死一般寂静，便不由自主地哭起来。但我那时的哭声，是那么的微弱，那么的有气无力。

落在大部队后面的几个伤病员接着走进了山垭，并且机警而又奇怪地听到了我的哭声。这让他们大为疑惑：这片山野人迹罕至，异常荒凉，怎么会有婴儿的哭声呢？就循声找到那片草丛，就看见我脸色青紫地躺在那儿，嘴角在一阵阵抽搐，四肢已经没有蹬踏和抓挠的力气了。伤病员们一时不知如何是好，他们都伤着，病着，连自己都没有力气赶上大部队，怎么有能力管一个气息奄奄的孩子？

看啊，婴儿裹着红军的衣服！突然有人惊呼起来。

这个发现让众人大吃一惊。几乎在同时，伤病员们全都打消了放弃我的念头，开始考虑如何把我带走，如何帮我找到自己的爸爸、妈妈。因为他们想，用红军衣服裹着的孩子，一定是红军的后代；如果任凭我躺在草丛里，用不了多久就会被饿死或冻死。而红军的后代，红军不管谁管呢？

伤病员们走路本来就慢，抱上我这个婴儿，要频频换手，就走得更慢了。他们用了一个多小时，才翻过崎岖的山垭口。

太阳偏西了，几个人坐一块岩石上休息，从大部队过去的方向忽然传来一阵马蹄声。待大家看清马上的人影，立刻都弹了起来。

山垭遭遇战后，父亲带领部队一口气奔袭了几十里。喘口气的时候，他习惯性地伸出手去掏口袋里的烟斗，就像触电一般，这时他猝然发现身

2008年冬天，我沿着红二、六军团长征经过的丽江和玉龙雪山寻访父辈的足迹。上图：丽江现存的当年红军走过的桥；下图：我与当年曾留宿红军的丽江喇嘛寺院的年轻喇嘛合影。

上少了什么。是的，他的怀里空了，他心爱的女儿不见了！一声"糟糕"还未出口，汗珠已滚滚流淌。当即他烟不抽，脚不歇，带上两个警卫员，快马加鞭，十万火急地返回来寻找。

伤病员们列队向军团总指挥行军礼，父亲的马像风一样从他们的面前刮过去。这时候，父亲的心里只有孩子，只有他认定丢失我的那个山垭。伤病员们不知发生了什么事，惊愕地看着父亲策马远去。

跑着，跑着，父亲心里一惊，下意识勒住了缰绳。胯下的马在啸叫中掉转身子，又往回跑。跑回伤病员跟前，父亲没头没脑地问，你们看见了我的孩子吗？

伤病员们一愣，把刚捡到的襁褓茫然举起来，总指挥，是这个孩子吗？

是她！是她！父亲从马上滚下来，如同抢夺一般把襁褓搂进怀里。掀开一看，我哼哼唧唧的，饿得把手指吮得吱吱有声。

父亲的眼睛红了，两滴混浊的泪水夺眶而出。

七十多年过去了，我至今对父亲和母亲仍深怀歉意。因为我生得那么不是时候，养得那么不易，以至成了他们割舍不下的包袱。二万五千里长征，他们在纷至沓来的战事、饥饿、寒冷和死亡中，既要保住自己的生命，带领或跟随部队前进，又要保住我的生命，多么危险多么苦，都没有把我扔掉，也没有随便送个什么人家。而与我同时期生养的孩子，死在路上，或送给路边人家再也找不回来的，屡见不鲜。

说起来，最难的还是我母亲，她可不是粗手大脚的乡下女人，而是长沙名校兑泽中学毕业的进步学生，长得细皮嫩肉。但她选择了革命，选择了我父亲，也便选择了从今往后遍布荆棘的苦难人生。背着刚剪断脐带的我长征，她遭受的折磨和艰辛，起码是其他人的两三倍。何况她还是一个女人，一个在月子里便以虚弱的身子踏上漫漫征途的产妇。

刚出发时，我还能坐在马背上的摇篮里，让母亲挂着一根竹竿走自己的路。但到了云南境内，山高路险，树杈横生，她怕剐伤我娇嫩的皮肤，用一个布袋子兜着我，挂在胸前。走那样的路，连骡马都会失足跌进深渊，她一个女人，胸前还挂着一个四肢乱蹬、嗷嗷待哺的婴儿，需要付出多大的体力和毅力！要命的是，我三天两头生病，她沿路既要给我喂奶、洗漱，还要为我寻医、问药和煎药。

一次，我病得非常重，两三天都哭不出来，大家认为我不能活了。建国后担任农业部部长的陈希云叔叔看见我这个样子，不知从哪儿寻来一块花布，交给母亲说，女孩儿爱美呢，走的时候用这块花布包她吧。母亲的心里一颤，藏起花布，用尽办法救我的命。她想，女儿可是贺龙的命根子，只要还有一口气，就要用自己的胸膛把她暖过来。即使死，也要让她死在自己的臂弯里。

万幸的是，我真是命大，几天后又能哭了，让大家悬着的心放了下来。解放后，许多从长征路上走过来的叔叔阿姨见到我，都对我说，那时候他们就想听到我的哭声，我一哭，就说明我还有力量活下去，哭得越响亮，越平安无事。

母亲在建国初回想这段经历，在她后来亲手烧了的回忆录中，写下了一段我什么时候想起来什么时候都会热泪盈眶的文字：

> 到了夜晚，万籁俱静，行军一天的战友们都睡着了。我手里缝着小衣服，眼睛望着背篓内的小捷生，见她闭着小眼睛不哭不闹的姿态，我的心就像被无数针扎似的剧痛，暗自祝愿：儿啊！你在襁褓中就与父母一起长途征战，吃够了苦头，受够了磨难，只要你平安无事，渡过难关，妈妈就是受尽了艰辛，也是心甘情愿的！无论遇到什么样的危险，母女俩也要相依为命，永远患难与共。

翻越连绵不断的雪山，没有人不精疲力竭。由于天寒衣单，空气稀薄，腹里空空，一些熟悉的面孔走着走着便不见了。我身子单薄的二舅塞先超，只有十六岁，还稚气未消，是跟着母亲和有孕在身的幺姨塞先佛一起来长征的。因姐夫贺龙和萧克分别是红二、六军团的总指挥和副总指挥，原本能受到很好的照顾。但他执意要跟着战斗部队走，跟着他一路护送来的伤病员走，最后自己冻僵在雪山上，再也没有起来。

有天早晨，那是在雪域；部队就要出发了，却没听见惯常的马蹄声。母亲大声呼唤护送我们母女俩的红军战士老刘和老尹备马，老刘却慌慌张张地跑过来说，塞大姐，不好了，你的黑骡子和总指挥的马都不见了。我半夜起来给它们喂草料时还好好的，黎明前它们失踪了。刚才报告了总指挥，他发火了，说马上去找，找不到军法处置。

听到这话，如听到霹雳，母亲的心凉了半截。没有了骡马她可以走，孩子怎么办？非冻死在雪山不可。

老刘去找马了，母亲去找父亲，而父亲此时正站在那儿吹胡子瞪眼睛。看到母亲，他故作轻松地说，猴娘，你别急，找不到骡马我和你们一起走路。四脚着地让我当马，我也要把女儿背过去。

幸亏是一场虚惊：中午十二点钟左右，警卫营长牵着黑骡子和父亲的马走过来。父亲转怒为喜，问警卫营长是怎么找到的。警卫营长说，天刚蒙蒙亮，他们布置在山坡上的哨兵隐隐听见一阵马蹄声，走近了，才发现一群猴子正簇拥着这两匹马过来，有的猴子骑在马身上，有的猴子骑着黑骡子，人模狗样，得意洋洋的。哨兵感到稀奇，仔细一看，才认出是总指挥的马和驮塞大姐母女俩那匹黑骡子，心想这还得了，立即打开刺刀冲上去，把两匹骡马夺了回来。

父亲一阵大笑，从警卫营长手里接过黑骡子的缰绳，亲手交给老刘，说，检查检查摇篮，看是否还结实。今天我陪女儿一起走。

马蹄声又响起来了，父亲骑着马在我们身边跑前跑后。

已是夏天，高原上还寒风割面，有时飘着雪花。在层层叠叠低下去的群山中，格桑花像等不及似的，开始轰轰烈烈地开了。

　　格桑花就是杜鹃花，湖南和江西都叫映山红。按手绘地图的指引，红军从云贵高原走到了四川藏区。这里属高寒地带，格桑花却长得比江西和湖南威猛，不是一丛一丛地开，而是一树一树地开，一串串鲜红的花朵从高处垂下来，像一挂挂红色飞瀑，一簇簇火焰。

　　从湘西启程到跌跌爬爬翻过雪山，红二、六军团在路上足足走了七个月了。像我这个走时还未满月的孩子，被父母和许多叔叔阿姨背着，抱着，被马背上的摇篮没白没黑地颠着，也终于像金蝉脱壳那样蜕去了每天都要反复捆扎的襁褓，开始自己坐立、爬行和牙牙学语。

　　草地遥遥在望。

　　往渐渐平坦的雪线下走，就像穿过地狱，终于看见了曙光。当然，官兵们已弹尽粮绝，身形枯槁，个个瘦得皮包骨头，仿佛马上要散架。互相看看劫后余生的面容，男人只剩下蓬乱又旺盛的头发和胡子，女人只剩下两个深陷的眼窝。身上的衣服被风雪撕得丝丝缕缕的。嗓子也是哑的，交流全凭眼神和手势。

　　1936年6月下旬，红二、六军团与红四方面军在甘孜会师。在这里，父亲高兴地见到了共同发起南昌起义的老战友朱德，也见到了同时领导过南昌起义的张国焘。7月1日，两支部队在甘孜喇嘛寺前席地而坐，举行庆祝大会。

　　在临时搭起的主席台上，作为红军两大主力的最高指挥员，父亲和张国焘坐在了一起。张国焘向台下望去，看见红二、六军团的指战员面黄肌瘦，穿得破破烂烂的，脸上掠过一丝不易察觉的轻慢。父亲把张国焘的表情看在眼里，低身捅了捅他，对他耳语说，国焘啊，只讲团结，莫讲分裂。不然，小心老子打你的黑枪！

　　就是在这次大会上，朱德以红军总司令的名义宣读了党中央的电令：

"红二、六军团从此改称'中国工农红军第二方面军'。方面军总指挥贺龙，政治委员任弼时；副总指挥萧克，副政治委员关向应。"

会师后部队休整十天，红二方面军开始过草地。

依然马蹄声碎，依然残阳如血。

草地上天高地旷，荒无人迹，满目苍凉，到处是腐烂的草，混浊的水，冒着水泡的沼泽地深不可测。因长期浸泡着各种动物的腐尸，水面呈酱紫色，漂浮着一块块铁锈，脚泡在水里或被杂草划破，渐渐出现浮肿和溃烂。队伍再难以成建制前进了，只能各自择路而行。水一脚，泥一脚。许多人感觉迟钝，发现自己像纸那样在旷野上飘。

从阿坝到包座，连续几天都走这样的水草地，行进极为缓慢，走一步，滑一步，此起彼伏地摔跤。"嘀嗒嘀嗒"的马蹄声也变得绵软起来，游移起来，仿佛钟表的发条松弛了，走得忽快忽慢。母亲在她从未示人的回忆录中，帮我记载了这样一幕：

> 我抬头向草地中间望去，沼泽的泥更稀。有一匹驮骡陷了进去，越陷越深，越挣扎越往下沉，眼看着它奄奄待毙，也无法施救。像这样的路，必须极其谨慎小心地前进。
>
> 同志们在行军中还要边行进边找野菜。在缺粮的时候，有些同志将脚上的牛皮鞋，头上的牛皮斗笠，统统煮着吃了！沿途看到很多同志拖着病得极其衰弱的躯体，向前缓缓移动。我与老刘、老尹、捷生四人，此时还幸好没有患病。为了四人都能走出草地，我把捷生抱着骑在骡子上，给她穿了在乌蒙山中缝制的一件大棉袍，并在棉袍腰上系一布带，天气晴朗时敞胸裸臂，刮风下雨时，则将棉袍扣好，把腰带系紧，使她保暖……

我一生中无法说清的饥饿，就是在草地上经历的。现在我说不出我半岁大时饿了的感觉。母亲曾告诉我，我饿了的时候，只会哭，像头小野兽那么哭，像谁要杀了我那么哭，呜呜，哇哇，怎么也哄不住。哭着哭着，抓住她的手吃手，抓住自己的衣角吃衣角。但饥饿是共同的，没有指挥员和普通士兵之分，也没有大人和孩子之分。像父亲这个总指挥，是方面军最大的官了，没有任何特殊化，也只有平均分配的那点炒面，吃完了和参谋、马夫、警卫员们一起去挖野菜度饥荒。我是整个方面军带着过草地的四个孩子之一，又是贺龙的女儿，听见我天天哭嚎不止，许多叔叔阿姨要分我一点口粮，母亲坚辞不受。她说，这时的粮食就是命，不能舍了别人的命救自己孩子的命。因为我体质差，肠胃特别脆弱，吃了野菜马上拉稀，她把自己那份粮食都留给我吃，每天和老刘、老尹以野菜度日。

　　说起来既让人辛酸，又让人心热。同在这支队伍中沿着这条路走着的我幺姨蹇先佛，在从甘孜进入的草地上，好不容易和我母亲也是她的亲姐姐见面，她送给我母亲和我的礼物，除去她省下的一点青稞面，便是亲手采来的一大把野菜。幺姨随姨父萧克的红六军团行军，从桑植出发后，两姐妹只在贵州毕节见过一面。在草地上再见面时，幺姨挺着个大肚子，快要生了。原来幺姨刚踏上长征路，发现自己怀孕了，但一个孕妇只有跟着队伍走，才不至于流落半道，遭遇不测，谁知道队伍要走到哪一天，会走到哪里去？就这样她的肚子一天天大起来，一天天越走越艰难。但即便如此，她也得往前走，也得自己去采野菜充饥，所以她比日夜背着或抱着我的母亲有了更多的生存经验，认识更多的野菜。她和母亲见面后说得最多的，就是如何识别哪些野菜有毒，哪些野菜能吃。半个月后，幺姨把孩子生在了满目苍凉的草地上——不过，这又是一个很长的故事，我只能留待另文再写了。

　　继续说草地上的饥饿。有一回，父亲要亲自动手给我做吃的，可他的粮袋空了，就拿一只搪瓷缸，盛上一点清水，倒提着袋子往下抖，又团在

手里反复地揉，把沾在布壁上的粉尘和钻进针脚里的颗粒都搜出来，才勉强把搪瓷缸里的清水弄浑。接着放到火上去煮，去熬，直到熬成薄薄的一层糊糊。然后用手指勾起糊糊，一点一点地往我的嘴里刮。我吃得津津有味，有几次竟叼着他的手指，狼吞虎咽地往喉咙里送。

说明我在草地上受过饥饿的，还有一例：到达陕北保安后，中央财政部部长林伯渠伯伯赶来看我母亲，问她缺什么。母亲说什么也不缺。林老不明白母亲为什么老抱着我，就问孩子多大了，母亲说足足一岁了。林老说，一岁了还要抱？让她自己去玩嘛。母亲说，孩子在草地上跟着大人一起挨饿，营养不良，小腿是软的，站不起来。林老当场流泪了，招呼随员马上送一条羊腿过来。

有了这条羊腿，母亲每天用小刀削一块下来，拿长征用过的那只搪瓷缸放在火盆上煨熟炖烂，再加上一片馒头

1936年11月，在我周岁的日子里，红军三大主力会师陕北。历经一年零九天，走过十一个省，翻过十八座大山脉，渡过二十四条河流，占领过六十二个城镇的长征，宣告结束。（图为红二方面军长征到达陕北的高层指挥员）

或一小碗米饭，细心地喂给我吃。

吃完林老送来的这条羊腿，我挣开母亲的怀抱，颤颤巍巍，自己在大地上站起来了！

不。在草地上我们不仅经历了饥饿，还经历了凶险。

是7月下旬的一天，方面军指挥部进入阿坝的一片丘陵地带。此处有山有水，有茂密的树林，两丈多宽的葛曲河从草原中央沉沉流过。休息号吹响后，许多人涌到河滩上去歇脚，或坐在河边钓鱼。父亲爱好运动，也乐于垂钓，他希望能钓上一条大鱼来，给我熬点汤喝。

母亲坐在离葛曲河有段距离的山坡下，和往常一样，给我喂奶。不过她这时的乳房已经干涸，我拼命吸也吸不出几滴，有时甚至会吸出她的血来。正在这时，从母亲左手边的山林里传过来一片轰轰隆隆的马蹄声，如暴雨骤至。母亲的注意力都在我身上，正痴痴地心痛又怜悯地望着我，突然听见有人喊，敌人的骑兵来了！

听见喊声，父亲从河边跳起来，只见从山上的树林里蹿出一支三四百人的反动藏族骑兵，高举的弯刀寒光闪闪。我们母女俩就待在山坡下，敌人的马队冲下来，不被弯刀劈死，也会被马蹄踩死。

父亲急了，举起钓鱼竿吼道，警卫营，把他们坚决打回去！

乒乒乓乓的枪声响了，子弹在我们的头顶嗖嗖飞过。母亲把我紧紧地搂在怀里，这时无论逃离还是躲避，都来不及了，只能听天由命。忽然她看见一个小号兵愣在身边，就冲他喊，小同志，你吹号啊！

小号兵满脸迷茫，说，我们没有骑兵，不敢吹冲锋号。

那就吹调兵号！用力吹！母亲急中生智，给小号兵下达命令。

小号兵明白了，昂首吹响了调兵号。一时间走在路上的号兵，散在河滩里的号兵，十几把号同时吹起来，吹的都是调兵号。嘹亮的号声在空中汇成了一股雄壮的旋律，翻涌的浪涛。

敌骑兵在离母亲和我只有几百余米的位置猝然停下，他们听见河滩上和山坡下号角连营，吹的又都是调兵号，自己先怕了，以为红军早已布置千军万马，只待他们往埋伏圈里钻。随之后队改前队，前队改后队，黑压压一片迅速往回退，往山上曾经藏身的树林里退。

几分钟过去，树林里静悄悄的……

1936年11月，在我周岁的日子里，红军三大主力会师陕北。历经一年零九天，走过十一个省，翻过十八座大山脉，渡过二十四条河流，占领过六十二个城镇的长征，宣告结束。

长征一年，在这条充满险恶也充满希望的道路上，我跟着父母走了过来，没有在襁褓中死去，连我自己都认为是个奇迹。虽然我当时年幼无知，不可能留下任何记忆，但我为自己花朵初绽般的生命在这条路上度过了满月、百日和周岁，而感到荣幸，感到骄傲。

是啊，无论我是否回想得起来，无论是否说得清楚，那一路早已远去的"嘀嗒嘀嗒"的马蹄声，都刻在了我生命的历程中，我记忆深处的底片上，就像风走过必定会在树上留下风痕，雨打过必定会在地上留下雨迹。

嘀嗒嘀嗒嘀嗒……嘀嗒嘀嗒嘀嗒……

十几年后我读到一篇古文，是宋人倪思写的，说世界上什么声音最美："松声、涧声、山禽声、夜虫声、鹤声、琴声、雨滴阶声、雪洒窗声、棋子落声、煎茶水声，皆声之至清也，而读书声为最。"

做过礼部和兵部尚书的倪思，言之凿凿，说读书声是世界上最美的声音，我当然不反对。可对我来说，当年虽混沌未开，但在长征途中每天听到的马蹄声，如倪思说的读书声，同样是最美的声音。

2012年9月　木樨地

不能遗忘的小镇

一

庄里！我无数次念叨过这个名字，无数次回想过它被漫漫黄土浸染的容颜，它苍凉的相拥取暖般的小屋和街道，它漆黑又低矮的屋檐；它在夜幕降临时，从纸糊的窗口微微透出的灯光。

童年的记忆不可磨灭，虽然这些记忆是那样的模糊，那样的影影绰绰，闪闪烁烁。但是我坚信，我至今还认识这个西北小镇上的老人和孩子，鸡鸣和狗吠；我在磕磕绊绊中翻过的台阶，爬过的门槛。如同我至今还认识那个理着锅盖头、穿着小小的长袍和马褂，在那张发黄的历史照片中茫然望着眼前那架闪光机器的小女孩。

那个小女孩是我。七十四年前的我，不足两岁时的我。

而在我身边坐着和在我身后站着的那些人，一律都穿着宽大的土布军装，瘦削的腰用宽大的武装带紧紧地勒着；他们都戴着那个年代的八角帽，八角帽上缀着像打补丁那样用红布缝上去的红五角星。我们要知道，这都是些叱咤风云的人，铁骨铮铮的人，没有谁走到这张照片上坐着或站着的位置，不曾舍生忘死，付出血的代价。十几年后，人们将在开国将帅的名单中，在共和国的光荣史册中，或者在孩子们的课本中，读到他们的名字，他们轰轰烈烈又催人泪下的业绩。

照片中有我的母亲，我的父亲。可不知为什么，我的父亲本该坐在这群人的正中间，那天却坐在了前排的最右边。不过身材高大的父亲即使坐在最边缘，也仍然高人一头；即使没有文字介绍，许多人也依然能认出他那粗犷而伟岸的容貌。但是，此刻他就像大病过一场那么清瘦，脸色看上去是那么疲倦，唇上的那两道短髭已连成了一片。又不知为什么，那天他的两只手有些不知所措地放在分开的两条腿中间，破天荒地离开了那只心爱的大烟斗。

这张照片我在几十年后才见到。当时，我并不知道它记录的是一段珍贵的历史，一个过去之后再不会重复的瞬间。甚至不知道我那乳臭未干又懵里懵懂的小模样，永远定格在了那群叱咤风云的人群中间。我只知道那是我少有的与父亲和母亲同时待在一起的日子，只知道照片上的那些人，都像我父母那样把我当成他们自己的孩子，都抱过我，背过我，用自己干粮袋里残存的那点粮食喂过我。母亲在许多年后用慈爱的语气告诉我，在庄里镇，当我在分别几个月后重新回到这些人的怀抱时，看见他们中的任何一个男人，都叫爸爸；看见他们中的任何一个女人，都叫妈妈。

也是在后来，我才知道，在拍下这张照片的那个年代，我的父亲和他率领的那支穿过无数次风暴的军队，当时正驻扎在陕西富平的这个叫庄里的小镇上。他们蜡黄的脸，他们被土布军装遮盖着的松垮肌肤，还有那肌肤软塌塌地包着的骨架，因刚刚经历那场漫长的史无前例的大迁徙和大跋涉，已是伤痕累累。他们的胸膛和四肢，都承受过子弹、炮弹和刺刀的追击。如果看得再仔细些，你还会发现，在他们中间，有的人已经没有了某只臂膀，掖在身后或随便耷拉下来的，是一截空空的袖管。但他们的神情却格外的坚毅，格外的灵醒，仿佛时刻在倾听远处的枪声；眼睛也异常明亮，像一颗颗尖锐的钉子。

照片中有我，有我的母亲、我的父亲。可不知为什么，我父亲本该坐在这群人的正中间，那天却坐在了前排的最右边，不过身材高大的父亲即使坐在最边缘，也仍然高人一头；即使没有文字介绍，许多人依然能认出他那粗犷而伟岸的容貌。（前排右一我父亲贺龙、右二甘泗淇、右四贺炳炎、右五李贞；后排右一谭友林、右二王震、右三关向应；前排左三我母亲蹇先任，左二贺捷生，也就是我）

是的，在他们即将开拔的正前方，命运的正前方，有一场更激烈更残酷的战争，正在等待着他们，召唤着他们……

二

说到一支军队与一个西北小镇的联系，历史是这样记载的：1936年11月，中国工农红军三大主力在陕北会师后，经过山城堡与胡宗南部的最后一仗，第二次国内革命战争宣告结束，中国人不打中国人的愿望在此得以实现。紧接着爆发的西安事变，为国际国内各种政治力量提供了一次重新和解的机会。当时占据我国东三省的日本军队却长驱直入，大有踏破长城，席卷中国之势。因而面对共同的敌人，由中国共产党提出的实行国共第二次合作的倡议得到普遍响应。但国民党内的亲日派何应钦却调集大军，气势汹汹地赶来讨伐幡然醒悟的东北军和西北军。应张学良、杨虎城的要求，中共在派出代表团赴西安参与调停谈判的同时，命令红军主力南下支援东北军、西北军作战。

我父亲贺龙率领的红二方面军，就是在这个时候从三边、环县，经庆阳、旬邑、淳化到达富平、三原一带。这支征尘未洗，几个月前才结束长征，一个个骨瘦如柴，衣衫破烂，肠胃里还残留着草根和树皮的队伍，一到达目的地，把枪一架，便开始挖战壕，筑工事，准备迎击何应钦部队的进攻。

战事如箭在弦上，一触即发。

仗却没有打起来，似乎也没有理由再打了。因为民怨沸腾，团结对外的呼声越来越高，国共合作的趋势已不可阻挡。要打，就只能掉转枪口打日本人了。于是，在1937年的三四月间，父亲的红二方面军奉命前移，其中方面军总指挥部进驻陕西富平县庄里镇，红六师驻庄里镇西边扼守西安至延安要道，红四师住觅子镇东南。方面军属下由萧克率领的红六军团，继续镇守原驻地流曲,静观其变。

现在想来,中共中央和中央军委把红二方面军布置在庄里镇及周围,是具有深意的。庄里镇居延安与西安的中间地带,红军以三大主力之一在此布防,既为大本营延安竖起了一道坚固的屏障,又对国民党在西北的政治军事重镇西安取胁迫之势。作为一种军事存在,对于日后国共两党携手抗战,又将成为一个重要的屯兵地和集结地。

庄里镇是富平仅次于县城的第二大镇,也是渭北的一座历史文化名镇。镇域之内坐落唐简陵和唐元陵两座大墓,算是人杰地灵之处。因唐代名将李光弼曾在这里建立庄园,自此远近闻名,四方皆知。所以明洪武三年在此建集立镇时,直接以"庄里"命名。镇上至今让当地人引以为骄傲的历史文化地标,当属民国初年由辛亥革命战士、著名的爱国将领胡景翼捐资创办的立诚学校(现为立诚中学)。校内有座古色古香的藏书楼,飞檐斗拱,红墙青瓦,吸引众多学子前来求学。解放后出任全国人大副委员长的习仲勋同志,1926年就曾在这里就读。有意思的是,从镇上出去的人风趣幽默,都爱说自己是庄里人。此话一语双关,既透出一种沉着和自谦,又多少流露出一丝历史文化名镇的优越感。

这就是说,庄里的人是见过世面的,他们胸怀高远,宠辱不惊,富有强烈的家国意识。正因为这样,当红二方面军出现在镇上时,无须动员,家家箪食壶浆,纷纷向这支远道而来的部队敞开门扉。

方面军总指挥部也即红军司令部,就安在镇上大南巷北段东侧的张家大院。这是除著名的立诚学校,镇上拿得出来的最大一个院落。贺龙、任弼时、关向应、萧克、王震、周士第,这一个个大名鼎鼎的红军将领,从此在这座宅子里进进出出,谈笑风生,与镇上的老百姓朝夕相处,如鱼得水。而街道上鸡不飞,狗不叫,孩子们成群结队地围上来看热闹,一幅天下太平的景象。住在延安的朱德、彭德怀,也时常出现在人们的视野中。许多年后,镇里的老人不无自豪地说,当官当到北京算是最大的吧?但北京的那些大官，有许多是从我们庄里出去的。

红军进驻庄里，纪律严明，买卖公平，爱民如子。学校照常上课，农民照常种地。部队突出的一项任务，是宣传抗日，动员群众投入救亡图存。接下来，人们看到各部队派出的工作队，纷纷上街刷标语，演文明戏；与地方抗日救国会联合举办"民众俱乐部"；还为群众订购书刊报纸，提供各种棋类、球类及乐器，让他们在阅读和娱乐中开阔视野，认清抗战是每个炎黄子孙的天职。镇上有几个大户人家，按照延安新颁布的政策，不再没收他们的土地和财产，而是号召他们向即将到来的抗日战争出钱出力，共同加入御敌阵线。当地不少人吸食鸦片，为帮助他们解除痛苦，红军又和地方联手开办戒烟所，免费为烟民们戒烟，这使数百名穷困潦倒的烟民摆脱了困境。

部队集会与训练，不扰民，不害民，更不妨碍他们的正常生活和生产秩序，远远开到石川河畔的荒滩上进行。住着方面军总指挥部的庄里镇与住着红六师的觅子镇，正好隔河相望，遥相呼应，身不卸甲的官兵们在河两岸龙腾虎跃，杀声震天，既保持着同一个战斗整体，又相互竞赛，相互激励，让两岸的民众看了爱在心里，喜上眉梢。

那时说到日本人的野蛮和凶狠，不少人谈虎色变，害怕中国被他们灭亡。但庄里镇的人们就没有这种忧虑，他们亲眼看到我们自己有这样一支气吞山河的军队，这样一些誓死抗日的官兵，心里顿时洞若观火，转而对他们倾心相爱，鼎力相助，积极送子送郎加入这支队伍。镇上的开明人士胡景瑗，是胡景翼的后人，深明大义。听说红军给养不济，他登高一呼，全镇人民立刻响应，不几日便为部队筹得军粮数万斤。

正是在这个时候，任弼时、关向应、萧克和王震等几位将领，同时想起了我，联名给毛泽东写信，提出把我也接来庄里。他们说贺老总年过四十，就一个瘦瘦弱弱的女儿，正丢在延安乡下托老百姓看管；偏偏那儿太穷，孩子吃不饱穿不暖，太可怜了。现在部队在庄里驻扎下来了，暂不打仗，条件有了较大改善，不如把她放在贺老总身边。毛主席看到信，对贺子珍说，去告诉大蹇（我母亲蹇先任）小蹇（萧克夫人、我幺姨蹇先佛），把贺胡子的宝贝女儿送过去。

接我的是红六师政委廖汉生，他父亲早年在桑植帮我们贺家管账，年幼的他常跑来玩，和贺家的人亲如一家。我父亲当时没有男孩，视他为己出，曾送他去常德读书。按辈分我该叫他大哥。廖汉生听说要把我这个小妹妹接到庄里来，主动请缨，当下骑一匹快马，到延安乡下找回我，把我搂在怀里，一鞭子从宝塔山下跑回庄里。

父亲从廖汉生大哥手里接过我，高兴得拼命用胡子扎我，吓得我哇哇大哭。从父亲手里接过我的，是一个红军女战士，司令部的叔叔早指定这个会干缝纫活的大姐姐做我的保姆。

我到了庄里镇父亲的身边，在延安红军总政治部工作的母亲，也就有理由常跑来看我和父亲，来了又总能多赖几天。这正合父亲的心意。那时他嘴上不说，心里还是想着生个男孩。

我从此获得了在战争年代少有的家的温馨，更有父亲和母亲的携手之爱。时间虽短，但后来发生的事情证明，这在我的生命旅途中，是绝无仅有，弥足珍贵的。因此，我忘不了庄里，忘不了在那些日子里，我曾怎样跟着庄里的那些小屁孩，在街道上跑，在黄土里滚。

三

红军是一支穷人的队伍，苦命的队伍。自诞生以来，就被国民党反动势力围追堵截，恨不得赶尽杀绝。他们跋山涉水，东征西讨，流血牺牲，每天犹如一张拉满弦的弓，没有松弛的时候，都不知道和平是什么滋味。如今在庄里住下来，终于可以像鱼那样从混浊的水里探出头来，透一口气，洗去身上的血腥和汗味了。但这毕竟是一支农民的军队，对短暂出现

八路军总司令朱德、政治部主任任弼时、一二九师师长刘伯承与一二〇师师长贺龙、副师长萧克在延安合影。（从左至右：萧克、朱德、贺龙、刘伯承、任弼时）

红二方面军第六军团干部欢送出席全苏区党大会代表时在富平合影

的和平，难免有些眼花缭乱，茫然失措。或者说，暂时出现的和平，对这群人来说，忽然觉得太奢侈了。

看得见摸得着的是，有几个月听不见枪声，也看不见硝烟；官兵们住有固定的屋子，食有定点开放的热饭热菜；爱好运动和娱乐的，在训练之余可打球、下棋，吹拉弹唱；从前不可想象的邮路也通了，十年生死两茫茫的亲人，竟可互通音信，互报平安，虽是感慨万端，但庆幸都还活着；如果去咸阳城办事，穿着红军的衣服骑马挎枪走进去，驻守在城里的东北军也不会阻拦，在城门口站着的哨兵还会友好地点点头。最让士兵们难以置信的，是家里不再被当作"匪属"了，日子开始过得安稳起来。家里来信说，此时回家，不会被杀头。

就有人的心里像揣着只兔子，在怦怦地跳。还有这样的事？他们想，和国民党你死我活地打了十几年，头颅落处血斑斑，死了多少人啊！但一夜之间国共两党握手言和，仇人相见不再眼红了，还当什么红军呢？这么想着，有的官兵就觉得革命到头了，悄悄地离开了庄里。因为大部分士兵来自土地，家里谁没有父母兄弟，甚至妻子儿女？革命兴起的时候，他们从三乡四村投向这支队伍，差不多都是官逼民反，在村里待不下去了。看到国民党的枪口不再对准自己，他们想到的是该回家种地了，不然父母老了没人管，老婆守久了空房要改嫁，那可怎么办？

我就知道一个中医，给我父亲和母亲都看过病，说起来他在部队医院工作，比战斗部队的士兵更有见识，但也离队了。解放后他千里迢迢来到北京，找我母亲写证明，说只要把他的名字按当年的实际列入红军名册，就心满意足了。更多离队的人，是头脑简单，目光短浅，当部队南下路过湖南和湖北时，又跑回来要求二次参军。

享乐主义也在抬头，在迅速蔓延。这部分人认为，老子翻雪山过草地到大西北，吃了那么多苦，没冻死没饿死没被枪子打死，那是命大。而今鸟枪换炮，要改成国民党正规军，和他们比，说什么也得讲点派头，摆摆阔气了。红六师有个特派干事叫王保才，放牛娃出身，跟着红军打了几年仗，眼光高了。有一天，不知他从哪里凑了五块大洋，到咸阳城镶了一颗闪亮的大金牙，见人就咧开嘴，说过去从打死的国民党军官嘴里敲金牙，那得交公，现在咱也有颗金牙了。

还有个干部叫吴宝，这人解放后我还见过，长得相貌堂堂。部队在庄里住下后，他轻易找了个当地的漂亮姑娘，没请示，没报告，就要与姑娘结婚。姑娘要求按西北风俗凤冠霞帔，坐着花轿招摇过市；当新郎的还得穿上长袍马褂，走出几里地来迎接。对这些，吴宝都满口答应。结婚那天，老乡们抬着新娘，吹喇叭，放鞭炮，一路轰轰烈烈地往队伍上送。方面军参谋长周士第听见动静，骑马赶过去，想挡回这出闹剧。吴宝却说，求你了参谋长，这是我的人生大事，你要打要骂，等我把婚结完。弄得说广东话的周士第哭笑不得，说吴宝同志，你这个样子还像个革命军人吗？回去我关你的禁闭！

部队出现的这些情绪和波动，引起方面军领导的高度注意。在随后召开的团以上干部会议上，我父亲以王保才为例，生气地说，几天不打仗，就想着老婆儿女热炕头，觉得天下太平了，这还是红军吗？放牛娃出身的王保才，在雪山草地、枪林弹雨的环境中没有倒下，跟上来了，算得个英雄嘛。为什么到了新的环境，思想就退步，想当"狗熊"了呢？镶什么金牙，乱弹琴！要给王保才纪律处分！又说，队伍出现这些现象，我们这些带兵的人都有责任，都要打屁股。任其发展下去可不行。回去要从严整训，大力加强艰苦奋斗的革命传统教育，开展反腐化、反享乐的思想斗争，给干部战士们敲警钟，要让大家清醒地看到国内革命战争虽然结束了，但即将到来的抗日战争，会更艰苦，更残酷，需要做好更充分的思想准备。红军虽然面临改编，但是红军的传统和本色不能丢，永远不能丢！

官兵们松弛的弦绷紧了，从此每天按照延安和方面军总指挥部布置的内容，学政治、学理论、学文化。连父亲自己也戴上老花镜，捧起《论

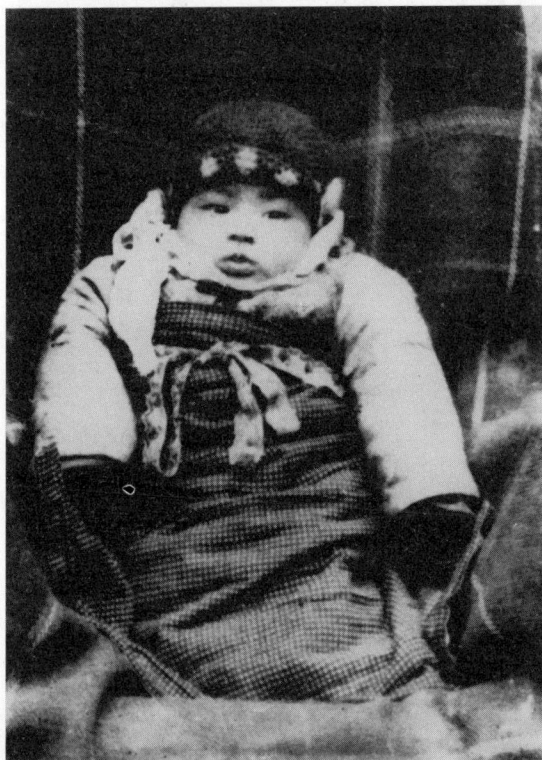

长征到达延安后，我一岁多了，但还不会走路，小腿是软的。不知摄影师采用了什么技术，把我照得这么胖。到目前为止，这是我保存的人生第一张照片。

　　我的父亲和他率领的那支穿过无数次风暴的军队，当时驻扎在陕西富平庄里镇。尽管刚刚经历那场漫长的史无前例的大迁徙和大跋涉，每个人都伤痕累累，但留在延安的母亲对我的爱，依然那么细腻和深厚。

帝国主义》《列宁主义问题》和《中国革命基本问题》这类艰涩的专著，日夜研读。军事训练也比过去更严格了，技术训练以投弹、刺杀、射击为主，战术训练从单兵动作直到连进攻。思想教育则侧重纠正各种不良倾向和情绪，树立革命到底的信心；各部队天天开放新建立的"列宁室"，开展各种文化娱乐和体育活动；列队集合必血脉贲张，气贯长虹，高唱《誓死不当亡国奴》《武装上前线》。

5月30日那天，利用纪念"五卅"运动的契机，方面军在庄里镇与觅子镇之间的河滩上举行盛大的运动会，对部队军政整训成果进行全面检阅。竞赛项目有投弹、刺杀、射击、球类、田径、唱歌、墙报等等，各师、团选派最优秀的代表参加角逐。没有参赛的官兵成建制列队，带上小马扎前来观战和助威。那种规模和气势，就像明天就要开赴战场。

看见部队士气大振，父亲终于露出了久违的笑容。

四

1937年7月7日，日寇在宛平卢沟桥挑起事端，发动全面侵华战争，中国人与日本人决一死战的抗日战争全面展开。几天后，中共中央军委主席团发布命令：红军改编为国民革命军。按照国民革命军统一编制，红二方面军与陕北红军一部改编为国民革命军第八路军第一二〇师。师长由我父亲、原红二方面军总指挥贺龙担任，副师长萧克，师参谋长周士第。下属两个旅，四个团。

红军的历史到此结束。我党领导下的八路军横空出世。

但是，国民党当局害怕养虎为患，明显留了一手。他们把八路军的编制压得很低，员额卡得很死，只允许保持四万五千人。在新的编制里，原方面军总指挥和副总指挥任师长、副师长；政委编制取消，那时任弼时已调延安党中央工作，继任的方面军政委关向应改任师政训处主任；原来的军长、师长全部降格任用，当旅长甚至团长。唯一利好，是给八路军发军饷，但条件苛刻，必须按压了又压的编制员额发放，超出的不发。但即使这样，八路军官兵也不感激他们。因为此前红军没有军饷一说，来参加革命谁想过升官发财？许多编外的官兵誓死抗日，表示没有军饷也不离开部队。

八路军的服装与红军没有大的区别，都是由中山装演变而来的。有区别的是帽徽：红军戴八角帽，上面是一颗用红布缝上去的五角星；国民党军官戴大檐帽，士兵戴圆形帽，上面是"青天白日"十二个角的国民党党徽。过去在战场上，凡看见戴青天白日帽徽的，恨不得一枪撂倒一个，而今自己也要戴这种帽子，大家想不通。

有人哭了，嗷嗷地哭，说戴着这种帽子怎么去见老百姓啊？从前我们打国民党，现在我们也成了国民党，群众会戳我们的脊梁骨。还说我们戴着红军的帽子，和国民党军并肩作战，不也照样抗日吗？

中共中央和中央军委发出了红军为何一定要改编为国民革命军的四条解释。父亲理解官兵的心情，带着延安的精神，到部队一个一个团去动员和劝说。他历来喜爱基层官兵，与他们情同父子，官兵们有什么话都愿对他说。在一个连队，代理连长当着大家的面，直言不讳地问父亲，总指挥，大家就是不愿意改名。国共合作，全民族抗日，我们举双手赞成，但为什么红军非得改名呢？红军一改名，不就成了白军吗？父亲拍着代理连长的肩膀，语重心长地说，是啊，现在的问题就是不愿红军改名，连我贺龙也不愿改！接着，对陪同他来的团长说，我看你这个团长也不愿红军改名哩。是吗？团长不好意思地点点头。父亲这时提高嗓门，严肃地对官兵们说，同志们，这可不行啊，为了中华民族的独立，必须实现国共两党合作，团结一致抗日，目的是让我们不当亡国奴。这样一来，红军就得改名。红军不改名，蒋介石就不肯抗日。你们自己在心里称一称，哪头轻，哪头重？但是，红军是名改心不变，一颗红心为人民嘛。红军改了名，还是党中央、毛主席、朱总司令指挥领导。红军改名，是党中央的决策，全体红军战士、共产党员，必须无条件服从。我，贺龙，就无条件服从。

父亲说得口干舌焦，喉咙都喊哑了。但他的心里是欣慰的，他知道官兵们不愿红军改名，不愿戴有青天白日的国民党帽子，说明他们不愿变白，心里有着强烈的爱憎和是非，这对革命军人来说，是十分宝贵的。只要他们想通了团结抗日的大道理，带着这份爱憎去杀敌，就能不惧生死，英勇无畏，爆发出与日寇血战到底的力量。

换装前夕，父亲满足官兵们的要求，让政治部的同志从城里请来摄像师，在小镇的戏台上搭起布景，给官兵们人人照穿着红军服装的最后一张相，留下永久纪念。

那天就像过节，大家从四面八方涌来。干部战士都从包袱里翻出最整洁的一套军装穿在身上，一丝不苟地扎上绑带，足登新草鞋，一副整装待发的样子。干部还腰扎皮制的子弹带，身挎驳壳枪，连我父亲这样的方面军领导也不例外。他那张端端正正地戴着红军帽，骑在那匹心爱战马上的照片，就是那些日子照的。

文章开头已提到，不满两岁懵懵懂懂的我，还有我母亲，我父亲，与方面军将领们在庄里照的那张合影，就是那些天记录下的瞬间。

照完这张相没多久，也就是1937年七八月间，父亲发动南昌起义时的两个老部下秦光远和瞿玉屏，听到红军改编的消息，从湖南赶到庄里，请求重回部队，跟随父亲抗日。

秦光远是南昌起义的名将，当年任国民革命军暂编第二十军第二师师长，是父亲的左右手，在起义战斗中仗打得很漂亮，功勋卓著，深得父亲喜爱。瞿玉屏又是秦光远的爱将，在他的师里担任团长，同样为起义做出了自己的贡献。对他们的到来，父亲当然持欢迎态度，立即向延安八路军总部报告，希望批准他们归队。作为南昌起义党的最高领导人，在八路军总部指挥作战的军委副主席周恩来自然对秦光远不陌生，他想到秦光远能

父亲说，今天国难当头，为了共同对付日本帝国主义，我愿意带头穿这身灰衣服，戴这颗白帽徽。别看我们外表是白的，可心里是红的，永远是红的！

说会道，又善于交际，在国民党军队关系深广，决定派他和瞿玉屏回湖南做党的统战和兵运工作，争取湘西王陈渠珍加入抗日阵线。几天后，朱德总司令和我父亲亲自给秦光远和瞿玉屏谈话，交代任务，将八路军总部的意图告诉他们，两人坚决服从党的决定。

离开庄里时，秦光远想到在以往的岁月里，父亲对他百般关照，连他结婚娶妻的钱都是父亲给的，有些依依不舍。他看到父亲马上要带领部队东渡黄河，深入山西与日寇决战，身边却带着我这个不满两周岁的孩子，十分不便，而且生死难料，主动提出把我带回湘西抚养，减轻父亲的负担。他对父亲说，贺老总，只要你放心，我们帮你把孩子照料好，这样孩子不会受苦，你也少了些牵挂。等打跑了日本人，我们完璧归赵。父亲想了想说，二位兄弟，这最好不过了，孩子是我的，等她懂事了，你们告诉她父亲是贺龙，母亲是蹇先任，先做你们谁的女儿都行啊。为此，父亲还向八路军总部为我申请了三年的抚养经费，给他们随我一起带回湘西。

母亲从延安赶到庄里，追着我送他们走，一直追到过了石川河那个小镇。分手时，母亲蓦然想起眼前这个小镇的名字叫觅子镇，顿时心如刀割。她后来对我说，她是不信迷信的，但想到那个地方叫觅子镇，她便有一种骨肉分离的感觉，害怕这个女儿再也找不回来了。此后谁也不能在她面前提觅子镇三个字，提起来她的心就痛。

9月2日，渡过正在涨水的石川河，在庄里镇东边靠近流曲的一片荒滩上，一二〇师全体将士举行庄严的改编暨抗日出征誓师大会，红军总司令、八路军总指挥朱德特地从延安赶来参加。朱总司令从中华民族面临的危机讲起，重点强调红军改编的意义。他高扬手臂，以体恤的口吻谆谆劝导说，我朱德当过军阀，也是过来人，因此理解同志们的心情，知道你们的心里在想什么。但毛主席说了，红军改成国民革命军，统一番号是可以的，但是有一条，就是一定要在共产党的绝对领导之下！这就是说，在我们的心里，我们永远是那支来自人民的军队，永远为中国的独立与和平战斗。

由方面军总指挥改任一二〇师师长的我父亲贺龙，在紧接着朱总司令的讲话中，推心置腹，保持他一贯的诚恳和现身说教。他说，同志们哪，我贺龙国民党的帽子戴过，国民党的将军服穿过。就因为国民党腐败，我不愿穿它那身军服，后来才和大家一样穿上了红军的衣服，戴上了八角帽。今天国难当头，为了共同对付日本帝国主义，我愿意带头穿这身灰衣服，戴这颗白帽徽。别看我们外表是白的，可心里是红的，永远是红的！

两位老总的话雷霆震荡，在会场激起一片掌声和呼声。

9月3日，一二〇师八千二百二十七名抗日健儿，从庄里镇、觅子镇出发，过合阳到韩城芝川镇东渡黄河，进入山西烽火连天的抗日前线。

中国革命战争的历史，从此掀开了崭新的一页。

五

七十四年过去，我在2011年9月一个秋雨绵绵的日子回到庄里。天因这场秋雨的到来而显得微凉，镇上四周种满的柿子树果实累累，像在茫茫雨雾中挂满小灯笼。省里的早间新闻说，由于连日降雨，离庄里镇不远的三原地区发生山体滑坡，目前已发现有人遇难和失踪。

车并没有停下，但我心里一惊：我来得不是时候？

庄里镇已今非昔比，人口正逼近十万。从前灰突突的镇子里，绿树成荫，道路纵横，几座近二十层的高楼拔地而起。但我更愿意看到它还是过去那个村庄似的小镇，更想看到瓦楞上的青草，院落里放着的锄头和纺车，再就是拖着两道鼻涕，在门前的台阶上爬上爬下的孩子。因为在许多年前，我就住这些瓦楞上长着青草，院落里放着锄头和纺车的房子里。而且，想当年，不满两周岁的我，也是那些在台阶上爬上爬下的孩子们的一

1937年9月3日，我父亲率领由红二方面军改编的一二〇师八千二百二十七名抗日健儿，从庄里镇、觅子镇出发，过合阳到韩城芝川镇东渡黄河，进入山西烽火连天的抗日战场。

员啊。

由当地长大的朋友引路，我们打着伞，踩着薄薄的积水，慢慢地往小镇的老街上走。街道上不断露出拆旧翻新的迹象，有些老房子四周的墙已扒去，只剩下几根柱子撑起的一个骨架。站在街道两旁的人举目张望，惊奇地看着几个将军搀过来一个老太太。他们自然不认识我，即使老人也认不出来。但我在心里说，有那么眼生吗？我也是庄里人呀。我是当年那支军队的女儿。我日夜想着回到你们中间。

走到曾是红二方面军司令部的大南巷张家大院，我惊愕地看着这个极普通的院子，像一脚踩进了梦里。在我模糊的印象中，这是一座巨大的房子，如同在南方村子里鹤立鸡群的祠堂。当年我磕磕绊绊地在这里走进走出，只觉得空荡荡的，就像一片叶子飘向空旷的大地。如今出现在眼前的，却不过是一座门楣稍高的破败老宅。

进门是一个用麻石铺就的天井，雨水打在发黑的石面上，发出亮晶晶的光。穿过天井，左手是一排低矮的厢房，和北方任何一个农家小院的厢房没什么区别；右手的厢房却在早些年坍塌了，只剩下一道用塌下来的砖石潦草地垒起来的矮墙。逼仄的院落里，种着一棵无花果，一棵柿子树，比人高不了多少。

房东张国柱从左厢房的一间屋子里走出来，迎接我。他是个八十多岁的老人，脑袋上没有一根头发，但精神矍铄，腿脚利索，嘴唇在微微颤抖。跟他走进屋子，只见靠墙放着一张行军床，铺着干干净净的白被单；门边有一对木扶手座椅，中间的茶几上，放着一把如今已难得见到的白茶壶和几只白瓷杯。除此之外，别无他物。

我的心里一热，眼睛湿湿的。我知道，这完全是老人凭着记忆，按照父亲当年住过的样子布置的，可见他用心仔细，体贴入微。事后有人告诉我，老人几十年未离开这个院子，儿女们盖了新房也不去住，只盼着政府能修缮一下，供人们参观。可他还没有盼到这一天，最近才把房子租出去。听说我要来，他马上找租户商量，说这一天他无论如何要收回来，用来接待我。

听到这里，我的眼泪已经落了下来。

张国柱老人说，他当年见过我，还见过我父亲用胡子扎我的情景。他还说，他家这个曾用作红二方面军司令部的祖传院子，当年不仅住过我父亲，还住过关向应、萧克、王震、甘泗淇、李贞他们。我频频点头，肯定他的记忆是准确的。因为他提到的这些人都是红二方面军幸存的将领，尤其担任政治部主任的甘泗淇和李贞，本来就是一对夫妇，但他们去世比较早，人们对他们的名字相对生疏，能记住并说出他们的名字，如今没有多少人了。老人坦陈，红军住在庄里的时候，他还只是个孩子，刚满十岁；红军在镇上的戏台处集会，在石川河畔操练和举行抗日出征大会，他只能挤在乡亲们的脚下看热闹。但因为记忆太深刻了，许多情景至今仍然历历在目，可惜几十年来没有什么人来采访他。

我和他握手道别时，他说，老首长，你要常回来看看啊。

从张家大院红二方面军司令部出来，我们去了立诚中学。孩子们正在上课，校园里空旷而幽静，那座古老的藏书楼伫立在雨中默默地讲述着它经历的沧桑。楼前一尊爱国将领胡景翼的半身塑像，大小与真人无异，稍不留意便会被忽略。藏书楼一层不超过三十米左右的空间，布置着一些历史图片，包括学校沿革、红二方面军在庄里的活动和胡景翼将军生平三部分。除去大门一面，基本上一个内容占一面墙。

原本还想去看看觅子镇，那个我离开庄里最后与母亲分别的地方。车开到石川河边，桥被洪水冲断了。我说不看也罢，心里却想，与红二方面军在大半年中留在庄里的足迹相比，我那几声啼哭算什么呢？

头伸出车窗，当我最后一眼回望秋雨绵绵的庄里镇时，说不清为什么，心里忽然翻起一阵酸楚。

2011年10月—11月　北京

我和大武有个约会

　　文水、开栅、交城、方山……如果说山西是一部书，我们在高速路上乘坐的汽车，便是一根手指，在一页页快速地翻动它的篇目。路牌上依次闪过的地名，是那么熟悉，那么亲切，那么让人向往，因为在它们背后展开的土地，没有一片不曾留下父亲的足迹。

　　父亲贺龙大半生征战，德高望重，功勋卓著，这是没有人怀疑的。他生前说过，就战斗的地域和时间长短而言，他应该有两个故乡。首先是湘鄂西，那是生他养他的地方，当年他和共同领导过南昌起义的革命前驱周逸群，头颅作花，餐风饮露，在洪湖和湘鄂边创建革命根据地，从这片荒蛮但却忠勇的土地上带出了浩浩荡荡的红二方面军，使之成为长征到达延安的中国工农红军三大主力之一。再就是晋绥抗日根据地，自1937年秋天从陕西富平庄里镇东渡黄河至1949年春，他大多数时间战斗在这里。十几年间，他把这片逶迤起伏的大地当作棋盘，率领八路军一二〇师和晋绥野战军纵横捭阖，艰苦奋战，先与日本人夺命厮杀，后同国民党军生死较量，把革命战争的奇迹写在了它的山山岭岭，沟沟壑壑。正因为这样，山西人民对他和他率领这支军队的支持，他没齿难忘。1947年，在给党中央的一份报告中，父亲历数山西人民对这支军队的热爱和舍家舍命的支援，动情地说，晋绥老百姓是我们的衣食父母，他们用山药蛋、黑豆和小米喂养了我们，在战争最残酷的年月，宁愿自己勒紧裤腰带，也要把仅存的那点粮食送到我们的队伍中，到了把财力和物力用到极限的程度，有的地方十七八岁的姑娘竟穿不上裤子，有的地方还饿死了人。解放后，无论在家里面对儿女，还是在公众场合，每当忆及山西老乡的倾囊相助，他的眼里总是含着泪花。

正值四月，我们从太原乘车驰向吕梁山腹地。放眼望去，桃花红，杏花白，梨花胜雪，到处是生长和绽开的声音。高速公路两旁的原野天高云淡，溢光流彩，正敞开怀抱迎接远方的客人。可惜我们行程已定，目标直指方山县的大武镇。因为我和这座小镇有一个约会，一个春天的约会，此行对于山西这部大书，只能阅读其中的这一章。

大武镇上的那所中学，早在几十年前就与我擦肩而过。我一步步走近它，心是热的，眼睛是湿的，仿佛听见一个声音在远远地喊我。

倘若时光可以倒流，可以从头再来，在我不满两岁的时候，只要跟着父亲从庄里镇向东走几步，就能早早地认识这座小镇，坐在它的某间简朴的教室里享受读书之乐。可是这几步隔着千山万水，中间不仅横亘一条黄河，而且遍布火焰和刀丛，眼泪和鲜血。

1937年八路军东渡黄河前夕，大敌当前，父亲马上要带领由红二方面军改编的八路军第一二〇师，开赴抗日前线，母亲也接到了去苏联学习的通知。这时，不满两岁的我又成了爸爸妈妈的累赘。怎么办呢？经过反复权衡，最后父亲还是以民族大业为重，狠心把我送回遥远的湘西；让尚在蹒跚学步的我，和他们共同承担天各一方、骨肉分离的痛苦。

抗战胜利了，国共两党的朝野之争又开始了。1945年9月，无法回湘西寻找我，时任陕甘宁晋绥五省联防军司令员的父亲奉党中央之命，率部从陕北进军晋中，意在收复大片失地。

9月2日，父亲指挥部队解放了文水县城。当他亲临县城视察时，部队向他报告，县城有所中学正聚集几百名学生，坚决要求参加革命，跟部队走。父亲大喜，当即对随他一起入城的县长李奎年说，带上，带上，把这些学生都带上。我们一下多出好几百人，又都是有文化的青年学生，这是一件多么好的事！又说，文水县城我们目前还不能固守，可以暂时放弃给敌人，但这批学生不能丢。全国解放后需要多少人才，他们个个都是宝贝啊。李县长面露难色，说学生们男男女女，大的十五六岁，小的才十二三岁，都是孩子呢，带上怎么管理呀？父亲说，你这个同志死脑筋嘛，我们为什么不能办所学校，部队打到哪里，把他们带到哪里，看好地方再安顿下来。别看他们都是十几岁的孩子，再过两三年便能成材。说这话时，父亲两眼放光，仿佛看见眼前正长出一片郁郁葱葱的森林。李县长茅塞顿开，说好，好，这个办法最好，把学生们都带上。但部队要打仗，我们以什么方式办这个学校啊？再说，谁来当这个校长呢？父亲说，这好办，就叫陕甘宁晋绥五省联防军驻晋随营学校，由我来兼校长。接着他环顾四周，指着站在不远处的秘书彭德说，至于副校长的人选，我看由彭秘书担任最合适，建校工作也让他主抓。说着走到彭秘书面前，用征询的口吻说，彭德同志，你是个知识分子，我不让你去打仗当炮灰；仗由我带部队去打，派你去办这个学校，怎么样啊？彭德说，没问题，我听老总的。

彭秘书投笔从戎，长期战斗在山西，曾是著名的"牺盟会"成员，和薄一波、刘澜涛一起坐过国民党的监狱，解放后官至交通部副部长，但自担任陕甘宁晋绥联防军驻晋随营学校第一任副校长，无论职务怎样升迁，都主管教育。

当天下午，父亲来到那所中学，亲自给学生们作动员。父亲说，孩子们，我贺龙是大老粗，没有多少文化，也不年轻了，但我从心里喜欢你们这些青年人，你们这些读书人。你们提出加入我们的队伍，跟我们走，我举双手欢迎啊。现在，我们决定开办一所学校，让你们边跟部队走边读书。不过，当下是战争时期，全国还没有解放，条件很艰苦，未来你们的课堂有可能在行军路上，也有可能在战火纷飞的战场上，你们准备好了吗？学生们掌声雷动，齐声回答说：准备好了！

父亲这个人耿直，豪爽，虚怀若谷，格外尊重和爱护文化人和青年学生，对他们发表讲话总是以自己为例，掏心掏肺，给人一种如沐春风的感觉。他率领的队伍也以广纳人才著称，篮球队、剧社、战地宣传队，样样齐全，都以"战斗"二字冠名，汇聚着一大批青年才俊。部队带出去朝气蓬勃，充满活力。那时从白区到达延安的作家、诗人和艺术家，像丁玲、何其芳、马可、贺敬之、沙飞、陈波儿等等，都爱往一二〇师跑，创作了许多深有影响的作品。在父亲看来，文化就是战斗力，艺术就是感染力，一支有文化的军队如同水中的鱼，活蹦乱跳，特别能战斗。那时解放战争的序幕还未完全拉开，他马上想到成立随营学校，着手为新中国培养人才，足见他的眼界开阔，深谋远虑。

几天后，父亲奉党中央的指示率部北上，准备打击进犯绥东地区的国民党军队。10月10日，陕甘宁晋绥联防军驻晋随营学校在部队行进途中宣告成立。10月中旬，随营学校转移到方山县的大武镇，让这个偏远小镇忽然歌声四起，人欢马叫。

大武镇是方山县的第二大镇，又是个古镇，离吕梁市只有十六公里。明景泰四年建筑的一座木质结构观音楼，耸立在镇中心。楼内供有观音、玉帝等十七尊塑像，香火不断，远近闻名。镇上有三百多户人家，是抗日老根据地。随营学校还在途中，有关方面便打扫干净庙堂，腾空镇上八户地主的庭院，做他们的校舍。这在战争年代已是相当奢侈了。学生们一住下来，立即开学。学习内容除原定的基础知识外，还增添了几门军事课程，比如无线电收发报等等，战争的发展很快证明这是非常有卓识远见的。

1946年5月，父亲到延安汇报战事返回晋绥前线，准备发起归绥和包头战役。路过大武镇时，专门视察了随营学校，看望全体师生。对学校建设和学生们的学习热情，他感到很满意，连连说好，说学校就这么办下去，同学们就这样学下去。革命战争的脚步势不可挡，大家很快就能一显身手了，给师生们以极大的鼓舞。父亲走后，教职员工和学生们感念他重视办学，对学校建设和师生寄予莫大希望，一致要求将学校更名为"贺龙中学"。意见上报到晋绥军区，父亲想到当时正处于战争时期，社会比较乱，各种势力正在明争暗斗，学校暂时用他的名字命名，对那些试图破坏的人是一种震慑，便同意了学校的要求。未料这个校名一直延续到今天，这说明父亲的功德至今仍被人们铭记在心。

以父亲的名义，贺龙中学办得红红火火，受到社会各界甚至延安的关注。周恩来、叶剑英、徐特立、杨尚昆等中央领导人先后来学校视察和讲学。和父亲长期搭档的任弼时同志，不仅亲自来讲课，还把女儿任远志送来读书。让师生们念念不忘的，是徐特立1947年3月来学校讲课的情景。徐老是著名的教育家，有着丰富的办学经验，曾教过毛泽东主席。他给学生们讲时事，讲作文，对如何办好学校提出了许多建设性意见。大家记得，徐老那天绘声绘色地讲了毛主席如何刻苦读书的故事，号召师生们向毛主席学习，追求真理，勇于实践，革命到底。徐老说，大家敬爱毛主席，但毛主席也不是天才，而是地才。这话怎么讲呢？因为他的一切一切，都是从实践中学来的。

有了这样的学习环境和机会，学生们格外珍惜，格外用功，那种如饥似渴的求知欲，如同枯木逢春，百花争妍。

正如父亲期待的，学校刚办一两年，师生们便陆续奔赴解放战争前线，有的还被选派到延安党中央机关工作。这之后，从贺龙中学毕业的学生就像春天的种子，被一茬茬撒向祖国的大江南北，在四处开花，结果，茁壮成长。我们都看过电影《永不消逝的电波》，影片记述的是我党和我军在隐蔽战线上的真人真事，故事的主角李侠的原名叫李白，在延安收到他从上海最后发回那个电报的，就是从贺龙中学毕业的学生，名叫苏采青。

史料记载：1948年冬天，在上海从事地下斗争的李白频频用电台给延安发送情报，国民党特务捕捉到这架电台的电波，开始满城追踪。组织上

上图：毛泽东、朱德与我父亲贺龙在战争年代亲切交谈。
下图：父亲贺龙在解放战争收复七县城战役干部会议上做动员讲话。

发觉电台已暴露，通知李白立即转移。12月29日，李白好不容易获取绝密的国民党江防计划，必须立刻报告党中央，于是最后一次冒险打开了电台。当他发完最后一组密码，国民党特务破门而入。1949年5月，在上海解放前二十天，李白惨遭杀害。解放后，长期负责情报工作的李克农建议将他的事迹搬上银幕，这才有了《永不消逝的电波》这部电影。

收到李白最后一封电报的苏采青，长期不为人知。其实她跟着部队从延安到了西柏坡，最后又进了北京。现在成了一个普通而快乐的老人，我们经常见面。苏大姐曾对我说，当年听到李白最后那句"同志们，永别了！"她悲愤交加，当场晕了过去。醒来后，她和姐妹们想到李白凶多吉少，抱在一起痛哭。

六十多年，贺龙中学的毕业生成千上万，许多人走上了国家和军队的重要岗位。在北京，你只要招呼一声，仅父亲当年从文水县城带来的那批学生，就能聚集十几人。不过，他们都已进入耄耋之年，连我这个年过古稀的人都得叫他们大哥大姐，或叔叔阿姨。依然健在的几个老师，如今已过九十岁高龄。

应该让父亲感到欣慰的是，从大武镇贺龙中学走出来的这些人，重情，重谊，从心里感激父亲对他们生命的再造之恩。父亲离世四十多年了，对他依然情意绵绵，并把怀念转移到我身上。只要见到他们，都会对我深情地说起在吕梁山下度过的那段金色时光，说起对那支队伍的迷恋。当然，说得最多的还是我父亲，说他1945年如何站在高处，只用三言两语便点燃了他们的革命激情；说他1946年从延安返回晋绥前线，如何来学校视察，如何深入他们的教室和宿舍问寒问暖。还说父亲当年办这所学校，让他们终身受益。说着说着，气氛就会变得凝重起来，忧伤起来，那是他们想起了我的遭遇。他们说，捷生，你父亲太伟大，太无私了，当年他给我们办学校，却把你寄养在湘西，让你受苦了。又说，如果你父亲当时把你带在身边，肯定也会送你来贺中读书。

听见这话，我不知道该高兴，还是该心酸。是的，回顾往昔，我也曾无数次地想过，几十年前，当父亲在山西为那些素不相识的孩子们办学时，面对几百张稚嫩但却阳光灿烂的脸，他是否会想到生死两茫茫，他自己的女儿此时此刻在哪里？是否会想到他这个饱尝苦难的孩子，是否和这些孩子一样，也有学上，有书读？

但我依然为父亲感到骄傲，感到自豪。因为从那些大姐大哥、叔叔阿姨的讲述中，从他们回想当年时脸上露出的笑容中，我清晰地读懂了几个词，那便是：青春、岁月、命运。我知道他们说起当年，不仅仅是在怀旧和感恩，同时也在感叹父亲把他们引上革命道路，改变了他们的人生。而与这相比，我作为一个职业革命家的女儿，在童年经受点孤寂与冷落，又算得了什么呢？

因而，多少年来，大武镇上的这所以父亲的名字命名的中学，成了我挥之不去的牵挂，年纪越大越想去看看。我常常寻思，它还是从前的样子吗？那里的孩子是否都知道自己的学校是怎么诞生的？还有，父亲留在那里的身影，是否还会浮现在人们的记忆中？2005年，中国作家协会育才图书室动员给老区的孩子捐书，我第一个想到的就是这所中学。经我呼吁，中国作协把大武镇贺龙中学当作向山西赠书的重点，捐赠了一大批图书。与此同时，我发动亲朋好友捐出一百万元现金，亲自送到大武镇。

循着父亲的足迹，踏进半个多世纪前我本该踏进的校园，我感慨万千，内心在微微颤抖，仿佛正贴近父亲那颗伟大的心脏。

出现在眼前的，是几间乡镇常见的教室，再不像当年那样散落在破庙和地主家的庭院里。人们告诉我，在十年动乱中，因父亲受到残酷迫害，山西与父亲相关的许多旧址都遭到严重毁坏，唯有贺龙中学和兴县的蔡家崖纪念馆没受到冲击。因为贺龙中学是所学校，你可以把牌子摘下来，把贺龙的名抹去，但砖石盖成的校舍是谁也搬不动、砸不烂的，这使它基本保持了下来。可当地经济落后，学校几十年没有大修，显得灰突突的。城里电子化教学已是相当普遍了，这里的教学设备却非常原始，还是一块黑板加一张嘴，甚至桌椅板凳都有缺胳膊少腿的。至于美术室、音乐室和科学实验室，更成了一种奢望。

看见这种景象，我难免有些伤感。当下想，当年父亲在那样艰苦的条件下都能把学校办起来，给学生们传授新的知识。现在，我能为它做些什么呢？虽然我个人的力量非常有限，可说是杯水车薪，但尽力去做点什么，总比不做好吧？

这次我们是带着五十台电脑，一百张新课桌，三台投影仪，来赶赴六年前的心灵之约的。掐指算来，我此行离父亲当年创办这所学校，已有六十六年！那是两三代人老去，几代人成长的时间，吕梁山下的孩子们理应得到更多的关注。

山西的变化太快了！六年前我第一次来大武镇，走的是国道，大半天曲曲弯弯的山乡公路走下来，被颠得腰酸背痛。如今的高速公路大道朝天，大武镇又正好是交通枢纽，从太原坐车走两个多小时，我们就听见了从校园里传出来的哗哗掌声。

孩子们聚集在父亲的铜像前欢迎我们。他们穿着整齐的校服，脸上浮出的笑容，就像吕梁山上一朵朵盛开的杜鹃花。走进孩子们中间，在肃穆的气氛中，大家首先面对我父亲的铜像，深深地三鞠躬。

父亲着元帅服的免冠铜像和崭新的校史馆，是近年才有的。铜像高一点四米，重七百多公斤。石质台座高一点六米，前为站台，后为栏墙。台座前方是原国家副主席王震题写校名的新校门，后方耸立新建的三层教学大楼。铜像台座的正面和左右两面镶嵌的大理石上，分别刻着原全国人大副委员长廖汉生的题词："继承贺龙遗志，为振兴老区教育作出贡献"，原副总理、著名的独臂将军余秋里的题词："学习贺龙同志尊重知识爱才育人的远见卓识"，和原中顾委委员罗贵波的题词："继承发扬革命优良传统"。台座后面的大理石上刻着第一任副校长彭德等撰写的碑文。他们都是父亲的部下，对父亲满怀敬仰。

父亲这座铜像，是贺龙中学的五百七十余名校友和四十个单位自发捐款，由山西美术学院雕塑师苗新田几易其稿，精心设计，最后由山西机床厂的师傅们反复三次而铸成的。它不仅表达了贺龙中学一代代师生对父亲的敬意，也融进了山西人民对他的一往深情。

学校领导和特地赶过来的方山县委领导，向我介绍了学校的发展现状和美好远景。他们说，学校目前有一千三百五十余名师生，是一所县直八轨制初级中学，先后被确认为吕梁地区和山西省的"德育基地""山西省绿色学校""山西省文明学校"。2007年被确认为吕梁市首批"寄宿制双面示范初中"。学校以父亲当年的办学精神为灵魂，坚持"德育为首，五育并举"的办学方针，大力开展爱国主义和革命信念教育，积极推进人、环境、教育者的和谐发展。

我对他们说，学校有光荣的传统，严谨的校风，这是千金难买的宝贵财富，一定要珍惜和发扬光大。地方政府暂时有困难，对学校的投入有限，因此必须量力而行，把着眼点放在出人才、出精神风貌上。千万不能和大城市的学校比奢侈，比外表，那样就会偏离方向，丢掉自己的优势。俗话说得好，寒窑出孝子，也出才子，对此我深信不疑。

学校和县里的领导频频点头，对我表示赞同。

说话间，操场上传来嘹亮的歌声。是那首在六十多年间，让千万个从这里走出去的学子，今天听来仍然热泪盈眶的校歌：

> 加紧学习，加紧锻炼，
> 冲破一切困难，
> 胜利地走向光明……

在歌声中寻觅

（父亲和一首歌）

    这是解放初期的事了。那时，父亲和母亲刚把我从湘西找回来，放在父亲身边上学。沐浴着新中国灿烂的阳光，我和所有的人一样，感到天是那样的蓝，水是那样的清，走在路上都想唱歌。彼此的心，就像春天树枝上爆出的嫩芽，正在一簇一簇地绽放。虽然我不再是个黄毛丫头了，但由于特殊年代的特殊经历，致使自己在性格上多少有些封闭，在人们的面前话不多；又因为身体弱小，即使到了豆蔻花开的年龄，身体也没有完全长开，脸色也不似同龄少女那么红润，那么喜笑颜开。许多跟随父亲从战争年代走过来的叔叔阿姨，看见我那个样子，很是心疼，总是情不自禁地把我搂在怀里，希望帮助父母用宽阔的怀抱，用在峥嵘岁月中熔铸的爱，把我从过去的寒冷中温暖过来。我明显觉察到，只要有机会，他们就会给我讲父亲和母亲的故事，讲他们在残酷的战争间隙怎样揪心揪肺地思念我，惦记我。最难忘的，是叔叔阿姨们为了让我加深对父亲的印象，经常对我说，你父亲可是个了不得的人啊！在我们的队伍里，没有一个人不尊敬

听着叔叔阿姨们唱起这首歌，在一个少女天真烂漫的遐想中，父亲总是笑容满面，一会儿穿着汗津津的对襟衫，肩扛一把锄头，大步流星地走在乡村的田埂上；一会儿脚蹬皮靴，骑着一匹高头大马，披着满天的霞光，从远方向我嘚嘚地走来。

那首歌唱道："他不是天上的神，他是地上的人，他曾和你我住在一个村，靠着你我近。哎！你记得哪一年来哪一月，一把菜刀杀仇人。他不是天上的神，他是咱们的好兄弟，他的手拉着你我的手，他是人民的真英雄。哎！你看贺龙将军过黄河，人民抬起头来笑呵呵！"（1937年5月1日，父亲贺龙在富平县庄里镇红二方面军庆祝"五一国际劳动节"大会上）

他，不爱戴他，谁都感到跟了他贺老总，是一生的光荣。说着说着，便绘声绘色地给我描述起父亲在当年是如何的威风凛凛，如何的所向无敌；对待自己队伍里的官兵和老百姓，又是怎样的和蔼可亲，情同手足。闺女，这么告诉你吧，叔叔阿姨们说，你父亲都被人写进歌里去了，而且这首歌在当年的抗日战场上，流传很广，许多人都会唱呢。

提起那首歌，叔叔阿姨们兴致勃勃，情意深沉，眸子里闪烁着一种异样的光彩。看得出来，他们正在记忆的河流里努力地打捞着什么，寻觅着什么，如同一朵花马上就要盛开。这样的情景没保持多久，他们的眼睛忽然一亮，接着便抬起手来，边打拍子，边诉说和叮咛似的缓缓唱起来："他不是天上的神，他是地上的人，他曾和你我住在一个村，靠着你我近。哎，你记得哪一年来哪一月，一把菜刀杀仇人……"

这些叔叔阿姨虽然地位很高，但在参加革命前，大多数是农民，没有多少文化，基本没有经过音乐训练，唱起歌来几乎五音不全，嗓音或粗，或硬，有的甚至找不到音调，只是凭着记忆想到哪唱到哪。但他们发出的歌声，却是那么亲切，那么自然和朴素，饱含深情，就像小河静静淌水，又像一个人在月光下对另一个人娓娓倾诉。

我大为惊奇。尽管是贺龙的亲生女儿，但在那个崇尚英雄的年代，父亲在我的心目中，也和许多人一样，威严而高大，熟悉又陌生；印象最深的，是他性情刚烈，脸上似乎永远涂着一层战争的硝烟，就像一座行走的雕像。哪怕生活在他身边，我也不会像邻家的儿女一样，任意在他的面前撒欢，更不会赖在他的怀里撒娇。这首歌出乎我意料的，是它不像通常这类歌曲那般高亢，激昂，有如江河奔腾，而是像诉说和恳谈般地告诉人们，父亲不是天上的神，而是地上的人，并且这个人和我们一样的粗手大脚，一样的黑，是从大家熟悉的村子里走出来的，因为他本身就是一个农民，是一个与你我没有什么区别的普通人。歌的曲调舒缓，亲切，朗朗上口，有如故乡来人正对你说着家长里短；只要听上三两遍，就能跟着唱出来。

次数多了，听着叔叔阿姨们唱起这首歌，我慢慢地有了一种贴近父亲的感觉，又渐渐萌发出一种走进他心灵的欲望。在一个少女天真烂漫的遐想中，父亲总是笑容满面，一会儿穿着汗津津的对襟衫，肩扛一把锄头，大步流星地走在乡村的田埂上；一会儿脚登皮靴，骑着一匹高头大马，披着满天的霞光，从远方向我嘚嘚地走来；一会儿又身穿灰布中山装，弯下高大的身躯，钻进一辆苏联产的老式吉姆车里，一溜烟地消失在眼前。也许是心灵相通吧，每当我从这种遐想中醒来，眼睛都会湿润，胸膛在微微起伏，好像有什么东西钻进心里去了。

这时候，我惊奇地发现，有多少个唱这首歌的叔叔阿姨，就有多少个父亲藏在他们的歌声里。久而久之，我感到有一双歌声的翅膀总在自己的眼前飞翔。我不知道乘上这双翅膀能飞到哪里，但我就想抓住这双翅膀，向前飞，向我憧憬的地方飞。

后来我知道了，这是那首歌已化成血液，在我的身体里流淌。

遗憾的是，因为解放了，革命胜利了，有许多的事物蜂拥而来，人们必须在心里腾出更多的空间，去接受和适应这些事物；又因为父亲是个明智的人，严于律己，从不允许别人为他歌功颂德。就这样，这首歌渐渐地销声匿迹，被人们自觉不自觉地遗忘了。那些曾唱着这首歌跟随父亲浴血奋战的人，那些在许多年后还与父亲保持亲密联系的叔叔阿姨，虽然还记得这首歌，能唱出它的旋律，但他们唱出的歌词却残缺不全，更说不出它是怎样产生的，是谁作的词，谁谱的曲。

想想也情有可原，在十几年前诞生的这首歌，经历了残酷的抗日战争，再经历了波澜壮阔的解放战争，即便当年有流传开来的歌片，那也会在无数次的轻装前进中被遗失，或者因为行军途中的日晒雨淋，激烈战斗中的烟熏火燎，早已化为一团灰烬。再说，战争年代的宣传鼓动，往往都是由战地宣传队和文化教员来担任，歌也是由他们一句句地教，大家一句句地跟着唱，跟着吼。出来革命的人，家里都穷，没上过几天学，有的连自己的名字都不会写，十几年后，谁还能记住这样一首口口相传教唱的歌？至于一首歌的词曲作者，哪怕是今天最流行的一首歌，又有几个人能说出来？

但是，我喜欢上了这首歌，对它念念不忘，觉得就像有根钉子扎进了心里。我决意要找到它，找到父亲是怎样走进这首歌里的秘密。这时我已经有了自己的思想，我认为，作为贺龙的女儿，我有责任去寻找歌里的父亲，也有责任去寻觅这段让我引为骄傲的历史真相。

在之后的日子里，我日有所思，夜有所想，每逢遇到熟悉父亲战争生涯的人，都要向他们打听是否知道这首歌。记得当时西南军区有个很大的文工团，周末经常在军区礼堂举办舞会，能碰上许多首长和文工团的词曲作家。尽管我从不跳舞，但我也会出现在舞厅，坐在一旁静静地观看。一曲终了，跳舞的人坐下来闲聊，我就希望能和他们聊到这件事，从中找到线索。后来以长篇小说《欧阳海之歌》而名声大噪的金敬迈，我就是在那个时候认识的，从此成了肝胆相照的朋友。对过去给我唱过这首歌的叔叔阿姨，只要再次说起这首歌，我都要追着他们唱下去，能唱多少句唱多少句。发现歌词里有了新的内容，便在小本本上记下来。当时我还不懂得如何记谱子，只会把音调记在心里，高兴的时候再翻出来哼哼，生怕忘了。我还缠着父亲要他也帮我回忆回忆，讲讲这首歌的来历。这时我已经感到了他的慈祥宽厚，儿女情长，没有了以前那种距离。见我追问这首歌，父亲乐呵呵地说，当年确实有这么一首歌，但那是唱我的，我怎么会跟着唱呢？所以一句都没记住。人们忘了就忘了吧，还回忆它做啥子？又说，现在有那么多歌颂毛主席，歌唱共产党，歌颂社会主义的歌，怎么能唱我贺龙呢？我固执地对父亲说，我就是想知道这首歌，你不让别人唱，让自己的女儿唱唱还不行吗？父亲突然严肃起来，说，自己的女儿也不要唱，并叮嘱我再也不要去问别人了。他说，这样不好，真的不好。

十五六岁的我没有多少城府，不明白父亲为什么是这种态度，也没有往深里想。过了一两年，我去部队当兵，去北京上大学，心里虽然放不下，但父亲的话我不能不听，怕他生气。

再后来，由于大家都知道的原因，从叔叔阿姨们的嘴里也难得听到这首歌了。到十年浩劫，别说唱这首歌，就是提到父亲贺龙的名字，人们也会谈虎色变。如果还去找它，恐怕要找出一场祸来。

故事的峰回路转，出现在粉碎"四人帮"后的第三年或第四年。这时父亲已含冤去世多年，我也历经磨难，从地处西北的青海调回到了北京，被安排在中国革命博物馆工作。有一天，我去书店购书，在书架上无意中看到一本新出版的《马可歌曲选》。也是鬼使神差，我随手抽出这本书，翻开它的目录，一个让我战栗又立刻血脉贲张的名字，突然像闪电那样跳进我的眼帘：啊，贺龙！这首歌的名字就叫《贺龙》！而且是首独唱歌曲。我一阵激动，浑身像穿过一股电流，那种震惊、错愕、欣喜若狂，不知该哭还是该笑的感觉，让我今天回想起来，还像刚刚坐了一次过山车。我急忙翻开歌曲的页码，没错，它就是我几十年来苦苦寻找的这支歌！只见完整的歌词是这样的：

> 他不是天上的神，
>
> 他是地上的人，
>
> 他曾和你我住在一个村，
>
> 靠着你我近。
>
> 哎！你记得哪一年来哪一月
>
> 一把菜刀杀仇人。
>
>
> 他不是天上的神，
>
> 他是咱们的好兄弟，
>
> 他的手拉着你我的手，

他是人民的真英雄。

哎！你看贺龙将军过黄河，

人民抬起头来笑呵呵！

再看歌名下面的作者，作词：贺敬之；作曲：马可……眼泪不知不觉地涌了出来，到这时，我就只能从心里发出长叹了：天啊，寻找了几十年的这首歌，还有写这首歌的人，原来这么大名鼎鼎，甚至就在我的眼前。就因为谜底久久没有揭开，我与这首歌的两个作者贺敬之和马可，或许在北京的某个大院，或许在文坛朋友们常常会面的某种场合，早就擦肩而过。哦不，其实我们是相互认识或者有缘相识的，只是我从未想到，他们与我还有什么联系。人生的遭遇如此阴差阳错，诚如辛弃疾在词里写的："蓦然回首，那人却在灯火阑珊处。"

作为作曲家的马可，我们可以不知道他的名字，但我们谁没有听过和唱过他写的那些歌呢？《南泥湾》《咱们工人有力量》、歌剧《白毛女》……没有一首歌不如雷贯耳，没有一段旋律不曾让我们热血沸腾，陪伴我们度过或黑暗或明朗的岁月。而我与马可，与这个曾让我在茫茫人海中四处寻找的人，本该是可以相互走近，和他成为师生，成为忘年之交的朋友，或者成为一个战壕里的战友的。

我想起来了，这是1975年春夏，我与事后被誉为"文坛五君子"的白桦、范曾、张锲和韩瀚，对江青封杀歌颂石油工人艰苦奋斗的电影《创业》感到义愤填膺，由此想到这个女人一手遮天，把中国的文艺界搞得百花凋零，几个人不顾生死，暗暗地聚在一起，斗胆动员这部电影的编剧张天民给毛泽东主席写了一封信。由我负责将信递上去。毛主席很快批示，"此片无大错"，给了江青当头一棒。正当文艺界的朋友奔走相告时，马可托人捎话给我，对我们的行为大加赞赏。但在当时，我为什么没有想到去看望他，去拜访他呢？

还是在这一年，马可顶着"四人帮"的巨大压力，出面轰轰烈烈地举办了一场纪念聂耳逝世四十周年、冼星海逝世三十周年音乐会。那天我也有幸坐在台下，从头到尾看了这场演出。记得音乐会是以演唱《在太行山上》开始，以《黄河大合唱》结束，气氛隆重而热烈，甚至有几分悲壮，许多老战士和老艺术家听得热泪盈眶。在谢幕的时候，马可就出现在舞台中央，我也站在人群中，远远地看见了他。但是，他对于我，因为还藏在为我父亲写的这首歌里，这使我没有理由走上台去，为他献上一束花，表达我对他的敬仰和感激。

　　事后我才知道，马可在举办这场音乐会时，已是重病缠身，离逝世没有多少日子了；有关部门还给他设置了重重阻碍，比如明令冼星海的夫人钱韵玲不得出席。他却不管不顾，像一把火那样把自己点燃了。

　　让我懊悔不迭的是，才过去一年，在1976年7月27日，也即在我找到《贺龙》这首歌之前，他就溘然长逝了。

　　想起这些，我痛心疾首，真恨不得痛哭一场。

　　我是从王震叔叔的嘴里得知马可去世的，比实际发生的事情整整晚了两年。那是在买到由人民音乐出版社为纪念马可，在1978年出版的《马可歌曲选》之后，我心有灵犀，忽然想起王震叔叔应该和他非常熟悉。因为那首人们特别喜爱的《南泥湾》，就是1943年他在开垦南泥湾的三五九旅体验生活时写成的，谁都知道，王震叔叔那时正担任三五九旅旅长。看到《贺龙》的作曲是马可，我马上想到请王震叔叔帮我去找他。王震叔叔当时还耳聪目明，非常硬朗，但想不到他一听我提到马可，便叹息一声，说孩子，你再也找不到马可了。

　　王震叔叔给我介绍，马可是江苏徐州人，父母都信天主教，他的名字是他父母从福音书中为他借用的，因为福音书中那个声名远扬的圣徒就叫马可。他早年在河大读书，对音乐情有独钟；抗战爆发后积极从事救亡运动，1934年到延安，在鲁迅音乐学院工作团工作学习，深得冼星海、吕骥等著名音乐家的厚爱和器重。王震叔叔说，马可的许多音乐作品，都是与贺敬之合作完成的，贺敬之作词，他作曲，两人可谓珠联璧合，相得益彰。不仅写我父亲那首独唱歌曲《贺龙》是这样，写《南泥湾》也如此。说着，王震叔叔问我，贺敬之你认识吗？你如果要见贺敬之，我介绍你去找他。贺敬之和我也是老朋友了。王震叔叔说。他那首《南泥湾》歌词，是先马可一步到他们三五九旅体验生活时写的。后来他们又合作了歌剧《白毛女》，轰动了整个解放区。

贺敬之我早已熟悉，他那些脍炙人口的诗作，如《回延安》《桂林山水歌》《雷锋之歌》等等，在我年轻的时候，几乎能倒背如流。来北京后因为也写东西，自然有机会认识他。访问王震叔叔不久，我就和贺敬之见面了。

仿佛早在等待这一天，记得是在贺敬之家里，那天我刚开口问那首歌，贺老马上就说，他早知道我会为此去找他。接着他浮想联翩，沉浸在对往昔的深情回忆之中。贺老说，他1940年到延安，当时只有十六岁，可已经有了相当的经历和阅历，尤其热爱诗歌。经过延安火热生活的熏染，他诗兴大发，写了不少诗作。没过多久，他把这些作品整理出来，送给时任"鲁艺"文学系班主任的何其芳请教。何其芳是延安的大诗人，读过贺敬之的诗后，非常欣赏他的才华，迅速招他到"鲁艺"学习。人所不知的是，何其芳与八路军的将领私交甚厚，曾跟随我父亲贺龙前往冀中抗日根据地采访。在那儿，他亲眼看到我父亲在战场上指挥若定，料事如神；回到寻常生活中，又无比憨厚，爱兵如子，视老百姓为再生父母。冀中根据地的部队和群众对我父亲有口皆碑，人人以他为荣，到处传扬着他的故事。何其芳把在冀中的见闻和听到的故事，原原本本地说给贺敬之听，激起贺敬之对我父亲的由衷向往。后来我父亲调任陕甘宁晋绥联防军司令员，住在延安，这使他有了贴近我父亲的机会。1942年，抗日战争进入关键阶段，前线军民正陷入艰苦卓绝的奋战，我父亲夙兴夜寐，调兵遣将，以机动灵活的战术，指挥部队向日寇发起频频攻击，一时捷报频传。贺敬之觉得在这个时候把他认识的贺龙，真实地告诉人们，将极大地鼓舞抗日军民的斗志，于是直接以《贺龙》为题，写下了那首歌词。马可看到这首歌词，高兴得手舞足蹈，爱不释手，他特别看重贺敬之的歌词把我父亲从神还原为人，从叱咤风云的统帅还原为普普通通的农民，字字句句朴素、自然、平白明净，说的是平凡人，眼中事，连夜为它谱曲。此后，这首歌就像长了翅膀，迅速在抗日根据地传开了。

回忆这首歌的诞生和流传，我们更加怀念逝去的马可。

贺敬之曾担任国务院文化部副部长，他从一个国家的文化建设高度，感慨地说，马可是个多么优秀的作曲家啊！最难得的，是他经过革命战争的考验，说得上是我们国家的国宝。然后他问我，捷生，你知道吗？马可不仅是《南泥湾》《咱们工人有力量》，还有歌剧《白毛女》的作曲，而且还写了流传甚广，几十年来一直沿用到今天的《哀乐》。那是在刘志丹牺牲时，他根据陕北民歌《绣荷包》和《珍珠倒卷帘》的旋律改编的。未想在"文革"中，他饱受折磨，身心遭到严重摧残。其中因为写过歌颂你父亲《贺龙》这首歌，也成了他的一大罪状。1975年，他好不容易熬到"解放"，能写他心爱的歌曲了，但在动乱中患下的肝炎却没有得到有效医治，一年后就去世了。可惜了，太可惜了！

贺老在为马可连连叹息时，我看见他的眼里泪光闪闪。

别过贺敬之，我的心里极为复杂。是的，到这个时候，我已经找到了歌里的父亲，也找到了写这首歌的最后一个人，了却了几十年来的心愿，照理说应该高兴才是；但想到为这首歌作曲的马可，在二十多年后竟为它付出那么大代价，那种悲痛和歉疚的滋味，就像刀割那么难受。我忽然感到《贺龙》这首歌的每个音符，是这样的沉重，这样的甜酸苦辣。我甚至想，当年写出《哀乐》的马可，是否曾想到他创作的这首曲子，将成为中国最最流行的音乐？而且几十年来在中国的每个殡仪馆，每天，都在反复播放？我还想，当马可离开我们这个世界，他最终上路的时候，是否也听见了他自己写的音符？

　　回到木樨地的家里，我坐在母亲的身边，面对母亲供了几十年的那帧父亲的遗像，久久无语，在心里默默地对父亲说：噢父亲，我终于找到写你的这首歌了，也终于找到写这首歌的人了。但其中的辛酸，我什么也不想说，只想把这首歌唱给你听：

　　　　他不是天上的神，
　　　　他是地上的人，
　　　　他曾和你我住在一个村，
　　　　靠着你我近……

2011年3月　于两会期间完稿

这棵古樟形单影只，顶天立地，孤独地站在一片开阔的河滩上，年复一年地守护着身边的那片坪地，那条亘古以来环绕着坪地静静流淌的河流。远远望去，那几根粗大的如同赤裸的手臂伸向天空的树枝，既像大地竖起的一根根旗杆，又像河水高举的一簇簇波浪。

去看一棵大树

回到张家界，无论时间多么仓促，无论要走多么远，多么跌宕起伏的路，我都要去看那棵长在旷野中的大树。就像我每次回到故乡桑植，必定去看五道口的那棵年轮苍苍的紫槐；每次到了贵州印江，必去看木黄的那棵双躯交缠的古柏。

这三棵站在湘黔大地上的大树，是父亲当年艰难转战的见证者，又是父亲离去之后忠实地等待他归来的守望者。

三棵树，一棵见证了父亲在仇恨中揭竿而起，以他的血肉之躯，在黑夜沉沉的湘西把中国的天空捅了一个窟窿；一棵见证了他带领红二军团与萧克带领的红六军团，在左冲右突中胜利会师。当第三棵树出现在父亲面前时，著名的红二方面军就将在他的麾下诞生。

三棵树同样的古老，同样的历经沧桑，同样是父亲生命中的一个里程碑；而且在几十年后，当父亲遭人陷害时，它们又同样在悲愤中死去；当父亲沉冤昭雪时，又同样死而复生。

仿佛三个传说，三段余音缭绕的绝唱。

我现在要去看的，是站立在慈利县溪口村外的第三棵树。巧的是，慈利是我母亲蹇先任的家乡，甚至我母亲的母亲，也就是我外婆，她的家就在溪口附近，从小在这片原野长大。这使我相信，一棵树也是有灵性的，

125

诚如美国哲人爱默生所说："每棵树都值得用一生去探究。"

那是一棵古樟,在南方的村子里都能见到这种树,普通又名贵,是树中的尊者和王。它们通常站在村后的高冈上,与炊烟缭绕的村庄患难与共,苦命相守。千百年来,村里的人一代代老去,一代代诞生,唯有这种树盘根错节,经年不衰,代表村庄和村里的人极有耐心地活着,直到活得根茎爆裂,孔穴丛生,巨大的树冠遮天蔽地,如同一团团蓬蓬松松的云停泊在村庄的上空;直到活成村庄的传说,村庄的历史,村庄的神。但凡在古樟树下生活过的人,在日后的记忆中,对它必将无比怀念,无比眷恋,以至一辈子走不出它的绿荫。

但是,我要去看的这棵树,这棵古樟,跟其他村庄的古樟大有不同。它形单影只,顶天立地,孤独地站在一片开阔的河滩上,年复一年地守护着身边的那片广阔的坪地,那条亘古以来便环绕着坪地静静流淌的河流。远远望去,那几根粗大的如同赤裸的手臂伸向天空的树枝,既像大地竖起的一根根旗杆,又像河水高举的一簇簇波浪。

坪叫王家坪,河叫澧水。

往远里说,王家坪是澧水流过湘西慈利时,日积月累,渐渐冲积出来的,而后才渐渐宽阔,渐渐有了村庄和田园;澧水却甘愿退向坪地的边缘,从坚硬且险峻的山脚另辟蹊径,凿岩而走,如同宽厚深沉的父亲甘愿为儿女让出天地。

这棵树便在王家坪的河滩上渐渐地长出来,渐渐地经历风雨,直到它树大根深,终于长成父亲当年见到的那棵千年古樟。

父亲是1934年11月到达溪口的,在原湘鄂西革命根据地的基础上着重开辟大庸革命根据地。强调这一点,是因为在这年的10月中下旬,父亲刚率领他在湘鄂西创建的红二军团和萧克率领的红六军团,在贵州印江的木黄胜利会师,组成强大的红二、六军团。两军会师后,中央命令担任红二、六军团总指挥的父亲率部进军湘鄂西,把几十万"围剿"中央红军的国民党部队拖进湘鄂西的崇山峻岭，让正在遭受重重围困的中央红军得以突围，实施日后被称为"长征"的战略大转移。

红二、六军团进驻溪口，意味着这支苦命而顽强的部队，不辱使命，在中央红军的危难时刻直接插到了大庸革命根据地的纵深。他们接着要做的，便是利用大庸地区得天独厚的山形地貌和深厚的群众基础，建立红色政权，壮大红军力量，同虎狼般扑来的国民党大军展开生死搏斗，使即将召开的遵义会议有足够的时间拨正革命航向。

大庸是近几年才消失的一个县名，代替它的是今天闻名于世的张家界。父亲心目中的大庸革命根据地，是以天子山为中心，渐次覆盖桑植、慈利、永顺、鹤峰等县。他生于斯，长于斯，又在湘鄂西开展过多年游击战，对这里的地貌和民情烂熟于胸。因而，当红二、六军团开到他几十年后安息的天子山下，包括溪口在内的山山岭岭，村村寨寨，无不向他敞开门扉，像搂抱自己的骨肉那样搂抱他这支队伍。

明明知道参加革命九死一生，但生活在这片土地上的男儿，这些曾以悲壮的献身感天动地的湘军后代，不论是种田的，还是在澧水河上撑船的；不论是苗族、白族、土家族，还是其他什么民族，只要扛得起枪，抢得动大刀，都愿踩着父亲的脚印走，跟着他高举的那面在腥风血雨中飘扬的旗帜走。比如作为红色中心的溪口，至今也只有几十户人家，但当年竟有七百多人参加红军，其中不乏亲父子，亲兄弟。

那些日子的溪口，热热闹闹，如火如荼。村子里家家住着红军，夜夜燃烧着哔剥作响的火把。祠堂的柱子上，村前村后的大树上，村民们纳凉的巷子口，贴满红红绿绿的告示。用白石灰和繁体字刷在屋檐下的大标语，惊天动地，让人热血沸腾。一队队红军和赤卫队，在大路上和村庄里来来往往，川流不息。土改工作队更是积极发动群众，斗地主，分浮财，重新丈量土地。妇女们则忙着为红军缝冬衣，做军鞋。无数双脚踩在道路上，咚咚作响，就像在敲鼓。

父亲站在王公馆军团指挥部向远处眺望，旷野上旗帜翻飞，杀声震天，战前操练的队伍欢蹦乱跳，生龙活虎。当休息号吹响，战士们簇拥在古樟树下的绿荫里，聊天、唱歌、听老兵讲战斗经历。擦得锃亮的枪，一排排架在一起，在阳光下闪闪发亮。到了傍晚，红彤彤的霞光从高高的棉花山射过来，把静静流淌的澧水照得分外灿烂，如同一河流动的金子。收操号吹响了，指挥员解散的口令刚下达，在汗水里泡了一天的士兵们纷纷脱去外衣，扑通扑通跳进河里。一时间河面上浪花四溅，众声喧哗，如同跳跃着千条万条鳞片闪烁的金鲤鱼。

　　每当夜幕降临，繁星满天，父亲总会带上萧克、王震、贺炳炎和卢冬生等一干爱将，有时候也会带上我母亲，来到大树下聊天，或商谈军机大事。警卫员早摆好了一张小方桌，四五把竹椅，一壶沏得酽酽的茶，或一坛部队在打土豪时缴获的米酒。几个人坐在那儿谈天说地，对酒当歌，纵论天下大势，情绪高涨得彻夜难眠。

　　几天后，就在这棵古樟下，父亲不费一枪一弹，收编了李吉儒的一支上千人的地方武装，从此传为美谈。

　　草莽出身的李吉儒，性情豪爽，在天子山占山为王，充满流寇习气，当地百姓犹躲不及。红二、六军团进驻溪口后，他自称师长，打着红军游击队的旗号，到处吃大户，抢粮食，为非作歹。当军团总指挥部拿出作战方案，准备收拾这支队伍时，父亲却嘿嘿一笑说，杀鸡何必用牛刀？传我的手令，让李吉儒12月20日带领队伍来大树下集合。

　　李吉儒接到父亲的手令，喜忧参半，不知是福是祸。他当然知道父亲的名字有多重的分量，也知道父亲如今是什么人物；若不执行我父亲的命令或负隅顽抗，以我父亲的脾气，只会像秋风扫落叶那样消灭他这支队伍，像踩死一只蚂蚁那般踩死他。与其树倒猢狲散，不如趁早投了红军。再说，这是贺龙亲自给他下的命令，多么荣耀，他能敬酒不吃吃罚酒？

　　那天，李吉儒早早地把队伍带到了溪口，在大树下把枪架好，把队列整好，听候父亲和红军发落。到这时，他才发现，溪口已是红天红地，云水翻腾，红军和老百姓亲密无间，到处洋溢着同仇敌忾的气氛。最让他服气的是，红军该上操的上操，该出勤的出勤；当地人也是该种地的种地，该打鱼的打鱼，对他的到来不加任何防备。唯有父亲与几个军团将领气定神闲，正坐在大树下慢悠悠地喝茶。

李吉儒认准我父亲，小心翼翼地把手令递上来，说贺老总，失敬失敬，粗人李吉儒按照你的命令，把队伍带来了，请清点人数和枪支。父亲转过头，踢给他一把椅子。是李师长啊，他说，你还真给我贺龙面子么。李吉儒马上抢白，不敢不敢，是贺老总和红军给我面子。我过去祸害百姓，做过许多坏事，现在来负荆请罪，任打，任罚。

父亲听见这话笑了，说李吉儒，你还算深明大义，悬崖勒马，下步有什么打算？李吉儒说，贺老总，我带领队伍从天子山下来，就不准备回去了，弟兄们也是苦出身，都愿意参加红军。父亲这时才严肃起来，说天子山回不回再说，参加红军我也欢迎。不过话说在前面，红军有红军的规矩。在我们的队伍里，你既发不了财，也别想当多大的官，还要舍身舍命，做得到吗？李吉儒连连说，做得到，做得到。

就这样，在谈笑之间，李吉儒的上千人马全部投了红军，使红二、六军团迅速得以壮大。值得一提的是，自从跟了父亲，这些苦大仇深的潇湘弟子，冲锋陷阵，忠勇无比，几乎没有一个活着回来。

就因见识了父亲的高大伟岸，溪口的这棵古樟，从此深受群众爱惜。红二、六军团离开湘西后，在天长日久的盼望中，他们逐渐把对父亲和红军的思念转移到这棵树上。在老百姓看来，这棵古樟就是红军的化身，我父亲贺龙的化身。看见它就像看见了我父亲和红军。

渐渐的，古树下有了敬献神灵的香火，有了当地各族人民按照传统习俗虔诚地裹上去的红布，且源源不断，绵绵不绝。

清明节回到张家界，上天子山为父亲扫过墓，我自然要继续往前走，再次回到我母亲的那片土地，去溪口看看那棵远近闻名的大树，看看以另一种形象继续站立在旷野中的父亲。

天下着渐渐沥沥的雨。虽然因头天爬过天子山，我已累得腰酸背痛，四肢乏力，但这天我毅然踏上了去溪口的路途。从故乡桑植洪家关赶来看我的亲戚，在张家界工作的贺家人，听说我要去看那棵大树，也争着跟我去，一辆中巴加一辆越野车，二十多个座位被塞得满满的。

好像有只眼睛在天上看着我们，盼着我们，车开出张家界，太阳便跳了出来。暖暖的阳光穿过袅袅升腾的晨雾，照着路两边刚刚被雨水洗过的树木，清新，亮堂，听得见万物生长的声音。

车驶近怀抱溪口的王家坪，迎面扑来一片干干净净的白，轻轻盈盈的白，像刚下过一场大雪，天地间一尘不染。渐渐走进那片白，那片漂浮着奇异香味的白，才发现，那是铺天盖地开着的梨花。

那棵古樟就在这时从坦荡空阔的坪地上，从洁白的梨花中，脱颖而出，在眼前渐渐高大起来，巍峨和峥嵘起来。树顶上那几根枯枝，还像从前那么苍劲，那么孜孜不倦地托着瓦蓝的天空。那种雷打不动的气势，让人想到，即使黑云翻滚，即使头顶的天空在电闪雷鸣中轰隆隆倒塌，它也能伸手顶住，把坍塌的天空重新举起来。而在大树主干的枝桠间大团大团绽放的新绿，竟比前些年我看到的更蓬勃，更稠密，也更欣欣向荣，仿佛汹涌的潮水势不可挡地往上漫。

看见这么广阔的一片梨花，看见这些梨花素面朝天地簇拥着拔地而起的大树，我的心在颤抖，泪水禁不住喷薄而出。我想，正是清明时节，难道这片土地，这千树万树洁白如雪的梨花，也知道今天是个怀想的日子，追忆的日子？车走在半路我还懊悔，来看这棵古樟，来大树下遥望父亲，我竟没有带上一束花，一件寄托思念的信物，谁想这漫山遍野的梨花，在天地之间，早早地为我布置了一场盛大的祭奠。

走到古樟下，我为当地群众对红军，对父亲的爱戴和敬仰，深深地感动了。他们表达感情的方式，是那样的朴素，那样的隆重。因为面对这棵千年大树，他们没有像其他地方那样用高高的栅栏把它围起来，也没有在它周边添加任何建筑。只是在路口立了一小块碑，刻上"红军树"三个字，同时在碑的下方以寥寥数语叙述父亲降服李吉儒的经过；又在大树的周围垫上一圈从澧水河里捞上来的鹅卵石，供人们从各个角度仰望它的风采。那些鹅卵石就像刚洗过似的，不沾一星泥土。唯一郑重的，是在大树的东北和西南角各竖起一根避雷针，以免它遭受雷击。再往前走，我特别注意到，在大树十几米高的躯干上，也许在昨天，也许就在今天早晨，人们在层层叠叠旧红布的基础上，又裹上了一圈又一圈崭新的红布。这些红布红得那么庄重，那么热烈，就像喷涌的血，熊熊燃烧的霞光，看一眼就想流泪。

听说贺龙的女儿回来看这棵树，附近村子里的人，从大路上偶尔路过的人，还有正在山冈上、田野里劳作的人，纷纷围了过来，和我一起抬头仰望。也就几分钟的时间，在古樟附近的公路上，村落的几个路口上，尤其是通往大树的那条小路上，突然站满了人。大家神情肃穆，眼睛和我一样，都红红的，湿湿的。

父亲离开溪口，离开湘西，带领在这片土地上发展壮大的红二方面军长征后，直到在那个不堪回首的年代含恨去世，从来没有回来过。几个当年还是孩子，如今已是风烛残年的老人，在年轻人的搀扶下，颤颤巍巍地走到我面前。他们告诉我，当年参加过红军，跟着我父亲打过仗的人，现在都离开了人世；方圆几十里仅剩下一个老赤卫队员，也已经瘫痪在床，爬不起来了。老人们在去世前，都为没有再看到我父亲一眼感到惋惜。他们说，贺胡子是从这片土地上走出去的开国元帅，是湘西出的最大的官。他生前顾不上回来看我们，看这棵树，但去世后他的英灵会回来的，会附在这棵树上存活下去的。然后便闭上了眼睛，好像到了那个世界，真能见到他们想见的人。

抚摸过那块碑，听老人们说过对红军和父亲的思念，几个贺家的后人搀着我围着大树转了三圈。我们缓缓地走，缓缓地走，眼睛始终望着它硕大的躯干。有时也昂起头来，凝望那片旺盛的死而复生的青枝绿叶。想不到刚走完一圈，身后已经跟上来无数的人。他们中有老人，有孩子；有当地人，也有外地人。每张脸都那么亲切，那么凝重。

大地无言，苍生无言。一阵阵风从广阔的坪地与河面上吹过来，把裹着大树那一层层红布，吹得啪啪作响。

是古樟有什么话要对人们说吗？

我也想说些什么。我想对这棵大树，对父亲附在树上的英魂说：父亲，你还记得吗？在你站在这棵大树下的时候，我也差不多在母亲的肚子里开始了十月怀胎。你看，我和你，我们和这片深沉又肥沃的土地，这棵死而复生的树，彼此命运相连，已经难舍难分了。

我还想说，父亲，我也七十七岁了，成了一个比你还活得长久的老人。现在虽然身无大病，但腿脚却有些走不动了。就在为你扫墓的时候，我还对自己说，这恐怕是最后一次了。但是，当我回到母亲的这片土地，当我看到这棵老而弥坚的大树，我忽然改变了主意。我这样想，既然一棵树能死而复生，能把上千年的风雨继续扛下去，我作为你在这片土地上孕育的孩子，为什么不能顽强活下去呢？

而我只要活着，只要我还能走得动，我就会继续回来看这棵树。

2012年4月6日—29日　回张家界为父亲扫墓归来而作

梦萦伊犁河谷

肖开提·依明以新疆人特有的豪爽和热情对我说：贺大姐，你来新疆的第一站，我们安排你去走访伊犁河谷。听见这话我心花怒放，连连说好啊，好啊，来新疆我就想去伊犁。心里却在想，这个人太厉害了，他怎么能一眼看透我的心思呢？先去伊犁，到底是他的有意安排，还是冥冥中的一种指引呢？肖开提·依明是新疆维吾尔自治区的领导，魁梧，干练，风度翩翩，长着一双迷人的眼睛，闪闪发光。他看见我对首先安排去伊犁极为满意，高兴得哈哈大笑，好像伊犁河谷是他家的后花园，他刚邀请到远方尊贵的客人去他家做客。

伊犁是几十年来萦绕在我心里的一个梦，就像一声召唤，总在我的灵魂中催促我启程。这不仅是因为我的母亲在六十多年前从苏联回国，在跨过霍尔果斯口岸桥之后，首先踏上的就是这片土地，然后才被当时的新疆军阀盛世才扣留，被押送到乌鲁木齐软禁起来；还因为在上个世纪的1965年，我父亲贺龙元帅也到过那里。这是新疆维吾尔自治区庆祝成立十周年的时候，父亲作为中央代表团的团长，率领代表团去新疆慰问和参加新疆各民族人民的盛大庆典。而沿着父辈的足迹走一走，缅怀他们的业绩，正是我晚年最想实现的愿望。

我记得父亲当年去了新疆后，家里人每天都争着看报纸上刊登的消息，看他戴着新疆小花帽、怀里捧着大束鲜花的照片。父亲个子高大，巨头阔脸，戴着显小的维吾尔族花帽，脸笑得无比诚恳又灿烂，那样子，让我们既感到陌生，又感到有趣。那时候我已经有相当阅历了，知道新疆的小伙子和姑娘长得漂亮，有种说不出来的情调。看到父亲怀里捧着的鲜花，我就想，那些美丽的花束，究竟是哪个漂亮的姑娘献给他的呢？这个幸福的人，是维吾尔族，乌孜别克族，还是塔吉克族？长着怎样的一双迷死人的眼睛？毛茸茸的眼睫毛又在怎样眨动？父亲在新疆受到那里的各族人民热烈欢迎，他每去一个地方，报纸上登着的地名都让我们想入非非，陷入无限向往之中。什么乌鲁木齐，什么吐鲁番，什么白杨沟，这些充满西域色彩的名字，读起来是那么新鲜，那么清脆悦耳。就是在这个时候，我特别记住了伊犁，记住了这个父亲当年到过的地方，母亲当年也到过的地方。

是的，我在其他文章里写过，母亲比父亲还更早到伊犁。在我成长的岁月里，母亲常常对我说到伊犁，但这两个读起来很优美的汉字，落实到字面上，到底是哪两个字，怎么写，却被我忽略了。通过父亲率领中央代表团去新疆慰问，在报纸上白纸黑字一登，从此"伊犁"就牢牢地记在了我的心里，就像字刻进了石碑。

那次，父亲原本是要带上我，和他同行去新疆的。父亲在他的儿女中，对我格外怜惜，经常有意无意地偏向我，那是因为我是他活下来的第一个孩子，在襁褓中就被他和母亲背着去长征，在战争年代东奔西跑，颠沛流离，吃过不少苦，也受过一些委屈，他总想给我点补偿。可惜忘记了当时我正在忙什么，走不开，甚至还在耍一点女孩子的小性情，心想，在那么大的一个代表团里，你捎带着我，这算怎么回事呢？有本事将来我自己去。就这样，在几十年前，我没有跟父亲走，同时也就与新疆，尤其是伊犁，擦肩而过。

父亲从新疆回到北京，我好几次和他见面，他都对我说起这次难忘的

1965年9月，父亲率中央代表团参加新疆维吾尔自治区成立十周年纪念活动。（上图：新疆各族人民欢迎中央代表团；下图：父亲慰问边防官兵。新华社记者　徐邦摄）

旅程，言语中充满对新疆的厚爱之情。他说新疆好啊，新疆人好，地好，歌好，舞好，没有一个地方不让人流连忘返。尤其是伊犁，那是一个如诗如画的好地方，无论你往哪一处眺望，都是一幅色彩艳丽的油画。他还说，中国地大物博，但没有新疆，是不可想象的。然后，他也像母亲那样对我说，将来有机会，一定要去一趟新疆，去了新疆又一定要去伊犁。那时我已经开始写作，时常有作品见诸报刊，父亲又说，你要写东西，光待在北京可不行啊，在伊犁，到处都能获得写作的灵感。

1965年没有跟着父亲去新疆，去伊犁，让我每每想起这件事，心里就感到缺少点什么，因而总是盼着找个机会补上这个缺憾，就像月缺盼着月圆。

这次我终于如愿以偿了，终于到了新疆，坐在了去伊犁的车上。请想想，一个愿望在几十年后才得以实现，你说我的心情，会是怎样的激动？

车向西行，过了赛里木湖，过了果子沟，大地如河流入海般地缓缓敞开，伊犁河谷就像天上人间那样撩开了它的面纱。实话说，在这之前，我就已经被新疆的奇异山水弄得晕头转向，五迷三道，觉得自己肚子里的那点文墨，在这些山水面前，实在是显得苍白，显得不够用了。例如去伊犁必须路过的赛里木湖，它是新疆天山山脉中最大的一个湖泊，也是新疆最美的一个湖泊。当我走近它，那蓝色的湖水蓝得都让我不敢举步，生怕再走下去，就要被这种让人瞠目结舌的蓝吸进去，被这种蓝融化。

当地的作家朋友介绍说，赛里木湖的蓝，集合了天空的蓝，宝石的蓝，绵延群山的蓝，草木鸟兽的蓝，说得都让我无话可说，没有形容词来形容了。我只敢说赛里木湖的蓝，是天国的蓝，神话传说中的蓝，因为只有天国和神话传说中的蓝是人们没有见过的，谁都不知道它蓝成什么样子。

还有刚路过的果子沟，被旅游指南誉为伊犁第一景，它的美是绚烂的美，慷慨的美，美得同样让我语屈词穷。果子沟作为穿越北天山的险峻峡谷，进入伊犁河谷的一条咽喉要道，以其地形秀拔、山石峥嵘、白练悬空、繁花怒放，吸引每个到访者。古人称它"山水之奇，胜于桂林；崖石之怪，比于雁荡"。最让我叹服的，是蓬蓬勃勃地生长在这里的树木，它们都不高，也不招摇张扬，如同贴地而行的一顶顶华盖，又像一团团从天空飘落的云朵，五颜六色，蔚为大观，满树绽开的叶子或红，或绿，或黄，或紫，有一种少妇般怡然自得的雍容。有谁见过山林里满世界都长着野生的果树？但果子沟就这样。这里的野果相映成林，名目繁多，各自飘香，以野苹果和野杏子居多，据说有身背帐篷的旅行者钻进人迹罕至的深沟，发现连年堆积的果实已经腐烂并发酵，成了天然的果酱，散发出浓烈的甜酒味，不小心一脚踩下去，将淹过膝盖。

连绵峻峭的山脉缓缓退向两岸，渐渐地变矮，变淡，不知什么时候都不见了，从视野里消失了，就像河流终于汇入大海。伊犁河谷就这样将自己盛情地袒露了出来。我不明白地理教科书为什么命名它为河谷，是洪荒时期，这里曾经流过一条大河吗？但大河怎么能如此宽阔？河床怎么能如此舒缓，就像抒情诗般的逶迤起伏，看不见一处被汹涌河水拍打和撞击过的石壁？走着，走着，我自认为我发现了秘密，因为我看见了那些与果子沟形态迥异的树木。这些树木在伊犁河谷独自生长，个子长得像杨树，叶子长得像柳树，但要比柳叶宽许多，长许多，它们三三两两地站在旷野中，也有站成一排排的，相互之间的距离像用尺子量过似的。奇怪的是，它们那些茂密的树枝全部倒向一边，看上去像一支一支插着的鹅毛笔。突然我看见了风，看见了风吹着这些树木，每次都是风吹过来，它们就向后仰倒，如同一张张弓被一只只手拉紧；风一停，树的身子便弹了回来，像没有风时那样笔挺地站着。伊犁河谷会不会也是被风吹出来的呢？我觉得我这样想是有几分道理的，因为新疆风大是出了名的，眼前的地貌就呈现被风吹成的流线形状，就像我在青海见过的那些被风吹出的沙梁。我是说，从车窗外不断闪过的那些山冈，这些呈流线型的山冈太优美了，有如身穿薄薄丝绸的少女成群结队地仰卧或俯卧在宽阔的原野上，身上的曲线凹凸有致，锋芒毕露，让人忍不住想到"性感"这个词。

山冈上绿草如茵，满目葱茏，没有一个地方是裸露的，该长树的地方都长着密密匝匝的树。都是绿得像要凝固和静止的塔松，呈等腰三角形。远远看去，每一棵都是现成的圣诞树。如果在树上挂满星星点点的彩灯，播放点轻松的音乐，再在树木间布置几个穿红衣红裤的老人，你会怀疑这里每天都在过圣诞；圣诞老人将随时背着一只口袋，给你送来圣诞礼物。

我相信许多事情都是有机缘的，说起来就像巧合，而且常常在不经意间与你撞个满怀。我这次来伊犁就是这样。到达伊犁哈萨克自治州首府伊宁的当晚，我们住的宾馆是州政府招待所，接待办的同志对我说，真是巧了，这里就是当年你父亲贺龙元帅率领中央代表团来伊犁慰问时的下榻之处。傍晚的时候，接待办的同志陪着我在院子里转了一圈，发现院子里有山有水，林木茂密，鸟语花香，环境十分优美，偶尔可见俄罗斯建筑风格的余韵。一打听，才知道从十九世纪末到二十世纪上半叶，这里一直是苏联驻新疆的领事馆。

比我住进父亲当年住过的宾馆更蹊跷的是，晚上陪同我们共进晚宴的五位同志中，有三位竟然是当年我父亲来伊犁时，给我父亲献过花的少年。在宴会上，我深情地凝望着他们，想从他们的脸上辨认出当年的纯真，他们却都有些腼腆，有些不知所措，清晰地浮现出几分少年时代的青涩。

当时，我大概是有些恍惚，心里说，事情怎么会这么巧呢？或许是州政府管接待的同志热情有加，为我刻意做此安排？但即便是这样，我也非常感激他们了。因为，我知道，他们从茫茫人海中把当年这三个献花少年找来，完全是出于对我父亲的敬重和缅怀，可说是颇具匠心，天地可鉴。后来一问才知道，对这三位同志少年时代的这段经历，不要说自治区的领导，就连州里的领导也很少有人知道。他们当年给中央代表团献花，是临时从各中学选拔出来的。以后虽然都生活在州府伊宁，彼此也认识，但相互之间并不知道对方也有这段经历。

这种说法我相信，少年时期偶尔的一次活动，活动一完便回到各自的学校，当时他们是不可能相互留下姓名的，也不大可能因为这件事从此相互联系。就连他们自己，也是在当天晚宴的偶然交谈中，才说起这件往事。再说，过去的四十五年，国家的变化有多大，每个人的变化有多大啊，即使是同校、同班的同学，同在一栋楼里住过的邻居，几十年能保持联系的，又有多少呢？

当三位同志相互得知少年时代有过同一个幸福时刻，不禁大呼小叫，唏嘘不止，争相从对方不再年轻的脸上辨认当年的模样。其他的人也为他们的巧遇喝彩，把晚餐的气氛弄得格外活跃，仿佛都年轻了几岁。又因为有我这个他们当年献花的贺龙的女儿在场，气氛就更加欢快和热烈。真是造化弄人，在这一天，好像有一只看不见的手，从天南地北，把我们悄悄地拉在了一起。什么叫有缘？什么叫心有灵犀？他们说，这就叫有缘，这就叫心有灵犀。

三位当年的红花少年，都年过半百，彼此年龄相当，相差最多只有一两岁。年龄稍长者，是我们的维吾尔族朋友祖农，他现在是中共伊犁自治州的常委，是深受当地群众欢迎的父母官，负责工商联及统战方面的领导工作。其他两位是女性，一个是自治州工商联党组书记赵桂华，另一位是工商联经济联络部部长李志强。他们都事业有成，工作努力，受到人们的尊重和爱戴，家庭生活也很幸福。我想，能把这几位心有灵犀的朋友如此巧合地聚集在一起，肯定有自治区我的朋友肖开提·依明分管工商联及统战方面工作的原因，州工商联是他们的垂直下级嘛，这样一来接待起来自然方便些。我后来得知，肖开提·依明还是祖农的前任，祖农在现在的岗位上，肩负着承上启下的重任。

没想到，这一个个的巧合，不仅给我们的晚宴增加了许许多多交谈的话题，还让我们此后成了互相关照和惦念的好朋友。从这天晚上开始，我在伊犁的那些日子，自始至终都由祖农、赵桂华、李志强三位陪同。

沿路上，我们谈兴甚浓，经常聊着聊着，就说起了我的父亲贺龙。不是我爱屋及乌，老把当元帅的父亲挂在嘴上，是当年到机场给父亲献花，给父亲率领的中央代表团的团员们献花，给这三位不同民族的朋友留下的记忆，实在是太深了。你想，一个遥远边地的少年，在那个人人崇尚英雄的年代，能够从成千上万个孩子中选拔出来，给一个开国元帅和从北京来的其他首长献花，那是一种多大的荣耀，会被多少人羡慕！而且，这对他们未来的成长，对他们的儿女在未来的成长，将造成多大的影响！再说，他们当时能被选为献花少年，肯定都很优秀，要么德智体全面发展，要么长得格外漂亮，这说明他们本来就具备出众的素质。

鼻子挺拔，脸膛发红，长着一双闪亮眼睛的祖农告诉我，那年他们被选出来给我父亲他献花，虽然在公众面前只有短短的几分钟，但集中在一个学校里排练了好几天，最后的彩排连州里的领导都赶来了，不放过任何一个细节，诸如穿什么衣服，穿什么鞋，是否要提前吃饭，在机场等久了怎么解决上厕所问题；献过花后敬队礼时，手要举多高，要举成什么样子才最合适，等等，等等。当然，还要体现少数民族地区的特点，这让祖农他们那些民族学生总是受到优待，献花的对象往往是地位更高一些的领导。

女孩子心细，情感也更丰富和细腻，赵桂华和李志强悄悄告诉我，当时她们被选上给中央慰问团献花，老师和父母们比她们自己还高兴，一遍遍叮嘱她们不要紧张，要集中精力，落落大方，把自己最美的一面展示出来，千万不能在欢迎仪式上出洋相。六十年代的生活是非常艰苦的，没有多少人有新衣服，老师让他们回家穿白上衣，蓝裤子，戴红领巾，但蓝裤子已经不蓝了，红领巾也不红了，怎么办呢？穿着这样的衣服去面对共和国的元帅，面对中央来的首长吗？那多么不好意思。小女孩心里一急，不禁哇哇地哭起来。爸爸妈妈没有别的办法，当夜赶紧把白衣、蓝裤和红领巾洗了，洗了一遍又一遍，洗得干干净净的。爸爸妈妈劝慰说，没有新衣服不要紧，大家都穿这样的衣服，只要干净，整洁，不打补丁，表现出民族地区孩子们的精神风貌，就可以了，没有谁会笑话你们。最后，她们就是穿着洗得褪色的白上衣、蓝裤子和红领巾去献花的。现在回想起来，感到特别亲切，特别有意思，也特别让人感叹、怀念和留恋。

赵桂华或李志强还说起了当年见到我父亲的印象。她们说，当时代表团来了许多首长，但到底有哪些首长，当年没有留下什么印象，现在也想不起来，毕竟都是孩子嘛，哪知道中央领导叫什么名字，有哪些人来了？但她们清清楚楚地记得我父亲的样子。因为我父亲走在慰问队伍的最前面，以至在她们的心目中，我父亲就是慰问团，慰问团就是我父亲。她们还说，在慰问团到来之前，大家就在课本上和各种读物上读过我父亲的故事，对他用两把菜刀闹革命的壮举耳熟能详；更知道他领导了南昌武装起义，打响了对国民党反动派的第一枪，是我们这支人民军队劳苦功高的创始人。再说，那时候有许多地方都贴着十大元帅的画像，父亲嘴唇上的那两撇英俊的小胡子，成了他区别其他元帅的主要标志。人们记住他，首先记住的就是他那两撇小胡子。

她们说，那天，我父亲首先从机舱里走出来，站在舷梯上向大家招手致意，用他那粗重的湖南桑植口音，大声地向当地群众问好。那顶天立地的样子，太让人震撼了。率先走下舷梯时，一路发出嘿嘿、嘿嘿的笑声。一见到嘴唇上长着两撇小胡子，大家就知道他是贺龙，于是孩子们拥上去给他和他身后的首长献花。

当时是谁给我父亲献的花呢？赵桂华和李志强说想不起来了。但她们说，肯定是个姑娘，并且是个哈萨克族姑娘，因为伊犁是哈萨克自治州嘛。还因为按照惯例，往往都是女孩子给男首长献花，男孩子给女首长献花。至于是哪个哈萨克姑娘给父亲献的花，过了那么长时间，只要她自己不站出来，恐怕谁也说不清了。你父亲好高大、好威武哦！两个

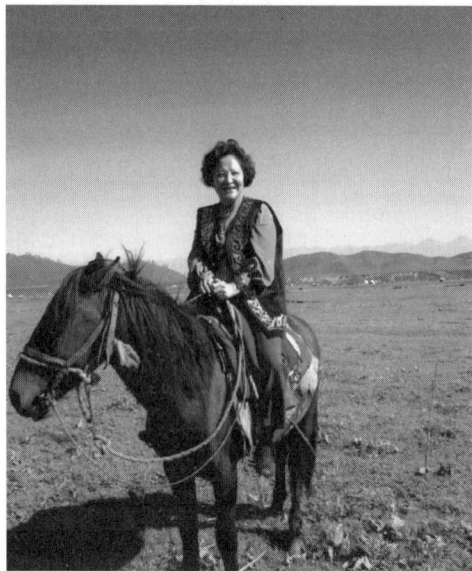

当年的红花少女说，那时她们都要踮着脚跟，仰起头，才能看到他的脸。他的两只眼睛，炯炯发光，英气逼人，女孩子们都不敢抬起头来从正面看他。

两位我新结识的好朋友，说起当年见到我父亲的情景，绘声绘色，活灵活现，又情不自禁，目光中至今还闪烁着四十多年前的光芒。

在伊犁的日子里，我每天都被这样的欢笑和缅怀父亲的深情环绕着，簇拥着。我感到他们对父亲的美好追忆，是发自内心的。因为父亲到新疆来慰问，到伊犁来慰问，是毛主席派来的，党中央派来的，带来了党中央和中央人民政府对新疆各族人民的真诚关怀。同样，当地群众对毛主席、党中央和中央人民政府的感激和热爱，也是通过对

我们沿着父亲当年大致走过的路线，往伊犁河谷的深处走。中国有句俗话：不到新疆，不知道中国有多大；不到伊犁，不知道新疆有多美。

我父亲，对代表团成员们的热情欢迎表现出来。

那时候的人就是这么淳朴，那时候的孩子，就是这么天真烂漫。我为这些朋友至今还能惟妙惟肖地说出我父亲的样子，记住我父亲对边疆地区各族人民的殷切关怀，感到无比欣慰。现在有句话说，这碑那碑不如老百姓的口碑。父亲几十年后仍然活在伊犁人民的口碑中，我想，如果他在天有灵，一定会像当年那样嘿嘿地笑出声来。

我们沿着父亲当年大致走过的路线，往伊犁河谷的深处走。中国有句俗话：不到新疆，不知道中国有多大；不到伊犁，不知道新疆有多美。但新疆到底有多大，又大到什么程度，老实说，我也不知道，我也说不清楚。我对新疆的认知，几乎全部来源于书本，来源于影视作品中的画面，还来自于王洛宾的那些反映新疆生活的迷人歌曲。在过去，新疆在我的猜想中，总是与一望无边的沙漠、辽阔无垠的戈壁滩，与贫瘠、落后、荒凉这些词汇联系在一起。刚到乌鲁木齐时，我把自己的这个猜想告诉我的朋友、乌鲁木齐机场的老总买买提·伊布，这个憨厚诚恳的维吾尔族汉子，一听就笑了，他用他那带有维族语调的普通话说：大姐，耳闻不如眼见呀，你说的这些景观我们新疆或许都有，不过你要真正获得关于新疆的真实感受，还是亲自去看一看吧。

我此行的目的就是亲自来"看"新疆的，我要看看我母亲当年从苏联回国，被盛世才抓进新疆黑暗的牢狱，受了那么大苦，为什么还要一次次满怀深情地对我说起新疆，叮嘱我有机会一定要去新疆看看。我也要看看父亲眼里的新疆，看它到底是一个怎样的新疆，到底有多美，有着怎样的吸引力。都知道我的父亲曾经是个旧军人，是共产革命使他脱胎换骨，成了一个著名的旧中国的破坏者，新中国的缔造者，最后又成了赫赫有名的共和国开国元帅。但无论在旧军队，还是在我们的人民军队，他都是个和枪杆子打交道的人，打了大半辈子仗。而一个一辈子信奉枪杆子里面出政权，一个打了大半辈子仗的人，在世人眼睛里，多半是一介武夫，一个粗人。然而，父亲对新疆的山河、草原、雪峰、湖泊，甚至对新疆的沙漠、戈壁，为什么表现出如此深沉的迷恋呢？他每每说起新疆的时候，为什么也柔情似水？我想，这绝不会是无缘无故的，肯定有其中的原因，其中的道理。我来新疆，就是想读懂父亲和母亲眼里的新疆，两个老共产党人心目中的新疆。

接下来的三天伊犁之旅，我都在寻找这个答案。

三天的时间，我们在伊犁河谷跋山涉水，马不停蹄，穿梭在它如同心肺、血管和神经末梢的腹地。我要说，这三天的行走和访问，让我看到的伊犁河谷，与我来时在车窗口一路看到的，完全不可同日而语。因为在这样的行走和访问中，我不仅可以慢下来，认真凝视它令人称奇的美丽景色，还能近距离地审视居住在这片土地上的人们，看到他们真实的生活、劳动、习俗，和在脸上掩饰不住的喜悦。我发现，不管在一个多么美丽的地方，仅仅看看它的美景，沉醉于它的奇异山水，眼里仍然是空洞的，浮光掠影的。只有在凝视美丽山水的同时，看到它养育出来的同样美丽的人，看到这些美丽的人们与大自然构成的那种水土相连、和谐共振的联系，你才能洞察蕴含在这片美丽山水中的奥秘，看到它跳荡在山水之间的脉搏和灵魂。这就是人们所要追寻的大美。

作为大自然的慷慨馈赠，伊犁河谷真是美不胜收，得天独厚。徜徉在这样一个美丽的地方，我才真正感到，我此前对新疆的了解是那样的单纯、片面和肤浅。可以毫不夸张地说，伊犁河谷不仅是一条河谷，更是一条诗与画的数百里长廊。果满枝头的园林，一望无际的玉米地，多种多样的瓜果，让人觉得正置身于一片南国的沃土之中。此时正是秋熟时节，路边摆着带着碧绿叶子的西瓜、黄澄澄的像美式橄榄球一样的哈密瓜，和各种叫不上名字的水果，芳香扑鼻，十分诱人。伊犁当地人出行，男人往往带着一把小弯刀，走到哪里渴了，饿了，蹲下来，搬过路边的瓜，咔嚓一声便切了，痛痛快快吃完才想到给主人付钱。有意思的是，在这样一个稻菽与瓜果争相成熟的翠绿与金黄交织的季节，只要你抬头往远处眺望，白雪盖顶的天山便浮现在眼前，与河谷里满目的葱绿和明黄，形成一幅色彩艳丽的图画，颜色新鲜得就像刚涂抹上去的油彩。

走在大路或小道上，最让我惊奇的，是常常与牧人不期而遇。他们都骑在马上，晃晃悠悠，身边都带着酒壶，插着英吉沙腰刀，从对面踢踢踏踏走过来，嘴里哼着永远语焉不详的歌谣，要多潇洒有多潇洒，要多剽悍有多剽悍。生活在当地的哈萨克、维吾尔和俄罗斯等民族，和蒙古族一样，都是马背上的民族，男人，女人，哪怕七老八十的老太太，十几岁的孩子，都会骑马。脸膛发红，双腿裹着色泽模糊的羊皮，或许刚喝过酒的骑手们，甚至能在马上呼呼大睡，任胯下的马把自己驮向任何一个地方。但无论道路怎么颠荡，无论遇上多么深的沟坎和溪流，胯下的马都一跃而过，骑在马上的人却安之若素，不会落马，仿佛天长日久栽种在马背上的一种植物。而那些马对待背上的骑手，永远是那么忠诚，那么温顺，那么心领神会，只要骑手动动缰绳，它就知道往哪里去。好马识途在这里不仅是一种现实，一种最常见的景观，而且是一种天然深入到当地人生活中的境界。

同行的赵桂华书记告诉我，伊犁河谷基本是伊犁的一个州，这条肥沃的河谷，东西总长三百六十公里，南北最宽处七十五公里，面积达五点六四万平方公里。整条河谷在区划上隶属伊犁哈萨克自治州，辖伊犁州八县一市以及兵团农四师和二十一个团场等单位。人口二百三十二点五六万，人口密度每平方公里为四十二点一人，是一个多民族杂居的区域，有维吾尔、汉、哈萨克、回、蒙古、锡伯、乌兹别克、俄罗斯等三十二个民族在一起共同生活。民族同胞占总人口的百分之六十七点三八。人们说伊犁是"塞外江南"，主要得益于伊犁河造就的这条河谷。

与我同车的李志强部长兴致盎然，指着奔腾向西，直到出境进入哈萨克斯坦共和国的伊犁河，不无自豪地对我说，伊犁河，真正是伊犁的一条母亲河。同时，又是一条国内不多见的国际河流。它是由发源于天山的喀什河、特克斯河、巩乃斯河汇合而成的。接着，她表现出相当学术水平地解释道：每年春季湿润的西风气流进入伊犁河谷，由低向高处爬升，气流由暖变冷，先是让天山上的冰川融化为雪水，然后在山前地带形成丰富的降水，迎风坡可达到六百至八百毫米。两种水、三条河融会贯通后，顺着伊犁河奔泻而下，为伊犁河谷带来了丰富的水资源，沿路滋润着河流两岸平整的冲积平原。加上河谷西部的平原地区平均降水也在二百至三百五十毫米上下，因而伊犁河谷成了新疆最湿润的地区，是亚欧大陆中间干旱地带奇迹般出现的一个"湿岛"。有了如此好的地理因素，伊犁河谷年年风调雨顺，万物生长，插根筷子也能发芽，这使它的农业和牧业兴旺发达，人人安居乐业。在河谷放眼望去，到处是牛羊，遍地是庄稼，难怪它享有新疆的粮仓之称。还有，这里盛产的新疆羊和据说是汗血宝马后代的伊犁马，早已名扬天下。

　　三天来我们走一路，看一路，回味一路，心里惊叹不已，艳羡不已。我感到乔羽写的那首《我的祖国》歌里唱的"好山、好水、好地方"，就是参照伊犁河谷写的。我甚至暗自嘲笑自己，怎么说到新疆就想到荒原、沙漠、戈壁滩呢？你看眼前的草原、村庄、河流、森林，帐篷里飘出的袅袅炊烟，哪儿不显示出新疆的水草丰美，土地肥沃，天人合一？你看生活在这里的人民，他们是这样的勤劳、勇敢，这样的悠然自得，与滋养他们的大自然相依相守，不离不弃，如同生活在干净而又悠扬的田园诗中。我只能说，他们的生命是这片土地的一部分，这片土地也是他们生命的一部分。到这时我开始明白，人们为什么会说不到新疆，不知中国之大；不到伊犁，不知道新疆之美。因为伊犁河谷，才是新疆的一角啊。

　　但是，我的维吾尔族朋友祖农，我的把根扎在了伊犁的汉族忘年交赵桂华和李志强，他们给我讲得最多，带我看得最多的，还是伊犁的文化和历史。上溯到远古，据说美丽的伊犁河谷曾经是西王母之都，又是传说中的汗血宝马的故乡。早在西汉初年，这里即为大月氏所据；由汉迄晋，伊犁地区为著名的乌孙国。据后人考证，今天依然生活在这片土地上的哈萨克族，其祖源之一就是乌孙国。张骞出使西域，汉乌通好，汉公主解忧嫁给乌孙王，更是在历史上奉为美谈。到了隋唐，这里为西突厥及回鹘世袭之地；元、明为蒙古诸王封地；明末清初，准噶尔部的铁骑在这一带游牧。1755年，大清乾隆帝发兵平定准噶尔部叛乱，才真正统一西域。1762年清朝廷在此设置"总统伊犁等处将军"，简称"伊犁将军"，作为西域最高军事行政长官，总管天山南北各路驻防城镇和包括帕米尔在内的巴尔喀什湖以东以南地区。在上百年的时间里，大清共任命三十三个伊犁将军，比较著名的有明瑞、奕山、布彦泰等，都为保卫边疆做出过贡献。

是不是想给我一次震撼，把我走访伊犁的行程推向高潮？这天，主人们特地安排我去地处惠远的伊犁将军府参观。虽然年代已久远，但当我站在惠远古城仅存不多的建筑物和伊犁将军府虎踞龙盘的旧址上，仍然能想象当年威震四方的"伊犁将军"有何等的威风气派。

惠远古城离伊犁哈萨克自治州首府伊宁仅四十五公里，近代史上留给人们悲凉的记忆，是这里曾为清代著名的流放地。但作为流放地的惠远，其实只是它的一个侧面，而作为镇守中国西部边疆的重镇，才是它最大的价值存在。从乾隆年间到光绪末年的一百五十年，惠远一度成为新疆的政治、军事中心，是当时新疆的第一大城市。而且，当时的这座城市，是按照清廷皇城的建筑思路建起来的，规模宏大，气象凛然：城中心为钟鼓楼，四条大街分别通向东门景仁、西门说泽、南门宣闿、北门来安四道城门。城内共有四十八条小巷。屯兵四千有余。并有十所各种学校，甚至有专门培养外交人才的俄罗斯学校。兴盛之时，市肆繁荣，商铺饭庄林立，达官贵人、谪戍名流、外国使节、歌女优伶、商贾小贩纷至沓来。大街小巷整天熙熙攘攘，人欢马叫，摩肩接踵，素有"小北京"之称。

把朝廷命官和不安分的知识分子充军到地处伊犁河谷的惠远，很大一部分用意，是要让他们饱尝远离亲人之苦，承受身份卑微之辱，从精神上摧残他们的意志，逼迫他们在遥远的边城痛定思痛，从此对朝廷言听计从。至于生活起居，人身自由，对他们似乎没有多大限制，起码没有劳其筋骨、伤其体肤。有趣的是，这些朝廷命官和知识分子被贬谪到这座边城之后，照样以自己喜欢的方式待人接物，吟诗著文，写出了大量有影响的作品，既把汉族浓郁的文化氛围带到了这里，又让这座遥远的边城从此声名远播。例如我们所知道的民族英雄林则徐和邓廷桢，就曾当作罪臣发配到这里。过去我们都认为他们被流放的伊犁，必定是一片风沙漫漫的不毛之地，其实这是一个相当大的误解。

虽是女辈，但我也是共和国的一名将军。从如诗如画的伊犁河谷，走进历经沧桑的伊犁将军府，我的眼睛一亮，内心世界豁然洞开，好像终于找到了一把钥匙，打开了一把久已尘封的铁锁。

我是说，当我站在伊犁将军府气派的旧址上，我忽然发现我父亲和我母亲眼里的新疆，或许不仅仅在于它的辽阔和富饶，是一片风景如画的土地，歌舞升平的土地。因为，他们都是为新中国的诞生长期战斗的军人，而且是从这段战斗历史的源头上走来的军人。他们那代人，在血里，火里，尸堆里，舍生忘死，奋勇前行，同包括反动军阀盛世才在内的各种仇敌势不两立，血战到底，为的是什么？不就是为天下太平，让我们的各民族兄弟姐妹和睦相处，为国家辽阔的领土和疆域完整无缺吗？在他们的眼睛里，无论这些领土是富庶的，繁盛的，还是贫穷的，荒芜的，或者干脆就是遥远边疆那些寸草不生的荒原、沙漠、戈壁，抑或汪洋大海中荒无人烟的小岛，都是祖国母亲身上的肌肉、血液和神经。它们的存在无比神圣，高于一切，不容任何人觊觎和割裂。特别是像父亲那样的共和国元帅，在他那宽阔的胸膛里装着的，原来是整个国家的版图！

想到这些，我的泪水不禁潸然而下，滴落在从伊犁将军府铺地青砖的缝隙里长出的凄凄荒草中。

2010年11月—12月

卷二 血 亲

　　母亲坐着一辆大车去围场。赶车的是个老大爷，受命来接新上任的县委副书记，想不到坐在他车上的，却是个文文静静的南方女子。那时母亲面色白净，目光和蔼，娇小的身体裹在一件腰身大口袋也大的屎黄色棉袄里，头上戴着一顶说不出哪支军队戴过的棉帽子，两只护耳翘了起来，像鸟儿飞翔时展开的两扇翅膀；尤其她还带着枪，是队伍上相当一级军官才能用的那种盒子枪，装在腰间用宽大的武装带勒紧的木匣子里。枪把上系着的红绸，像一团燃烧的霞光。老人家猜不出我母亲的年纪，也不知道她的来历，但怎么看她怎么不像一个当官的人。他好奇地逗我母亲，说这位大姐，鬼子和汉奸都打跑了，你去围场打什么呢？母亲扑哧一笑，说，我去打国民党。

外公在母亲心中

一

1929年的秋天还没有我，但我已经以两滴血的形式存在于世了，一滴流淌在贺龙的身体里，一滴流淌在蹇先任的身体里。

两滴血渐渐靠近，一个跌宕起伏的故事就此拉开序幕。

我母亲说，是贺龙，也就是我未来的父亲，积极主动，首先靠近蹇先任，也就是我未来的母亲的。那时，父亲担任湘鄂西红四军军长，正带领他的部队在建始、巴东、鹤峰三县交界处昼伏夜出，艰难作战；母亲则作为湘鄂西苏区的第一位女红军，在父亲的部队担任文化教员。父亲一见到他的队伍里冒出这个漂亮女兵，这个刚满二十岁的白净姑娘，眼睛一亮，心里就有些控制不住自己了。没过几天，他对这个女兵，也就是我的母亲蹇先任说，蹇先生，和我结婚吧。

母亲已经是一名坚定的战士，一个成熟的革命者。与人们印象中的女红军有所不同，她长得灵巧，精致，体态优雅，但性格内向，言语不多，气质上多少显得有些文弱；几年前在省城长沙受到的良好教育，使她见多识广，写得一笔好字，拥有湘西女性并不多见的书卷气；穿上红军那身灰色的土布军装之前，她便在长沙参加过学生运动，从事党的秘密工作，是个已经有两年党龄的党员了。当站在父亲面前时，她那两只像湖水般深邃的眼睛，她在艰苦环境中锻炼出来的从容和沉稳，让父亲当即认定她就是自己要找的女人，再不能错过她。其实父亲是见过女人的，但他没见过像母亲这样的知识女性。他想要的，正是这样的知识女性。

就因为母亲的出现，原本以强悍和雷厉风行著称的父亲，忽然生硬地变得拘谨和文雅起来。不知是真生敬意，还是有奉迎之嫌，他亲切而又谦逊地称我母亲"蹇先生"。

但母亲是何等细心之人，她一眼就看出了这个部队的最高指挥员，这个说一不二的男人，向自己投来的那种异样的目光。母亲在心里对自己说，那就走着瞧吧，反正该来的迟早会来。

父亲提出和母亲结婚的理由，说起来也是那么的好笑，那么的牵强附会和欲盖弥彰。父亲说，蹇先生，我贺龙是个粗人，在旧军队混的时间长了，养成了许多坏习气，必须有个人来管我。因此，我给上海的党中央报告了，这个能管住我的人，现在我终于找到了，那就是你。

听着父亲有些蛮不讲理的求婚，母亲心如止水，一点都不感到意外，更没有那种泰山压顶的感觉。虽然我当时只有三十六岁的父亲，既勇猛又粗犷，早在十几年前就揭竿而起，领导过桑植暴动和南昌起义，是个不仅把湘西，而且把中国搅得天翻地覆的人，但母亲却并不怵他，既不怕他逼婚，也不怕他逼婚不成把自己从他的队伍里赶走。

母亲冷静地望着父亲，温文尔雅地说，是吗？贺军长想和我结婚？这可是件大事，可惜我自己说了不算，得回慈利去问问我父亲，看他同不同意。

好嘛，好嘛。听到我母亲说结婚必须先过我外公这一关，父亲那颗多少有些顾忌的心不知不觉又膨胀起来。他说，那没得问题，蹇先生要我去求你父亲蹇老先生，过几天我们就去把慈利县城打下来。

与父亲的故乡桑植县相邻的慈利县，在地域上同属湘西，是我母亲的出生地。在慈利县城关镇的东北街上，住着我的外公蹇承宴，还有他临街开的豆腐店和染布店。看见父亲那副志在必得的样子，母亲在心里不服气地想，哼，你以为我父亲这一关是这么好过的？他又不是地主劣绅，而是个安分守己的生意人，你吓唬不住他。再说，他为人正直，做事有自己的原则，你如果胡作非为，他可不吃你这一套。

　　当然，母亲在省城读过书，见过世面，又接受了新思想，还是党的人，红军队伍里的人，她还不至于不敢为自己的婚姻做主。但她在情感上却是个非常传统的人，她觉得自己可以把信仰和生命交给党，交给这支军队，但自己的女儿身是外公给的，在把自己交出去之前，必须由外公点头。从另一个角度说，外公在生意场上阅人无数，看得出谁忠谁奸，因此在嫁人的问题上，母亲绝对相信他的眼力。

　　外公蹇承宴在母亲心里，和当军长的父亲一样，是个很高大也很有力量的人。他生在湖南安乡，八岁时因村里发大水，一家人只活下来他和上了年纪的奶奶。之后，奶奶带着他背井离乡，外出逃荒，几经漂泊才流落到慈利县杉木桥，借住在一户穷人家里。现在一个八岁的孩子懂得什么呢？但八岁的外公在那时却已经懂得必须与奶奶相依为命，必须在当地人面前谨慎做人，别让人瞧不起；还懂得一个男人应该自强不息，既要能赚钱赡养奶奶，还要成家立业，活得像个人样。渐渐的，他无师自通地学会了做豆腐，有了一门养家糊口的手艺。三十岁那年，奶奶不在了，他与一个叫黄世菊的女子白手成家，真正在异乡站住了脚。有一年，听说慈利城关镇的豆腐生意好做，小两口一合计，挑上担子便进县城去了。在后来的日子里，夫妻俩在城关镇东北街，一边开作坊做豆腐，一边生儿育女。几年下来，大女儿蹇先钰、二女儿蹇先任（我母亲）、大儿子蹇先为、幺女儿蹇先佛、二儿子蹇先超，先后来到这个世界。再后，自然是小小发达了，他又娶了二房杨氏，生了小舅蹇先辉，小姨蹇先珍。最了不起的，是他除了把大姨塞先钰留在了身边做帮手外,让其他的儿女都上了学,其中把母亲塞先任和大舅塞先为送到长沙兑泽中学读书,把幺姨塞先佛送到长沙衡粹女子艺术学校深造。相对地处偏远的慈利,长沙是大城市,大地方,而兑泽中学和衡粹女校又是长沙的名校,从中足见外公的气魄和远见。

母亲正是在长沙读书的时候,受到大舅塞先为的影响,开始从事地下斗争。大舅虽然还是个少年,但已经相当成熟了,甚至有过出生入死的经历。1927年5月长沙发生"马日事变",党组织面临瘫痪,同时因缺少经费而难以为继。那时,外公的生意做得顺风顺水,而且有些规模了,在街上开了两个作坊和两家铺子,大舅便以帮助外公经商为名,趁外公和外婆不注意,从钱柜里悄悄拿出钱去资助党组织。有一次,他整整提走了一百块大洋,被外公发现了,严厉追问他钱的去处。大舅也不躲闪,只用几句话就打消了外公的顾虑。大舅说,父亲,你从小看着自己的儿子长大,难道会相信我拿出钱去做坏事?又说,你老人家不是天天反对苛捐杂税、盘剥压榨吗?我们就是要和那些人过不去。

要说我外公还真是有胆有识,听完大舅的几句话,他什么也不问了,只是默默地盯着他,然后拍拍他瘦弱的肩膀说,先为啊,你做的事既然于国有益,那就大胆去做吧,爹不拦你。但是你应该知道,做这种事是要掉脑袋的,应该处处小心,步步小心。

这就是母亲信任外公的原因。他尽管是个小县城里的小商人,但眼里有爱憎,胸中有家国,这在当年是非常难得的。还有,他虽然像所有父母那样疼爱自己的子女,却不愿把他们护在自己的羽翼下;只要他们走正途,做大事,甚至不怕他们有个三长两短。正因为这样,在那个险恶的年代,当大舅带着母亲去参加红军时,他从心里为他们感到高兴。要知道当红军是要流血牺牲的;当红军家属,同样要遭受杀身之祸。

听说父亲贺龙要娶自己的二女儿,外公的反应大大地出人意料。他不是害怕，不是断然回绝，更没有那种受宠若惊的样子，而是满地打滚，号啕大哭。他边打滚边说，完了完了，我家二姑娘这下完了，贺龙是要娶她当小啊，这让我这张老脸往哪里搁？然后说，我家先任可是百里挑一的好姑娘，怎么能给人家当小呢？又说，我话说在前面，贺龙既然能娶她，总有一天也会休她，我家二姑娘苦哇……

大概在外公满地打滚的第二天或第三天，外公早上起来开店，刚卸下两三块店板，忽然听见一阵咚咚的脚步声。他茫然看过去，只见一个高大魁梧，用一顶大礼帽遮住大半张脸的人，正向他微笑着走来。来人的背后还跟着两三个同样高大的人，他们一只手提着衣角，一只手插在宽大的马褂里。凭直觉，外公知道这些人都带着家伙。

外公有些紧张，但来人双手抱拳，对他一揖。

你……你是谁？外公大吃一惊。

来人把大礼帽摘下，夹在腋下，弯腰诚恳地说，蹇老先生，你莫惊慌。我是桑植人贺云卿，也就是传说中的贺龙。这次来是求你开恩的，请你把你的二女儿先任嫁给我。又说，老人家，你尽管放心，我贺龙以性命担保，我看上你的宝贝女儿，绝不是让她做小，而是明媒正娶，让她协助我革命，帮助我打江山。

贺龙的名字谁没有听过？他在湘西跺一下脚，山都会抖，树都会摇晃。但是，他此刻竟向自己这个开豆腐店的小业主脱帽致礼，这让外公如何担当得起？正是在此刻，外公被父亲感动了，或者说被他吓蒙了，他连忙躬身对我父亲说，贺、贺军长，你的好意我心领了，有事进家里说。

没过几天，外公带人将一包金条和许多布匹送到父亲的队伍里。他对父亲说，云卿啊，我知道你们红军缺衣少食，生活过得贫苦，这些东西你们用得着。作为给父亲个人的礼物，外公送给他一件花了上百块大洋买的皮袍。外公想，父亲长年带领队伍在山里奔波，日晒雨淋，风餐露宿，必须有件厚实的衣服抵挡风寒。

父亲和母亲结婚的第六年，即1935年的11月1日，我在父亲出生的桑植县南岔村冯家湾呱呱坠地。母亲后来对我说，她当时真想把我带回慈利去，给外公看一眼他的外孙女，让老人家也高兴高兴，可惜时间已经来不及了，因为队伍马上就要向远处开拔了。

这段历史在军史上有记载：1935年11月19日，由贺龙、任弼时、关向应和萧克率领的红二、六军团从湖南桑植刘家坪出发，开始长征。

相信读者能想到，在这支浩浩荡荡的队伍中，也有我，当时出生才十八天，正躺在马背上的一只摇摇晃晃的摇篮里。

二

热风扑面，密集的飞虫像雨点那般撞在脸上，赶也赶不走。天完全黑下来的时候，母亲从羊角山上的灌木丛里直起身子，拔起酸痛的双腿，像个幽灵般地走进澧水河北岸的慈利县城。在小巷的拐角处，她下意识地停了下来，探头朝自己家开的染布店看了一眼。而这一眼外公留给母亲的印象，从此像刀一样刻在了她的记忆中。

外公坐在染布店门前的一把竹床上乘凉，手里噼噼啪啪地挥动着一把大蒲扇。他把黑色的对襟衫撩向两边，露出精瘦的身子，不时腾出手来拍打在腿脚上叮咬的蚊子。借助昏黄的煤油灯光，母亲感到她看清楚了外公胸脯上的一根根肋条。外公老了，瘦了，不断发出空空的咳嗽声。母亲的泪水就在这个时候落了下来。她知道外公老成这个样子，不光是为他这个十几口之家操劳，还得天天为母亲和先为大舅担惊受怕。虽然母亲和先为大舅去当红军时，外公表现得那么平静，那么豁达，但在朝不保夕的战争年代，敌人那么凶狠，环境那么残酷，战斗又如此频繁，他这个做父亲的怎能不牵挂一对儿女的安危？要是外公知道担任湘鄂边红军第一纵队参谋长的先为大舅，此时已壮烈牺牲，知道他这个二女儿变成了今天这副形同乞丐的样子，他又会作何感想呢？

母亲终没有走进近在咫尺的家，转身消失在黑暗中。

1930年春天，父亲和母亲结婚不到半年，便怀上了我从未见过面的姐姐红红。这时父亲率领红四军准备向洪湖地区转移，试图与战斗在洪湖地区的红六军会合。从湘西到临近武汉的洪湖，关山重重，路途迢迢，特别是要面对国民党军队的重重围追堵截，母亲挺着个大肚子，显然不能随军行动，父亲只好把她安置在桑植县官地坪的一户农家待产，留下两个警卫员照顾她。这一次分别，因战争形势的千变万化，父亲和他的红四军一直在湘鄂黔边界周旋，数年未返，母亲遭受了她一生中最不堪回首的苦难和煎熬。

这是长达三年多的颠沛流离和生死挣扎啊！在那些日子里，母亲用一只竹背篓背着嗷嗷待哺的姐姐红红，风里雨里，东躲西藏，今天不知道明天的死活，先后流落在官地坪、七郎坪、鹤峰、四门岩等地坚持斗争。在漫长难熬的岁月中，她既要对付国民党军和当地团防的搜捕，还要提防自己的同志和老乡的反水与出卖；至于吃住和衣着，只要能生存，那就只能随它去了。

红四军离开湘西时，留下一个独立团坚持湘鄂边斗争，各地的党组织和武装也还存在。但独立团的不少军官是旧军人出身，形势好的时候能勉强跟着父亲走，形势一变，马上换了一副面孔。而且，就在这时，夏曦抓"改组派"的风又吹过来了，一时造成忠奸莫辨，人心惶惶，这为母亲的生存带来了更大的险恶。但给母亲带来致命一击的，还是姐姐红红的死。

姐姐红红在母亲颠荡山林的背篓中，已长到一周岁，聪明伶俐，惹人疼爱，给在艰难中求生的母亲带来莫大的安慰。但一场麻疹袭来，让我这个可怜的连父亲的面都没有见过的姐姐，无医可寻，无药可治，生生死在母亲的怀里。在那个雪花早早飘落的冬天，当母亲在四门岩山林里的雪地上用双手刨一个坑，亲手把那具小尸体埋进去时，那种失去亲生骨肉的疼痛和对父亲的负疚，就像用火在烧她，用刀子在活活地割她！

没有了姐姐的拖累，当地的党组织又遭到严重破坏，母亲决定离开湘西，独自去洪湖一带寻找父亲和她日思夜想的队伍。在从四门岩一路摸索到慈利的路途中，她只身奔命，被沿地的团防扣留过，在荒山野地里病倒过，还化装成叫花子乞讨过，人熬得骨瘦如柴，衣服被荆棘和岩石撕扯得丝丝缕缕，满是破洞。因此，当她躲在街角看到外公和家的时候，再也没有勇气往前走了。她怕自己这副人不人鬼不鬼的样子吓着外公和外婆，也怕两个老人为她的遭遇感到心疼。

大姨蹇先钰也住在城关镇，离外公家不远，大姨夫已去世多年，身边只有一个小女儿。母亲想，还是先去找她这个姐姐好一些，她孤儿寡母的，没人注意。住下后洗个澡，换身衣服，再回家也不迟。

天更黑了，大姨家没有点灯，她和小女儿每人拿把竹椅坐在门口乘凉。母亲看准没有外人，从黑暗中一闪而出，径自往大姨家黑漆漆的门洞里走。路过大姐身边时，她轻轻地拍了一下大姨的肩膀，叫了一声"姐……"

大姨惊愕地转过头，只见一个浑身散发出酸臭的影子往自己的家里飘，立刻追过来拽住母亲，说，你这叫花子来讨什么？快出去！

母亲急忙捂住大姨的嘴，说姐，别大声叫嚷，我是先任。

大姨如遭雷击，忙拽回小女儿，把大门关住，扣死，反身把母亲搂在她怀里，说哎呀，你真是先任啊！怎么弄成了这个样子？把人都要吓死了，爸爸妈妈还以为你死了哩……边说边哭出声来。

母亲说，姐姐啊，求你别哭了，我不是平平安安回来了吗？你先烧点水让我洗个澡，换身衣服，我身上脏死了。

大姨猛然想起了什么，问母亲，贺龙呢？红红呢？就你一个人回来？

母亲说，贺龙在洪湖那边，女儿死了，连我都差一点死了。

听母亲说得那么冷静，好像什么事也没有发生一样，大姨伤心得又要哭，母亲忙说，大姐，我求你了，不要哭了，快给我找套干净衣服，再给我弄点吃的，我几天没吃饭了。

洗完澡，吃完饭，已是夜半三更，大姨泪眼婆娑地说，先任，孩子已经睡了，我先送你回娘家，那里房子多，不会引人注意。我这里临街，房子又小，到了白天大街上人来人往的，你住这里危险。

回到外公家，母亲、外婆和大姨抱在一起，哭成了泪人。

人回来了还哭什么？外公喝住三个女人，也像大姨那样问我母亲，咋搞成了这个样子？你是从哪里跑回来的？贺龙呢？他不管你了？

母亲告诉外公和外婆，父亲贺龙带领红军主力在三年前离开湘西后，再也没有回来。现在是红军最困难的时期，许多人牺牲了，活着的也失散了，今后的形势将更复杂，更恶劣。她这次千辛万苦跑回家，是想请外公想办法送她去找父亲和部队。

外婆吓得面如土色，说二丫头，外面兵荒马乱，到处在抓人和杀人。你身子骨这么单薄，都剩下半条命了，还要去找他们啊？

外公说，鬼话！二姑娘是贺云卿的人，不去找他找谁？又对母亲说，二丫头，你既然回家了，就在家里多养几天，不然风都能把你吹走，还咋个找？想想又问，云卿他们现在在哪里？你先为弟弟呢？

母亲差一点把大舅牺牲的事说出来，但话到嘴边又咽回去了，只回答说，听说他们在洪湖，先为弟弟一直跟着云卿，想必不会有事。

外公放心地点点头，对外婆、大姨和母亲三个人说，时候不早了，让二丫头早点睡吧。先钰也趁早回家，别让孩子半夜醒来找不着娘；白天没事不要往这里跑，免得隔墙有耳。送二丫头去洪湖找云卿和红军的事，由我来想办法。但不能急，得想个万全之策。

母亲在家里藏了几天，外婆好饭好菜地喂她，身体恢复很快。

外公经过仔细盘算，决定拿出一笔钱，与外婆娘家一个叫黄进元的亲

上图：照片中的这两个女人，一个是我母亲蹇先任（右）、一个是我幺姨蹇先佛（左）。

下图：照片上的这两个男人，一个是红二方面军总指挥贺龙（右），一个是副总指挥萧克（左）；一个是我父亲，一个是我姨夫。

159

兄弟合伙做生意。然后由进元姥舅搞一条船沿澧水往洪湖走，让母亲待在船上，伺机把她送到父亲身边。进元姥舅也经商，人很精明，在澧水两岸有不少熟人和生意伙伴。用这个办法，既能把母亲平平安安地送出湘西，又能让她免受跋涉之苦，可谓两全其美。

几十年后母亲对我说，外公开豆腐坊、染布店，那个家是他一点一点攒起来的，但他不吝啬金钱，绝不像小生意人那般抠抠索索，把钱看得比磨盘还大。为了几个参加革命的儿女，他敢作敢为，慷慨大度，不惜千金散尽。从这个意义上说，他又是个很开明很有胆识的人。

船备好了，外公往母亲的包袱里放进足够的盘缠，叮嘱她说，二丫头，你放心大胆地走吧，要是能顺利走到洪湖找到云卿，是最好不过了。如果遇到麻烦，实在走不出去，就到焦圻去找你母亲的族侄黄其均，他和爸爸也有生意来往。但他可能听说你嫁给了贺龙，千万不要跟他提起你是去找贺龙的，人心叵测啊，就说你是逃难离家，只到亲戚家躲几天。待我想出新的办法，再到焦圻去接你。

这是一个月夜，风平浪静，载着进元姥舅和母亲的那条船，悄无声息地离开了慈利。

正好是盈水季节，母亲一觉醒来，船已靠上津市码头。

有了船，又真是代表外公和进元姥舅合伙做生意，这让母亲从容，淡定，无需乔装打扮，即使遇到团防或地痞流氓来敲诈勒索，只要不知道她是贺龙的妻子，谁也不会产生怀疑。而在那样的乱世，谁又会把一个船上的普通女人与贺龙联系起来呢？

船到沙市，进元姥舅上岸去变卖从津市贩来的一船草纸。当时沙市就缺草纸，货很快脱手，他乘机打听当地是否太平。商家对他说，如今哪里还有太平？前不久贺龙带领红军来打沙市，都打到沙市东街了，但被国军打退了。仗打得很凶，子弹乱飞，双方死了不少人。商家还惺惺相惜地提醒进元姥舅，如今兵荒马乱，贺龙的队伍正缺衣少食，四处流窜，咱做生意的，千万别往他们的枪口上撞。

那贺龙的部队退到哪里去了？还在洪湖吗？进元姥舅问。同时又在心里想，我正要找贺龙呢，你们却把他当成凶神恶煞，但他不敢把话说出来，只能继续装傻。

商家说，鬼晓得，他们来无影去无踪。但洪湖他们肯定是放弃了，因为国军已密密麻麻地围过来，围得像铁桶似的。

此话当真？进元姥舅的心在怦怦乱跳。

那还有假！商家说，洪湖那边有船过来，生意人都关心这个。

进元姥舅马上回到船上，把消息对母亲说了。母亲没有思想准备，心里一急，当天就病倒了，高烧不止。要知道她三年多来苦苦寻找父亲，吃过多大的苦，遭了多大的罪，现在眼看就要到洪湖了，父亲他们却撤走了，这怎么不让她大失所望，一时心如死灰？

母亲患的是疟疾，三两天好不了，进元姥舅只得带她回家。

在津市，母亲一病不起，足足被困了两个月。

三

病好得差不多了，按照外公临行时的交代，母亲决定去焦圻找表兄黄其均。外公也来信说，在焦圻发现了红军的踪迹。从津市去焦圻没有水路，母亲没有让进元姥舅送，自己背上一个包袱就上路了。

黄其均表兄母亲见过，前些年他来慈利做生意，常到家里来看望外公和外婆，向外公讨教生意经。他还向外公借过一笔数目不小的钱，但生意做赔了，害怕外公催他还账，跑回焦圻不敢见外公了。母亲的出现让他颇感意外，额上顿时冒出一层汗珠。母亲马上说，自己是来逃难的，又送上三十块大洋，说这是她的食宿费用。表兄说不出别的，忙安排母亲住下，说二姑娘，表兄的家也是你的家。

161

因为着急上火，没在表兄家住几天，母亲又得了痢疾，刚刚恢复过来的身子又迅速往下瘦，最后瘦得只剩下一层皮软塌塌地包着一把骨头。其均表兄不敢懈怠，四处去找郎中和打听偏方。

外公听说母亲刚渡过一难，又赶上一难，心急如焚，星夜赶到焦圻表兄家。幸好头几天用对了药，母亲的病好了许多。见表兄对母亲不薄，外公非常感动，对表兄说了实话。他说，其均啊，你大概知道我家二丫头当了红军，又嫁给了贺龙。前三年她让贺龙送回桑植生娃娃，与贺龙失去了联系。有人说红军正在江北一带活动，她到焦圻来，就是来找贺龙的，你得想个办法送她过江。要不然，她老待在你这里，一来给你添麻烦，二来如果有个意外，两边的人都惹不起。

其均表兄对母亲的来意，其实早有察觉，只是母亲和外公不把话挑明，他也不敢往那个地方想。现在外公道出了原委，他当即拍着胸脯说，姑夫请放心，我别的做不到，送先任妹妹过江还是有办法的。

外公望着其均表兄说，你有什么办法？说出来听听。

其均表兄告诉外公，他刚在靠江更近的藕池住过一段日子，帮一家店铺管账，知道藕池对岸的江陵和监利一带经常有红军出没。他还亲眼看到白军和红军隔江相望，你来我往地打拉锯战，常常是白军气势汹汹地渡过江去，红军又跑到江这边来了。反正是谁也制伏不了谁，只好这样对峙下去。话说到这，其均表兄说，他可以先带母亲去藕池开家店铺，先熟悉情况，摸准行情，待谁也不注意的时候，花钱雇一条小船，这样就能把母亲顺利地送到对岸。

外公说，这个办法好，就按你说的，先去藕池开家小店，这钱我出，你和二丫头一起打理，看准机会把她送过江去，之后店就归你了。话说到这里，外公从身上摸出其均表兄当年借钱的那张字据，当面撕了，边撕边说，其均侄儿，你能为姑夫办这件事，过去的账我们一笔勾销，不再提了。

可惜的是，当其均表兄和母亲在藕池盘下一家店铺后，红军又从江北消失了。这时，外公又打听到了新的消息：父亲率领红军已打回鹤峰和桑植一带。从藕池前去江对岸围剿红军的白军已陆续返回兵营，当地的土豪劣绅纷纷放起了鞭炮。

母亲又陷入了愁城：藕池离鹤峰和桑植，山高路远啊！

但外公没有气馁，他让母亲返回到焦圻等他的消息，自己一次次派人去鹤峰、桑植打探父亲的下落。他想，即使找到天边，他也要帮他的女儿找到贺龙。

1933年冬天，外公派他的另一个族侄黄其昌扮成一个卖布的小贩到鹤峰一带寻访。其昌表兄辗转几个月，沿着红军留下的标语，终于在鹤峰的石灰窑、椿木营一带找到了红军。

其昌表兄回来对外公说，我父亲贺龙得知他代表外公来找红军，将其昌表兄迎进了他的司令部。听说外公这几年百折不挠，一边想尽办法让母亲藏身，一边帮助母亲四处寻找红军，父亲特别感动。他让其昌表兄立即返回慈利，向老人家报告，让母亲回到慈利或桑植一带，主动向红军靠拢。因为红军住行无定，目标太大，不能贸然深入白区。

1934年10月，经过在湘鄂黔三省边界的艰苦转战，父亲率领的红四军已壮大为红二军团，并在黔东印江县木黄镇与任弼时、萧克率领的红六军团胜利会师，然后杀回湘西，着手在永顺、大庸创建稳固的革命根据地。

听到这个消息，外公当即派义子文春林送母亲启程，让母亲终于顺利踏上了回部队之路。这一次迎接母亲的，是翻飞的旗帜、沸腾的歌声，是兵强马壮的红军大部队。当然，还有父亲那张喜笑颜开的脸。

母亲像踩在云里雾里，和无数次做过的梦境里。在见到父亲的那一刻，她悲喜交加，一头撞进他的怀里。想起三年多来离群索居，生生死死，她眼里的泪如同大坝决堤，江河泛滥。她对父亲最难以启齿又不得不要说的，是红红姐姐的死。"云卿啊，我对不住你，把你的女儿弄丢了。"当母亲说出这句话时，已泣不成声，差点昏厥过去。

父亲把母亲娇小的身子裹进胸膛，用宽阔的手轻轻抚弄着她的秀发，疼爱地说，好了好了，别哭了，战争那么残酷，我们有那么多好战友、好同志都牺牲了，你骞先生能捡回一条命，让我很知足了。以后我们还会有孩子的，我保证，到时再不会发生红红这样的事了。

许多年后，当母亲对我复述父亲在当年说过的这句话时，我感动得泪流满面。因为我明白了自此整整一年后，父亲为什么在那么艰难的情况下，仍把生下来才十八天的我，放在马背上的摇篮里，带着我去长征。他是不忍心再次失去他的亲骨肉。

回到自己的战斗岗位，母亲才知道，在这三四年里，父亲和他这支队伍中的每个人，个个九死一生。她认识并朝夕相处过的许多红军干部，像段德昌、王炳南、覃苏、董朗、陈协平、汪毅夫等等，或在战场上壮烈牺牲，或被左倾路线残酷杀害。父亲的亲人，我的大姑贺英、四姑贺满姑，也惨死在敌人的屠刀下。

1934年12月26日，父亲率部攻克慈利县城。进城后的第一件事，就是去拜访我外公骞承宴；同去的还有萧克、关向应等红军领袖。

那天中午，父亲特地设宴招待外公及所有家人。著名的萧克将军就是这样成为我的姨父的，因为他在饭桌上一眼就看上了我漂亮的幺姨骞先佛。

我幺姨骞先佛这年十八岁，刚从长沙衡粹女子艺术学校毕业，长得亭亭玉立，能写会画，而且在长沙这样的大地方经过多年艺术熏陶，有着良好的艺术气质，对革命充满向往。红军一进驻城关镇，她就找到我父亲自报家门，说姐夫，我也要参加红军，跟你和姐姐走。父亲故意给她卖关子，说，你也要参加红军？你一个城里的学生，细皮嫩肉的，能干啥啊？幺姨说，我会写字画画啊，你们可是打着灯笼也难找。父亲说，那倒是，我批准了。

我想，父亲同意幺姨参加红军，心里肯定还有一个想法没有说出来，那便是把她介绍给他的副总指挥萧克。因为萧克是红军中的儒将，难得的才子，那一手字写得能挣来饭吃。萧克也参加了南昌起义，部队被打散后，他身上空无一文，正是凭着写得一手好字，沿途给人写对联写信，才换回了回家的盘缠。父亲想，如果幺姨和萧克能互生好感，简直是天造地设，璧连珠合。

　　推杯换盏中，外公受到父亲和几位红军将领的交口称赞。而后，当着几位红军将领的面，外公一诺千金，再次把幺姨蹇先佛、二舅蹇先超交了出来。当时外公说，我们蹇家怕是着了共产党的魔，先是我大儿子先为、二女儿先任跟你们走了；如今幺女儿先佛、二儿子先超也不愿在家待了，争着要跟你们走。我想好了，他们要走就走吧，人各有志，我不阻拦他们。想想又说，我知道江山是要拿命去换的，他们能不能跟着你们走到胜利的那一天，就看他们的造化了。

　　外公不知道，幺姨在吃这顿饭之前就已经和我父亲达成了默契，铁下心要跟红军走了。外公更不知道，他的幺女婿、未来的共和国上将萧克，此时此刻也坐在他的面前。

　　没多久，由父亲和任弼时、陈琮英夫妇搭桥，萧克将军和我幺姨蹇先佛喜结良缘。从此，我聪明伶俐、能写会画的幺姨便跟着萧克，跟着我父亲任总指挥的红二、六军团革命去了。当年在湘鄂西，在红军长征沿路，墙壁上的许多红军标语和漫画，都出自我幺姨之手。1936年7月1日，红二、六军团长征到甘孜，按照中央军委的命令，改编为中国工农红军第二方面军，我母亲两姐妹因分别嫁给红二方面军的总指挥贺龙、副总指挥萧克，从而成为著名的"红军姊妹花"。在以后的几十年中，萧克将军和我幺姨南征北战，甘苦相守，不离不弃。2008年10月，活了一百零一岁的萧克将军无疾而终；我幺姨蹇先佛如今已是九十七岁高龄，依然在含饴弄孙，活得耳聪目明。

还说近八十年前的事。红军打下慈利后，我父亲贺龙、任弼时、萧克、关向应等几位红军将领设宴款待我外公。当同在饭桌上的母亲听到外公提起大舅骞先为时，忍不住夺门而出，躲进一个街角失声痛哭。后来母亲说，当时她感到外公实在是太伟大了，也太可怜了，因为直到吃那顿饭时，他还不知道大舅骞先为已经牺牲了，而且早在几年前就牺牲在湘鄂西残酷的战场上。

四

离开湘西苏区，踏上二万五千里漫漫长途，母亲一直为外公提心吊胆。谁都能想象，女婿是贺龙和萧克，另有四个儿女参加红军，当国民党反动派卷土重来之时，他老人家该承受多少压榨和凌辱！因为红军前脚走，国民党军、日军、当地团防，还有各路土匪和黑势力蜂拥而至，而且必将变本加厉，心狠手辣，可怜的外公这时就只能成为长在地里的韭菜，面临一次又一次的刈割，刀每天都悬在头上。

对这样的处境，外公其实早有准备。他知道当他把两个女儿分别嫁给贺龙和萧克，把四个儿女先后送进红军队伍，在明里和暗中，他就已经成为各种反动势力的眼中钉，肉中刺。但他想，好汉做事好汉当，反正是豁出去了，无非是家破人亡，倾家荡产。在这个黑白不分的社会，你反抗是一刀，不反抗也是一刀，何不活得壮烈一些，堂堂正正一些？而他能做到的，就是尽量保护家人的平安，把大事小事都扛在自己肩上。

红军刚开始长征，外公便关了豆腐坊和染布店，带着家里剩下的几个人离开了慈利城关镇。他甘愿再一次背井离乡，躲得远远的。

逃到津市高深站，外公意外遇到了一个曾在一起做过伙计的老朋友；那人感念旧情，腾出房子大度地收留了他一家。但外公安顿下妻儿后，又马不停蹄，一个人坐船赶往阔别多年的安乡老家。他希望那片曾经被洪水

上图：我母亲蹇先任（左）和我幺姨蹇先佛（右），一个嫁给红二方面军总指挥贺龙，一个嫁给红二方面军副总指挥萧克，被誉为"红军姊妹花"。1955年共和国授衔，两个男人，一个被授予共和国元帅，一个被授予共和国上将。

下图：簇拥在"大蹇小蹇"（毛泽东语）中间的两个小家伙，一个叫贺捷生，是我；一个叫萧堡生，是萧克将军和我幺姨生在草地上一座孤堡里的儿子。可惜堡生弟弟在抗战中送回湖南慈利让外公抚养时，死于日寇的毒气战，为此外公痛心疾首。

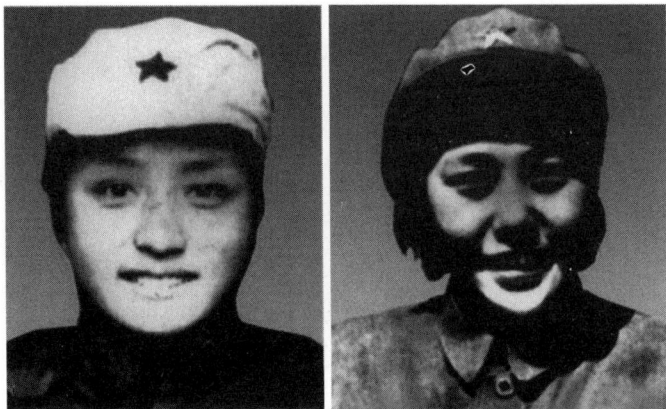

浸泡过的土地，能用儿亩薄田收留他，让他带着老小了此残生。

没想到人还未从安乡回来，慈利琵琶洲有个姓刘的人便把他给告官了，说蹇家是红军家属，主人蹇承宴是大名鼎鼎的"匪首"贺龙和萧克的老丈人，贺萧二人在他家里存了不少金银和枪支。慈利当局正恼外公从他们的鼻子底下溜走了，现在有人把状子递上来，那还不搂草打兔子，既把这个"案犯"给截住，又把他的财产给逼出来？当外公回到津市的时候，家里已被翻得七零八落，朋友借住的房子被挖得像刚犁过的地一样。不过，到了这一步，他们也把外公的蛮劲给逼出来了。外公想，既然你们说我同红军沾亲带故，是红军家属，那么我认了，不如干脆回到慈利城关镇去继续开店做生意。

也许在生意场上久经摔打，精明的外公早学会了审时度势。因为当时正是国共两党进行第二次合作时期，抗日成了中华民族的头等大事，而我父亲贺龙和姨夫萧克也成了举国闻名的共产党名将，正在前线与日寇打仗。外公理直气壮地对人们说，知道我与贺龙和萧克是什么关系，知道我有四个儿女参加红军，那又怎么样？看谁敢动我一根毫毛！

就在这个时候，幺姨蹇先佛从延安捎来口信，说她和幺姨父萧克都要上前线打鬼子，希望把他们在长征路上生下的宝贝儿子萧堡生送回老家，请外公和外婆帮助照料。外公连想都不想，马上回话说，送来，送来！为什么不送来？抗日将士的儿子我这个当外公的不养，让谁养？

后来便发生了那件让外公痛不欲生的事情：日本侵略军进攻慈利时，一发炮弹打过来，烧了慈利县城东北街的半条街，外公的染布店也不能幸免。接着又惨无人道地进行细菌战，让搂在外公怀里逃生的堡生表弟不幸染上了鼠疫菌毒，眼睁睁死在路途。外公心里当时那个痛，那个仇恨啊，冲进战场和鬼子拼命的心都有。当然，想到那么多中国老百姓，那么多老人和孩子都死在日本人的铁蹄下，外公知道幺姨和萧克将军是不会责怪他的，只会更加激发他们杀敌的决心。但毕竟这个在长征的苦难中活下来的孩子，就这样没有了，外公还是感到非常歉疚。因此，他马上给重庆八路军办事处写信，寄希望他们能把这个噩耗转告给正在前线打仗的幺姨夫妇，同时勉励父亲、姨父和母亲两姐妹，要"努力杀敌，不管家事，以国为家"。

在重庆八路军办事处主持工作的周恩来看到这封信，感慨万端，亲自给外公回了信，还给老人家寄来了八十元生活补助费。外公收到周恩来的信和钱，有感于共产党人的博大情怀，给周恩来回信说："周先生，感谢您的关怀，现正值抗战时期，公家也有困难，我身体健康，可以谋生，请勿挂念，请转告我的女儿们，要安心杀敌。"

母亲在前线听到这件事，这才想到，原来外公早就知道了大弟塞先为牺牲的消息，也知道和他们一道长征的二弟塞先超已冻死在长征途中的雪山上，心里不禁为外公的胸襟和胆魄感到骄傲。母亲曾对我说，外公当年在给周恩来写信的时候，她都不敢想象，在这个儿孙一个个离去的老人心里，当时到底压抑着多大的悲愤，多么强烈的仇恨。

另一件事情，是小舅塞先辉在解放后亲口对母亲说的。

小舅塞先辉因为出生最晚，一直陪伴在外公身边。熬过八年抗战，他已经是个中学生了，开始有自己的思想。看见外公为哥哥、姐姐投身红军受到那么多迫害，有一天，他忽然对外公说，他要参加国民党。外公问他为什么？小舅说，他参加了国民党，家里在国共两党中就都有自己的人了，这样就不用害怕再被人欺压。外公说，你这是什么鬼话？再给我说一遍。小舅就又说了一遍，话未说完，只觉脑后刮起一股凉风，急忙回头，但见外公抄起他那根挑布用的扁担，正向他劈来。外公咆哮说，你想当国民党？那么好，我先打死你这孽障！知不知道我们塞家只出共产党，不出国民党？

我前面说过，小舅是外公的二房杨氏所生，外公打小舅的时候，正好杨氏也在场。这个我应该叫小外婆的人，生性胆小，在家里又没有地位，就指望这个儿子将来养她了。见外公生那么大的气，她急忙冲过来挡住外公的扁担，哀求说，老爷，你这样会把你儿子打死的。外公说，打死他怎么啦？打死他老子去坐牢，充其量我不要这个儿子了。又说，你们娘儿俩给我听好了，我们塞家行得正，站得直，只参加一个党！

小舅在外公的扁担下幡然醒悟，开始明辨是非。以后，他主动靠近慈

长征到达陕北，穿上八路军服装的我幺姨蹇先佛和姨夫萧克，面对英国记者林可迈的镜头，多么轻松和浪漫。

利共产党地下组织，做了党的交通员。1949年慈利解放，就是他代表当地党组织，率先去同解放军五十二支队接的头。

五

离开慈利十五年后的那个冬天，当母亲在风雪弥漫的沈阳听到外公去世的消息时，她忽然感到此前的十五年，过得是那么艰辛，那么紧张又急促，此刻蓦然回首，那一个个在水深火热中走过来的日子，竟是一片苍茫，一片好像什么也没有抓住的空白。冷静下来后，她才明白过来，原来塞满这十五年的，是四年多苏区斗争和二万五千里长征、八年抗战，接着是三年解放战争，几乎每一天都行走在刀刃上。

也只有到这时，母亲才想到，原来自己只是个女人，一个人到中年的女人；和所有到了这个年纪的人一样，她也上有老，下有小。但是上面的老——她在过去十五年中一直牵挂的父亲，我的外公，却在天就要亮的时候，与世长辞，让他们父女再也不能相见了！而下面的小呢，当然就是她的唯一的女儿——在长征前十八天生下的我了，可自从1937年从陕西富平县庄里镇托人把我带回湘西后，在这十五年中是死是活，她不得而知。

女人在痛心疾首的时候，也会咆哮而起，变成一只勇猛的豹子。

母亲此时就变成了这样的一只豹子。当她得知外公去世的消息，只听脑子里嗡的一声，突然什么都不顾，什么也不想要了，只想回她的慈利老家，为外公去奔丧，去寻找失散多年的女儿。

这是1949年秋天的某日，共和国刚成立没几天，正在沈阳担任区委书记的母亲忽然闯进了东北人民政府副主席李富春的办公室，没头没脑地对他说，富春同志，我要回湘西，而且马上就要走！

李富春让母亲坐下来慢慢说，但她没有坐下来，也没有慢慢说。她像打机关枪那样，一口气倒出了十几年来积攒在心里的思念和歉疚。她说，李书记啊，我是一个女儿，又是一个母亲。你知道的，在过去的十几年里，我先是去了苏联，后来又上了战场，根本管不上他们，但现在革命胜利了，我必须回老家去找他们。

作为一个长辈，一个直接领导，日后担任共和国副总理的李富春十分理解母亲的心情。耐心听完母亲的倾诉，他既宽容了这个党的高级干部在自己面前的任性，又非常干脆地批准了她的请求。然后他感叹说，是啊，是啊，先任同志，我们革命者也是人，也有自己的父母和孩子，而且我们欠他们太多了。如果我不同意你回湖南，那就是不讲人之常情了。只希望你早去早回，既为老人尽孝，又找回自己的孩子，接着把孩子带回东北来上学。

母亲惊愕地望着这位长辈，心里想，我说过要回沈阳了吗？我只说我要回湘西，回慈利，去安葬我的父亲和寻找女儿。但是，这需要多少时间啊，怎么可能早去早回呢？而且，我这一去，就准备留在南方了。我只想回到那片生我养我的土地上，当一个普普通通的老师，每天守住孩子们的欢笑和歌声；不能再让他们像自己的女儿那样，在某一天，突然被一阵风吹走了。但是，她没有把这些话说出来。

列车长啸一声，驶离了沈阳。

车厢里非常拥挤，乱哄哄的，车厢与车厢的连接处，过道上，到处都挤满了人，再没有立足之地。行李架上横七竖八地塞着各种箱子和包袱，甚至还塞着活生生的人。尽管这样，人们还是在大声地谈笑着，相互热情地问候着，洋溢出刚解放的喜悦。也有人像母亲一样一声不吭，脸上露出一丝忐忑和忧虑，他们大半也是外出或回乡寻找亲人的。战争虽然结束了，但有多少心灵创伤需要抚慰啊。

母亲坐在靠窗的位置上，泪水不知不觉地流了下来。好不容易有个独处的机会，她把这一路都用来回忆外公。但她越回忆越伤心，越回忆越感到悲痛不已。因为自打十五年前离开慈利后，她就再没有回去过，也再没有和外公见过面，怎么也想象不出外公在这十五年里会老成什么样子。但女人的心是柔软的，纤细的，对亲人的思念也更体贴入微。母亲想，在这漫长的十几年里，外公的背会慢慢地弯下去吗？眼睛会不会渐渐地看不清东西？他病了的时候，谁为他煎药？谁照顾他起居？当他想起当红军的儿女，是否会天天念叨她们的名字？

几天后，出现在母亲眼里的那个家，那个临街的染布店，触目惊心，只剩下几堵残垣断壁；劫后余生的亲人拥挤在后院的几间昏暗低矮的屋子里。进了这个熟悉而又陌生的家，只觉空空如也，一看就知道经历过无数次的洗劫和扫荡，一幅没落和破败的景象。

外公躺在停放在堂屋的棺木里，在静静地等着她。

母亲一见那口漆黑的棺木，心里就感到有种东西坍塌了。她撕心裂肺地喊一声：爹爹啊，我回来了！人就扑在棺木上，号啕大哭。

小舅蹇先辉是外公唯一剩下的给他送终的儿子，他泣不成声地告诉母亲，外公在生命的最后几年，虽然越来越孤独，越来越凄凉，但活得越来越坚强，越来越明白。接着，他对母亲说起了一件往事——

那是小舅加入地下党之后，当地警察局在四处搜捕他，却一次也没有得逞。有一天，警察局忽然把他的母亲杨氏抓进牢房，逼她把儿子交出来。外公闻讯，满脸正气地跑到警察局去投案，说蹇先辉是我的儿子，他母亲是个妇道人家，什么也不知道，出了事与她无关，要抓就抓我这个当父亲的。在把杨氏换出来时，外公对她说，我这个家是非太多了，不能再连累你，你趁早离开吧。外公出狱后，把家里剩下的那点钱全给了杨氏，又把店里的一个伙计介绍给她，让她从此去过自己的日子。

家里日渐衰落，帮手越来越少，外公为了一家人的生存，只得惨淡经营，艰难地维持着染布店里的生意。这时，他虽然已到了风烛残年，但在店里既当老板，又当伙计，什么活都亲力亲为。

1949年7月5日那天，外公挑着沉重的布担去河里漂洗，走着走着便走不动了。当晚，他躺在床上对小舅说，先辉啊，我不行了，再也等不上你二姐和幺姐回来了。我死后，不要急于入土，暂时用沙土把我埋在棺材里，停放在自己家中，等天亮了，你二姐幺姐回来了，再把我埋进土里。

小舅对母亲说，二姐，父亲这是心有不甘，死不瞑目啊！因为当时慈利还没有解放，但已经听得见衡宝战役在远处响起的炮声了，所以他在弥留之际反复念叨：天就要亮了，天就要亮了……有几次，他还大声喊道：不，不要把我埋进土里，我不进国民党的阎王殿。我的儿女都是共产党的人，我要等着进共产党的阎王殿！……

7月12日，外公去世后的第七天，慈利宣告解放，天果然亮了。

听着小舅说这番话，母亲心如刀绞。她心酸地想，四个儿女去当了红军，让外公没有一天不盼着天亮，盼着他们回来。但外公盼了十几年，却在天亮之前与世长辞。在他咽下最后一口气的时候，该带着多大的遗憾和郁闷啊！而想到两个儿子永远回不来了，心里肯定在滴血！

把外公安葬在遗笔溪星子山下，母亲正准备去湘西寻找我这个让她牵肠挂肚的女儿，县里的同志想到她在慈利的威望，请她留下来当县委书记兼县长，帮助剿匪。因为山里的土匪听到母亲回慈利的消息，给新政权捎话说：只要让蹇家二丫头出面，他们愿意放下武器，向人民政府投诚。

母亲能说什么呢？她知道这是县里党组织，还有盘踞在山林里的土匪，对自己的最大信任和期盼。而与她急着要寻找自己的女儿比起来，建立人民政权，让故乡的百姓得以安定，是件多么重大的事情啊！谁叫她是共产党员，是当地名声遐迩的女红军呢？想到这些，她把心一横，再次轰轰烈烈地投入到了党的事业中。

同时，也如母亲所愿，她从此留在了南方，历任湖南省常德地委委员兼慈利县委书记、县长，地委民运部部长，武汉市人民政府秘书厅主任、监察委员会第一副主任兼中共武汉市纪委副书记等。1954年，因我已从湘西被找回来，跟着父亲去了北京，她才在父亲的斡旋下，调到国务院轻工业部审干委员会任第一副主任、干部司副司长、干部学校校长兼党总支书记。

六

2004年7月25日，母亲在北京安然逝世，享年九十六岁。

像她这样经历过无数苦难，而且在离开父亲后六十多年一直单身的长征女红军，能活到这个岁数，是极为罕见的。但让我吃惊的是，在晚年，母亲竟然经常为她活到这么大年纪而感到惭愧，感到内疚。她多次对我说，你外公在地底下都等了我半个多世纪了，真担心他望眼欲穿，等得不耐烦了。

母亲逝世后，党和国家领导人胡锦涛、江泽民、温家宝、曾庆红、吴官正等；还有萧克、廖汉生、谷牧、张震、布赫、曹志等老同志，曾以不同方式，对她的离去表示深切哀悼。

因为名字的陌生，年轻人在报纸上看到这条消息，看到中央那么多领导人和德高望重的老同志如此关注我母亲逝世，或许会感到奇怪或一丝不解，但如果读到我这篇文章，相信就不会有什么疑问了。

作为父亲贺龙和母亲蹇先任在七十多年前留下的唯一骨血，我一直陪伴着母亲度过她的晚年，并在病床边把她送到生命的终点。

母亲离开这个世界的时候，脸上的表情非常安详，也非常坦然。在最后的时刻，我看见她的嘴角一动，接着便从那张皱纹密布而又慈祥的脸上，渐渐浮出一朵静美的笑容。

我想，那一定是她见到外公了。

2011年6月—7月于母亲逝世七周年前夕

啊，遥远的桥

生命中有些现象是难以解释的，就像在新疆霍尔果斯，隔着那么远的距离，那么浩渺幽深的时空，我仍然感到有一双眼睛在静静地注视着我，凝望着我。而且，我极为熟悉这双眼睛，看得见这双眼睛在对我的漫长等待和凝望中，始终漂浮着热切的渴盼、惦念和深深的爱恋。如果我不跨越千山万水走近霍尔果斯，不亲身用她长久地等待着我到的那种目光，眺望那条在澄澈的蓝天下寂寂流淌的河流，河流两岸曾经荒芜但此刻在金色的阳光中像波涛般翻卷的青草，眺望曾经像雕塑般伫立在河的对岸但早已随岁月远去的那些士兵和战马，她还会继续这样等待下去，凝望下去，还会继续在历史的深处和我的血脉深处，呼唤我完成这次本来在几十年前就该完成的远足。

啊，母亲，我来了。啊，霍尔果斯，我来了。

绚烂八月的霍尔果斯，正进入她的黄金季节。空旷而坦荡的原野仿佛生来就是用来盛装阳光和牧歌的，微风从绿树和青青的草叶上徐徐吹过，无声无息，显得小心翼翼，好像不敢打搅这片原野上千百年来保持的宁静。蓝得找不出语词来形容的天空，高远，恬静，白云悠悠。那些只有在新疆的天空上才能看见的云彩，一团团，一朵朵，一缕缕，从头顶低低地擦过，有如刚刚在清水里洗过又被细心烘干的棉花，洁净而又柔软，轻盈而又蓬松，让人忍不住想枕着它们入眠。退向远处的山脉轻描淡写，若有若无，淡淡地露出大写意的轮廓，映衬在低垂天幕边缘的线条无比柔和，无比舒缓，有点言犹未尽的味道；当夕阳西沉，再看这些山脉以剪影的模样呈现出来的姿态，真是气象万千，变幻无穷，仿佛万花筒里的世界。这时只要发挥你的想象，你说看见了什么，那山的模样就像什么。而初秋眼看就要来临，到处可见的白桦林郁郁葱葱，绿得像要沸腾，树干上的眼睛漆黑如夜，含情脉脉，仿若无数的朋友深藏其间，正等待我们去相认。再过些日子，白桦林就要红了，千万片灿烂的叶子将在树枝上摇晃和闪烁，发出一片金币叮当的悦耳响声。一阵风吹来，落叶纷飞，如同一片一片的红鸟在振翅飞翔。

然而，人们不会想到，眼前如此美丽，如此让人心驰神往的这个世界，对我的母亲来说，却曾经是一个悲喜交加的世界，一个突然黑下来的世界。因为在几十年前，正是在这个地方，在眼前的这座霍尔果斯桥上，我那把一生奉献给革命的母亲，曾经以一步之遥，跨入了她心目中朝思暮想的天堂；又以一步之遥，坠入了她短暂而又暗无天日的深渊。

霍尔果斯带给我母亲蹇先任女士，然后通过我母亲带给我的记忆，是迢遥的，忧伤的，同时也是苦涩的。但这种迢遥、忧伤和苦涩，对于一个革命者而言，在她日后的回想和对后辈的娓娓倾诉中，又是亲切的，深远的，让她引以为荣。因为在我的印象中，母亲对新疆的情感，简直到了念念不忘的程度。我从小到大，从少年、青年到中年，只要回到她身边，她都会情不自禁地提到新疆，说起她当年从苏联跨过霍尔果斯桥回国后，在新疆经历的那段生活，那些在苦难中熬过的日子。她也说父亲，说父亲贺龙当年为拯救她从新疆脱离苦海，直接上书给蒋介石；说父亲一生铁骨铮铮，从不向权势低头，但为了母亲却破天荒地求过两个人。一个是毛泽东、一个是蒋介石。还说到全国解放后，已经晋升元帅的父亲，作为中央慰问团团长，率领一个庞大的慰问团去新疆参加新疆维吾尔自治区成立十周年庆典活动。她说，在那次意义非凡的活动中，父亲满面春风，对那片土地是那样的虔诚，对那里的人民是那样的感激，把共产党人的宽阔胸怀表现得淋漓尽致，让许多人铭记在心。

母亲就是这样的人，她有见识，有涵养，有胸怀，有正气，没有几个女人能像她那样活得如此大度，如此宠辱不惊。她离开父亲六十多年，从未说过父亲一句坏话，也不让别人说，总是言行一致地维护他的形象。在"文革"中受到父亲的牵连，造反派把她关进牛棚，那样逼她、打她、羞辱她，都没有背叛父亲。

我清楚地记得，在说着父亲帮助她从新疆脱险和父亲与新疆的联系时，母亲脸上的表情既坦然，又深藏眷恋，有一种历经严酷岁月打磨之后的纯真。两只渐渐湿润的眼睛里慢慢放射出灼热的光芒，就像有许多细小的火苗在那儿隐隐约约地聚集和燃烧。

后来母亲一天天老了，老得慢慢地忘记了往事，老得连门也出不去了。我怀疑，她就是老在念叨新疆，诉说在新疆的那段生活，硬是把自己给念老了，说老了。想不到有一天，那是她年过九十岁之后，她忽然对我说，她很想再去一次新疆，再去一次霍尔果斯，可惜天不饶人，再也走不动路了。接着又说，假如我将来有了机会，一定要代她去新疆看看，去霍尔果斯看看，去看看那座遥远的霍尔果斯桥，看看那里的人民，那里的一草一木。

现在我就站在新疆霍尔果斯我母亲说过的这座桥上。

霍尔果斯桥，准确地说，是一座界桥，一座口岸桥，桥的这头是我们国家的土地，桥的那头是哈萨克斯坦，就像辽宁丹东连接朝鲜的鸭绿江桥。不过，霍尔果斯桥与其他的口岸桥相比，最大的不同，是它在遥远的天边以自己的单薄之力连接起欧亚两片大陆，是我国通向中亚的桥头堡。有意思的是，我们中国的这个镇叫霍尔果斯，与我们相对的哈萨克斯坦那个小镇，也叫霍尔果斯，直线距离不超过两公里。两个霍尔果斯隔河相望，水土相连，鸡犬之声相闻。但连接两个霍尔果斯的桥，却只此一座。它最早是中国与俄罗斯之间来往的驿站和边境哨卡，1881年成为中俄通商口岸。然而，霍尔果斯桥在世人的眼睛里，如同它被烈日和风雪斑斑驳驳剥蚀的铁锈，古老，沉抑，历经沧桑，在历史和现实中承受着难以想象的载荷。

如果时间能推后六十年，这座桥连接的两个国家，与此时有着完全不同的读法和写法。历史就这样在一座桥上显示出它的云谲波诡和苍苍茫茫。

正是在云谲波诡的年代，有一天，从霍尔果斯桥的那一头向我们走来了三个中国人。因旅途舟车劳顿，三个人蓬头垢面，已经显得疲惫不堪，任凭两只脚在尘土漫漫的小路上木然地挪动，仿佛不是长在自己身上，仿佛再这样走下去，他们那两条腿就要像积雪那样软瘫和融化。但他们却不愿停下来，不愿靠在桥的栏杆上哪怕喘一口气。因为桥的这头就是自己的祖国，因为他们一路跟跟跄跄地赶路，图的就是一头扑进祖国的怀抱。

是这样，就像那个年代许多从那边归来的中国人，他们是又一批从苏联学习归来的中共党的干部。一个名叫苏井观，另两位是女性，其中一位漂亮的中年女人，就是我亲爱的母亲蹇先任。还有一位名叫陈慧清。他们日夜兼程，筚路蓝缕，是在听从党的召唤，回到当时中国共产党人心目中的圣地——延安去。

而今提到这段在时光的尘埃中渐渐发黄的历史，在和平阳光里生活已久的人们，恐怕有一种遥不可及的感觉，就像在色彩斑斓的影像中蓦然看到几个满是划痕的黑白镜头。但是在那个乌云笼罩的岁月中，我们还非常年轻的父亲和母亲——那些如今基本上已为生命谢幕的人，却是在中国大地上真真切切地跋涉、求索和殊死搏斗，双腿深深地陷在战乱的泥泞里，饱尝由自己选择的艰辛和苦难。

那是在上世纪三十年代后期，红军长征已到达延安。红色政权为与日

179

寇和国内反动势力展开持久苦战，从长计议，先后派出大批干部去苏联学习或疗伤，其中包括一些资深革命家的夫人和孩子，还有他们在战争中陆续收养的烈士遗孤。许多年后我们在史料中读到的林彪、贺子珍、瞿秋白的夫人杨之华和女儿杜伊、朱德的女儿朱敏、毛泽东的长子毛岸英等等，都有过这样的经历。作为当年八路军一二〇师师长贺龙的妻子、我的母亲蹇先任，也是其中的一个。鲜为人知的是，这些人即使通过秘密途径千辛万苦地到达苏联，在第二次世界大战德国法西斯逼近莫斯科的时候，也照样遭受到了战争的蹂躏、摧残和惊吓，始终和苦难相伴相随。

母亲后来说，她在苏联的那几年，差不多每天都是在撕心裂肺的思念中度过的。她忧虑自己的祖国在日寇铁蹄下的前途和命运，思念丈夫贺龙在抗日前线骑马挎刀的安危，更思念我这个她在临去苏联之前匆忙寄养在湘西的女儿，不知我是冷是热，是生是死。至于身在苏联莫斯科，同样也物资匮乏，生活清苦，两眼茫茫，她都不觉得那是苦了。正因为如此，当她有了重返祖国，重回延安，重新返回到抗日战场的机会，那种归心似箭，恨不能长出两扇翅膀飞向延安的心情，是无法用语言来形容的。

当苏井观、陈慧清和我母亲跨过霍尔果斯桥，从那边的霍尔果斯走回到我们自己的霍尔果斯的时候，他们都激动得不知道该哭，还是该笑。什么是祖国？祖国就是母亲加上她脚下的那片土地，就是给了我们血液、呼吸和洗不去皮肤颜色的地方，那儿有我们生生不息的根啊！虽然这片土地依然战火四起，满目疮痍，人们流离失所，忍饥挨饿，正在血雨腥风中挣扎；虽然只要跨过这座口岸桥，便意味着从和平走进了战争，走进了谁都无法预料的生死茫茫的命运之中。但回到了祖国，总该是高兴的，总该欢呼雀跃。再说，你既然选择了做一个共产党人，那么同时也就选择了为拯救中华民族的事业而战斗和献身，因此生与死对于他们来说，早已置之度外。

但是，就在母亲他们办完入境手续，沉浸在终于回到祖国怀抱的喜悦中，却忽然听到他们从那边走回来的路上，远远地响起一串马蹄声。三个

【母亲的莫斯科岁月】红军长征到达延安，先后派出许多干部去苏联学习或疗伤，其中包括一些资深革命家的夫人和孩子。作为八路军一二〇师师长贺龙的妻子、我的母亲蹇先任也在其中。在德国法西斯逼近莫斯科的时候，他们照样遭受到了战争的蹂躏、摧残和惊吓，始终和苦难相伴相随。（前排左二林伯渠之女林莉、左三我母亲蹇先任、左五任弼时妻子陈琮英；前排右一博古夫人刘群先、右二林彪前妻张梅、右三毛泽东妻子贺子珍）

人回头一看，蓦然发现在河的对岸正伫立着一队苏联骑兵。

那队刮风般刮来的苏联骑兵，显然是在追到无路可追的河岸，才猝然勒马的。母亲说，隔着在面前流淌的霍尔果斯河，他们仿佛听得见夹在骑兵胯下的那一匹匹跑得大汗淋漓的战马在咴咴嘶鸣和咻咻喘息。骑兵们对着他们在大声呼喊，手里高举着马鞭在空中使劲挥舞。母亲他们是听得懂俄语的，当即挥起手回应对岸的苏联骑兵。但是，双方相隔着的那条界河在这时忽然变得宽阔无边，相互之间听见的只是哗哗的流水声。

接下来，这个类似电影镜头般的场景，在母亲的脑海里久久挥之不去。她说，他们是在回国后多日才知道，桥那头追赶他们的苏联骑兵，是受苏军最高统帅斯大林的命令，要接他们返回莫斯科。原来，就在母亲她们出发不久，苏共中央接到了秘密情报：有事实证明，新疆军阀盛世才已露出与共产党分裂的动向，正在做着投蒋反共准备。从苏联回国的中共干部，最好不要从新疆入境。斯大林看到情报大吃一惊，明确指示军方：一定不要让中国同志遭受无谓的牺牲，立刻派骑兵去把他们追回来，然后重新为他们制定归国路线。在这里还需要交代的是，在苏共中央获得盛世才叛变的情报之前，中共中央已通知苏方，鉴于苏德战争全面爆发，且中国共产党正在做着召开七大的准备，务必让一批在苏联学习的中国干部回延安。而母亲就在这批中央指定的回撤名单中。

几十年后我们想象得出来，当母亲接到中央的回国命令和共产国际按照严格的纪律批复放行的文件后，她该是怎样的激动，怎样的喜出望外。紧接着她要做的，就是打点行装，告别战友，和同时接到中央通知的同伴以最快的速度上路。沿途，他们夙兴夜寐，披星戴月，没有什么能阻挡他们回国的步伐。要命的是，他们走的偏偏就是假道西伯利亚从新疆回国的道路，三个人谁也不会想到，盛世才将会成为他们翻不过去的一道鬼门关。而在当时的情况下，通讯联络方式几近于无，三三两两的共产党人从苏联秘密回国，无异于几滴水落入大海，苏方要与他们取得联系，把他们追回去，那是件十分困难的事情。有的，就像母亲他们三个人，当苏联骑兵们都追到能看见他们的背影了，但他们却一脚跨过了霍尔果斯桥，踏上了自己的国土。这时候你让盛世才控制下的中方口岸放他们重返苏联，可能吗？

苏联骑兵和他们胯下的战马，只能为中国同志未知的命运，仰天长啸了。

这时大约是1942年。在抗战初期被组织上安排去苏联学习的母亲，就盼着能回国投入抗日战争。由于日军正对我国发动大举进攻，我们大片的国土被他们占领，抗战已进入最残酷的阶段。回国之前，母亲每天都看到苏联的报纸刊登着中国抗日前线的大量消息。生死予夺的战场，生灵涂炭的人民，喋血奋战的将士，时时萦绕在她的心头。受在党内的地位和报国之心的召唤，母亲真切地感到，国内抗日前线急需大批干部，她作为参加过长征的红军老战士，必须回到祖国怀抱，回到抗日将士的行列中。

似乎在劫难逃，在母亲他们跨过国境之后，伴随着短暂的喜悦，苦难和危险也接踵而至。实际情形是，他们回到新疆没几天，盛世才的反共活动就几乎公开化了。作为破坏与共产党合作的一个重要事件，在这年的3月，这个军阀竟公然谋杀了他倾向进步、亲近共产党人的同胞弟弟盛世骐，随后又诬陷其弟媳陈秀英与苏联军官通奸，定为"阴谋杀害其夫"罪，将其逮捕，不久被秘密处死。杀了自己的弟弟后，盛世才无耻地公布说，他是死于一次偶然的走火事件。而母亲他们在这时进入新疆这个具有豺狼本性的军阀统辖之地，只能说是一场灾难，一个险象环生的噩梦。

事情发展的复杂性，还在于盛世才是个既野心勃勃又反复无常的人，伪装和投靠是他的立身之本，具有很大的欺骗性。说起来，他与共产党的合作，早在三十年代初就开始了，这与苏联有直接的关系。我们知道，苏联与中国的新疆有长达三千多公里的边界线，经过十月革命在俄罗斯基础上建立起来的红色帝国，与新疆的交往非常微妙。二战爆发时，日、德等帝国主义一直觊觎这块战略要地。尤其日本占领中国东三省后，继续向西面的热河、察哈尔和绥远扩张。按照日本人的计划，继续向新疆推进正变得刻不容缓，意在尽快构成一道从远东到中亚细亚威胁苏联东南防线的弧形战略包围圈，然后与德国共同瓜分欧亚大陆。对此，苏联领导人洞若观火。但出于维护本国边境安全的考虑，他们需要一个亲苏的新疆政府作为战略屏障，挡住日本人推进的步伐。1933年，盛世才登上新疆最高统治者的宝座，与占据北疆的马仲英和占据伊犁的张培元形成三足鼎立之势。但是，大本营扎在新疆首府乌鲁木齐（当时叫迪化）的盛世才，手上的兵力只有六千人左右，而在北疆和伊犁分别与他对峙的马仲英和张培元，前者拥有万人之众，后者能调动的部队也在八千人以上。而且马仲英和张培元均接受了南京的任命，有蒋介石的大军作为后台。如果仗打起来，盛世才肯定不是对手。在困境中思来想去，盛世才认定只有靠近进步一方，走亲苏的道路，这样才能既求得新疆进步人士的支持，又有理由获得苏联的帮助，可谓一箭双雕。1934年1月，马仲英和张培元长驱直入，迅速包围乌鲁木齐。盛世才的部队丢盔弃甲，被打得狼狈不堪。苏联在这时派兵解了他的城下之围，很快帮他击败了两个对手，并扶他坐上了"新疆王"的位置。

作为报答，盛世才嘴上涂蜜，承诺在新疆实施像苏联那样的共产主义制度，并托人去莫斯科请求加入苏联共产党，甚至正式聘请苏共派遣一些党的干部来新疆工作。而在这之前，主要由苏共操控的共产国际曾多次指示中共要重视和加强对新疆的影响，争取打通国际路线，解决延安革命根据地的战略依托问题，于是争取新疆便成为中国共产党的重大战略方针，派高层领导去新疆开展工作被提到议事日程。

如同水到渠成，盛世才在国际上既然选择了苏共，在国内自然也就选择中共。1937年4月，中共驻共产国际代表陈云和滕代远等人从苏联回到乌鲁木齐，与盛世才达成协议：同意李先念和李卓然率领的西路军左支队余部四百多人从星星峡进入新疆。这支部队当时对外有个番号,叫新兵营。此后,他们在如火如荼的抗战中,利用新疆这个安全的大后方,还有苏联的军事教官和盛世才提供的教员、设备,开始学习文化和军事技术。正是这个特殊的军事学习班,为我军培养了近三百名包括空军、装甲兵、炮兵、汽车、无线电通信在内的军事技术人才。日后新中国的空军司令员、副司令员、航校校长和地勤干部,许多都出自这支部队。1937年10月,八路军驻新疆办事处在乌鲁木齐正式建立,中共中央派政治局候补委员邓发(化名方林)出任中共驻新疆代表。

党事后从血的教训中认识到,像盛世才这样的一个政治投机分子,是绝不会真正认同共产主义的。一有机会,他必然会露出善变的一面,凶残的一面。盛世才抛弃共产党的契机,选择在1941年爆发的苏德战争期间。在战争初期,苏联红军全面溃败,大片国土沦入纳粹德国之手。与此同时,在东方,日本的关东军也在蠢蠢欲动,多次在中国东北、内蒙古的中苏边界向苏军发起挑衅,首鼠两端的盛世才顿时感到苏联危在旦夕,不可能再成为他的靠山。在他看来,苏联随时会被德国吞没,如果把自己的命运继续绑在苏联这辆战车上,到时将血本无归;而既然苏联靠不住,与中共的合作也就没有必要了。差不多同一时期,在安徽茂林发生了同室操戈、兄弟相残的"皖南事变",蒋介石发动了第一次反共高潮,国共第二次合作面临破裂。这让盛世才想到了重新投靠蒋介石阵营。

作为陆续送给蒋委员长的晋见礼,盛世才开始不断制造矛盾,蓄意恶化与中国共产党和苏联的关系。1942年3月19日,他以暗害在苏联红军大学培训过的胞弟盛世骐为开端,大开杀戒。从此三番五次地炮制所谓的"阴谋暴动案""国际大阴谋案",先后逮捕了六百五十六人,处死八十八人,连苏联驻新疆总领事巴林库、驻新疆军事总参事拉托夫也被牵连在内,遭到逮捕关押。他这样做,就是要打击中国共产党和消除中共在新疆的影响。1942年,盛世才公开投靠国民党,一口气杀了六万多人。

说到我党陆续在新疆牺牲的烈士，母亲对我回忆最多的是陈潭秋。她说，陈潭秋是1939年从苏联回国的，比她早回来两三年。他沿着母亲后来走的那条秘密通道到达乌鲁木齐时，接到中共中央的电报，让他留在新疆接替邓发驻新疆代表和八路军新疆办事处负责人的职务。难为他的是，他一接手新疆的工作，国际形势便急转直下，政治环境一天比一天险恶。陈潭秋把工作的重点放在为延安保存和输送干部上。当时，根据中共中央关于"坚持抗战，反对投降；坚持团结，反对分裂；坚持进步，反对倒退"的方针，陈潭秋率领八路军办事处的同志与盛世才进行了艰巨而坚决的斗争。为了工作方便，他化名"徐杰"，重点抓了"新兵营"的军事训练。而这批所谓的新兵，其实都是红军骨干，要么是从延安来的，要么是西路军的失散人员。他表面上是训练新兵，实际是给延安培养干部。陈潭秋甚至亲自给他们上政治课和党课，坚定他们的革命信念，培养他们的军事指挥才能。到1940年初，在八路军新疆办事处的周密安排下，已经将经过培训的三百多名"新兵"陆续送到延安，为抗日前线充实指挥人才和战斗力量。

　　盛世才露出反共嘴脸后，陈潭秋忧心如焚，一面采取积极对策，与盛世才展开有理有节的斗争，一面加速掩护党的干部撤回延安。1940年前后，经他之手撤离新疆，逃脱盛世才魔掌的重要干部，有曾三、沈雁冰、黄火青等等，他们在日后的革命斗争和新中国建设中作出了重要贡献，成为党和政府的高层领导。

　　母亲他们从苏联踏上回国之路的时候，也正是陈潭秋在盛世才的刀光剑影中斗智斗勇，把党在新疆工作的干部和从苏联秘密回国的干部，一批批送出新疆的时候。母亲说，那时候陈潭秋虽然连自己的生命都岌岌可危，但他始终坚守岗位，处龙潭虎穴而不惊，多次谢绝同志们劝他转移的建议，直到他在监牢里与盛世才以仇敌相见，让盛世才把刀架在自己的脖子上。

现在想来，母亲从苏联刚跨过霍尔果斯桥，就落在盛世才的手里，有可能是他张网以待的结果。盛世才知道这个美丽的叫蹇先任的女人，是共产党高层将领贺龙的夫人，又是早期的红军干部，是他不费吹灰之力捞到的一条大鱼。被押送到乌鲁木齐后，母亲才发现，和她同样成为盛世才的阶下囚的，还有韩福英、方浪、苏井观、陈慧清、王梅玉、马明芳、张子意、方志纯、李握如、刘护平、曾传芳、杨之华、杜伊、秦华龙等等，这些同志比她更早或同时受到盛世才的"礼遇"。母亲从苏联回国的时间，大概是1942年的上半年，此时共产党人在新疆正面临全面的白色恐怖。

　　斯大林获悉苏联军方派出的骑兵没有追上母亲他们，立即电告延安，称一批中国同志没能按计划被接回莫斯科，有可能在路过新疆途中落在盛世才手里，希望中共方面及时进行营救。

　　父亲贺龙在抗日前线得知这个消息，万般焦急。我必须强调，母亲之所以被列入中央从苏联回撤干部的名单，是父亲当面给毛泽东主席提出的要求；但母亲好不容易回到了国内，却被盛世才扣留在了新疆。时间长了，只会凶多吉少。想想几年前亲自送母亲去苏联学习，又亲手把幼年的我通过朋友送回湘西，如今这两个与他命运相连的人生死难料，这让父亲的心里很不好受。都知道父亲是个脾气很大的人，甚至有副铁石心肠，否则我们贺家和父亲从故乡桑植县带出来的三千子弟，陆续有那么多人为革命血洒疆场，他内心也该有些震颤。但是，不，父亲不管失去多少亲人，不管在多么残酷和血腥的战场上，从来都是叱咤风云，登高一呼。特别在与日寇的搏斗中，他任何时候都巍然如山，敢于在万军丛中取敌人首级。但想到自己作为国共合作中的八路军一二〇师师长，既疼爱不了自己年仅几岁的女儿，又保护不了孩子的母亲，这像个什么男人啊！特别是盛世才竟敢扣押我母亲，这更让他气愤之极。情急之下，他请求组织上以中共和他本人的名义致信蒋介石，要蒋介石责令盛世才释放我母亲及滞留在新疆的所有共产党干部。父亲义正词严地指出，盛世才既然容不下我们共产党人，那么井水不犯河水，让他们全部撤回到延安，决不能陷害他们。

蒋介石看到父亲贺龙的名字，大概也愣怔了一下，不可能置之不理。因为父亲毕竟是北伐时期国民革命军的中将军长，现在又担任气吞山河的八路军一二〇师师长，前后两个职务都归蒋介石指挥。正因为这样，蒋介石收到父亲的信，过场还是要走的。但阳奉阴违的盛世才深知同样阳奉阴违的老蒋的内心，他口头上连连答应放人，但就是拖而不办。外界纷纷对他发出指责和追问，他又揣着明白装糊涂。这样一拖，竟拖了八个月之久。最后母亲是在形势十分危机的情况下成行的，晚一步，说不定就要被他杀害。

母亲离开新疆回延安，盛世才只允许她以带随身医生、公务员的名义，带三个人。这时党在新疆工作的同志已处在极端危险的状态中。上路时，陈潭秋给毛泽东主席写了一封十万火急的亲笔信，亲手缝在母亲的棉衣里，向党中央报告了新疆的真实情况，要求中央将驻新疆的同志尽快全部撤回延安，防止盛世才对这批干部斩草除根。遗憾的是，母亲带着陈潭秋的信尚未到达延安，盛世才便对我党的这批优秀干部痛下毒手。需要特别指出，对我党的这批干部处以极刑的命令，是蒋介石亲手签发的。蒋介石明确示意行刑要由盛世才的军警负责，由中统特务监督执行。

在路途上听到陈潭秋、毛泽民、林基路等同志遇害的消息，母亲痛哭失声。许多年后她对我说，敌人杀害陈潭秋的手段极其残忍，到了丧心病狂的程度：行刑前，敌警务处长曾假惺惺地对陈潭秋同志进行最后劝降，遭到他痛斥。恼羞成怒的敌人一拥而上，对陈潭秋拳打脚踢。陈潭秋刚喊一声"中国共产党万岁"，便被当头劈来的棍棒击倒，随即惨无人道的刽子手把用酒精浸泡过的黄裱纸蒙在陈潭秋的脸上，再用细麻绳将他活活勒死。敌人杀害毛泽民的手段也令人发指，是被凶残活埋的……

每次说到这里，母亲都义愤填膺，咬牙切齿，衰老的身体止不住在一阵阵颤抖，几度哽咽得说不下去，仿佛又看见那一摊摊共产党人洒在新疆的鲜血。

这些党的久经考验的精英和战士，都是母亲的好战友、好兄弟姐妹啊！他们中有的是在长征路上一道生死与共地走过来的，有的相伴在异乡他国探求过真理，苦熬过岁月，相互之间情同手足。得知他们没有死在血与火的战场上，却悲惨地倒在盛世才的屠刀下，那种剜心割肺般的悲伤和沉痛，是无法言说的。

幸好这页惨淡的历史，早就翻过去了，永永远远地翻过去了。

我按照母亲的意愿，来到新疆，来到霍尔果斯，走近遥远的霍尔果斯桥，已是她跨过这座桥，一脚坠入命运深渊的六十八年之后。这时，我亲爱的饱经沧桑的母亲已经不在人世，我这个她当年牵挂在心上的小女儿，也变成了一个年过古稀的老人。我知道我来晚了，但我也知道我的母亲是不会责怪我的。因为母亲生前总是催促我努力工作，忠诚他们这一代人在那个艰难年代用生命和鲜血开创的事业。可以告慰她的是，我基本做到了，同样也把自己的一切都献给了这个事业，献给了母亲以纤细之躯早在红军时期就投身的那支军队。2010年8月，我在退出领导岗位，利用几年时间整理思绪和修修补补自己那副孱弱身体之后，终于飞越千山万水，来到了新疆，实现了母亲对我的期望和我自己的夙愿。

在霍尔果斯凝望霍尔果斯桥，我心如潮水，感慨万端。

是的，霍尔果斯桥还是从前的那副模样，但桥两边的世界，却完全不是从前的那个世界了，再也看不到母亲他们当年从那边走过来时的漫漫黄尘，那种怀揣秘密走过桥时所要面对的肃杀、冷漠和仇恨。这无法不让我激动，叹息，以至有些晕眩。我想到在过去的六十八年中，浮云遮日，沧海横流，两个相对的霍尔果斯的山水变迁，面貌全非。多么不可思议，多么让人浮想联翩啊！我们这边的霍尔果斯，早在六十一年前，就由中华民国的霍尔果斯，变成了中华人民共和国的霍尔果斯，那枚凹凸着齿轮和谷穗的彤红国徽，高高地悬挂在口岸的最显眼处。这是母亲最想看到的，而且在生前荣幸地看到了。但我们对岸那个的霍尔果斯，在1992年，却由苏维埃联盟共和国的霍尔果斯，变成了哈萨克斯坦的霍尔果斯。这是母亲不想看到的。这或许是母亲的又一件憾事，看到她魂牵梦绕的红色苏联忽然消失了，从此不再存在了，只能沉默，叹息，为一座大厦的轰然倒塌而惋惜。因为，在那个年代，在那些苦难的岁月中，莫斯科上空的那颗红星，曾给过她多少向往啊！

六十八年过去了，这世界依然那么云谲波诡和烟雨苍茫。

耳畔传来一阵阵轰轰隆隆的车流声，一辆辆势大力沉又气宇轩昂的集装箱卡车在霍尔果斯桥上来回穿梭。双方的边防士兵像一枚枚巨大的钉子钉在桥头的哨位上。集装箱卡车鱼贯进入口岸，司机和押运人员涌向大厅，秩序井然地报关、验证和申请接受海关检查。

现在，我要告诉你，到这里，你只需远远地看那么一眼，扫那么一眼，就会知道，我们的霍尔果斯，已奇迹般地成为中国开放的一座重镇，一片巨大的开阔地和商品集散地。它的兴旺，它的壮阔，它吞吐国际政治风云和经济风云的强势气派，可以和世界上任何的一个开放口岸媲美。

这么说吧，霍尔果斯已今非昔比！

当地的史料告诉我，自1881年中俄在这里开辟通商口岸后，在霍尔果斯桥上往来的中俄民间贸易便十分繁忙；特别是上世纪二十至五十年代，这座桥更与中苏两个伟大的国家和我母亲这代革命者的政治命运紧密相连。1962年后，由于众所周知的原因，这座桥基本被关闭了。1983年中国恢复对苏贸易，这座桥又率先被开通，从此，这道被打开后流量越来越大、势头越来越迅猛的闸门，就再也没有关上。1992年，它宣布向第三国开放。到目前，它已成为中国和哈萨克斯坦两国开放的最大公路口岸。而穿过哈萨克斯坦，是整块绵延富庶的欧洲大陆。

我还要告诉你，我看到的新疆，我看到的我们自己的霍尔果斯，是怎样的繁荣，怎样的发达，怎样的欣欣向荣、蒸蒸日上吗？我还要旁征博

2010年8月，我去霍尔果斯口岸寻觅母亲1942年从苏联回国时留下的足迹，途中在伊犁河谷与新疆牧民和他们栽种在马背上的孩子在一起。

引，喋喋不休地向你证明新疆这片曾经沉寂的辽阔国土，向你证明霍尔果斯这个遥远的口岸，是中国崛起和正在强盛的一个缩影吗？我看不必了。但是，我想告诉你，作为两个已经逝去的资深革命者的后代，作为曾影响我们一家人命运的一座遥远的桥，在这里，我更愿看到通过它彰显出来的中国，在欧亚大陆，在这个庞大的世界，甚至在我们十三亿中国人民的心目中，早已拥有的至高无上的尊严。

想想吧，当今中国发出的最让我们扬眉吐气的声音，是什么？是我们庄严地向世界宣告：我们是一个负责任的大国，是一个别人不能威胁我们，我们也不威胁别人的大国；再想想，前不久我们的一艘小小渔船的船长，在钓鱼岛被别人无理地扣押了，他们最终得到的是什么？是十三亿人民群起而攻之，是我们的总理站在聚集着各国首脑的联合国大厅，横眉冷对，大声说，不！大声说中国保留进一步反击和追诉的权利——这种国家和民族的强盛与尊严，有多么弥足珍贵！

霍尔果斯桥啊，没有任何道理，但我真的感到我母亲那一代曾秘密穿越过新疆的人，我母亲遭遇盛世才扣押前后那些英勇牺牲在新疆原野上的烈士，此刻，他们正在天上静静地看着我们，凝望着我们。当年他们隐姓埋名，跋山涉水，出生入死，甘愿把血洒在这里，把头颅播种在这里，最终想看到的，就是你高举的那枚国徽日夜闪耀的光芒……

2010年8月—9月

在围场骑马挎枪

母亲坐着一辆大车去围场。赶车的是个老大爷，受命来接新上任的县委副书记，想不到坐在他车上的，却是个文文静静的南方女子。那时她面色白净，目光和蔼，娇小的身体裹在一件腰身大口袋也大的屎黄色棉袄里，头上戴着一顶说不出哪支军队戴过的棉帽子，两只护耳翘了起来，像鸟儿飞翔时展开的两扇翅膀；尤其她还带着枪，是队伍上相当一级军官才能配发的那种盒子枪，装在腰间用宽大的武装带勒紧的木匣子里。枪把上系着的红绸，像一团燃烧的霞光。老人家猜不出我母亲的年纪，也不知道她的来历，但怎么看她怎么不像一个当官的人。他好奇地逗我母亲，说这位大姐，鬼子和汉奸都打跑了，你去围场打什么呢？母亲扑哧一笑，说，我去打国民党。

围场是口外的一个县，过去叫木兰围场，说起来悦耳动听，是大清康熙和乾隆帝们打猎的地方。当时承德还不叫承德，叫热河，其实一点儿也不热，特别是盛夏凉风习习，层林叠翠，让人感到心醉神迷。住在北京的皇帝特意派来工匠，雕梁画栋，在山窝窝里建起一座避暑山庄；天热的时候，骑马坐轿，带着大臣和嫔妃们迤逦而来。可热河没有颐和园和昆明湖那样的游玩场所，他们又不辞劳苦，往北走一二百里，终于找到一片有树林和草场，而且有獐子、麂子和兔子的山地，连忙兴师动众，用栅栏围起来，当骑马射猎的天堂。

母亲是1946年4月末去围场的，坐在大车上放眼望去，树木凋零，草叶枯黄，山石嶙峋，再也看不见栅栏的荒原围着的不是野兽，而是活生生的人。原来这片土地早在十四年前就被日本人占领，为巩固殖民统治，他们强行围民并屯，对群众进行奴化教育，同时逼迫老百姓拔掉庄稼种大烟，久而久之，许多人吸烟成瘾，生产力低下，偌大的一片土地满目疮痍，十室九空，原本水草丰美的家园渐渐荒芜。加上这里夏短冬长，寒冷的日子里白雪皑皑，从河套刮来的风像一群群野兽在旷野上疯狂追逐和撕咬，发出阵阵凄厉的吼声。

大车载着母亲颠了三天三夜，让她记忆犹深的，是有一天在途中投宿，赶车的大爷领着她走进一间茅草屋，正在烤火的女人白光一闪，吓得慌忙躲了起来，原来竟穷得没有穿裤子。吃饭的时候，男主人端出一碗黑糊糊的东西，一问，是头年采下来腌好的榆树叶。

母亲那年三十七岁，化名黄代芳去围场工作，但已是个老资格的共产党人了。她十七岁从事地下斗争，十八岁在加入国民党的同时加入共产党，二十岁在湘西参加红军并嫁给我父亲贺龙，二十六岁带着刚出生的我参加长征；1937年国共第二次合作时期，她二十八岁，经党中央、毛泽东主席批准，被派去莫斯科共产国际党校工作和学习。当她1943年历经千辛万苦，从西伯利亚经新疆回到延安，妻子的位置已被人取代，日夜思念的孩子也杳无音信。当时，人们都以为她受不了这种打击，说不定会精神崩溃，会疯掉。但她的精神非但没有崩溃，没有疯，而且仍像一个战士那样站在她从前的队伍里。面对人们投来的目光，她淡然一笑，说，我是来革命的，又不是来嫁给某个人的。但母亲意识到此后的路必定荆棘丛生，坚决要求往前线走，往血泊中走。她想那么艰难的路都走过来了，那么多的同志都牺牲了，我这条命还有什么可珍惜的？

母亲来围场工作，最直接的原因，是热河省医院出现大批伤病员死亡事件。这家医院是从日伪手里接管而来的，许多伤病员莫名其妙地死亡，普遍怀疑有暗藏的敌人从中破坏。正担任冀热察辽军区政治部保卫科长的母亲闻讯去调查，没抓出暗藏的敌人，却发现医院条件简陋，人手紧张，管理非常混乱，轻伤员送进去被拖成了重伤员，重伤员送进去得不到有效治疗，只能眼睁睁死去。她还去医院后面的坟场看了看，看得她心惊肉跳。当时正值寒冬，坟场被厚厚的冰雪覆盖着，坚硬如铁，一锹铲下去火星四溅。由于墓坑挖得浅，尸体的掩埋草率从事，烈士们埋下去没几天就被野狗扒了出来，尸骨扔得到处都是，惨不忍睹。

从医院回军区的路上，母亲心情沉重，浮想联翩。她意识到省医院出现的问题，是因为形势发展得太快，地方特别缺干部，急需派人下去发动群众，做好支援部队的工作。否则，当剧烈的战争到来，损失将不可设想。

当母亲申请脱下军装，要求去地方工作时，人们都以为她的脑子出了毛病。都知道她在大革命时期入党，又经过长征考验，还到苏联喝过洋墨水，这样的资历在党内军内都没有几个，谁敢让她轻易离开？所以，只好请部长亲自出面来挽留她。部长说先任同志，根据上级通知，大规模战争很快就要打起来；地方情况复杂，兵荒马乱的，你一个老同志，女同志，还是留在军区机关工作吧。母亲明白领导的好意，强调说，她要求下地方，正是因为更大规模的战争马上要打起来，届时部队的给养，大量转往后方的伤病员，一切的一切，都必须得到地方的有力支持。省医院就是个很好的例子，看到那么多伤员从战场活着抬下来，却死在了医院，谁不着急和心疼啊！

军区没有留住母亲，她带着介绍信到热河分局报到。热河分局组织部对她的到来早有准备，为难地对她说，老首长啊，你是经过长征的人，又是……噢噢……可我们的庙太小，真没办法安排。又说，实话告诉你吧，现在分区的管辖范围，只有围场缺个县委副书记，可那儿太荒凉，太

195

艰苦，职务又偏低，谁忍心让你去呢？还是等等吧。母亲听出对方没说出的那句话是什么意思，不快地说，还等什么？既然围场需要人，我就去围场。我是来分区工作的，又不是来当官的。说完让分局开了介绍信，马不停蹄地往围场赶。

这是1946年4月下旬发生的事。当时抗战刚结束八个月，国共两党在重庆谈判后再次陷入僵局，两党两军必有一战已成为共识。像母亲这种经历过两次国共合作的人，早明白国共两党势不两立，早晚要打起来。因此稍有风吹草动，她就像一支箭那样把自己射了出去。

围场是抗战胜利后由八路军和平接收的新解放区。所谓和平接收，就是日伪军被赶走了，八路军干部带着小股部队来接管。由于没费一枪一弹，日伪培植起来的势力毫发无损，一些劣迹未除的旧军人、旧警察和流氓地痞，被直接转为县支队和区小队战士。国共两党没有开战时，许多人在暗中潜伏，静观其变。待局势明朗了，他们的枪口对准谁就很难说了。还有藏在深山老林里的土匪，常常闯下山来抢钱抢粮，来无影，去无踪，闹得人心惶惶。这种种不安定因素，决定了县委的工作极其复杂和危险，说不定哪天便会遭到杀害。

县委的基本工作是建立健全各级组织和武装力量，发动群众进行土地改革，清算汉奸恶霸的罪行。当母亲到达围场县城克勒沟时，县长张静之和比她早几天调来的县委书记王克东，正带着县支队在乡村减租减息，动员群众发展生产，做好和国民党打仗的准备。另一项重要工作，是我党正在东北采取寸土必争的策略，每天都有干部从晋绥和晋察冀解放区经围场向东北开拔，需要县委派人护送。县委书记和县长见到母亲，喜出望外，说黄大姐，你长期在延安工作，各地的干部都认识，这护送干部的任务就由你来负责吧。

母亲自然不会推辞，到达围场的当天，她便骑上县委为她准备的一匹叫"赛围场"的白马，开始去迎送过往干部。

骑白马，挎双枪，当我三十七岁依然年轻漂亮的母亲，在当年皇帝围猎的土地上，把党的一批批干部不知疲倦地送往东北时，她骑在马上的那副飒爽英姿的模样，从此便像传说那样留在了围场人民和她后辈的心里。几十年后说起这段岁月，她神采奕奕，依然沉浸在对当年战斗生活的痴迷中。母亲说，那些日子披星戴月，风雨兼程，但她整个人就像脱胎换骨，活得特别充实，身上的每个关节都仿佛在生长青枝绿叶。每当红日东升或夕阳西下，她在洒满金辉的原野上策马前行，风吹动着她齐耳的短发和手枪把上的红绸，就像一团火奔向太阳。

母亲少女时代在长沙读书时，幽静多思，文采飞扬，向往未来做一名中小学教师，或当个作家。长征后到了莫斯科，读了大量高尔基、托尔斯泰和屠格涅夫等苏俄作家的作品，曾萌发用自己的笔抒写战斗历程的美好愿望。但因为经历过太多苦难，有太多的人用异样的目光看着她，这使她变得沉默寡言，渐渐淡忘了自己的理想。到了围场，那种充满刺激的战斗生活让她精神焕发，蓦然感到自己变回去了，变得像过去那样年轻、快乐，那样渴望经受暴风雨的洗礼。

经母亲护送的那些干部，有宋任穷、黄火青、段苏枚，还有她长征和在苏联学习时的老战友、老朋友，她上抗日军政大学时的同学和当军政大学老师后的学生。她晚年回忆说，接来和送走这些干部，每次都像亲人重逢和道别，既高兴又依依不舍。想到他们去东北，是同国民党争夺长春和沈阳那样的大城市，吹响解放全中国的号角，心里敞亮极了，就像一座房子把所有的窗子都打开了。把他们安顿在克勒沟县委简易招待所住下后，众人围着噼噼剥剥烧红的炭火，彼此有说不完的话，不知不觉天就亮了，然后又迎着黎明的曙光，打马上路。解放后，在某个会议上或某种场合见面，这些同志不论职务高低，都会远远地走过来，向她致意并表达感激之情。

当然，护送如此多的干部来来往往，也不总是那么浪漫，那么情投意合。当年条件差，县委招待所与大车店不相上下，铺板硬，铺盖没有多余的供换洗，冬夜格外冷，甚至有臭虫和跳蚤；吃的是日本鬼子丢下的马料，不时会吃出高粱壳和沙子。个别工农干部作风粗野，到了县里睡不好，吃不好，也会大发雷霆，辱骂接待干部。遇到这些情况，母亲首先出面承认是自己的失职，答应马上想办法改进。冬天屋子冷，她带领大家上山捡木柴，保证把炭火烧热，把屋子烘暖；伙食不尽如人意，又和同志们一道拣去沙子，把粗糙的黑豆和高粱米碾碎，做成更可口的馒头或锅贴，让同志们吃得下，吃得饱，睡得香。县委实在解决不了的困难，比如缺少马匹和大车，有时不得不让过往干部们步行，也如实向他们解释清楚，告诉他们县委已经尽力了，求得他们的理解。

不久，东北的许多城市被国民党军队抢占，国共两党大决战宣告开始。围场不仅过往干部少了，而且面临国民党中央军和傅作义部队的大兵压境。随后，军区、省委和地委又陆续从热河撤到了克勒沟。

大战将至，县委紧急发动群众抢收秋粮，坚壁清野，防止被国民党军队抢去和糟蹋；着力整顿县支队和区小队，完善各地武装力量。

农历十月的一天，黄火青同志北撤再过围场，正在孟奎区开展工作的母亲接到县委书记王克东的电话，回县里向这位同时期去苏联工作和学习的老上级汇报工作。但是，就在这天晚上，母亲才离开半天的孟奎区公所被一伙国民党匪徒包围，刚整顿的区小队仓促应战，顽强阻击，除少数几个人突围外，剩下的全部牺牲了。第二天母亲飞马赶回孟奎，看见头天还说说笑笑的队员们横七竖八地躺倒在屋子里，墙上溅满鲜血，痛心疾首，泪水潸然而下。

10月18日清晨，城子区又响起了枪声。这次因县委及时做了布置，区小队没遭受多大损失。敌人攻进区公所后，只从柴草堆里搜出一个叫邢玉清的伤员。邢玉清已经站不起来了，趴在地上大骂国民党匪徒和为他们带路的地主，被恼羞成怒的敌人活活地拖死了。

骑白马，挎双枪。几十年后母亲回忆起在围场的这段岁月，神采奕奕，依然沉浸在对当年战斗生活的痴迷中。她说那些日子披星戴月，风雨兼程，但她整个人就像脱胎换骨，活得特别充实。每当红日东升或夕阳西下，她在洒满金辉的原野上策马前行，风吹动着她齐耳的短发和手枪把上的红绸，就像一团火奔向太阳。

举行家庭小聚会，是母亲生前和我们年年月月不可或缺的生活内容。（前排左起：我女儿简简、我幺姨蹇先佛和萧克将军唯一的儿子萧星华、我母亲蹇先任、我、萧星华儿子萧云诰，后排萧星华儿子萧云松）

同一天，国民党中央军石觉的部队占领隆化，开始向围场逼近。军区、省委和地委继续后撤，围场孤悬于敌人的铁蹄下。

这时，母亲接到省委发来的一封电报，命令她迅速回分局，另行分配工作。她把电报交给身边的几个区委书记传看一遍，语气深沉地说，敌人来势凶猛，省委这个时候调我走，你们说我走还是不走？

区委书记们已经知道母亲的来历，也明白省委在这时候把她调走的用意，心情格外沉重。沉默半天，有人说，黄书记，我们佩服你的能力，更敬重你的人品，从心里希望你能带着我们继续战斗下去。但你的资历那么老，又是女同志，唯一的孩子至今都不知道下落，我看你还是服从调令回分区。留下来多么危险啊，谁知道是死是活？

听见这席话，母亲既感动又难过，她想，我资历老，我是个女同志，我有个不知下落的孩子，我就有权利选择离开吗？在生与死面前我脚底抹油，以后还怎么见这些曾经生死与共的同志？因此母亲说，同志们，我很感谢你们为我着想，但我的命并不比你们的命值钱，为什么要在这个时候调走？我黄代芳可不是那种油皮一冒就凉水一缸的人。实话说吧，我来围场，就没有想过活着回去。今天我再向你们表个态：生，我要和围场人民一起生；死，我要和围场人民一起死！

10月下旬，国民党军队分几路向围场推进。县委迅速组织力量转移财物和粮食，妥善安置行动不便的干部，果敢处置监狱里关押的汉奸和地主恶霸；然后以东、西、中三路，由县委书记、县长和我母亲分头领衔，带领群众向内蒙方向撤退。

母亲坐镇中路，集中了以新拨区为主的数千老百姓，逶迤而行的队伍前面看不到头，后面看不到尾。忍痛放弃家园的群众扶老携幼，呼天抢地，把舍不得扔下的东西都扛在肩上，有的把花花绿绿的被子披在肩头，一层又一层的，行走极为艰难。撤退当然不能走大路，这样会被敌人追上，因此离开村镇就得上山，道路崎岖难行。

母亲骑着马在前后奔跑，嗓子喊哑了，身子被行走在山路上的马颠得快要散架了，心里火烧火燎的。她想老百姓是多么无助啊，战争就像驱赶一群牲口，把他们赶来赶去，让他们流离失所，受苦受难。但有什么办法呢？共产党革命不就是为了拯救他们吗？在这危难之时，只能尽力保护他们，与他们同甘共苦。

走了一阵，母亲的心里一惊：区委书记赵友怎么不见了！记得他是没

1943年当母亲历经千辛万苦，从西伯利亚和新疆回到延安，意识到此后的路必定荆棘丛生，坚决要求往前线走，往血泊中走。她想那么艰难的路都走过来了，那么多的同志都牺牲了，她这条命还有什么可珍惜的？2004年7月25日，母亲以九十六岁高龄在北京安然逝世。在最后的时刻，我看见她的嘴角一动，脸上渐渐浮出一朵静美的笑容。

有马的，但好像看见他骑着马在面前晃了一眼。不行，得把他找回来！这么想着，她掉转马头，急忙往回寻找。没跑出去多远，几个跟上来的干部向她招手，告诉她赵友书记带着几个干部先往林西方向跑了。母亲心想不好，作为区委书记，这个赵友怎么能私自行动呢？当即命令那几个干部去追赵友，传令赵友立即返回大部队。就在这时，从后面又急急慌慌跑上来一个干部，上气不接下气地对母亲说，黄大姐，你不能再往回走了，敌人已经上了山梁！

母亲的脑海里轰的一声，当下对那个干部说，你们赶快走吧，不要管我，注意保护好群众。然后猛抽一鞭，拍马向高处跑去。

母亲的警卫员岳明远是个从部队下来的小伙子，非常机灵，自孟奎区公所遭到敌人血洗后，便与她形影不离。此刻母亲站在高处，清楚地看见敌人从几里外追上来了，黄黄的一片像溃堤时涌来的洪水。警卫员几步蹿了上来，抓住母亲那匹白马的缰绳，着急地说，黄书记，敌人围上来了，你必须马上撤退。说着，拽着她的马头往回走。

走上一个山坡，后面传来一阵骚动，夹杂着一阵阵撕心裂肺的哭喊声。回头看，敌人的马队把撤退的队伍拦腰截断了，被挡住前进道路的干部和群众，黑压压的足有上千人，在敌人迅速展开的包围圈里，如同一个巨大的漩涡那样旋转起来。母亲心如刀绞，像忽然冻僵在马背上。她不敢想象这些干部群众最后的下落，只叹战争就这么残酷，自己实在回天无力，只能护送剩下的群众继续北撤。

两天后，东、西、中三路撤退大军在内蒙古经棚会合。回头清点队伍，县委和区委干部只撤出来七十多人，失散的群众无计其数；在仓促中转移的财物和粮食，有的被敌人抢去了，有的还搁置在敌占区，有的在大撤退途中散失了。好在县委的三个领导都安然无恙，当县委书记王克东、县长张静之和母亲的手重新握在一起的时候，日后生存的严峻和斗争的艰难，已清晰地摆在他们面前。

新拨区区委书记赵友的问题，就在这个时候完全暴露了。母亲在撤退中派人把他追回来后，他依然行为反常，让母亲感到非常失望。中路大军率先撤退到内蒙古经棚时，因得到分区警卫团的支持，母亲决定率队返回围场，去接应另两路队伍和部分携带枪支的民兵，但赵友拒不执行命令，说围场的敌人那么多，他不去送死。

县委书记和县长听说赵友的表现，结合有人告发他贪污，并在撤退时用区小队的机枪换马骑，果断对他采取措施，当场从他的身上搜出了贪污的钱财；另有证据证明，他私自往林西撤，实属临阵脱逃。

赵友人赃俱在，该如何处置？县委书记和县长征求母亲的意见。母亲说，没有什么好说的，按军法处置，枪毙！又说，国民党把我们这么大的一个县夺去了，干部们才跑出来七十多号人，这说明了什么？说明有人的思想动摇了，不愿跟我们走了。眼下的形势这么严峻，环境如此险恶，没有铁的纪律，剩下来的人谁能保证不会逃跑，不会叛变投敌？县委书记和县长频频点头，一致赞同母亲的意见。

看在赵友多少做过些工作，母亲又说，恩威并重，给他买副棺木吧。

从收复县府大院，到剩下几十个干部撤退到外地，必须重振旗鼓，卷土重来，这个转变太突兀了！根据党中央"区委不离区、县委不离县"的精神，县委这时做出决定：以分区部队作依靠，集中县机关干部和县区武装力量，由三位主要领导带队，伺机深入敌后，开展游击战争。

对母亲而言，在过去的十一年中，她经长征到延安，又从延安到苏联，再从苏联回延安，如此国内国外地转了一大圈，到1946年的这个时候，又回到了她当年在湘西所经历的岁月，成了一个出没于敌占区的女游击队长。所不同的是，那时她才二十多岁，现在已年近四十，人到中年。

昼伏夜出，风吹雨打，大路不走走小路，整天躲躲藏藏，这就是母亲和她的战友们此后每天必须面对的生活。常常是饱一顿，饥一顿，生熟不论，只要能充饥的东西有什么吃什么；夜晚居无定所，碰见茅屋睡茅屋，遇上猪圈睡猪圈；有时干脆不睡，几个人背靠背地在星空下坐到天亮；子弹任何时候都上膛，与敌人遭遇，打得赢就打，打不赢就走。

对于游击队的这种生活，母亲太熟悉了，可说驾轻就熟，如水珠落在水里。连那些年轻队员都感到奇怪，说黄书记，你一个老大姐，过过有钱人家的好日子，见过外国的大世面，怎么能吃这种苦？母亲说，这算什么苦？长征的时候我背着枪，背着孩子，爬雪山过草地，比这苦多了。人都是逼出来的，多大的苦熬一熬就过去了。

枪毙赵友后，由于县委的三个领导始终走在最前面，游击队员们忠心耿耿，舍生忘死，没有一个动摇，也没有一个灰心丧气。他们说，跟着县委走，跟着我母亲这样的老大姐走，苦也情愿，死也心甘。

寒冬到来了，大雪纷飞，口外的寒冷令人心惊胆战。母亲后来回忆说，在围场打游击的日子，什么苦与天冷的苦比起来，都算不得苦了。他们出去执行任务，风餐露宿，气温达到摄氏零下二三十度，那风不是吹过来的，而是像刀那样割过来，砍过来。即使躲在日伪时期围民并屯留下的废弃茅屋里，男男女女也得抱在一起，相互取暖。夜晚伏击，必须相互提醒不能打盹，否则一觉睡过去，人就被冻僵了，再也醒不过来。走在路上，枪不能用手拿，只能像搂孩子那样搂在怀里；用手拿着枪，枪很快就与手冻在一起，想要掰开，得生生撕下一张皮来。

母亲给家里的人讲过一个故事，说有一次，在一个小村庄，她带领游击队与傅作义部队的几个兵突然相遇，双方都愣住了，可谁也不敢开枪，只能眼睁睁地望着对方，各自慢慢地向后退。我们问她为什么？她说天太冷，枪栓和子弹都被冻住了，这时谁开枪谁倒霉。因为开枪必定会炸膛，子弹没飞出去，自己先被炸死了，谁会那么傻？

后来，县委跟着分区部队向南挺进，到达邻县隆化一个叫小庙子的地方。分区政委谢明要围场的干部留下来，返回去打游击。母亲当即站出来说，我不同意！接下来她说了三点理由：首先，围场现在由国民党中央军和傅作义部队重兵把守，把他们几十个人，几十条破破烂烂的枪留下来打游击，不是白白去送死吗？其次，围场被日伪统治十四年，他们才接管几个月，来不及给老百姓解决什么问题，群众基础薄弱；让他们留下来，根本站不住脚。第三，这里冰天雪地，天寒地冻，没有藏身之地。不像南方，村子里待不住还可以上山。分区这个时候不管他们这些地方干部，敌人不把他们打死，也会被活活冻死。

分区政委谢明听见这席话，以为母亲在他面前摆老资格，拒不执行他的命令，黑下脸说，黄代芳同志，你这是什么奇怪理论？难道只有南方才能打游击吗？分区司令员钟辉也跟着指责母亲，说黄代芳同志，别以为你是老大姐，就可以目无领导。当初省委给你发电报要你提前走，你不走。

现在让你留，你又不留，究竟是什么意思？

终于忍无可忍，母亲不客气地回答说，你们以为我黄代芳怕死对吗？告诉你们，我都是死过多少回的人了，不在乎再死一次。我是不愿看到围场这些好不容易保存下来的干部，和我一块去死。说得严重点，我这是对中央负责，对省委负责，对围场的未来负责。至于对我个人，你们说我不执行命令，说我死皮赖脸，说我什么都行。

母亲一次次据理力争，话说得中肯，尖锐，有胆有识，体现出一个老共产党员在关键时刻从容不迫，敢于挺身而出。分区政委和司令员一时语塞，隐隐感到她说出的事实难以回避。道理明摆着，他们是分区的主力部队，是地方干部和武装的主心骨，如果自己撤走而扔下地方同志不管，将来给革命造成损失，这责任由谁来负？

这场剑拔弩张的争论，最终以围场县委书记王克东和县长张静之先后表态，证实母亲的意见就是县委的意见，才宣告结束。真实的情况是，包括围场在内，同时跟着分区部队行动的隆化县委也是抱这种态度，只是不敢在分区政委和司令员面前明说罢了。

分区政委和司令员不得不收回决定，同意把两个县的干部和武装力量都带上。但他们给了母亲一个处分，理由是她公然顶撞领导。

这是母亲参加革命二十年来，第一次受到组织处分，可她心地坦然，无怨无悔，甚至觉得这样的处分是对自己的奖赏。毕竟他们带上了围场的几十个同志，把县里的火种保存下来了，这比什么都值啊！

没过几天，母亲他们跟着分区部队，安全撤到了平北老革命根据地喜峰岔村。

上级通知他们先在这里休整，准备迎接新的任务。听说我母亲来了，住在村里的冀热察辽军区刘道生司令员特地过来看望她。刘司令员握着母亲的手，叫着她真实的名字，高兴地说，先任同志，你们坚持把县里的干部带出来，做得非常对。他们是党的宝贵财富啊！如果把他们留在县里，

我母亲去世前交代，把她所有的积蓄和书籍捐给她曾战斗过的围场克勒沟建校办学，如今以母亲的名字命名的这所崭新的学校吸引着大批城乡的孩子前来求学。我每次去看望学校和孩子们，都被满脸欢笑的孩子们这样搀扶着，簇拥着。

以他们那么微弱的力量去与敌人的大部队对抗，最终一个个牺牲了，以后我们再解放围场连个向导都找不到了，这就惨了。执行中央的精神也应该机动灵活嘛，不能生搬硬套。又说，分区给你的处分应该撤销，动不动就惩罚自己的同志，乱弹琴！

在母亲的处分被撤销那天，她又见到了分区政委谢明和司令员钟辉，两位军队主官真诚地向母亲道歉。母亲说，道什么歉，我确实顶撞了领导，你们处分我是对的，都是为了革命嘛。

说完，三个人哈哈大笑。

话说回来，母亲他们离开围场，实属无奈之举。几十年后她不无自责地对我说，当他们上路的时候，看见围场依然笼罩在一片沉沉的夜色之中，她心里就像刀割那么难受，好像又丢了一个孩子。她当时想，不，这不算完，总有一天我们要回到围场去。

母亲还说，对围场这片莽莽苍苍的土地，她今生今世没齿难忘，因为它刻骨铭心！

我们的瞎子哥

我和我几十年的朋友熊畅苏都叫他瞎子大哥,背后这么叫,当面也这么叫。明明是往他的伤口上撒盐,他却从不计较,甚至很愿意很高兴让我们这么叫他。他说,我本来就是个瞎老头嘛,这么叫着亲切,只有亲人才会这么叫。当然,也只有我们这些亲人才知道,瞎子大哥的瞎,有多么让人悲伤。

我和瞎子大哥,血管里流着贺家的同一腔血。即使把我亲爱的姐妹、两个家族间毫无血缘关系的熊畅苏一家包括进来,也说得上是血亲。是那种同在血泊里泡过的亲,那种打断骨头连着筋的亲。

瞎子大哥双目失明不是天生的,客观地说,有那个血腥的黑暗年代带给他的悲伤,也有那个迷狂的动乱年代留给他的苦涩。

他的大名叫贺学祥,是父亲贺龙的亲侄子。长得也像父亲,身材高大威猛,板板正正的,从小体格健壮,仿佛有使不完的劲。像我这样瘦小的人走到他面前,猛一抬头,会感到突然碰上了一堵墙。但他没读过什么书,基本上是个文盲,性格内向而憨厚,多数时间沉默寡言,保持着泥土的浑厚和淳朴。在陌生人面前一声不吭。父亲先前把他带在身边,他总是不离左右,什么时候需要他,回过头去就能看到他默默地站在那儿。不用说,他也对父亲忠心耿耿,甘为他牵马引蹬。

父亲信任瞎子大哥，就像信任长在身上的左膀右臂。早年还在湘西拖队伍的时候，他就让少年瞎子哥住在故乡桑植县洪家关的家里，帮助他照料一家老小。家里人有一口吃的，必有他一口。瞎子哥成年了，父亲走到哪里就把他带到哪里。父亲早逝的原配徐月姑妈妈生下的姐姐贺金莲，当年在县城上学，每次回家和返校，都是由瞎子大哥背着走。淘气的金莲姐姐在他的背上撒欢，用拳头捶打他厚厚的脊背，他会乐呵呵地笑，像马一样驮着金莲姐姐拼命地旋转和奔跑，把她高兴得像个疯婆子。湘西民风强蛮，土匪多如牛毛，父亲和几个姑姑不畏强暴，揭竿而起，整天置身在打打杀杀的刀光剑影之中，必须有人兼顾后方，瞎子大哥就是父亲心目中的这个忠实的守护神。1926年父亲在国民革命军的地位蒸蒸日上，把他也带入队伍，投身著名的北伐战争。1927年7月，在国民革命军担任暂编第二十军军长的父亲，思想上发生重大转变，意欲响应共产党的号召发动南昌起义。在率部从湖北向江西移动前，首先做出的安排，就是让瞎子大哥留守汉口辅堂里92号的贺公馆，负责眷属的安全保卫和勤务工作，以应付风云突变。

这要往远里说，此前十年在父亲的影响下，我们贺姓大家族前仆后继，不断有人血染疆场，使父亲对幸存的亲人格外牵挂。1925年在父亲出任澧州镇守使的时候，就让继任妻子向媛姑、大姑贺英和姐姐贺金莲几个随军。同年10月奉命入川讨逆，特地在武汉建立公馆，安置这些亲人；大姑贺英则返回桑植招兵买马，扩大队伍，为日后重振山河做准备。北伐军夺取武汉后，父亲率部拱卫武汉三镇，与向媛姑、女儿贺金莲、堂弟贺干成、小妾胡琴仙同住公馆，其乐融融地生活在一起。会使双枪的大姑贺英更是成了这里的常客。家里人多的时候，老老少少达二十余口，配有管理家务的副官。1927的3月23日，向媛姑和大姑贺英还在公馆热热闹闹地为他举办了三十一岁生日。部队决定向江西开拔，父亲留下瞎子大哥殿后，保卫他的家人，是想到未来惊天动地的枪声一响，便宣告他与国民党公开决裂，届时必定云水翻腾，天下大乱，什么事情都可能发生。武汉这边把家交给瞎子大哥，等于把大大小小的几条命也交给了他。要死，他只会最早一个死；要活，肯定大家都还活着。

南昌起义后，部队在南下潮汕途中遭到国民党反动军队的重重阻截，官兵们在一路血战中死伤惨重，有些感到前途渺茫，扔下枪悄悄地逃走了，最后剩下父亲领着几个人流落香港，然后从香港潜入上海寻找党组织。此时在武汉三镇，如父亲所料，腥风血雨扑面而来，到处张贴着通缉他的告示。关于父亲的谣言，更是真假难辨满天飞。有的说他被蒋介石押往南京处死了，有的说他在南昌城上被大炮轰死了，还有的说他被洋鬼子捉到外国去了。这个家，顿时处在风雨飘摇之中。瞎子大哥就在这时挺身而出，在向媛姑妈妈的指挥下，护卫着家人迅速撤出公馆。以后的四个多月，几个人流离失所，东躲西藏，在偌大的城市里过起了隐姓埋名的流浪生活，但没有一个人被吓着和饿着，更没有被鹰隼般追捕他们的国民党军警发现蛛丝马迹。当年冬天，周恩来派父亲的爱将卢冬生深入武汉，把他们秘密接往上海。颠簸流离的路途中，瞎子大哥照顾大的，爱护小的，用自己宽阔的胸膛为他们遮风挡雨。那种情景，堪比关羽千里走单骑，赤胆忠心地护卫刘备家小。

向媛姑等人到达上海时，父亲已先一步从香港到达这里，在周恩来领导下从事党的秘密工作。1928年元旦那天，当父亲在寒风呼啸的黄浦江码头迎接亲人时，看见他们被汹涌的人群裹挟而出，一个个蓬头垢面，被冻得哆哆嗦嗦的，身上散发出低等船舱特有的那种酸腐味。见到父亲，瞎子大哥当场哽咽说，叔，婶婶和金莲妹妹几个都带过来了，一个都没有丢。父亲满意地拍着他的肩膀说，好啊，祥子，你像我们贺家的男人，危难时担得起大事。但是，叔不会在上海久留，往后你的担子将更重，更艰难。瞎子大哥说，叔，你就放心吧，我知道你离不开队伍，有我在就有这个家在。

在法租界霞飞路秦辰里十七号租下的洋房里落脚后，为保密起见，父亲化名王闰珍，瞎子大哥化名王瑞卿，向媛姑、贺金莲、贺干成几个也都有自己的化名。为掩护这一家人，党组织除安排与父亲熟悉的中央军委委员颜昌颐也住这里外，还给他们请了一个善良的老妈子。大小几个人此后隐身在大上海熙熙攘攘的人群中，就像一滴水汇进了江河与大海。

　　父亲在上海与家人团聚的时间，非常短暂，只有十来天，很快又接受了新的使命。当时共产国际和中共中央对父亲的安排有两个预案，一是送他去苏联学习，兼带休养生息；二是与介绍他入党的周逸群同志结伴回洪湖和湘西，开辟湘鄂边革命根据地。父亲毅然选择了充满风险的第二条路，把保卫家人的任务依旧交给瞎子大哥。

　　父亲从上海消失得无影无踪，瞎子大哥才感到自己重任在肩。与在汉口大不同的是，那时父亲是国民党高级将领，有丰厚的军饷，宽大的公馆，眷属们在语言相通的城市里住着，地位显赫，有足够的财力穿金戴银；现在父亲成了在野的共产党人，与国民政府势不两立，不但无力让眷属们过上好日子，连他自己的性命都难保安全。瞎子大哥作为贺家留在上海的大男人，理所当然地成了这个家的顶梁柱。既要保证家人的生命不受伤害，又要维持他们的基本温饱。在几个月稍稍熟悉情况后，他征得向媛姑妈妈的同意，走出家门，接受了一份名义上为某家公司开电梯，实际上是为党中央秘密机关站岗放哨的工作。

　　云南路四百四十七号。这是在几十年后出版的反映中共隐蔽战线斗争的书籍经常提到的地方。当时这座房子的门前挂着"生黎医院"的招牌。1928年4月的某一天，在它的二楼，悄悄冒出了一个"福兴商号"，经营湖南土布土纱。老板原名叫熊瑾玎，化名熊佑吾；老板娘原名叫朱端绶，化名朱慧吾。许多年后人们才知道，这其实是中共中央政治局的机关所在地。经常出入这里的人，有陈独秀、蔡和森、周恩来、向忠发、李立三、李维汉、瞿秋白、谭平山、张国焘、苏兆征、关向应和邓小平等等。别看它门面小，在那个黑夜沉沉的年代，可说藏龙卧虎，风云际会。

四十多岁的熊瑾玎，湖南长沙人，曾任湖南省立第一女子师范学校校长。1919年参加毛泽东组织的新民学会。1922年任毛泽东创办的湖南自修大学和湘江学校教务主任和董事。1927年大革命失败后参加共产党，与徐特立、谢觉哉并称为"党内三老"。1928年4月，共产党湖北省委机关遭到严重破坏，被迫撤销，在省委秘书处担任文书和交通员的熊瑾玎受命转移到上海，找到李维汉接上组织关系。中共中央根据他富有理财经验又善于交友等特点，分配他担任中央机关会计，负责筹集和管理经费，建立中央政治局开会办公的秘密机关和中央同各地的通讯联络。接受任务后，他戴上礼帽，穿着长衫，以地下工作者独特的目光和商人身份，在上海寻寻觅觅，终于在四马路和云南路口(今福州路人民广场路口)找到这座旧上海常见的广式里弄房子。

熊瑾玎看中这座几十年后我和她女儿熊畅苏好不容易找到，如今依然住满市民的房子，是因为它地处公共租界的中心地带，紧邻红尘滚滚的天蟾舞台，同时又置身于妓院林立的四马路与云南路的交叉路口。天蟾舞台有一道隐藏的楼梯直达房子的二楼，另一道楼梯伸向侧面的一条僻静弄堂，出了弄堂就是繁华的汕头路；房子的大门开在云南路上，出来进去要经过一条不被人注目的小巷。遇到紧急情况比较容易疏散和逃生。房子的楼面为两层三大间，由开业医生周来生独自承租，一楼用来开私人诊所"生黎医院"，二楼恰巧空着，准备用来转租当二房东。"熊老板"租下二楼的三间房子，是借开"福兴商号"经营湖南土特产之名，供中共中央政治局开会和办公之用。开在楼下的私人诊所"生黎医院"，因每天有许多人来求医问药，正好可以掩护地下党人自由来往。

比熊瑾玎小二十二岁的漂亮姑娘朱端绶，就在这个时候顺理成章地成了这里的"老板娘"。这说起来还有一段趣事：由于中央政治局的同志常来"福兴商号"开会、办公，生活上必须有人照料；而作为中共中央的核心活动场所，房子里藏着许多秘密文件，在熊瑾玎外出时必须有人看护，另外还必须有个人负责处理用药水书写的文件；再说，"熊老板"已人到中年，如果没有一个"老板娘"里外配合，势必露出破绽。因此，在"福兴商号"正式开门营业后，"熊老板"提请中央对朱端绶进行审查，把她从汉口互济会调来协助工作。朱端绶虽说比他小许多，但比他还早两年入党，是个久经考验的年轻革命者。富有喜剧色彩的是，二人相处数月，逐渐建立起了真挚感情。在1928年的中秋之夜，当周恩来、李维汉、邓小平等中央领导人在"福兴商号"开完会后，熊、朱二人在四马路川菜馆备下一席酒菜，请他们饮酒赏月。周恩来觉得时机已成熟，在席间对熊瑾玎和朱端绶挑明说，二位的夫妻店开得像模像样，说明你们的关系得到了社会认可，两人有夫妻相，不如顺水推舟，假戏真做，这样对革命事业和你们自己都有好处。此话当场得到李维汉和邓小平的赞同。朱端绶也不忸怩，回答说，既然党需要我这样做，我没有意见，唯有尽心尽责。此后，"熊老板"和"老板娘"的角色从地下转为地上，来这里活动的党内同志都乐意这么叫他们。

　　熟悉这段历史的人都知道，当年的中共特科是以这种方式在上海立足的。他们通常利用各种社会关系，在上海的大街小巷开设各种店铺，如电器行、照相馆、布店、古玩店、木器店、药店或代办处等等，作为活动场所和联络地点。党中央的重要活动，往往采取飞行集会的方式，不断地在这些店铺交替举行。1931年4月24日顾顺章在汉口被捕叛变，向忠发就是在上海爱文义路戈登路口党组织开的古玩店被捕的。但他是不听周恩来的劝告，冒险去通知他的情妇杨秀贞转移，结果导致党中央遭到重大破坏。不过，这已是后话。

　　瞎子大哥是来到"福兴商号"工作的第三人，担当为商号烧水送水的角色，真正的工作，是为中央政治局机关和来往的地下党人望风。他栖身的茶炉间在楼下"生黎医院"的大门边，对任何一个前来寻医问药或来路不明的人尽收眼底。这个忠厚又勤快的人走上岗位后，搂草打兔子，捎带着把"生黎医院"的日常用茶水也包了，成天把炉子烧得旺旺的，楼上楼下地跑，稍有风吹草动马上把消息传到二楼商行。几年时间，还没有人发现他肩负着这项特殊使命。加上他与开店的老板夫妻同是湖南人，身上常年裹着一件油腻腻的对襟衫，几乎不在语言中生活，外人十有八九把他当成从乡下招来的伙计。都知道上海人最看不起乡下人，再穷的上海人也看不起，开口闭口都叫他们阿乡，因而当他们从瞎子大哥的身边经过时，都不愿多看他一眼。

这一点儿也不妨碍憨憨的瞎子大哥心细如发，双眼如炬，就像"福兴商号"钉在楼下的一枚钉子。他楼上楼下地送过茶水后，仍有大把的时间坐在茶炉间的角落里，暗暗地注视着走进走出的每个人。

瞎子大哥是怎么来到"福兴商号"的？父亲生前没有说过，他自己也没有说过。但我知道他当年还不是中共党员，凭着他有限的见识和认知，大概也不清楚他每天警戒的"福兴商号"，竟是中共中央的首脑机关；来往这里的人，都是日后把中国搅得天翻地覆那个政党的领袖。直到解放后我来到北京，因父亲与担任共和国民政部副部长的熊瑾玎伯伯一家常像亲人般走动，我才从当年的"老板娘"朱端绶阿姨和他们在那个年代生的女儿熊畅苏嘴里，基本弄清了事情真相。

那是在父亲离开上海后，党的特科组织每月给他的眷属送去二百块大洋，作为他们的基本生活费。第一个送款人，便是特科科长、建国后出任国家外贸部部长的李强。但是，没过多久，上海党组织遭到严重破坏，父亲家人的经济来源被迫中断。渐渐的，他们连房租都交不起了，只好从霞飞路秦辰里十七号的洋房里搬出来，找到同属法租界但每月只需十三元租金的徐家汇眉寿里一百六十二号落脚。这年的农历八月初六，在父亲回到湘西后参加红军的我四姑贺满姑，在战斗中被俘，被团防五马分尸残酷杀害。四姑仅比父亲小两岁，兄妹从小一块长大，同父亲的感情很深，牺牲时已是五个孩子的母亲。听到四姑被杀害的消息，父亲非常难过，他知道敌人如此残暴，其实是冲着他来的，为避免敌人对他的亲人斩草除根，他让同在红军队伍中的孩子父亲向生辉想办法抚养三个幼儿，把另两个快十岁的外甥向楚生和向楚明，派爱将卢冬生护送到上海他家里，让向媛姑和胡琴仙看护。这就苦了当家的向媛姑妈妈，因为原本五个人的生活就没有着落，现在急增到七个人，如何填饱这些肚子？正是这种情况下，她想到了坐以待毙不如自谋生路，发动家人各显神通，合力渡过难关。她自己首先拾起曾学过的编织手艺，为人打毛衣、织帽子和袜子，让贺干成到闸北华泰酒行学做生意，作为主要劳力的瞎子大哥则承担了那份开电梯的活计。

　　熊瑾玎就在这个时候转移到了上海，在云南路四百四十七号开办"福兴商号"。得知父亲的眷属在上海生活艰难，差不多连饭都吃不上了，他按照中央"就近接济"的指示，开始每月从商号的收入中拿出一部分给向媛姑送去。在一来二去的联络中，他见瞎子大哥忠诚老实，口风很紧，是一个值得信赖的人，便通过组织让他到"福兴商号"站岗放哨。

　　我能想象得出来，出现在"熊老板"的眼皮底下，当瞎子大哥每天站在云南路四百四十七号茶炉间履行他的职责时，一定是小心谨慎、兢兢业业的。虽然他不知道中国的一颗伟大的心脏就在他的身边跳动，但他知道自己正靠近一群神秘的人，一项伟大的事业。因为他以命相托的亲叔就在这个人群中，就在这项伟大的事业中。而认识到这一点，对他就已经足够了，也足以让他为这群人，为他们热衷的事业，两肋插刀，赴汤蹈火。

　　在确保"福兴商号"安全的前提下，那些日子唯一让瞎子大哥心事重重的，就是金莲姐姐越来越糟糕的身体了。他害怕我父亲当时的这个仅有但却多少有些任性的女儿，熬不过这场疾病的折磨。

　　父亲对金莲姐姐疼爱有加，当他还是湘西护国军的一个营长时，就把她送到桑植县城最好的国民小学念书。部队后来进驻桃源，又把她送入著名的桃源女子师范学校求学。没几年出任澧州镇守使，再把她接到澧州

左图：瞎子大哥出狱后，第一个想要见到的人，便是我的父亲，他的亲叔贺龙。到达陕北，因视力低下，无法上前线打仗，被留在师里做后勤工作。以后几十年，他从未离开部队，直至1987年9月9日离世。

右图：穿过大街小巷和凛冽的寒风，我终于找到了父辈们当年从事地下斗争的中央军委驻上海办事处旧址。我与好姐妹熊畅苏相约2013年再次来寻访，可惜她不久前突发心脏病，不幸去世，让我不胜悲伤。

生活和学习。1925年当金莲姐姐随家人住进武汉贺公馆时，已是个亭亭玉立的大姑娘了，代替父亲掌管着家里的财政大权，连大姑贺英向父亲要钱买枪，都得向她伸手。可生性倔强的金莲姐姐接受了新思想，追求自由恋爱，在未婚夫不幸去世后，她伤心欲绝，毅然吞大烟自尽。父亲不惜重金请德国医生抢救她的生命，结果命是保住了，可毒没有排干净，浑身长满水泡，体质一天不如一天。从武汉辗转到上海期间，由于东躲西藏，四处奔波，耽搁了治疗的最佳时机。在上海好不容易安定下来，无奈父亲去了苏区，家里的日子越过越紧，哪有钱给她治病？"熊老板"的到来，情况虽然好了许多，但他的接济是从党的有限的经费里抠出来的，只够一家人勉强吃饱饭外带交房租。

正因为这样，瞎子大哥在"福兴商号"勤勤恳恳地站岗放哨，对"熊老板"来说，多少有些"滴水之恩当涌泉相报"的意思。他知道他在工作中如有疏漏，给商号增添麻烦，不仅会给亲叔那些战友和他们的事业带来损失，也对不起"熊老板"对家人的宽怀和仁义。

瞎子大哥后来说，看见金莲姐姐的病越来越重，他心急火燎，想把"熊老板"每月给他的那点辛苦费积攒起来，帮她把病治好。但钱还没有攒够，金莲姐姐便走到了生命的悬崖。当时化名王琳的胡琴仙解放后曾告诉我，金莲姐姐是不想死的，也怕死，久久咽不下那口气，在弥留之际不断呼喊"爹爹，快来救我……"站在床边望着她在生死线上挣扎的瞎子大哥，六神无主，痛心疾首，一个大男人竟当着大家的面呜呜地哭起来。他对命悬一线的金莲姐姐说，金莲妹妹，你要咬紧牙关继续活下去，待你爹爹有了消息，我背也要把你背到他身边。你小时候不是最喜欢哥哥我背你吗？你要让哥哥还有机会背你。金莲姐姐死了，他捶胸顿足，失声痛哭，说金莲妹妹，是哥哥无能，救不下你一条命。你死了，我怎么向叔交代啊！

金莲姐姐病逝后，家里无力安葬，第二年由湖北同乡会出资捐助，才将她的遗骨埋在黄浦江畔的建国路墓地。而此时，我父亲正带领他在湘西新组建的红四军，在湘鄂黔边艰难转战，根本不知道他心爱的女儿已不在人世。1935年11月19日，当父亲把我这个生下来才十几天的小女儿放在竹篓里，和任弼时、萧克姨夫一道率领红二、六军团从桑植刘家坪开始长征时，他还从衣袋里拿出一副鞋扣襻，对前来送行的亲友说，我把金莲留在了上海，这是她亲手给我做的一双布鞋上的鞋扣襻。可惜鞋早穿烂了，我只留下这副鞋扣襻。在父亲的心里，金莲姐姐做的鞋扣襻永远带着她的体温。无论他走到哪里，只要用手摸摸，或掏出来看看，就能看见她的音容笑貌。

亲眼目睹了金莲姐姐的死亡，再次出现在"福兴商号"茶炉间的瞎子大哥，突然老了许多，沧桑了许多。他变得比从前更沉默，更孤独，同时也更忠于职守。他感到这世界太残忍，太黑暗了，随时可以把一个人吞噬。他必须时刻睁大眼睛，才能识破那些可疑的脸。

云南路四百四十七号作为中央政治局的隐秘机关，从1928年4月开始，到1933年初由于叛徒出卖而归于静默，存在了四年多，这不能不说是一个奇迹。可我从大量的史料和记载这段历史的书籍中，读到了它的"老板"和"老板娘"，也即熊瑾玎和朱端绶的名字，却不见写有瞎子大哥的只言片语。不过，仔细想一想，又觉得合情合理。因为瞎子大哥只是作为一个沉默的卫士站在这个伟大事件的边缘，他算得上是一个见证者，一个隐形的参与者，却没有分量把自己的名字写入它的史册。这正是隐蔽战线的艰辛和高难之处，它把你招入阵营，赋予你神圣使命，却必须让你默默无闻，以至一生都留不下痕迹。

但是，这个党的核心机关在敌人的心脏神奇地坚守了四年之久，能说是偶然吗？像瞎子大哥这样的忠诚付出，也把自己的生命汇入了这项伟大的事业之中。况且，他还为此付出了沉重的代价。

事情并没有发生在云南路四百四十七号，而是发生在眉寿里一百六十二号。

我的姐妹熊畅苏后来说，她曾多次听他父亲熊瑾玎和母亲朱端绶，也即当年"福兴商号"的"老板"和"老板娘"，对她说起过这件事：1933年4月8日上午九时左右，向媛姑正坐在徐家汇眉寿里一百六十二号自己家的厨房里"吃花斋"，突然听见在楼下玩耍的两个小外甥发出惊恐的尖叫。她立刻走下楼去想看个究竟，但刚走到门前，一个头戴大礼帽的国民党特务便破门而入，身后跟着几个蓝眼睛高鼻梁的洋人巡捕。向媛姑想问他们的来历，来人猛然把她推在墙上，反扭她的两只胳膊，接着把大大小小的一家人全部捆绑起来，押上了囚车。

　　这还仅仅是开始，狡猾的敌人把父亲的家人带走后，并未善罢甘休，又在徐家汇眉寿里一百六十二号布下坐探，张网以待。第二天熊瑾玎夫妇前来与向媛姑联络，被坐探候个正着，也被扭进了巡捕房。中午，他们的儿子熊佩文见父母没有按时回家，赶来打听，同样没有幸免。最后落入陷阱的是从云南路四百四十七号回家的瞎子大哥，他的前脚刚迈过门槛，后脚就被埋伏的特务粗暴地按倒在地。

　　就这样，在两天内，近十人先后身陷囹圄。

　　这是当年上海轰动一时的所谓"以危害民国为目的的团体"案，登过上海各家报纸的头版。值得庆幸的是，敌人是从我父亲的这条线追踪过来的，把化名王向氏的向媛姑列为了本案"首犯"，反倒把化名熊佑吾的"熊老板"等人列为"从犯"，只不过重点怀疑他背后隐藏着某个组织。从湘西秘密送来的四姑的两个孩子向楚生和向楚明，因为年纪小，没有被羁押。化名朱慧吾的"老板娘"朱端绶和熊佩文母子俩，还有化名王琳的胡琴仙，则被当成卷进来的家眷，具保释放，派坐探继续跟踪。

　　朱端绶具保释放后，与党失去了联系，只得以众人眼里的"老板娘"身份收拾残局。她先拿出一笔钱，交给胡琴仙供父亲的两个外甥向楚生和向楚明读书；接着与湘鄂边区接上头，托地下交通员将年龄稍大的向楚生带回湘西参加红军。送走向楚生后，胡琴仙带着向楚明悄悄离开了上海，转入南京躲避，并机智地将"熊老板"和贺龙眷属被捕的情况报告给了党组织。

党组织很快查清楚，徐家汇眉寿里一百六十二号贺龙家人之所以被法租界巡捕房和国民党特务机构联合清洗，是因为叛徒叶眙功告密所致，由国民党中央特派员马绍武亲自出面抓人。被关进监狱的"熊老板"发现他经营的"福兴商号"并未暴露，始终咬住自己是无辜的，因为他与那个名叫叶眙功的叛徒从未谋面。而他被抓，纯属节外生枝，如同无意中踩了一脚狗屎。

国民党特务机构抓住向媛姑、熊瑾玎、贺干成和瞎子大哥贺学祥，以为摸到了上海地下党与湘鄂苏区联系的秘密通道，并认定撞上枪口的"熊老板"是共产党在上海方面的联络员，他与贺龙家人的联系，是在传递秘密情报。熊瑾玎说，这是天大的冤枉，我只是个生意人，那天出现在眉寿里一百六十二号是去收账的，绝无秘密可言。向媛姑坚持说她的丈夫叫王国珍，也是个买卖人；他之所以离开上海，是因为他的父亲被土匪杀害了，必须回湖北老家去奔丧；"熊老板"到眉寿里一百六十二号不是来找她，而是想来找她丈夫谈买卖的。至于谈什么买卖，她从来不过问。

除去这些，敌人没有掌握其他证据，无论怎样严刑拷打，都撬不开熊瑾玎和向媛姑的嘴，只好把酷刑用去对付贺干成和瞎子大哥。他们觉得瞎子大哥与父亲有几分相像，本身就是证据；对这个看上去老实巴交并生性胆怯的嫌犯，只要重刑伺候，不怕他供不出"熊老板"身后的秘密，接下来暴风骤雨般的皮鞭抽打、老虎凳、电烙铁……各种刑罚全用上了。瞎子大哥被打得皮开肉绽，遍体鳞伤，身上没有一块好肉。未料他外表憨厚，内里却铁骨铮铮，无所畏惧，充满贺家人宁折不弯的血性。他反复说他只是被人雇佣，帮人看家护院的，根本不知道什么叫秘密。打手们气急败坏，对他使出了残忍的一招：把他捆在老虎凳上，一遍遍往他的眼睛里灌辣椒水。他两眼发黑，疼得喊声震天，鲜红的血和鲜红的辣椒水混在一起，滴滴答答地往下流。

毕竟有叛徒指认，四人的案子最终被送到国民党首都南京，由江苏高等法院三分院审理。三分院将向媛姑等父亲眷属的相片送到湖南保安司令部转饬桑植县府调查，证实向媛姑即贺龙之妻，贺干成、贺学祥为贺龙堂弟和堂侄，"均在共产党内有重要工作"，末了以"共产犯"各判处有期徒刑十二年。化名熊佑吾的"熊老板"则因缺乏通共证据，被判八年有期徒刑，以免放虎归山。

1937年抗日战争爆发，国共实现第二次合作，中共中央发表释放一切政治犯宣言。已到延安的周恩来派毛泽民、钱希均赴上海营救熊瑾玎。经章士钊作保，"熊老板"于9月6日出狱，而后偕夫人朱端绶重返汉口，次年被党中央任命为《新华日报》总经理。而1937年7月，在著名爱国人士宋庆龄、何香凝发起的营救入狱同胞运动中，向媛姑和瞎子大哥先"熊老板"一步被释放。但几年监狱坐下来，贺干成被折磨致死，瞎子大哥的眼睛受到严重伤害，视力微弱。

瞎子大哥出狱后，第一个想要见到的人，便是我的父亲、他的亲叔贺龙，立刻向党组织申请前往延安。我父亲此时已带领红二方面军经过二万五千里长征，到达陕甘宁边区，驻扎在陕西富平县庄里镇。经中央长江局报请中央批准，又电报征得红二方面军政委关向应同意，瞎子大哥遂从上海出发，独自日夜兼程，跋山涉水，踏上了参加红军的征途。由于受视力影响，他沿路高一脚，低一脚，走得十分吃力，但没有什么能阻挡他的脚步。

在庄里镇大南巷张家大院红二方面军司令部见到久别的我父亲，瞎子大哥情绪激动，嘴唇在不停地颤抖，话说得结结巴巴的。父亲说，祥子，你不用说了，我知道你们吃了很多苦，受了不少罪。但家里七个人中有五个保住了性命，已是不幸中的万幸。你知不知道，在你们入狱后，由于党中央总书记向忠发和中央委员徐锡根相继叛变，上海地下组织遭到毁灭性破坏，周恩来被迫撤出上海，许多被捕的共产党人惨遭杀害，真是血流成河啊！说到这里，父亲看见瞎子大哥的眼睛异常，不时流出几滴泪水，不禁叹息一声，再不想说什么了。

当时，母亲蹇先任正准备去苏联工作和学习，瞎子大哥特意去延安看望她，一见面就给她下跪，他说婶，我这是第一次见你，按照家乡的习惯，请受后辈一拜。母亲急忙把他扶起来，说学祥，不用这样，我们是共产党人，不兴这个。又说，你叔父的部队按照国共合作的协议，正改编为八路军一二〇师；他很快就要率军东渡黄河，开赴抗日前线。你继续跟他走吧！

因视力低下，瞎子大哥无法上前线打仗，被留在师里做后勤工作。以后几十年，他从未离开部队，官至军级，但始终在后勤部门服役。由于他的身体在狱中受到极大摧残，在恶劣的战争环境得不到很好治疗，长期忍受着病痛的折磨。1966年，他在总参工作时遇上十年动乱，再一次失去了自由，成了我们自己的囚徒。

"文革"中我们贺家发生的事，相信许多人还记忆犹新，在此不需多言。人们不知道的是，作为父亲的亲侄子，瞎子大哥也难逃厄运。在那些我们已经不忍回顾的日子里，有人疯狂地逼他交代我父亲的所谓罪行。但他义愤填膺，一次次拍案而起，说，放屁！我叔贺龙有什么罪？他一生征战，出生入死，谁见过他动摇过，犹豫过？没有他率部发动南昌起义，打响中国共产党反对国民党的第一枪，有我们今天这个国家吗？有我们这支军队吗？那些人不想听他为贺龙评功摆好，把他打翻在地，用脚凶狠地踢他，其中有些脚就踢在他被国民党狱卒灌过辣椒水的眼睛里。他抱着疼痛的眼睛在地上翻滚，希望能躲过那些脚的第二次伤害。但他的眼睛还是留下了新的创伤。在他就要双目失明的时候，那些人把他带到一家部队医院的门诊部。医生听说他是贺龙的亲侄子，背负死保贺龙的罪名，不敢治疗，也不敢用药，只给他滴了几滴眼药水，再把他从医院轰了出来。

瞎子大哥第二次出狱时，眼前一片漆黑，再也看不见这个世界了！

后来他默然地离休了，寂寞而孤单地生活在一个部队干休所。因为年岁渐大，双目失明，很少出现在公众场合。渐渐的，他成了人们眼中的一个陌生的瞎老头，很少有人知道他也有着自己的骄傲和光荣。

1975年6月9日，在父亲含冤逝世六周年而迟迟召开的追悼会上，白发苍苍的瞎子大哥满心悲伤，木然地站在亲属的行列里，低声呜咽，大滴的眼泪从枯干的眼窝里簌簌地滚落。抱病前来参加追悼会的周总理看见他这副模样，心里一惊，轻声问我母亲他是贺龙的什么人。母亲回答总理说，他叫贺学祥，是贺龙的亲侄子，曾跟着贺龙参加过北伐战争，后来在上海从事地下工作，两只眼睛在狱中被打坏了。周总理微微颔首，像想起了什么，然后走过去紧紧地握住了他的手。

1987年9月9日，在黑暗中整整生活了二十年的瞎子大哥，黯然离世，享年七十八岁。

2010年9月整理旧作

卷三　怀　想

　　我是十大元帅其中一个的女儿。除了害死我父亲的林彪，我把其他的都视为父亲，把他们从战火中带过来那支队伍里的每个人，都当成父辈。虽然我和他们没有传统意义上的血缘关系，可我精神血脉中的血，每一滴，都是从他们身上汩汩流过来的。他们不仅把我当成贺龙的女儿，也当成自己的女儿，军队的女儿。就像徐帅，我每次见到他，都叫我闺女。是那种发自内心地叫，情不自禁地叫。解放后几十年来，他先说闺女，让你受苦了，回到爸爸身边，再吃点苦攒把劲吧，把过去欠下的学业补回来。又说闺女，你太瘦弱了，怎么老不见长啊？

以女儿的名义

苍山如海，我站在曾见证过他早年生活的院落，昂起头，像仰望父亲那样仰望他。四月的春阳洒在他深色的皮肤上，泛出凝重而幽美的光芒，这使他更显得坚毅，沉勇，历经沧桑，仿佛通体都是用意志铸造的。那清癯的脸，高耸的额头，深邃明亮如星星镶嵌在夜空的眼睛，一如从前，让我怀疑这不是一尊铜像，而是那个活生生的人。

我一阵激动，憋在嗓子眼里的那声呼唤，差点就要当众喊出来。

共和国十大元帅，九位是南方人，只有徐向前一个生在北方。来到山西，我不能不到五台山下他的故乡去看他，去看曾经哺育他的山川、河流、田野和村庄，看他住过的被松明火和桐油灯熏黑的屋子。

临行前，我在太原的花店精心挑选了一只花篮。我知道他也爱花，就像他终生热爱那支他亲手参与缔造的军队，热爱这片美丽但却饱经沧桑的大地，热爱在这片国土上生活着的每个人。我希望通过这只花篮，那些花朵送出的幽香，穿越时空，表达我对他深深的崇敬和怀念。

我是十大元帅其中一个的女儿。除了害死我父亲的林彪，我把其他的都视为父亲，把他们从战火中带过来那支队伍里的每个人，都当成父辈。虽然我和他们没有传统意义上的血缘关系，可我精神血脉中的血，每一滴，都是从他们身上汩汩流过来的。他们不仅把我当成贺龙的女儿，也当成自己的女儿，军队的女儿。

就像徐帅，我每次见到他，都叫我闺女。是那种发自内心地叫，情不自禁地叫。解放后几十年来，他先说闺女，让你受苦了，回到爸爸身边，再吃点苦攒把劲吧，把过去欠下的学业补回来。又说闺女，你太瘦弱了，怎么老不见长啊？是不是要去医院检查一下？他还沉痛地说，闺女，我们无能为力，没有保护好你爸爸，让他过早地在冤屈中离世……记得我已年近花甲，也是个将军了，他还叫我闺女。

记忆最深的那次是在他家里。当时我和老伴李振军在军事科学院负责有关军史编审工作，确定基本思路后，我们去拜见当时尚健在的徐帅。他听说我们从事这项工作，非常高兴，说我们早该做这件事了，而且一定做好，做仔细，做到经得起历史检验。临离开的时候，他拉住我的手说，闺女啊，我的话你都记住了吗？我说，我都记住了。

这是我最后一次见到徐帅，最后一次面对面地和他坐在一起。他摩挲着我的手，闺女闺女地叫着，让我忍不住热泪盈眶，有一种回到父亲怀抱的感觉。那时他已年过八十，身体明显消瘦了，走路需要用手杖支撑，说话的声音也没有过去洪亮。但说到历史，说到我们党和我们这支军队走过的那段苦难历程，他是那样的严峻，那样的殷切，语气中带着一股浓浓的悲情，仿佛他交代的每句话，都是临终嘱托。

在徐帅的铜像前恭恭敬敬地放下花篮，摆正绸带，我慢慢走进他群山和田野环绕的故居。在我的心目中，他从未离去，只是选择了他最喜欢的方式，回到他阔别几十年的故乡安度晚年，此刻正在某间屋子里阅读兵书，或凝望着墙上的地图，在回溯他打过的某场战役。

坐落在五台县东冶头镇永安村的徐帅故居，是座典型的北方四合院，始建于清朝道光年间。院内正面为主房，两侧是厢房。主房分上下两层。屋里陈列着一些常见的北方用具。墙上的展板介绍，徐帅的父亲是个晚清秀才，在村里的学堂教书，因而家境不算贫寒。1901年出生的徐帅，当时叫徐象谦，还没有开始他改名后那徐徐向前又不屈不挠的革命生涯。和所有的乡村孩子一样，在青少年时期，他也要做些捡粪、拾柴、挖野菜之类的体力活，同时跟着父亲识字、练字。稍大些，才上了几年私塾。二十岁那年，由父母包办，娶了文雅贤惠的乡村姑娘朱香婵为妻。不过，这时他已子承父业，正在阎锡山办的一所学校教书，月薪二十块大洋，挑起了抚养家人的担子。两年后女儿松枝出世，可孩子刚满周岁，妻子朱香婵便不幸病逝，偏在这时候他又失业了，丢掉了那份养家糊口的工作。在内外交困中，得知黄埔军校招生，他毫不犹豫南下报考，从此一去未返。

陪同我参观的五台县委宣传部长，是个女同志。她告诉我，徐帅的故居，是1990年他逝世后，由当地政府和人民群众共同修缮的，基本恢复了原貌。2001年为纪念徐帅诞辰一百周年，对故居又进行一次扩建，在前院正中安放了二点一米高的半身铜像。铜像后面有块影壁，刻着党和国家领导人的题字。同时被确定为爱国主义教育基地。

那么在1990年之前呢？不知为什么，我突然冒出这样一个疑问。当然，我没有说出来，只是心里陡然翻起一阵酸楚。

我比更多人知道，徐帅前半生的大多数日子，都是在令人心酸中度过的。他年轻时身体瘦弱，脸色忧悒，锋芒内敛，绝没有那种猛一见到让人惊愕的英武之气。算命先生说，他长了副苦相，是个骑着毛驴举着拖布追老虎的命。来到广州考黄埔军校，主考官左看右看，说他像个"抽大烟的"，差点被拒之门外。蒋介石曾召见过他一次，也没有眼睛一亮，对他寄予厚望。在当时这位校长心里，他似乎不能与同入黄埔一期的胡宗南、桂永清、郑洞国、杜聿明和宋希濂这些日后成为他爱将的学生相比。几年后徐帅参加广州起义，站在了共产党的队伍中，这让后来的蒋委员长追悔莫及，痛恨自己看走了眼。1929年，徐帅受命开创鄂豫皖边区根据地，满腹的韬略终于有了用武之地，很快露出了让他的黄埔同学心惊胆战的军事指挥才能。这期间，他与当时担任金寨县委书记的安徽姑娘程训宣结婚，两

人恩恩爱爱，在红色阵营里大展才华，比翼齐飞，把那个黑暗的角落搅得天翻地覆。但程训宣大胆泼辣，快言快语，敢说敢为，曾当面怒斥那些不懂军事的头面人物瞎指挥，不久在张国焘制造的"白雀园肃反"中被自己人处死，年仅二十一岁。徐帅听到消息，泪流满面，为自己身居要职却救不下爱妻一命而痛心疾首。但是，为了红军的团结，为了积蓄推翻这个世界的战斗力量，他只得痛苦地吞咽这枚苦果。从此程训宣成了他心里总在流血的伤疤，再不愿和别人谈论感情了。1935年，他带领声势浩大的红四方面军开始长征，手下有个上千人的女子团，不少官兵主动向他示爱，他却冷峭地封闭自己的心灵。到1946年，他才找到终身伴侣，与也是老资格的黄杰妈妈结婚。红一、四方面军会师后，中央决定由红四方面军一部组成西路军，西渡黄河，执行宁夏战役计划；任命他担任西路军总指挥，于1936年11月率部西征。当部队深入人烟稀少的祁连山下、河西走廊，遭到装备精良、善于骑射，兵力数倍于我的马步方、马鸿逵部队的围追堵截，残酷杀戮。在四个月惨烈的搏杀中，西路军虽歼敌两万五千人，给敌人以重创，但那支浩然西去的队伍也几乎全军覆灭。真是血流成河，尸骨遍野啊！尤其让人心痛的是，那些如花似玉的女兵，有许多战至弹尽粮绝，不幸被俘，最后被马家军分配给下级军官做妾，受到百般虐待。作为西路军总指挥，徐帅伤心欲绝，凭着一幅贴身藏着的地图，孤身回延安向党中央汇报。1937年4月29日，他蓬头垢面，满脸胡髭，披着西北放羊人的一件脏兮兮的羊皮袄，在一个名叫小屯的村庄，被中央派去接应他们的红四军参谋长耿飚发现。他悲唤一声耿飚，眼泪便流了下来。据耿飚后来回忆，当他看到落难的徐帅时，都不敢相信自己的眼睛，感到他比实际年龄整整老了二十岁！几天后，毛泽东在延安的窑洞里约见他，安慰说："留得青山在，不怕没柴烧。你能回来就好，有鸡就有蛋。"

但是，作为西路军总指挥，徐帅怎么甘心丢了一整座青山，只留下他这根独立的干柴呢？虽然对宁夏战役的决策事后有不同意见；当时他那

支刚在长征中三过草地的队伍，又疲惫至极，根本不适应执行渡河西征那样的重大军事行动，明摆是以卵击石，可他还是痛彻肺腑，感到自己成了孤家寡人，脸上无光。最让他伤心的是，留在那片苍凉大地上的冤魂，那些淋淋漓漓的血和累累白骨，是他带去的队伍，他情同手足的官兵。正因为这样，尽管徐帅以后重振山河，打了许多著名的大仗和胜仗，但这段不堪回首的历史，却成了他心里永远的苦，永远的痛。也正因为这样，当他到了垂暮之年，还在不断地反躬自责，说西路军的失败，使他长期愧悔交加，余痛在心。

从这个角度看，徐帅的一生确实命苦，简直苦不堪言。但从那个年代走过来的人，谁不命苦呢？谁不是九死一生，命悬一线呢？因为他们参加革命，几乎每时每刻都面临生死，几乎每个人都在拼命、赌命、追命、夺命。古人说"一将功成万骨枯"，可你看那些活下来的将帅，在他们的身上，哪个不是伤痕累累？在他们心里，哪个没有那种永远痛失战友，痛失亲人，痛失兄弟姐妹的愧疚？而他们如此付出，都是为了什么？还不是为了我们这些后辈，为了日后像树木和青草那样一茬茬长出来的儿女，能活得像个人样，活出自己的尊严！

因此，他们活着或死去，都有资格成为我们光荣的父辈，我们伟大的父亲。我们真应该为有这样的父亲和父辈，感到骄傲。

徐帅感动我们的，不仅有他饱受苦难而变得无比隐忍的父亲般的胸怀，还有他像父亲那样朴素的情操，像父亲那样甘于贫寒，克勤克俭。似乎他生来就是为这个民族付出的，奉献的，不求回报。即使天下太平了，他成了人人敬仰的元帅，仍觉得自己是个普通人，普通的父亲，不需要包括儿女在内的任何人感恩戴德，让他享荣华富贵。你只有站在他面前，站在所有这些老前辈老革命面前，才能懂得，为什么"艰苦"和"朴素"总是连在一起，组成一个他们经常挂在嘴上的词汇，一个我们说过千万遍也并不见得明白其深意的词汇。

上图：1944年，徐向前（左二）在延安机场与朱德（右一）、贺龙（左一）在一起。
下图：1959年10月，六大元帅合影。（左起：陈毅、贺龙、聂荣臻、罗荣桓、叶剑英、徐向前）

在徐帅故居同时也是他生平事迹展览馆里，面对他晚年的一张照片，讲解员指着他上衣领子上的一块补丁说，徐帅这件衣服的衣领早就穿破了，可他舍不得扔，自己一次次缝缝补补，又穿在身上。怕人们不相信，小姑娘从陈列柜里拿出这件衣服，翻开衣领递给大家看。人们自然大为惊奇：元帅自己缝补衣服，这本来就是一件稀罕的事，想不到徐帅的针针线线，竟缝得那么均匀，那么密实。

如果人们深入一些，想到更久远发生的事情，就不止是啧啧称奇了。想想吧，徐帅的爱妻程训宣早在鄂豫边区肃反时，就被张国焘残酷杀害了，后来他经历的长征和八年抗战，都是单身过来的，什么时候不是衣服破了自己补？干粮袋漏了自己缝？那时候，与他同级别的领袖和将领，差不多都有妻子，虽说因环境所迫，不能长相守，常关照，但相互惦念，相互牵挂，还是可以做到的。唯有他形单影只，既做千军万马的统帅，又做为自己缝补浆洗的女人。

他还用他那双指挥千军万马的手，学会了织毛衣。在战争年代，他身上穿的毛衣，都是亲手织的。

一个方面军的总指挥，一个有资格成为共和国元帅的人，在敌人"围剿"的山林里，在雪山草地，在硝烟弥漫的战斗间隙，守着一盏油灯，在一针一线地补衣服，织毛衣，你看见哪国的军队有过？

当然，这在徐帅看来，这绝不是一件凄苦的事，也不是一件丢人的事，而是他的一种习惯，一种对待生活的态度，一种在艰苦环境中的自我生存能力，最终当然是一种深入骨髓的品质和精神。古人又说了，一屋不扫，何以扫天下？徐帅要做的，就是这样一个苛求自己的人。

有一件事说出来，就几乎要让我们心颤了。那是西路军失败后，徐帅满身飘尘地回到延安，在见到八路军副总司令员彭德怀时，他在身上左摸右掏，终于凑齐十多个金戒指，然后递给彭德怀说，老彭，这是组织分给我作路费用的，那段路已经走完了，派不上什么用场了，现在全部交公。

徐帅那一代人，那一代将帅，其实都是这样。比如我父亲，他年少时跟着我爷爷学过裁缝，有不错的缝纫手艺，需要缝补的时候也常自己动手。在战争年代，这些在革命胜利时将成为元帅的人，披肝沥胆，出生入死，艰苦朴素，视金钱为身外之物。革命胜利了，哪怕手中有了支配金山银山的权力，也依然保持当年的本色。说到底，他们这样做，不是不会享受，也不是喜欢过从前那种苦日子，是因为他们从骨子里忠诚自己的信仰，忠诚自己选择的事业。你想，他们在苦难中前仆后继，用生命和鲜血换来的江山，自己能不珍惜吗？

难怪人们看到徐帅自己缝补过的衣服，看到他坐过的破得露出了棉絮的沙发，慷慨系之，说，真该让那些腐败分子也来看看，触动触动他们的灵魂，洗刷洗刷他们的头脑，让他们无地自容。

从徐帅故居出来，风和日丽，一群乡亲忽然拥上来，把我团团围住。每张脸都在开心地笑着，像迎接亲人。在争相伸出手来和我握手之前，都先在身上擦擦。有几个白发苍苍的大娘，拉住的我手，久久不放，用很重的方言不断地在说着什么。

我不知道发生了什么事，听来听去才听明白，原来他们把我当成了徐帅的亲生女儿了，纷纷介绍说，他们也姓徐，是徐帅的本家；希望我能经常回家看看，去他们的家里做客。

我眼含泪花，激动莫名，急忙和他们合影留念。

但我没有说破我不是徐帅的亲生女儿。我想，多年以来，徐帅本来就把我当他的亲生女儿看待，我为什么要说破呢？

2011年9月

233

爱在青山绿水间

天下着淅淅沥沥的雨，听得见石川河水在哗哗流淌。擦去窗玻璃上凝满的水汽，我贪婪地往外看，山冈上烟雨迷离，树木葱茏，显出新开垦的痕迹。那些树行距规整，高矮相当，长得蓬蓬勃勃，欣欣向荣。当地朋友说，这是新引进的柿子树，果实如乒乓球大小，经济价值高，是县里的特色产业。我回头再看，被雨水洗得闪闪发亮的叶片中，果然有密密麻麻的小红果缀满枝头，如漫天星光。公路两边种着的一片片油菜，花期已过，正在结籽，一阵阵湿漉漉的风吹过来，颗粒饱满的枝干在轻轻摇晃，像初孕的少妇蹒跚而行，沉静而雍容。

9月的黄土高原，该红的正在红，不该绿的还在绿，如同三月的江南，青山绿水，细雨霏霏，那景致让我感到惊奇，也感到舒畅。

回到阔别七十四年的陕西富平县庄里镇，看过我不足两岁时曾经跌跌撞撞进出的红二方面军指挥部，也即后来的八路军一二〇师司令部，又看过镇中心他读过书的立诚中学，接着去瞻仰他长眠的墓地。

他是党内大名鼎鼎的青年才俊，早在延安时期就大名鼎鼎，经常受到毛泽东的称赞。1934至1935年，在国民党军队的重重围困下，南方的革命根据地几乎丧失殆尽，唯有他参与创建的陕北革命根据地硕果仅存。党中央和中央红军进行二万五千里长征，最后，就是冲着他参与创建的这片革命根据地而去的，从此才有了新的落脚点和抗战大本营。当毛泽东率领中央红军到达陕北，在路边的大树上，村落斑驳的墙壁上，到处看见张贴着历经风吹雨打的署名"主席习仲勋"的《陕甘边区苏维埃政府布告》，心里想，这个习仲勋，职位如此高，威名如此响，肯定是个年岁不小的革命者。听到陕北也受到极左路线祸害，刘志丹和习仲勋正被肃反队关押，马上要人头落地了，毛泽东大吃一惊，火速传令刀下留人。到了瓦窑堡，面识这个二十三岁刚被释放的陕甘宁边区苏维埃主席，毛泽东十分惊讶，说："这么年轻！"在后来的革命斗争中，他的从容和练达，他在政治、军事和纷繁的群众工作中显露出来的领袖才干，他对党中央各项战略决策的理解力和执行力，他在战争形势下对事物的判断和处理，给毛泽东带来一次次惊喜。有一次，毛泽东当面夸奖他说："你比诸葛亮还厉害！"还有一次，毛泽东对部下评价他的工作能力，用了"炉火纯青"这个词。在遴选中共中央西北局书记一职时，毛泽东说："我们要选择一个年轻同志担任西北局书记，他就是习仲勋同志。他是群众领袖，一个从群众中走出来的群众领袖。"1952年，习仲勋从中共西北局书记的任上奉调进京，毛泽东又对他在中宣部任职的老秘书胡乔木说："告诉你们一个消息，马上给你们派一位新部长来。习仲勋同志到你们宣传部来当部长。他是一个政治家，这个人能实事求是，是一个活的马克思主义者。"

回到留下我童年足迹的庄里镇，我之所以想起这位当年以年轻著称的老革命家，把瞻仰他读过书的立诚中学、拜谒他长眠的墓地当成我预定的行程，不仅因为他多次受到毛主席的赞赏，也不仅因为他就出生在离庄里镇只有二十五里的淡村镇中合村，他十三岁读过书的立诚学校，就在我生活过的庄里镇，还因为他曾经是我父亲贺龙的亲密搭档，两个人在长达两年零三个月的战争岁月中，互相仰慕，休戚与共，至今仍让我们感到惊奇和向往。这么说吧，在那两年零三个月中，习仲勋和我父亲经常同吃一锅饭，同乘一辆车，有时还同扯着一床脏兮兮的军被在路途宿营。虽然他比我父亲小十七岁，但以他的资历和对中国革命的贡献，同样是我的父辈。

我父亲和习仲勋第一次见面，是在关中腹地的泾阳县云阳镇。那是1937年7月，按照中共中央关于国共合作抗日的部署，我父亲率领长征到达陕北的红二方面军驻扎在富平县庄里镇，司令部设在镇上大南巷的张家大院，等待改编成八路军一二〇师。当时红军前总在云阳召开团以上干部会议，讨论红军改编的意义和有关事宜。会议决定由关中选派一批兵员补充改编后的一二〇师，直接东渡黄河开赴华北前线杀敌。会后，关中特委一位特别年轻的负责同志就关中苏区的军事斗争和兵员选调问题，专程到庄里镇来拜会即将出任一二〇师师长的我父亲。我父亲对关中特委的热情周到，对那位特别年轻的负责同志谦逊而又精诚的谈吐，印象深刻，一再对他表示感谢。那位特别年轻的负责同志这时对我父亲说，贺总，你知不知道？我就是富平人，你们驻扎的庄里镇上的立诚学校，是我读高小时的母校，而且我就是在这所学校参加共产主义青年团，投身革命的。现在你们就要从这里出发去打鬼子了，我们组织人民群众支持自己的队伍，还不应该吗？

是的，那位关中特委特别年轻的负责同志，就是习仲勋。和毛泽东与他第一次见面一样，我父亲当时感到他这般平实，这般沉稳，不禁在心里惊叹：难怪毛主席这么看中他，赏识他，年轻有为啊！从庄里镇回去后，关中特委在关中部队和游击队中层层动员，精心选拔，抽调了五百名优秀红军和游击队战士，编成一个补充团，由特委宣传部长郭炳坤亲自带队，开到庄里镇向我父亲报到。望着这支士气高昂、清一色由西北汉子组成的队伍，父亲大喜过望，一个个捶着他们的肩膀说，好样的，你们在黄土地上长大，服西北水土，我要把你们用在刀刃上。还说，你们的习书记真是

在那两年零三个月中，习仲勋和我父亲经常同吃一锅饭，同乘一辆车，有时还同扯着一床脏兮兮的军被在路途宿营，至今让我们感到惊奇和向往。

慷慨啊，给我送来了真正的子弟兵。

几十年后，父亲已不在人世，担任全国人大副委员长的习仲勋同志撰文回顾说："那时我任关中特委书记，还是一个青年，对贺龙这位'两把菜刀闹革命'的民军领袖、南昌起义总指挥，赫赫有名的红军将领仰慕已久。我同他会面时，红二方面军总指挥部的关向应、甘泗淇也在那里。我们一见如故，十分亲切。贺总那堂堂的仪表、潇洒的气度、如火的豪情和爽朗诙谐的音容笑貌，给我留下了深刻的印象。从那时起，我几度在贺总的领导下工作，有段时间曾随他之后共负一个方面和地区的领导之责。长期相处，贺总的优良品德和作风使我深受教育。"

习仲勋说的有段时间和我父亲贺龙"共负一个方面和地区的领导之责"，是1947年7月到1949年10月我父亲离开西北，挥兵进军大西南的那段日子。在这之前，他用了十二年，从一个陕北的群众领袖成长为党和军队领袖集团中的一员。抗战胜利后，国民党胡宗南部队猖狂进攻延安，他按照毛泽东起草的中央军委命令，在四个多月里，直接协助比自己年长十五岁的彭德怀，指挥边区各兵团及一切部队，连续取得了青化砭、羊马河和蟠龙镇三战三捷。至此，西北野战军扭转了整个陕北的战局，开始转入内线反攻。1947年7月21日至23日，鉴于战争形势突飞猛进，中共中央在靖边县小河村召开扩大会议，通过了由毛泽东和中央军委提出的将我父亲贺龙统帅的晋绥军区重新并入陕甘宁晋绥联防军的决定，由我父亲任联防军司令员，习仲勋任政治委员。西北野战兵团定名为西北人民解放军野战军。中央做出这个决定，说得通俗些，是此后由彭德怀在前线管打仗，由我父亲贺龙统管后方，这样，前方与后方便达成具有战略纵深的一体化了。因为经受战争反复摧残的西北，土地贫瘠，存粮少，后援严重不足，边区的兵员补充和粮食、弹药供给，此时成了西北野战军转入大规模作战的重中之重。加上后方机构庞大重叠，人员冗杂众多，工作忙乱无序，正在进行的土改工作又出现了严重偏差，如果不做此战略调整，解决后方机构重叠、效率低下，尤其是如何发动群众，生产和筹措更多粮食支援前方的问题，期待中更大规模的解放战争将失去依托，难以为继。前提是，我父亲需要把他从湘鄂西带来，并在抗战中发展壮大，同时被一个军事统帅视为生命的三个野战纵队交给彭德怀指挥，由战场指挥官改为组织人力、物力支援前线的粮草官；习仲勋同志也要撤出战场，回到后方与我父亲同甘共苦。

但在党的决议面前，我父亲和习仲勋都毫无怨言，毅然赴命，两个人就这样走到了一起。

在以后的两年多时间里，我父亲和习仲勋风雨兼程，夙兴夜寐，殚精竭虑，反复在黄河两岸奔波。与指挥千军万马打仗不同，做机动性极强、消耗力极大的野战部队后盾，工作千头万绪，必须整天在群众中穿梭，动员一切力量为前线服务。而从边区向四周蔓延的战争，就像一棵大树，把无数条根须伸向后方：抬担架，救伤员，做军鞋，修筑工事，筹措粮草，运输各种军需物资，整顿内部组织，肃清奸细，动员参军，接受和改造俘虏……哪方面都不能懈怠，不能耽误。前线和中央机关向后方要人，要粮食，要子弹，一个命令下来，第二天顶多第三天就必须送到。人们能想到的是，在极短的时间里，我父亲和习仲勋以他们驾轻就熟的指挥艺术，迅速组织了两万名游击队员和十万民兵，像天罗地网般撒在陕北的沟沟岔岔，山山峁峁，断敌交通，拔敌据点，伏敌车队，夺敌给养，缉查敌特，有力配合主力部队作战；边区遭受连年大旱，农业歉收，财政经济困难，动员群众发展生产同样不能延误，可青壮年都上前线了，乡村只剩下一些老人、妇女和孩子，劳动力奇缺，那就精兵简政，紧缩开支，调整学校的课程，把机关和学校挤出来的工作人员全部赶下去种地。特别是为前方筹集粮草，输送军事物资，十万火急，雷打不动，是没有任何价钱可讲的。

1949年夏天，我父亲贺龙（前排中）、习仲勋（前排右）、李井泉（前排左）、廖汉生（二排左二）等西北局和陕甘宁晋绥联防军领导同志在西安合影。

部队打到哪里，粮食就要送到哪里。当时西北野战军共有兵力约六万人，中共中央、陕甘宁边区各机关、部队、学校及游击队约两万人。八万人每月需要粮食一万六千多石，一粒都不能少。在父亲和习仲勋主政后方的头半年，仅中央军委和毛泽东、彭德怀直接打来的催粮电报就达二十多份。两人睁开眼睛，每天要做的第一件事，就是征粮、催粮和运粮。为保证前线不断粮，父亲和习仲勋不惜从边区仅剩下的一个正规旅的部队中抽出两个团，专门派去做买卖，把边区的土特产贩往国统区出售，换回战争急需的粮食和物资补充部队。父亲交代，这两个团从敌占区弄回来的给养，在陕北我方地域无论碰上哪支部队，可就地征用。

晋绥是父亲经营多年的老地盘，比陕甘宁富庶一些。父亲利用自己的威望，从老根据地群众中一年征得的军粮，就超过了抗日战争时期八年的总和。习仲勋在陕甘宁边战斗多年，经略多年，熟悉每个区县的民情、社情和土地的收成，与当地人民建立了患难与共的鱼水深情。他深入绥德、米脂、清涧一带征粮，亲眼看到老百姓宁愿吃糠咽菜，也要把节省下来的那点粮食送给部队；有的还把未完全成熟的高粱、豇豆提前收回来，连夜炒干充当军粮。在清涧县东区直川山，有个当年曾跟着他闹红的妇女模范刘大娘，听说毛主席也和大家一起吃黑豆、榆树干面，心里非常难过，急忙把坚壁在后山的五升麦种、三升豌豆种取回来，连夜磨成面，擀成杂面条，托人送给毛主席。

寒冬来了，父亲和习仲勋开始把主要精力转向历史上著名的土改纠偏。因为新一年就将到来，解放区在不断扩大，而土地是群众的命根子，也是战争的命脉，如果不解决土地问题，不仅来年的春耕和秋收将受到极大影响，而且任由极左风潮蔓向全国，势必让战争后方大乱，以致断送前方官兵用鲜血和生命换来的革命成果。尤其习仲勋在陕北土生土长，又最早在陕北发动和领导革命，熟悉这片土地上发生的一切事情。早在小河会议期间，他就注意到了边区土改中出现的损害中农和民族工商业利益、乱斗乱打的错误做法，指出此种偏向必须得到纠正，不论这股风是由谁吹起来的，有着怎样的权威。

1947年12月下旬，父亲和习仲勋去米脂县杨家沟出席中共中央扩大会议，听取毛泽东作《目前形势和我们的任务》报告。会议期间，习仲勋应约到毛泽东在扶风寨的住处，向毛泽东汇报陕甘宁晋绥边区的战争、生产和群众生活情况，还有自己对边区土改和形势发展的看法，引起了毛泽东的关注。会议结束时，新的一年已到来，习仲勋和我父亲兵分两路。我父亲回陕甘宁晋绥联防军司令部主持工作；习仲勋率领工作组直接到绥德、米脂县传达中央十二月会议精神，检查和指导土地改革，开始从绥德地委着手纠偏。1月4日，在杨家沟中央会议结束后的第七天，即致信西北局并转党中央，汇报绥德各县在土改工作中出现的问题，对土地改革应沿着什么方向前进，提出了自己的真知灼见。毛泽东看到这封信，立刻给我父亲和习仲勋及西北局发来电报，表示"完全同意仲勋同志所提各项意见。望照这些意见密切指导各分区及各县的土改工作，务使边区土改工作循正轨进行，少犯错误"。1月5日，习仲勋从绥德地委启程前往子洲县检查工作，连续三天，没日没夜地找各级干部和群众谈话，了解土改进展和遇到的问题。他交代这些同志必须实事求是，不要有思想包袱，实际工作中是什么情况就说什么情况，不得隐瞒，也不能夸大。接下来的两天，出席了子洲县召开的土改检讨会，听取每个人在会上的发言。

习仲勋在子洲县一口气待了九天，这是扎扎实实搞调查研究的九天，勤勤恳恳走群众路线的九天。综合在绥德地委调查的内容，他看到极左倾向造成的祸害，血泪斑斑，触目惊心。例如有些地方把对地主富农的斗争演变为浑水摸鱼，少数人乘机打秋风，吃大户；有些地方把斗争矛头对准干部，连作战部队指战员的家属也在其列；有些地方把贫中农的东西也一

左下：陕甘宁晋绥联防军司令员贺龙、政治委员习仲勋、副司令员王维舟联名发布的布告。

右上：毛泽东1947年1月9日致贺龙、习仲勋及西北局各领导同志信。

律没收。某些机关、学校没有地主富农可揪，便揪自己的同志，如边保的马夫把班长当恶霸揪出来斗了，名曰让贫雇农翻身；绥德干小把十几名八九岁的孩子打成狗腿子。

1月19日，习仲勋第二次致电党中央和毛泽东，指出土改纠偏已刻不容缓。电报列举了九个方面的问题，希望引起中央重视。他特别强调："我看一有'左'的偏向，不到半月，就可把一切破坏得精光。"毛泽东在接到电报的次日，复电习仲勋，再次表示完全同意他的意见，望坚决纠正"左"的偏向；并继续将习仲勋的电报内容转发各解放区，指示务须密切注意改正"左"的错误。

习仲勋半个月内从土改一线发来的两个调查报告，引发了毛泽东对全国不同地区土地改革的思考。他想到了各地群众在土改中将迸发前所未有的热情，但没想到若不加引导，也会走入歧途。不过，让他高兴的是，从习仲勋的思想水平和严谨的工作态度上，他看到了一颗政治新星正在冉冉升起。2月6日，毛泽东致电习仲勋等人，就在老解放区半老解放区及新解放区实行土地法的内容、步骤和农会的组织形式等问题，征求他们的意见。习仲勋第三天就回电了，对三类不同解放区的概念作了清晰界定，并建议土地分配不能搞平均主义，不能搞贫农团领导一切。他的意见和建议有理有据，显然经过深思熟虑。毛泽东对习仲勋的电报稿亲笔作了修改和校订，再一次转发各解放区。

在这次有关土改纠偏的调查研究中，习仲勋走群众路线，时间长，专注度高，巡视面广，领风气之先，既不回避问题，也不掩饰矛盾。最难得的，是他每到一地，都认真总结经验和教训，及时向党中央、毛泽东报告。收到回电后，又把毛泽东对土地问题的研究、思考和疑问，放到实践中去验证，并拿出切实可行的解决办法，实际上充当了毛泽东土地改革的特使和拨乱反正先行者的角色，因而引起全党的关注。调查研究归来，他迅速与西北局、陕甘宁晋绥联防军和边区政府三方领导层达成共识。紧接着，我父亲和他，还有边区政府主席林伯渠，马不停蹄，各自带领工作组奔赴分区和各县纠偏。用我父亲后来的话说，纠偏如救火，他们是"追着纠""跑着纠"。到这年的4月，事态得到了有效控制，西北的土地改革终于回到了正确轨道。

但是，原本大快人心的一件事，却让一个人从此怀恨在心，期待秋后算账。他就是在西北土改中率先推行极左路线的康生。十四年后的1962年秋天，在中共八届十中全会上，康生利用仅发表部分章节的历史小说《刘志丹》，对习仲勋发动突然袭击，诬陷他勾结小说作者李建彤阴谋为高岗翻案，把习仲勋从国务院副总理兼秘书长的位置上打落下来，当时他年仅四十九岁。具体过程是，康生在会上交给毛泽东一张字条，毛泽东打开字条一念："利用小说进行反党，是一个大发明。"康生立刻把这句话当作毛主席语录广为散布。后来的事实证明，康生是在报当年的一箭之仇，这个说别人搞阴谋的人，自己就是个阴谋家。

险些被极左路线杀害的习仲勋，为十四年前在土改运动中反"左"纠偏付出的代价，是从此后背负十六年冤案，先被贬到洛阳矿山机械厂当一个小小的副厂长，后在十年"文革"中又被关了八年监狱。当1979年他获平反昭雪，中央决定派他去广东"把守南大门"时，他已经是个六十五岁的老人了，虽然中央很快让他接任改革开放最前沿的广东省委第一书记，增补为中央委员。1980年9月，在五届全国人大三次会议上，被补选为全国人大常委会副委员长。11月底，被调回北京，先后被选为中央书记处书记和中央政治局委员、书记处书记。但年岁不饶人，他不知不觉到了急流勇退的时候。后来，我们知道，就是他奉小平同志之命，在广东为中国的改革开放"杀出一条血路"期间，他在中南海散步时，对当时的《人民日报》社社长秦川同志说出了那句让他感到欣慰，却让我们为极左阴影笼罩

我说，习叔叔，贺龙的女儿看你来了，你想念你在这片土地上的那位长着两撇小胡子的老搭档吗？我还说，习叔叔，你还记得当年你来庄里镇拜访我父亲时，那个在黄泥地上趴着的小姑娘吗？

了中国几十年感到沉痛和辛酸的话："我这个人呀，一辈子没有整过人，一辈子没有犯'左'的错误。"再后来，他的儿子习近平也登上了政坛，他又对儿子掏出了肺腑之言："不管你当多大的官，不要忘记勤勤恳恳为人民服务，真真切切为百姓着想，要联系群众，要平易近人。"2002年，当他以八十九岁高龄走到生命尽头的时候，他最大的愿望，就是回到陕西富平去，把他葬在故乡的青山绿水间。因为作为受到毛泽东称赞的群众领袖，他就是从这片苍凉大地上走出来的。他爱这片土地，早想好要回到这片土地上去。

就像十六年后他的命运峰回路转，当我乘车从庄里镇到达陶艺村他长眠的那座小山冈时，雨停了，天上云开雾散，灿烂的阳光照耀着一片苍松翠柏，干净得纤尘不染。他的墓如同一个普通宾馆的标准间那么大小，用灰色泛红的大理石覆盖，除此之外没有任何雕饰。墓前有两块乡村小黑板般大的石碑，一块刻着他的生平，一块刻着毛泽东写给他的手书："习仲勋同志，党的利益在第一位。"让我感到震撼的，是他那座安放在墓顶的大理石雕像，材质是块不规则的石头，雕刻家按照石头的自然形状，把他雕成坐姿，两只手平放在跷起的大腿上，微笑中不失庄严的脸稍稍仰起，远处的青山、绿水和村庄尽收眼底。他的样子，就像雕刻他的那块石头，普通，沉稳，锋芒内敛，有一种什么力量都难以摧毁的坚毅。雕像后面刻着他的夫人齐心阿姨手书的他常说的一句话："战斗一生，快乐一生。天天奋斗，天天快乐。"

在离墓地十几米的前方左侧，有两间在北方任何一个院子都能看到的小平房，那是他的生平展览室。里面也有一座雕像，可很小，与真人无异。再就是满墙挂着的照片了，大概有五六十幅。在这里，我看到了我父亲贺龙、陕甘宁边区政府主席林伯渠、陕甘宁晋绥联防军副司令王维舟与他在延安窑洞前的合影；不知为什么，一副农民穿戴的他，身子被镜头切

247

去了半边。我的泪水就在这个时候流了下来。

　　走到他的墓前，放下花篮，像抚摸岁月那样抚平两道挽带，我对着他的雕像深深地鞠了三个躬，然后默默地凝望他从石头里浮凸出来的面影。我说，习叔叔，贺龙的女儿看你来了，你想念你在这片土地上的那位长着两撇小胡子的老搭档吗？我还说，习叔叔，你还记得当年你来庄里镇拜访我父亲时，那个在黄泥地上趴着的小姑娘吗？

　　我听不见他回答，只看见他在微笑，无言地微笑。我知道他会永远以这个姿势坐下去，永远微笑着看着眼前的这片大地，看着那些他总惦记着的在这片大地上辛勤劳作的人们。因为他在这片青山绿水的大地上诞生和成长，他热爱这片大地，眷恋这片大地，几十年为这片大地的苏醒呼喊和战斗，把生命中最灿烂的年华献给了她。

2011年9月至10月草拟

2013年7月9日定稿

钢铁将军贺炳炎

贺炳炎是我父亲贺龙的一员爱将。在长达二十年的革命战争中，我父亲倚重他，偏爱他，凡遇到险仗、恶仗，不论他是否在身边，也不论他当时是团长还是师长，都会大喊一声："贺炳炎，上！"以至人们善意地以讹传讹地说他是贺龙的儿子，叫"贺小龙"。

1929年，我父亲带领他在湘鄂西拉起的红四军攻占湖北松滋的时候，贺炳炎还是一个孩子，一个十六岁的小铁匠，正吵着闹着要和他父亲一起当红军。他父亲贺学文手里拿根扁担，一路撵他走，他死活不离开。这情景正好被我父亲看到了，好奇地拦住他说，孩子，当红军要打仗拼刺刀，你太小了，长高些再来吧。贺炳炎知道我父亲是红四军中最大的官，抽出插在身后的一把大刀说，我晓得你是贺龙，就想跟你当红军，但我爹不让，说我年纪小个子也小；但我是打铁的，有的是力气，你看我们贺家这把祖传的大刀，我都练过七八年了，一两个人不是我的对手。我父亲也从小练武，而且知道鄂边松滋一带的贺家与湘西桑植的贺家有着很深的渊源，他见贺炳炎性格倔强，有股不服输的韧劲，仿佛看到了自己当年的影子，一下子喜欢上他了。接着父亲饶有兴趣地问他，孩子，你打过铁？会打马掌吗？贺炳炎说当然会打，我还会打大刀呢。我父亲说，那好，我批准你当红军了。

我父亲以后才知道，贺炳炎是个受尽磨难的苦孩子，他六岁丧母，九岁单独出外谋生，小小年纪放过牛，挖过煤，打过铁，甚至投在武当山一清道长门下练过剑和刀法。他最羡慕的人生境界是当地民谣里唱的"好汉闯衙门"，让欺压过他的人倒着走路。那首民谣是这样的："天上起乌云，地下闯衙门，不怕围墙高，骑大马，挎长刀，哗啦一声冲开了。"外出闯荡中，他还把父母起的名字自作主张地改了，过去叫"向明言"，改后叫"贺炳炎"，取"大火冲天"之意。

　　因为个子矮小，贺炳炎即使当了红军，也免不了遭人轻视。分他去当马夫，马夫班说他连马料都提不动，怎么当兵啊？分他去宣传队提糨糊桶刷标语，人家说他不识字，标语贴反了都不知道，脚下还得垫张板凳。几经周折，父亲把他留在警卫班，让他扫地喂马，跑腿送信，都是孩子干的活。那时别说普通红军官兵看不出他有多大出息，就连我父亲也没想到他日后会成为自己的一员猛将，一员爱将。

　　贺炳炎来到警卫班才几个月，就干了一件惊天动地的事情，让大家对他刮目相看。这是1929年7月，红军在湖北潜江渊博子口同白军大部队遭遇，激战中，我父亲派他去给兄弟部队传令，要该师从敌人侧后发起猛攻。贺炳炎提起大刀便上路了。兄弟部队接到父亲的信马上投入战斗，白军腹背受敌，很快丢盔弃甲，夺路而逃。在返回部队的路上，贺炳炎蹦蹦跳跳，随手捡了几个手榴弹插在腰间。走到一条峡谷里，他忽然看见几十个白军慌慌张张地往苇丛里钻，当即举起寒光闪闪的大刀，怒喊一声缴枪不杀！把白军吓蒙了。为首的匪军缓过神来，看见站在高处的他只是个半大不小的孩子，马上命令部下还击。贺炳炎扯下一个手榴弹扔向敌群，从悬崖上飞身而下，一刀把白匪军官劈了。望着天空溅起的那道血光，白军知道遇上了身怀绝技的"练家子"，吓得哆哆嗦嗦的，再不敢动了。趁着白军心怀恐惧，都愣在那里，贺炳炎手提大刀，命令他们把枪栓取下来，像提一串青蛙那样提在手里。一数，四十七个白军四十七个枪栓，一个不少。想来白军士兵也是穷苦人出身，厌恶跟红军打仗，有的还想逃出苦海当红军，当贺炳炎押着他们往回走的时候，一个个乖乖的，无人反抗。十六岁的警卫员利用送信之机，顺手牵羊，一次抓回来四十七个俘虏，这事动静闹大了，谁都不敢相信。但人在，枪在，容不得人们有丝毫怀疑。从此贺炳炎声名大噪，谁也不敢小看他。

当红军大半年，有了单独抓获四十七个俘虏的经历，当上警卫班班长的贺炳炎逐渐露出一股蛮劲，一股霸气，常对人炫耀自己的刀法，稍有闲暇就让警卫班的战士陪他练刀。虽然在练习中改用木刀，但他不知轻重，下手凶狠，经常把对手练得鼻青脸肿，跑来向我父亲告状。我父亲也不客气，每当有人把他告了，都把他叫到眼前，用手里的烟斗敲他的脑袋，说你这个小家伙行啊，刀法是越练越精，脑壳也越来越禁打了，看你还调皮哒。当然，我父亲下手轻重有度，烟斗敲下去，有警告的意思，也有爱惜他的成分，而他只会嘿嘿地傻笑。

在湘鄂西跟着我父亲打了几仗，贺炳炎胆大性暴，不惧伤，不怕死，迅速成了一名基层指挥员。没几年，他父亲贺学文在鹤峰壮烈牺牲，我父亲嘱咐部队择地把他父亲埋了，以便革命胜利后能找到尸骨。他感动得伏在我父亲怀里嗷嗷大哭，说贺老总，我没爹没娘了，你和红军就是我的亲人；我无论有什么错，你都不能赶我走啊！我父亲像搂着自己的儿子那样搂着他，说幺娃子，我正要用你呢，怎么会赶你走？从今往后我们革命到底，生生死死在一起。

贺炳炎从此如鱼得水，陆续任红四军警卫中队中队长、大队长、骑兵连连长兼政治指导员，仗越打越凶，能征善战的名气也越来越大。不变的是，他总是离不开那把大刀，每次战斗都冲锋陷阵，以命相搏。有一次，他率领骑兵连偷袭白军驻扎的一座县城，缴获了一匹战马。部队从城里撤出后，发现司务长丢了，他当即单骑返回城里飞街穿巷去寻找。在一条小巷中，他发现司务长正在一个店铺前采购，马不停蹄，一手把司务长提了起来放在马背上。敌人闻讯包抄过来，乒乒乓乓放枪，他手起刀落，一路砍杀过去，轻轻松松地杀出了重围。我父亲听到汇报，哈哈大笑，说这个贺炳炎，手里拿根烧火棍都能当机枪使。

1932年，夏曦从上海来湘鄂西接替邓中夏，出任湘鄂西苏区中央局书记，在红军队伍中大抓改组派。1933年5月13日深夜，已担任红十九团团长的贺炳炎因顶撞过夏曦，突然遭到"肃反队"逮捕，随后宣布开除出党。在长达二十九天的行军途中，肃反队员见他虎背熊腰，身手不凡，怕他挣断绳子跑了，别人用一根绳子捆绑，他被用两根绳子五花大绑，随时准备推出去处决。我父亲不相信贺炳炎会参加"改组派"，与夏曦据理力争，无奈夏曦是中央大员，无权改变他的决定，只好等待机会救贺炳炎。某日，前方枪声大作，仓促迎敌的红十九团因团长、政委都被夏曦抓了，首战失利。师长卢冬生请求我父亲打通夏曦的关节，把贺炳炎派回前线指挥作战，我父亲觉得机会到了，向夏曦提出"借"贺炳炎出山。松绑后，贺炳炎挥刀上阵，指挥部队绝地反击，迅速反败为胜。部队凯旋时，父亲怒问夏曦，贺炳炎要是反革命，打起敌人来能这样不要命吗？夏曦理屈词穷，贺炳炎遂获解脱，回到原来的指挥位置。

1935年8月，红二、六军团进入鄂西巩固和扩大革命根据地，国民党第八十五师自恃兵多粮足，武器精良，公然疾进鄂西边区寻找红军决战。8月3日，我父亲在敌第八十五师进入宣恩县的必经之路板栗园东南的利夫田谷地设下埋伏，把塞住谷口的最险重任务交给贺炳炎带领的红第十八团。父亲对贺炳炎说，今天要你做个瓶塞子，塞住这个瓶子口。不过敌第八十五师是国民党的精锐部队，师长谢彬足智多谋，千万不可轻敌。战斗在这天的12时打响，谢彬发现了红军的埋伏，一边组织部队垂死反击，一边亲率警卫营从瓶子口突围，非要和红军拼个鱼死网破。第一波反突围，红十八团伤亡过半，损失两个营长。看到谢彬用兵如此凶悍，贺炳炎火冒三丈，挥起大刀亲自冲进敌阵，把谢彬拼死突围的警卫营杀得抱头鼠

钢铁将军贺炳炎

窜，无一漏网。

当天傍晚，残阳如血，贺炳炎带着满身的血污从利夫田谷口走出来，看见身负重伤的谢彬躺在滑竿上呻吟，他不假思索，挥刀把谢彬的头颅砍了，说你这个混账，让我红十八团丢大人了。谢彬是国民党有名的儒将，学问甚深，著有《国防与外交》、《国民政党史》等书。我父亲和任弼时听说贺炳炎把谢彬杀了，气得大发雷霆，痛骂他鲁莽粗暴、遇事不过脑子，他率部塞住瓶子口虽立了头功，但也犯了大错。不知道谢彬是个难得的人才吗？经过教育和感化，完全能为我红军所用。事后我父亲狠狠教训贺炳炎说，你都当团长了，是个带兵的人，还这么冒失，像什么话？今后你得多学点文化，长点见识。

贺炳炎最惨烈也最动人心魄的壮举，发生在1935年12月11日。当时我父亲率领红二、六军团长征不到一个月，刚突破国民党沿湖南澧水、沅江布置的封锁线，向新化和溆浦进军。队伍逼近新化时，发现敌人在这里已布下阻截重兵。我父亲当即决定改变行军路线，掉头西进贵州。为了不让敌人摸清西进意图，逼近新化的部队随即南下，造成马上将东渡资水之势。国民党大军钻进了父亲布置的圈套，风烟滚滚地向资水压来。这时我父亲命令部队向西疾行，沿雪峰山山脚直奔云南瓦屋塘，再从瓦屋塘翻越雪峰山进贵州。那天由贺炳炎的红五师担任先头部队，贺炳炎又让红十五团打头阵。不料当红十五团进入瓦屋塘东山时，遭到敌人疯狂阻击，从猛烈的火力判断，对方是训练有素的国民党正规军。贺炳炎查清敌情，派红十五团团长王尚荣去向我父亲汇报，自己指挥红十五团迎战。在激烈战斗中，他的右臂不幸被敌人威力巨大的达姆弹击中，骨头被炸得粉碎，整条手臂像条低垂的丝瓜那般吊在膀子上。因大量失血，疼痛难忍，他当即昏过去了。

　　红十五团一鼓作气拿下东山后，贺炳炎躺在敌人放弃的阵地上昏睡不醒。我父亲听说贺炳炎身负重伤，不省人事，飞马赶到东山。正在临时搭起的急救棚里抢救贺炳炎的军团卫生部长贺彪向我父亲报告，贺炳炎的右臂保不住了，必须齐根锯掉。我父亲急了，质问贺彪，贺炳炎的右臂怎么能锯掉呢？你知不知道他这只右臂价值千钧，抵得上我的一支部队？但贺彪坚持说，我知道贺师长的右臂有多么重要，可伤到这种程度，神仙来了也没有办法，如果不赶紧截肢，他上半身的肌肉将沿着伤口迅速坏死，到时连命都保不住。我父亲说不出话来，他这一生身经百战，倒在面前的将领数不胜数，过去每当遇到这种情况，虽然他也悲伤，也无奈，但都能冷静对待和接受，唯有给贺炳炎截肢让他感到犹豫不定，有一种壮士断腕的锥心之痛。他想，这可不止是截贺炳炎的右臂，而是截他这个总指挥的右臂，截红二、六军团的右臂啊！然而，在非此即彼的抉择中，父亲最后还是尊重贺彪的意见，同意给贺炳炎截肢，并且对贺彪说，贺部长，你有什么要求，我全力配合。贺彪说，我只有一点要求，请你能保证我做手术的时间。我父亲说，要多长时间？贺彪说，至少三个小时，因为军团卫生部的医疗器材都转移了，连手术工具都找不到。父亲说，就按你说的办，我传令前线部队再打三个小时，保证给贺炳炎做手术的时间。

贺炳炎的截肢手术在荒郊野岭进行，贺彪从附近的一座破庙里卸下一块破门板，把贺炳炎捆在门板上；又从老乡家里借来一把锯木头的锯子，放进一锅煮开的水里消毒。正要用吗啡代替麻醉药做术前麻醉，贺炳炎从捆着他的门板上醒来了。父亲低下身子告诉他事情的经过，说明他的右臂非截不可。一颗浑浊的泪珠从眼角冒出来，贺炳炎吃力地说，既然是总指挥做的决定，那就锯吧，但不要用吗啡。

吗啡是一种毒品，用了容易上瘾。我父亲说，那也好，不过你要挺住，那可不是一般的疼啊。贺炳炎长吸一口气，对我父亲，也对手握木工锯子的卫生部长贺彪说，我能挺住，动手吧，别耽误部队上路了。然后用牙死死咬住医务人员递过来的一条毛巾。

贺彪和另一个医生每人站一边，像锯木头那般"吱吱嘎嘎"地锯起来，在场的人无不心惊胆战。贺炳炎闭目咬牙，汗暴如雨，血顺着他的右臂和锯子两端流出来，滴滴答答，如同屋檐滴水。手术用了两个小时十六分钟，贺炳炎把塞在嘴里的毛巾咬烂了。

手术后，我父亲掏出一块手帕，小心翼翼地捡起几块碎骨，包起来揣进怀里。像泥一样瘫在门板上的贺炳炎不明白我父亲的用意，用失血过多的声音说，总指挥，我整条右臂都被锯掉了，你还捡这些碎骨头有什么用？我父亲说，幺娃子，我要把它们留起来，长征还刚刚开始，以后会遇到更大的困难，到时我要拿出来对大家说，这是贺炳炎的骨头，共产党人的骨头，你们看有多硬！贺炳炎又说，总指挥，我没有右臂了，以后还能跟你打仗吗？我父亲说，怎么不能？你还有一只手嘛。只要我贺龙在，就有你贺炳炎的仗打。

　　六天后，贺炳炎从担架上迫不及待地滑下来，开始自己走路，自己骑马，自己处理失去右臂后必须应对的一切。同时还学着用那只总感到别扭的左手，开始从头练枪，练刀，练在严酷的战争中必须去重新适应的事物。战争可不是儿戏啊，也不是平平稳稳地居家过日子，可以慢慢来；战争是两强相遇勇者胜，是一瞬之间的你死我活，它要求一个人的反应和感觉，必须百分之百的心到手到。而像贺炳炎这样彻底失去右臂，在二十二岁时被迫改用左手去搏杀的人，其难度和在战争中的存活率，是可想而知的。何况长征胜利后，部队马上要投入更为惨烈的抗日战争中，面对的是比国民党军队凶恶十倍的日本侵略军。但是，贺炳炎做到了，并且做得跟有右臂时一样的灵敏和迅疾，一样的威风八面。

　　1937年10月，由红二方面军改编的八路军一二〇师东渡黄河，深入山西抗日战场。担任七一六团团长的贺炳炎奉命率部插向雁门关。部队急行军三天，到达雁门关西南十多里的秦庄和王庄。10月17日，贺炳炎得知日军从大同集结三百多辆汽车，满载武器弹药准备运往忻口，异常高兴，果断决定伏击鬼子的车队。18日上午，日军进入包围圈，埋伏在公路两旁山头上的七一六团官兵如雷霆，如冰雹，如狂飙，以各种火力铺天盖地地射向穷凶极恶的侵略者。日军负隅顽抗，死不投降，贺炳炎左手握大刀，率部从两面山头像潮水般涌下去，在冲天硝烟和火光中，与日军展开气吞山河的白刃战，杀得日军尸横遍野，血流成河。打扫战场时，官兵们见贺炳炎满身是血，以为他受伤了，贺炳炎从头到脚摸遍全身，竟毫发无损。

　　东渡黄河不足一个月，贺炳炎部在雁门关首战告捷，歼灭日寇五百余人，击毁汽车三十余辆，打破了"大日本不可战胜"的神话，受到国民政府的通电嘉奖，连海外报纸都有报道。10月25日，毛泽东在延安会见英国记者贝兰特，以此为例，强调说明八路军在抗日战场正在起着"非常大的

左图：1955年，我父亲贺龙在怀仁堂接受完毛泽东主席亲自授予共和国开国元帅后，马不停蹄地赶到成都，亲自为开国上将贺炳炎授衔授勋。

右图：2010年6月29日，应中共宜昌市委邀请，我有幸和市委、市政府领导及贺炳炎子女贺雷生、贺北生、贺陵生、贺京生、贺燕生，一起为贺炳炎生平业绩陈列室塑像揭幕。

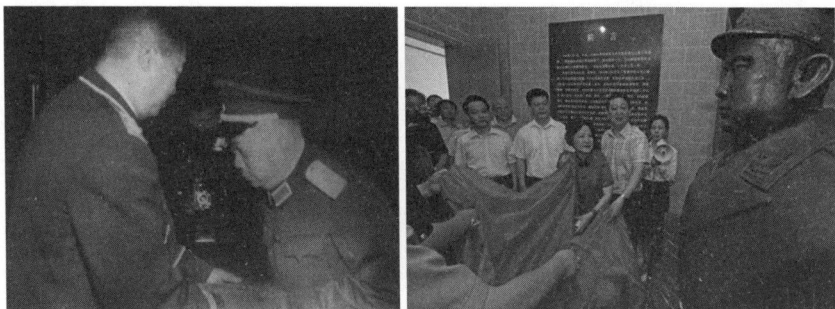

作用"。雁门关大捷后，贺炳炎"独臂刀王"的威名在抗日军民中广为传播，也让日军谈虎色变。1938年秋天，部队转为游击战，贺炳炎担任一二〇师第三支队司令员，率队在大清河北岸巩固和扩大抗日根据地，仅几个月时间，他便把部队从原来的三百零四人扩充为三个团和三个独立营，近五千人，打退了日军的多次"扫荡"。同年冬进入冀中，先后进行了莲子口、北板桥等战斗，粉碎了日军的三路合围。有消息说，冈村宁次听到贺炳炎的名字，咆哮如雷，叫嚣要与他的部队决一死战，对他"活要见人，死要见尸"！

至此，贺炳炎不仅成了我父亲的爱将，也成了毛泽东的爱将。1945年4月，他作为指挥员代表赴延安参加中共"七大"，抬起左手与众不同地向毛泽东敬礼，毛泽东说："贺炳炎同志，你是独臂将军，免礼。"

在贺炳炎截去右臂十二年后的1947年3月，国共两党进入生死大决战，他从延安抗大回到蟠龙东面我父亲贺龙兼司令员的西北野战军司令部，由三纵副司令员兼独五旅旅长调任一纵副司令员。从西北野司到一纵必须经过敌我犬牙交错的一片山地，临行前司令部考虑到路上危险，要他多带几个人去。但他披上那件大斗篷，带上仅有的警卫员，两个人高头大马地跑去上任。想不到走到一片谷地，果真与国民党保安团遭遇了。刚露面时他还以为对方是自己人，停在马上问他们是哪个部队的，对方发现口令不对，一阵乱枪像风暴那样扫过来。他大喊一声"下马"！人就像箭一般飞出去。黄土高原的山地沟壑纵横，可躲可藏，他一下便不见人影了。警卫员的反应慢了半拍，中弹牺牲了，最终剩下他一人沿沟沟坎坎往一纵狂奔。

国民党保安团打死贺炳炎的警卫员，牵走他们那两匹战马，回去在广播里大肆吹嘘，说击毙了共军的一个高官，缴获了贺炳炎的坐骑。我父亲听到消息大吃一惊，急令三纵查找他的下落，三纵回答说贺炳炎早出发了。我父亲说糟了，贺炳炎肯定出事了，急忙命令部队想办法把他弄回来。而此时，贺炳炎却坐在一纵的指挥部庆幸自己大难不死，嚷着让一纵政委同时也是他的老搭档廖汉生给他烫一壶酒压惊。解放后出任人大副委员长的廖汉生在回忆录中写道，当时我父亲给部队下达命令的原话是："我宁失一个师，也不愿失一个贺炳炎。"

从1929年参加中国工农红军，到中华人民共和国成立，贺炳炎跟着我父亲贺龙整整打了二十年仗，负伤十一次，身上留下了大大小小十六块伤疤。1949年建国后，他所在的西北野战军一纵改番号为中国人民解放军第一军，他出任第一军第一任军长兼青海军区司令员。名扬天下的"硬骨头六连"，就是他带出的连队。

1955年，贺炳炎在成都军区司令员的位置上被授予共和国开国上将。我父亲贺龙在怀仁堂接受完毛泽东主席亲自授予共和国开国元帅后，马不停蹄地赶到成都，亲自为贺炳炎授衔授勋。

我相信这是一种机缘，一种命运：贺炳炎从一个打铁的孩子被我父亲招入这支队伍那天起，便与我父亲贺龙亦步亦趋，越走越近。在二十年血与火的战争岁月，他们彼此欣赏，互为依靠，不是父子，胜似父子。那种统帅与爱将的关系，只有他们自己能体会到有多么亲切，多么珍贵。到了和平年代，不打仗了，虽然彼此暌违两地，但他们依然互相牵挂，互相抚慰，渐渐形成了一种谁也无法淡忘的亲人关系，手足和骨肉关系。这在古今中外的统帅与名将中，实属罕见。

作为贺龙的大女儿，在那十几年里，我也像亲人那样受到贺炳炎的悉心呵护。在长征路上，我嗷嗷待哺，除去父母，他经常像我幺姨蹇先佛和姨夫萧克那样，在行军和战斗间隙赶来看我，给我送点吃的。1937年9月，我父亲在东渡黄河前托付他的两个老部下把我送回湘西抚养，途经西安八路军办事处时，正在那里养伤的他，曾产生过把我截回去的念头，甚至骂我父亲枉为人父，连自己的孩子都不要了。解放后我回到父亲身边，他只要来家里看望父亲，就会把我在蒙昧无知中经历的长征往事，细细地绘声绘色地复述给我听。他任成都军区司令员，我正好在成都读书，节假日成了他家里的常客，他既给了我父亲般的慈爱，又给了我兄长般的关照，让我永生难忘。他的夫人姜平阿姨，他家的男孩女孩，都把我当家里人，和我感情甚深。

1960年7月1日，贺炳炎在党的生日那天因病去世，年仅47岁，是开国上将中第一个去世的人。7月5日，成都军区在北校场举行公祭，二十万军民冒雨为他送行。这种场面，以后连元帅去世都没有过。

那些天，我记得父亲的眼里雾蒙蒙的，浮满悲伤。他不时叹声连连，喃喃自语，一会儿说，可惜了，太可惜了，他还那么年轻，连儿女都没有长大。一会儿又说，也难怪，他就是为中国革命战争而生的，二十年枪林弹雨，出生入死，他把身上的血和力气都掏干了。

五台山那些神奇往事

　　省上接待我的同志说，大姐，来一趟山西，上五台山去看看吧。我说我不是第一次来山西了，五台山的寺庙都看过。那同志说，"行宫"你也看过吗？我一时没有转过弯来，疑惑地问，什么行宫？谁的行宫？那同志忽然意识到什么，言辞吞吐地说，哦，林彪的……

　　林彪在五台山修"行宫"，我很早就听说过。如果猜得不错，那位同志之所以欲言又止，肯定是想到在"文革"中，我的父亲贺龙被林彪和"四人帮"迫害致死，怕我触景生情，心理受刺激，因此话说半句又咽回去了。我连忙说，我去，历史本来就是这么写的，去看看又何妨？

　　接着我们坐下来聊天。我说，林彪其实是一个很复杂的人，也是一个注定要给历史留下话题的人。事后人们回想起他的相貌，觉得他脸色阴沉，眉毛总是拧成一个疙瘩，说起话来带着一种有气无力的颤音，说他早就露出了阴谋家的迹象。我觉得这有失偏颇，起码不是唯物主义的态度。我在军事科学院长期主持军事大百科编纂工作，遇到的比较棘手的问题，就有如何评价林彪。为此，我曾带领同事访问过几个当时尚健在的老帅。老帅们说，对林彪也应该一分为二，功是功，过是过，否则就不是共产党人的胸怀，对历史也不负责任。他最后叛国逃亡固然有罪，但在革命战争年代是员战将，打了许多胜仗，这是有目共睹的。有了这个基本判断，我们在写林彪条目时遇到的疑难，也就迎刃而解了。后来出现的许多影视作品，比如由中央确定拍摄的革命战争史诗影片《大决战》，就比较真实地还原了他的本来面目，没有丑化他，也没有给他戴上阴险狡诈的脸谱。

林彪与我父亲的关系，一开始也不是水火不相容的。南昌起义时，我父亲任起义军总指挥，林彪不过是个连长，按照军队森严的等级观念，他们是不可能认识的，即使见过面，也隔着很远的距离。这之后，我父亲和他一直没有共过事，只是彼此知道对方。毕竟是同一个阵营，尽管两个人性格迥异，但还是能友好相待。1938年2月国共合作时期，蒋介石在洛阳召见第二战区师以上将领，在同回部队途中，林彪直言不讳，对父亲说了几句蒋介石的好话，还把一张"蒋介石还是有抗日决心"的字条交给他，说明林彪当时是信得过我父亲的。延安整风时，风声鹤唳，两个人话不投机，从此父亲便觉得此人难以捉摸，需要提防。十年动乱期间，林彪终于等到了机会，将我父亲置于死地。电影《元帅与士兵》披露过一个真实的细节：父亲在被关押期间，用手杖指点着林彪的头像说，对你这个人，不是我看错就是主席看错了。我看错不要紧，主席看错了就坏了。可我没有看错你！后来发生的事大家都看到了，在我父亲被迫害致死两年后，林彪"折戟沉沙"，在出逃中摔死在蒙古的温都尔汗。

接待我的同志听见我说这席话，脸上露出了轻松的表情，说话也没有什么顾忌了，车就在这种轻松恬淡的气氛中上路。

从太原上五台山，路不算近。而且由五座山峰环抱的这个宗教圣地，横跨数县，周围达二百五十公里，需要走几十里山路。为驱除路途的枯燥，绕来绕去的话题，又绕到了林彪修的"行宫"上。

林彪的这座"行宫"建于1970年，当时他正扶摇直上，被确定为毛泽东的接班人，像我父亲这样的老帅被他整死的整死，赶走的赶走，基本清除了他抢班夺权的障碍。但在这时，他的野心也开始败露了，引起了毛泽东的警惕。正是在这种背景下，一支工程部队神秘地开进了五台山，为林彪修筑这座同时也可以作为军事指挥部的"行宫"。那时的寺庙都贴上了封条，被当作"四旧"或"封资修"的东西，再没有人来烧香朝拜了。施工部队悄悄拆除了原有的五郎庙，在此大兴土木，明修栈道而暗度陈仓。也许时间比较急促，据看过"行宫"的人说，"行宫"修得并不豪华，用现在的眼光看，甚至有些粗糙。修好后，林彪也没有来看过和住过。让人看不懂的是，五台山的地方这么大，完全没有必要占用五郎庙的位置；从地形上看，五郎庙也非隐蔽之处，有无数的人曾光顾此地，在这种地方建"行宫"或军事指挥部，明显犯了兵家大忌。正因为与情不符，与理不合，当林彪在一年后自我爆炸，老乡们便以自己的看法来解释这一谜团，说林彪拆了五郎庙修"行宫"，是伤天害理，得罪了杨五郎的英灵。又说，人家杨家将在大宋能征善战，是历史上的功臣，你林彪凭什么要拆他的庙，要他给你让地？因此，最终遭到了报应。

这些说法虽然带有一些迷信色彩，但反映了老百姓对林彪的不满和不屑。

车至台怀镇，前去联系参观的同志回来对我说，大姐，"行宫"正在维修，里面乱七八糟的，看不成了。我并没有感到失望，说不看也罢，不就是一个地下室嘛，有什么好看的！这时有人想缓和气氛，宽慰我说，那一定是贺老总的在天之灵不让我去看。我说，这怎么可能呢？我父亲一生光明磊落，疾恶如仇，他不会阻拦我们去看林彪的丑恶。

接下来故地重游，只能去看山上的寺庙。陪同我的人知道我熟悉党史和军史，从小又得到过毛泽东主席、聂荣臻和徐向前元帅的关爱，而这些老一辈革命家都在五台山留下了足迹，甚至出现了许多民间传说，聊天的内容自然离不开这些话题。

先说到社会上曾广为流传"8341"这个数字。普遍的版本是，在解放战争三大战役打响之前，毛泽东路过五台山，特地进寺庙去抽签问佛。老方丈看完他抽的签，大吃一惊，说失敬失敬，施主洪福齐天，马上要当皇帝坐天下了；只提醒一句，未来必须注意"8341"这个数字，然后便三缄其口，什么也不说了。毛主席进城后，记住老方丈的忠告，将中央警卫部队命名为"8341部队"。1976年，毛主席在党内矛盾重重中溘然去世，刚好八十三岁，主政四十一年，于是人们感叹"8341"这组数字的神奇，说当年五台山的老方丈一语成谶。

我与毛主席当年的卫士李银桥算是老朋友了，而且他长期与我母亲住在同一幢楼里，听到那些传闻后，想到我已去世的父亲那时也在山西，有一次当面向李银桥求证。李银桥说，哪有这么玄乎？纯属捕风捉影，添油加醋。

回头查党史军史，参照手头的一些高端访问笔记，我确信毛泽东当年过五台山的事是真实的，也确实与老方丈交谈过。那是1948年3月23日，毛主席告别住了十三年的陕北窑洞，率领党中央机关经晋西北、晋东北，向河北平山县西柏坡挺进。这是党史军史中的一个重大事件，标志中国革命又向前迈出了关键一步。3月25日，毛泽东、周恩来、任弼时一行到达山西兴县，我父亲率晋绥边区各界领导人集体相迎，将他们接到中共晋绥分局机关所在地蔡家崖。在这里，毛主席听取了我父亲的工作汇报，对后方根据地建设和晋绥地区土改进行了详尽了解和调查，肯定了成绩，提出了问题。4月2日，毛主席同《晋绥日报》的编辑人员举行座谈，勉励他们办好党报，切实宣传党的方针政策。这篇著名的谈话收在后来出版的四卷本《毛泽东选集》中。4月4日，毛泽东一行离开兴县，一路东进，于4月8日到达五台山地区的杨林街村。次日傍晚大雪纷飞，满山皆白，把道路埋得无影无踪，走在半途的毛泽东一行，临时决定在台怀镇的塔院寺方丈院投宿。

李银桥告诉我，五台山的夜晚寒风割面，气温很低，四月飘雪的奇观让他们大开眼界。但当时国共两党的战争正进入高潮，稍有头脑的人都在关注国家的前途和命运。寺庙里的方丈看见来人气宇轩昂，前护后拥，还

上图：1948年4月4日，毛泽东一行离开兴县，一路东行，于4月8日到达五台山地区。次日傍晚大雪纷飞，把道路埋得无影无踪，临时决定在台怀镇塔院寺方丈院投宿。图为塔院寺方丈院毛泽东故居。

下图：中共晋绥分局机关所在地山西吕梁兴县蔡家崖。抗日战争和解放战争中，父亲贺龙在此指挥千军万马。

有那么多带枪的警卫，自然会做出自己的判断。偏偏毛主席又有随时随地搞社会调查的习惯，当晚他一边用饭，一边烤火，一边和方丈交谈，显得轻松自如，从容淡定。不过，毛主席和老方丈交谈的内容，基本上是随情所至，想到什么说什么，没有什么特别的。至于抽签问佛，还有老方丈对毛主席说出什么神秘数字，那就纯粹是杜撰了，连他们这些当时在毛主席身边工作的人，都闻所未闻。

我相信李银桥的记忆不会出现重大偏差，至少我自己没有这方面的疑问。但是，我们知道，即使是耳闻目睹，每个人看到的真相也会有所不同。说到毛主席在五台山的这些传闻，我想，问题可能出在方丈们的自然联想和不断的转述中。因为方丈们有自己的信仰，他们按照自己的思维定式神化毛主席，是件并不奇怪的事。想想也不难理解：毛主席身材高大，相貌俊朗，对当时的形势发展胸有成竹，那种谈笑中灰飞烟灭的气度，必定给方丈们留下了深刻而又难以磨灭的印象。因此，当共产党取得胜利后，从寺庙里传出的轶事，难免不打上神奇的烙印。

还有一点，山西是八路军抗日主战场，五台山也是著名的老抗日根据地，在它方圆几百里的山山岭岭中，曾留下无数老共产党人的足迹。他们那过人的智慧和胆魄，高超的战争指挥艺术，本身就充满神奇色彩。后来经口口相传，逐渐成为人们津津乐道的传说。

在大孚灵鹫寺，我们听到导游绘声绘色讲述的聂荣臻元帅在抗日战争时期"五台分兵"的故事，就很能说明这个问题。

故事发生在1937年平型关战役之后，当时，由聂帅任副师长的八路军第一一五师在五台县兵分两路，一路南下，一路仅三千人，由聂帅亲自带领西进太行山。作为抗战的大手笔，聂帅就凭着他带领那支区区三千人的队伍，纵横捭阖，声东击西，在几年间开辟了幅员辽阔又威震四方的晋察冀抗日根据地，上演了包括击毙日军中将阿部规秀在内的许多战争活剧。我们看到的那些黑白片抗战老电影，如《平原游击队》《地道战》《小兵张嘎》等等，讲述的便是这支部队创造的奇迹。

但导游给这个故事添加了一个插曲，一个很为五台山增色，也使她的解说分外精彩的插曲。她说，1938年6月，毛泽东主席在延安同国际友人白求恩的谈话中，告诉即将去晋察冀救死扶伤的白求恩，中国有一部著名的古典小说叫《水浒传》，《水浒传》里写了鲁智深大闹五台山的故事。五台山就是晋察冀。毛主席风趣地说，五台山前有鲁智深，今有聂荣臻，聂荣臻就是新的鲁智深；他在大闹五台山。

听完这个插曲，大家都笑了，我也笑了。虽然我知道这个插曲基本可靠，但其中浓墨重彩的部分，来自于前些年畅销的那些红墙纪实，而这类作品通常都有演义的成分，免不了亦真亦幻，杂树生花，但人们就是爱看，爱听，也爱传。仔细想来，这反映了人心向背，天地良知，至于接近事实真相的程度，似乎变得不怎么重要了。

在五台山流传的徐帅和阎锡山的故事，也印证了这个道理。

人人都知道，阎锡山曾是山西的土皇帝，号称山西王。有意思的是，阎锡山出生在五台县的河边村，徐向前出生在永安村，两地仅相距十八里，阎锡山又刚好比徐帅大十八岁。当年阎锡山和徐帅不仅相识，而且有一定的交情。但导游接着的解说，就有些人神不分，信不信由你了。

导游说，阎锡山的母亲是在梦游灵鹫寺时生下的阎锡山，而且是直接把他从梦里抱出来的。后来阎锡山成了自命不凡的山西王，把他母亲的梦当成在现实中发生的事，说他就是神灵转世的圣人，被派来拯救万民于水火。所以，他提出的治国思想名曰"圣王之治"，说到底，是要人们相信由他来治国，就是"圣人治国"。

你相信阎锡山是神灵转世，是中国的"圣人"吗？

但有资料证明，阎锡山当年曾资助过徐帅读书，对他非常器重。他觉得这个比他小十八岁的同乡，年少志大，聪明过人，前途不可限量，只要加以培养，将来有可能成为自己的左臂右膀。没想到阎锡山还未提携徐帅，这个两家相隔十八里，比他晚出生十八年的小老弟，便不辞而别，南下广州投了黄埔军校，然后又跑到他的对手共产党那边去了。徐帅成为红军的著名将领后，阎锡山大发感叹，说我们山西是个出人才的地方，文有薄一波，武有徐向前，如果这两个人都为我所用，我就可以统治全中国。可惜他们都在共产党一边。在国共两党合作抗日期间，有一次阎锡山见到徐帅，还热情地和他套近乎，说向前，你可以回家看看，我对你的家人怎样？我可不是蒋介石，六亲不认，我阎某人是对得起乡亲的！出乎阎锡山意料的，是1948年，徐帅作为统帅之一的那支军队，宜将剩勇追穷寇，把他赶到孤岛台湾去了。到这时，阎锡山就只有仰天长啸了，他解释说他本来是不会失败的，无奈与徐向前同生在五台山，两人命里相克，让他逢"八"必败。

"八"在中国人的心目中，本是个吉祥数字，不知为什么到了阎锡山身上便成了他的灾星。这只能说造化弄人，五台山的神灵也信奉"胜者为王败者寇"——这是谁也无可奈何的。

因为徐帅是五台山人的骄傲，当地老百姓对他格外崇敬，所以关于他的轶闻和传说，也长盛不衰，与时俱进，不断出现新的内容。

和我们一起上五台山的一位同志，在车上说了一件他亲身遇到的事情，竟也带着几分神奇。这位同志说，1998年初，他下到山西某地的一个部队，有个熟人热情邀他上五台山。当他们抵达五台县城时，这个熟人突然心血来潮，说不想去拜佛了，于是一车人跟着他打道回府。返程走了数里，路边闪过一块"徐向前元帅故居"的牌子。和我们一起上山的同志当即问他的熟人，徐向前的故居在这里？对方摇摇头说，不知道，他从未去过。和我们一起上山的同志当场揶揄他的朋友说，你这个同志，来当地任职五年了，连徐帅的故居在哪里都不知道，失职啊！又说，你小子只想着如何升官发财吧？心里没有徐帅的位置，徐帅的英灵怎么能容得下你？那熟人一时语塞，满脸通红。蹊跷的是，数月过去，这个熟人朋友负责的辖区出了一个不大不小的事故，他最终受到了追责免职处理。

听完这个故事，一车人无语，都陷入了沉思。

我心里想，说徐帅的英灵导致那个责任心不强的领导丢官，当然牵强附会，我们不必信，也不能信。再说，即使徐帅在天有灵，也不会用这种方式对待自己的同志。可听起来没有道理的事情，也说明了一个道理：虽然共和国已经创建六十多年了，但我们这些后辈，尤其是后辈军人，对徐帅这样的开国功臣，这样的老革命家，老军事家，理应保持足够的敬意。当今社会扰扰攘攘，许多人被商品大潮冲得晕头转向，像没头苍蝇似的，都不知道我们这个国家为什么有今天，怎么走到了今天，这是一件多么让人痛心的事。一个民族，一个国家的人民，是应该有自己的灵魂和信仰，有清醒的历史记忆的。如果记忆中的历史是模糊的，可有可无的，何以谈国家和民族的伟大复兴？何以谈走向未来，走向新的崛起和强盛？

从五台山下来，品味流传在山上山下的那些高层往事，实话说，我并不觉得有多么神秘，也不觉得有多么奇幻。相反，倒觉得那个年代其实离我们很近，那些人离我们也很近，仿佛触手可及。因为那个远去的年代，那些其实也很普通的人，已经活在老百姓爱憎分明的口碑中。

寂寞英烈周成荣

（父亲和一位烈士）

几十年后与周成荣这个烈士的名字相遇，我相信是父亲的在天之灵对我的召唤和指引。因为这个本该闻名遐迩、大红大紫的英雄，长期以来无人知晓，从未见诸任何报端。因为他在牺牲时的轰轰烈烈，牺牲后的销声匿迹，与我军打过的一场败仗有关，最终，他只能作为一件憾事留存在历史的档案里和我父亲贺龙的心中。

二十多年前，我在军事科学院主持军事大百科编纂工作，有机会接触当时尚健在的许多开国元勋和将帅，查阅封存已久的革命战争历史档案。在一次偶然机会，发现了父亲在1946年写给中央军委的一份检讨报告，这让我大感意外和惊异。这份用正式电文发给中央军委的检讨，不仅叙述了那场败仗的经过和原因，而且还有名有姓地提到了周成荣烈士的名字，流露出一股浓浓的自责和痛惜之情。

看到父亲的这份检讨报告，我的心情是复杂的。因为大家知道，由于种种原因，在我们以往公开的革命战争史料中，是看不到打过败仗的。特别是父亲在长达三十多年的革命战争生涯中，打过无数的险仗和恶仗，素有常胜将军之称，他怎么会打败仗呢？再者，父亲当时担任晋绥军区司令员，位处军事指挥高端，为什么要把一个烈士的名字写进他给中央军委的检讨报告中？凭着一种直觉，我感到在这份检讨报告的背面必定隐藏着一段鲜为人知的史实，而且这段史实又必定超出了我们对革命战争的惯常认识。比如，在我军历史上，是否真打过败仗？如果真打过败仗，那么在我军打过的这些败仗中涌现的英雄，是否也值得宣扬并让他们享受与其他英雄同等的荣耀？要知道愈是打败仗，战斗进行得愈惨烈，在战斗中牺牲的英雄也愈默默无闻。

对史料的新发现，促使我下定决心对父亲在检讨中提到的那场败仗和那个叫周成荣的烈士，刨根问底，查个水落石出。

这是1946年秋天，抗日战争刚结束一周年，国内和平局面面临全面破裂，为保卫抗战胜利果实，中共中央命令由我父亲贺龙任司令员的晋绥军区和由聂荣臻任司令员的晋察冀军区两大野战军，联合发起晋绥战役。这是一场即便仓促上阵也不得不打的战役。因为当时苏联红军为中苏条约所限，必须把他们接收的东北移交给国民党部队。这样，中共中央旨在东北建立巩固的后方根据地的意图就要落空，因此解放归绥（现呼和浩特市）、包头及绥东察（哈拉尔）以西诸城镇，突然变得迫在眉睫。如果解放这一大片土地，不仅能使延安同张家口连成一线，扩大解放区，实现与苏蒙相交，而且还能消灭傅作义部主力。10月6日，毛泽东电示贺龙、聂荣臻，强调"即将开始的绥远战役，关系我党在北方的地位及争取全国和平局面，意义极为重大。"

绥远战役国共双方投入的兵力，分别为六点五万和五点三万人。敌军占据着有利的位置，取守势；我军从外围突入，取攻势。这场我军在解放战争初期发起的最大战役，于10月19日拉开序幕。战役的初期和中期，晋绥和晋察冀军区野战军进展顺利，先后攻下了卓资山、凉城、集宁诸城镇，对大同、归绥、包头等城市形成了包围之势。晋绥、晋察冀两大野战军在绥东诸战斗的胜利，使傅作义部遭受到沉重打击，锐气大减，军心混乱。但蒋介石在这时下达手谕，命令火速空运山炮一团至归绥城，加强防务。我父亲和聂荣臻司令员鉴于该城火力猛增，决定避其锋芒，围而不打，先进攻包头。围困归绥城的任务由晋察冀部队担任，父亲于11月9日率部踏上转战包头的征程。

包头由国民党绥远省主席董其武率部镇守，总兵力一点二万余人。作为绥远的两大城市之一，包头的人口约十万，位于京绥铁路一端，是通往黄河后套的首要门户。这里原来是日军的一个重要补给基地，防御十分坚固，城墙高一丈至一丈五尺，厚四尺。城门筑有坚固的碉堡，配备了强大火力。更严峻的是，包头地处塞外，寒冬来得格外早，此时气温在摄氏零下二十三度上下，而且这年的寒潮来得甚为频繁。

摊开地图就能看见，包头离黄河很近，是一座地势平坦的草原城市，城外一览无余。龟缩在城里的国民党守军凭借坚固的城墙、强大的炮火和充足的粮草，正等待和我军打一场棋逢对手的对攻战。

11月2日，晋绥野战军独一旅和三五八旅率先向包头发起攻击，由黄新廷和王尚荣指挥攻城。战斗打响后，我军部队长驱直入，勇往直前，其中独一旅的第二团和三五八旅的第七一五团迅速突入城内，攻占了约三分之一城区。但因兵力不足，后续部队没有及时跟上，攻入城里的部队被反攻的守敌紧紧咬住不放，面临被分割剿灭的危险，不得不退出。首次攻城经过一昼夜的殊死搏斗，就这样功亏一篑，损失惨重。

11月14日，我父亲率晋绥野战军主力和晋察冀野战军一部兵临包头。16日，中央军委再次电示我父亲务必攻克包头。父亲当即召开干部会议，亲自动员说，同志们，你们都看到了，我们已经有许多士兵倒在了包头城内外，现在我们打的是一场恶仗、险仗。但形势明摆着，我们必须拿下包头，才能西进五原、临河，抄傅作义的老窝，取得晋绥战役的胜利，否则将无法改变战争的僵局。

父亲在这里说到的战争僵局，是指我军与国民党军在解放战争初期的格局和态势。因此包头一战，由我父亲贺龙亲自担任前线总指挥，站在父亲身后的是毛泽东和中央军委。父亲必须按照中央的战略部署作战。

根据部队连续作战未得到休整、新补充的俘虏兵尚未进行必要的思想教育，攻城技术战术和各项组织工作也必须准备得更充分，父亲率部到达包头后，命令休整十天，把攻城战斗推迟至11月28日。

但是，在部队将要发起强攻的时候，情况发生了重大变化：一是敌人的增援部队赶到了，包头守军的地位更加稳固；二是气温骤降，包头城外滴水成冰。到了夜间，气温降至摄氏零下四十度，枪炮冻得拉不开栓；地上冻得一镐挖下去，火星四溅，根本修不成工事；同时出现了个别体弱的支前民工被冻死的现象；另外，前线指战员的被服和着装也成问题，许多人还穿着秋天的衣服，部队的御寒能力极差，不少干部战士被冻伤、冻病，仗还没有开打便出现了相当严重的减员现象。这时候，当地老乡已进入猫冬季节，他们见解放军穿着如此单薄的衣服，在寒风呼啸和滴水成冰的旷野里准备打仗，非常惊奇，纷纷袖着手赶来看热闹。

父亲和聂司令员考虑到我方不得天时、地利，决定先不发动进攻。但部队士气正旺，旅里和团里的主官摩拳擦掌，都说晚打不如早打；基层指战员更是群情激昂，纷纷向野司请战，表示坚决打下包头。在这种情况下，第二次攻城战斗于12月2日打响，部队按选定的突破点像潮水般向包头城扑去。

就在这时，父亲因几天几夜殚精竭虑，劳累过度，导致胆囊炎和重感冒并发，连续数小时高烧不止。万般无奈中，他让部下用担架把自己抬到前线，躺着指挥战斗。

与我军仓促进攻形成鲜明对照的是，包头守军以逸待劳，做好了充分的防御准备。他们不仅在城外绕墙构筑了坚固的防卫工事，而且有一旦前沿失守，便迅速关上城门，退回城里坚守的预案。总攻开始后，他们把囤积的炮弹如同冰雹般砸向我攻城部队。战斗进行得异常惨烈，我军指战员承受着大量伤亡。但各攻城部队毫不畏惧，前仆后继，只几番冲击，就把敌人的前沿防卫工事给踏平了。

想不到最大的障碍出现在城墙上。

原来，敌人利用滴水成冰的天气，早早往城墙上泼水，让其结冰，而且是大量地泼，反复地泼，致使城墙外侧的冰结成了一道厚厚的盔甲。当我攻城部队以惨重代价接近城墙时，才发现包头已成为一座冰城，城墙的任何一处都滑溜溜的，根本无法攀爬。即使把云梯搭上城头，也因城墙太高，剩下的一段手抓不住，脚无处蹬，登上云梯的壮士刚往上攀便滑了下来。这时城头碉堡里的机关枪却对准我军的爬城士兵猛烈扫射，许多士兵人还未从冰墙上滑落，便中弹牺牲。

战斗打得如此残酷，如此白热化，真可谓气吞山河，惊天地而泣鬼神。

第二十七团战士周成荣就在这个时候脱颖而出，受到万众瞩目。

刚开始，这个谁也叫不出名字的士兵，抱着爆破城墙的那种沉甸甸的炸药包，在轰轰烈烈的攻击中，迎着枪林弹雨，冒着炮火硝烟，就像一头豹子那样腾挪跑跳，又像一道闪电那样奋勇前插。但是，当他迅速完成对那段死亡地带的冲击后，同样被结着厚厚冰层的城墙难住了。他的使命是在城墙上炸出一个洞穴，为冲击部队开辟一条血路。为保证爆炸效果，必须把炸药包搁在高出地面的位置。然而，冰墙坚硬如铁，既无法悬挂炸药包，又找不到东西作支撑，怎么办呢？周成荣一时手足无措。但让他心急如焚的是，城头上密集的子弹正像水那样泼下来，我冲锋陷阵的官兵纷纷倒下，如果不迅速拉响炸药包，打开攻城突破口，不知道还要牺牲多少战友。情急之下，只见他把炸药包按在墙上，然后斜下肩膀扛住，再转过身子用脊背死死顶住。大家还在猜测他想干什么，突然轰的一声，一团巨大的浓烟伴随一声巨响，冲天而起。再看原来的位置，除去城墙上出现一个黑洞，什么都没有了。

英雄的出现，就在这一瞬之间，如同他的突然消失。至于他为什么能如此坚定地对待生死；他在以自己的血肉之躯拉响炸药包时，曾经想了些什么，没有人知道，永远没有人知道！也许他什么都没有想，只感到自己必须这么做，只能这么做，于是就这么从容，决绝，这么义无反顾，让生命在一刹那化为漫天碎骨和血雨。也就是在这时，一个普通战士迅速走完了他慷慨赴死的道路，从此一去不返。

躺在担架上指挥战斗的父亲，肯定听见了那声巨响，或许还亲眼看到了这惊天动地的一幕。那种震惊和震撼，我想，是无法用文字来形容的。他为这个在紧要关头敢于壮烈献身的战士感到骄傲，同时也为他感到悲伤和难过。因为城墙太坚固了，你即使粉身碎骨，让生命化为长虹，也无法撼动它，炸塌它。

一股彻骨的悲凉从心里升起，这时父亲能想到的，就是让身边的人马上去查清楚这个烈士的姓名和生平。

10月2日发起的这场攻城大战进行了一天一夜，终因冰墙坚固和天气奇寒，没有达到预期效果。高烧中的父亲考虑到如此攻下去，将给部队带来更大的伤亡，果断地下达了撤退命令。

需要补充的是，因为许多指战员倒在了进攻途中，包头城墙下的尸体堆积如山，血流成河，致使部队悲愤难消，虽然上级下达了停止攻击的命令，但仍有三个团自动组织了一次进攻，然而，同样以失利告终。

战后部队向父亲汇报，那个舍身炸城墙的烈士，名叫周成荣。

周成荣啊周成荣，你牺牲得那么英勇，那么壮烈，理应成为我军的一名响当当的大英雄！当父亲得知烈士姓名的时候，我猜想他必定会在心里发出这样的叹息。但是，你却死在了一场失败的战斗中，一场不宜宣扬的战斗中，谁会把花环，把赞歌，献给你呢？

就是这样，当年周成荣烈士的名字除了在战役总结中被简单地提到一笔，再无其他文字记载。另外就是父亲把这个名字写进了他给中央军委的检讨中。但是，周成荣是哪里人？什么时候参的军？参军前是工人还是农民？人们一概不知，历史一概不知。

几十年后，在我查到的那份纸页发黄的电文中，父亲如此检讨说，攻绥战役，自10月19日开始至12月3日结束……包头没有攻下，原因是我攻包兵力在数量上并不占优势；天寒地冻，我无法挖坑道；在技术指挥上，我步炮协同的组织有缺点，致将把自己爬城部队连梯子打下来。而我指战员在战斗中，前仆后继，毫不畏惧，如二十七团战士周成荣，以炸药炸城，用身体作支柱，光荣牺牲。在报告的末尾，父亲沉痛地说，战役陷入僵局，我们要负应得之责。

望着这张落满历史尘埃的纸页，我久久无语，心里说不清是什么滋味。我知道父亲是个光明磊落，襟怀坦白，从来都不推卸责任的人；战场上出现的某些失误，本不该由他负责，他也会把过失揽在自己身上。包头一战的失利，他再次显示了这一高尚品格。但是，与以往不同的是，他这次在惜墨如金的电文中特意写进了周成荣烈士的名字，陈述了他"以炸药炸城，用身体作支柱，光荣牺牲"的事迹。我想，父亲之所以这样做，是在自己承担责任后，尽力为部队指战员说话，为周成荣为代表的烈士们说话。在他看来，包头一战虽然失败了，但像周成荣这样光荣牺牲的烈士，同样是英雄，同样是可歌可泣的。父亲在给中央军委的检讨中提到周成荣，当然希望他能引起更高层面的关注。

在那样的战争背景下，父亲能做的，也只有这些了。

由此延伸，我对革命战争的历史到底是怎么写成的，浮想联翩。在此，我只需提起一个事实，这便是，在周成荣烈士牺牲后的第三年，有一个叫董存瑞的战士，在解放河北隆化的战斗中，手持点燃的炸药包，高喊一声："为了新中国——前进！"便与那座大桥同归于尽。从此董存瑞这个名字如雷贯耳，直到今天依然家喻户晓，妇孺皆知。但是，相同的英雄壮举，同样的粉身碎骨，周成荣却是走在董存瑞前面的，可有几个人知道他的名字？我不敢想象的是，在父亲活着的时候，当他一次次听到董存瑞的名字，是否会想起周成荣烈士？而一旦他想起了周成荣烈士，他那颗曾经为这个英雄而负疚的心，会不会更加沉重呢？

遗憾的是，我无法找到这个答案了。因为，在我看到这份电文，知道周成荣这个烈士的时候，父亲已含冤去世多年。

我勉强能找到的答案，是父亲生前常说的一句话，战争是要死人的！是的，中国革命的胜利，经过了多少场战争？牺牲了多少人？

又过去十几年，我在中华人民共和国民政部发布的一条权威消息中，找到了一个更接近事实的答案：自中国革命战争以来，约有两千万烈士为国捐躯，他们中大多数没有留下自己的姓名。目前，有姓名可考并列入各级政府编纂的烈士英名录的，仅有一百八十万人左右。

那么，我该不该为周成荣烈士感到欣慰呢？因为他毕竟还留下了自己的姓名，虽然是留在一个元帅的检讨中……

2011年5月整理旧作

像黄金那样纯粹

我奔涌不息的思绪，是由他的儿子从海外归来引起的。小伙子长得壮硕，魁伟，英气逼人，给人一种故人重逢的惊异；因他从小随我的孩子叫我妈妈，见面就说，妈妈，二十多年了，还记得我父亲的样子吗？我说你父亲这么好的一个人，我怎么会忘记呢？我不仅熟悉他的音容笑貌，他的意志和品质，而且熟悉他留在茫茫林海和浩浩荒漠中的那一串串脚印。翻阅他当年和我们的合影，还有他转战山林和荒漠那些照片，我仿佛能触摸到他的心和祖国的心在一起跳动，听见灼烫的汗珠从他的额头上簌簌地滑落。

他叫齐锐新，一个让许多人感到陌生的名字，一个曾经与我们的国家逐渐充盈的财富连在一起的名字。但是，他只活了六十年，刚刚满一个甲子，在国家、部队和我们这个时代都需要他的时候，倒在了他痴迷的工作岗位上；让我们这些尊敬和亲近他的人，痛心不已。

我记不清在哪里第一次见到他，但我敢肯定，我第一次见到他的地方，不是在祖国远天远地的深山密林里，就是在某条荒凉河流的采金船上。不过，这已经是三十多年前的事了，那时我还在基建工程兵报社工作，当编辑也当记者，而他在国家黄金总公司任党委副书记。但当年的黄金总公司、黄金指挥部和黄金局，是三块牌子一个单位，其中的黄金指挥部又隶属基建工程兵编制序列，这使我有机会在翻山越岭的采访中遇到他，认识他；也使我有机会坐在洒满细碎阳光的铁皮屋子里采访他，听他讲述在祖国的天南海北炼钢和淘金的故事。

在我的印象中，他是个任重道远的人，勇往直前的人，讷于言而敏于行，什么时候在工地上见到他都头戴一顶安全帽，裤腿上溅满泥浆，嗓子因在粗重机械的轰鸣声中不时呐喊而显得有些嘶哑。那张饱经风霜的脸，和长年战斗在大山莽林里的部属一样的黑，一样的粗糙。可能他早就听说过我的身世，每次见到我都非常热情，问我需要提供什么帮助。后来，我也知道了他的身世，知道我们的父兄当年曾经离得非常近，这时再见到他，就有一种见到兄长的感觉。

实际上，他不仅在年龄上是我的兄长，我们这代人的兄长，而且是共和国建设者队伍中的兄长。早在1941年，当他还是个十四岁的孩子时，就跟着骑在毛驴上的母亲越过日本鬼子的刺刀，上了太行山抗日根据地。那时，他们家族有好几个人为国牺牲了；他毅然投身抗日救亡的大姐齐云、二姐齐心，先后从延安到了太行山，虽然身处战火纷飞的前线，但依然牵挂老母亲和他这个陪伴着老母亲的小弟弟；他与我的父母有过许多亲密交往的大姐夫魏震五、二姐夫习仲勋，都是著名的共产党人，同样也关注留在敌占区的老岳母和小舅子，想尽办法把他们接到根据地来。此后，他们一家有六七个人聚集在抗日队伍里，舍生忘死，留下了许多动人的佳话。全国解放后，姐姐和姐夫们进了大城市，身居高位，他却从东北土改工作队悄然转身，加入了祖国的社会主义建设大军。上世纪50年代初期和中期，在东北鞍山、西北酒泉的钢铁公司，他与后来成为中共中央政治局常委、全国人大委员长的乔石同志都搞建筑工程，是非常融洽的上下级关系；因为同是党委委员，在公司送审和下发的文件中，两个人经常在前后位置共同签名。除此外，他的履历，是用去中国人民大学、苏联马格尼托戈尔斯克钢铁公司学习深造，用在包钢、天津铁厂、宝钢和武钢的开发建设，用担任基建工程兵黄金指挥部，冶金部黄金局、黄金总公司和中国人

他们家族有好几个人为国牺牲了；他（右下）的大姐齐云（右上）、二姐齐心（左）毅然投身抗日救亡，先后从延安到了太行山，虽然身处战火纷飞的前线，但依然牵挂老母亲和他这个陪伴着老母亲的小弟弟。

民武装警察部队黄金指挥部指挥员的资历填满的。这么说吧，他几十年风尘仆仆走过的路，既是那一代奋发图强的建设者们走过的路，也是我们这个励精图治的国家走过的路。

有意思的是，我再次见到他，是1985年，在北京木樨地24号楼我自己的家里。那一年，在百万大裁军的剧烈震荡中，经他向中央领导和国务院多方呼吁，其麾下的黄金指挥部得以从正在撤销的基建工程兵脱离出来，正式纳入武警部队的编制序列。已经五十八岁的他，忽然穿上了他从此再没有脱下的军装，以政治委员和党委书记的名义向武警总部报到。刚好我参与创建武警部队的老伴李振军同志正担任武警部队的第一任政委，他到我家来登门拜访，是来向作为武警总部政委的振军同志汇报工作和请教带兵经验的。

振军同志和他一见如故，非要留他在家里吃饭。那天，我自己下厨，用振军同志和我共同故乡的湘西腊肉和湘泉酒招待他。他非常激动，但又有些拘谨，自觉地把自己放在部属的位置。振军同志邀他对饮，他连连退让，口口声声说自己是个新兵，只象征性地喝了一小杯酒。然而，说到从此要用部队的方式管理他那支散落在各边远地带和深山老林的队伍，他既不回避问题和矛盾，又充满信心。他说，国家的经济正在腾飞，需要大量黄金储备，他知道自己重任在肩，即使肝脑涂地，也要如期如数地把黄金找出来，挖出来，因为这关系到国计民生，关系到我们国家在国际上的金融地位。

那天留给我最深的记忆，是他主动提出向武警总部上交两台车。原来，在他被任命为武警黄金指挥部政委和党委书记之前，还是三位一体的黄金总公司、黄金局和黄金指挥部担心他们归属武警后经费紧张，用公司相对宽松的外汇，为未来的两位黄金部队的主官定购了两台新车，两台奔驰2.80，给他们当专车用。现在车提回来了，但那两辆车太豪华了，他和司令员都不敢坐，也不该坐。他说，既然黄金指挥部从此归武警指挥，就应该按照武警部队的规定，把车上交给武警总部处理。振军同志和我听后大为惊讶，也非常感动，对这个正军职老同志的清廉之举深怀敬意。振军同志当场表态说，武警总部尊重他们的意见，但也不能亏待他们，同样按规定批给他们两辆新车。

送他走的时候，望着他坐上从地方带来的那辆旧车绝尘而去，振军同志感叹说：老一辈共产党人家风纯正啊！他像习老一样，对党和人民忠心耿耿，廉洁自律；国家把黄金部队交给他带，是用对人了。

这之后，振军同志不时对我提起他，说他如何深入部队，如何带领官兵钻山沟，穿林海，真抓实干，不惜拼了老命。但说得最多的，还是他艰苦朴素，两袖清风，下部队从来都轻车简从，决不允许额外接待，更不收任何土特产。我至今还记得这样几件事：一件是他老伴张凤春在黄金总公司工作，但在转制时，他在有关部门拟好的名单中亲手划去了她的名字，没有让她穿军装；一件是黄金指挥部的驻地在靠近北京北五环的城边，他进城办事，从不让在城里上班的孩子坐他的顺风车；再一件是，他的儿媳妇第一次从上海到北京来看望公公婆婆，返回那天大雪纷飞，他亲自用自行车送儿子和儿媳到公交车站，然后陪他们一起坐公共汽车去火车站。他这样做，既倾注了一个父亲对儿女的厚爱，又不失做人和做官的原则。

想不到两年过去，他在突击完成国务院下达的在"七五"期间生产八十吨黄金的任务中，因用力太狠，身体被过度透支，突然垮了下来。这是1987年4月，他在成都参加完四川省黄金工作会议之后，深入四川安昌河金矿、白水金矿、陕西山阳县黄金十四支队和河南三门峡黄金第九支队考察，人还在半途，突然一夜夜地失眠和咳嗽，痰中可见淋淋漓漓的鲜血。回到北京上三〇一医院一查，确诊为中晚期肺癌，而且已经向肝脏及骨骼多处转移。让人痛心的是，由于病情发现得太晚，又发展得太凶，虽然有习仲勋和乔石同志亲自出面，把他破例送进条件优越的三〇五医院抢救，也没有挽回他的生命。半年后的10月24日，他不幸去世的消息传来，振军同志和我当场震惊了，泪水不禁夺眶而出。

在齐锐新同志去世二十六年后，我在有关方面提供的纸页发黄的会议

他以后的履历，是用去中国人民大学、苏联马格尼托戈尔斯克钢铁公司学习深造，用在包钢、天津铁厂、宝钢和武钢的开发建设，用担任基建工程兵黄金指挥部，冶金部黄金局、黄金总公司和中国人民武装警察部队黄金指挥部指挥员的资历填满的。

记录、发言提纲、工作报告与总结、党组织的鉴定与评议，和齐锐新同志在历次政治运动及人生重要转折阶段亲手写下的自传、自述、思想汇报、对照检查、干部履历表履历中，重新辨认他走过的路，回顾他为国家和民族的振兴筚路蓝缕的一生，寻寻觅觅的一生，真真切切地感到，齐锐新走进他六十年灿烂人生的漫漫历程，其实也是一步步走进我们心里的历程。这些珍贵的来自历史深处的文字，原汁原味，不遮掩，不粉饰，最大限度地接近真实，从中可见齐锐新同志诚实地为自己画出的一条生活轨迹和心理轨迹。沿时间顺序读下来，就像看一部电影回放，让我们既能清清楚楚地看到他人生的路到底是怎么走过来的，又能听见他走在这条路上沿途发出的呼吸声，心跳声，还有在迷惘和郁闷中偶尔发出的叹息声。

　　读着包括齐锐新同志的大姐齐云、二姐齐心留在历史档案中的那些自传、自述、思想汇报和填在干部履历表上的履历，那些仿佛还带着他们当年体温的文字，最让我感动的，是他始终表里如一，心地坦荡，苦乐自知，在任何时候的任何工作岗位上，都兢兢业业，勤勤恳恳；从不偷奸耍滑，溜须拍马，曲意逢迎；遇到大事小情，总是默默地扛在自己肩上；即使被复杂的政治斗争和人际关系误解，也能反躬自问，不断在自己的身上查原因，找问题。都知道，我们曾经走过的那些时代，说真话，把自己的内心完全敞开，是要付出代价的，而他不惜把这些话和这些隐秘的心理活动，用白纸黑字写出来，交给党组织存入档案，这充分显示出他对党和革命事业的襟怀坦白，光明磊落。举个例子说吧，在1949年3月4日，他在交给党组织的一份思想汇报中，就有这样一段文字："我的思想大体可分三个过程：一、在到根据地以前幻想升官发财，光耀祖宗，但又因受日本人的气，所以当时的主要思想是要求抗日。二、到根据地之后抗日的思想更加坚定了，同时对升官发财、光耀祖宗的思想逐渐认识到是一种剥削腐败思想，因此也就逐渐厌恶了这种东西。又因自己对家庭不满，同时在乡下又体验了穷人的痛苦，在认识到这种社会问题之后，也就对旧社会憎恨起来。三、建立了革命的人生观。"再如，对1958年受极左倾向影响而出现的大炼钢铁，由于他身在钢铁战线，所以比大多数人对这件事看得更清楚，这时他在思想汇报中以自我批评的方式向党组织袒露心迹："对土法炼钢质量，（我）认为土钢不如洋钢好。洋钢国家缺，目前生产量不能满足需要，（对）土钢是否能够完全适应这种不足的需要有疑问，土钢大量生产之后，主要用在哪些方面？在思想上模模糊糊……如听说有的人把正在使用的锅也拿出来砸了，有些想不通，认为这是完全不必要的。"

目睹这些文字，我的心忍不住在颤抖，为这代人的纯真，为锐新同志对党组织的心无芥蒂。是的，我也是从那个年代过来的，我知道，当年我们在写下这些自传、自述、对照检查和干部履历时，尽管不可避免地带着某种历史狂热，说一些过头的话、违心的话，有时还会故意贬低自己，但态度是非常认真和严肃的，甚至是非常神圣的，连脑子里偶尔掠过的杂念也不放过。换句话说，在写下这些文字的过程中，我们其实是在扪心自问，在反求诸己，对自己哪怕不值一提的一点小错误，小过失，穷追猛打，自觉地抖落身上的灰尘，清除灵魂里的污垢。经过无数次这样的自述、自省和自纠，这一代人从青年走到了中年，又从中年进入了晚年，人也渐渐地变得淡泊宁静，不以物喜，不以己悲，渐渐变得高尚和纯粹起来。再往大里说，我承认，我们的党也走过许多弯路，犯过严重如"文化大革命"这样的错误，但直到今天为什么还能成为这个国家的核心，成为不可撼动的执政党？其奥秘，就在于组成我们这个党的大多数成员，都拥有这种自我反省、自我纠错和自我纯洁的能力。那些令人痛恨的腐败分子，之所以败坏党的声誉，让自己陷入不可自拔的泥潭，问题就出在他们忘乎所以，在不知不觉中丧失了这种反躬自问和独善其身的能力。

从这个意义上说，作为中国黄金部队曾经的掌门人，我认为齐锐新同志足以成为今天的一面镜子。虽然他的官不算大，也没有被树为时代的什么典型和楷模，并在二十多年前就离开了我们，但他是一个值得我们怀念

作为中国黄金部队曾经的掌门人，齐锐新同志足以成为今天的一面镜子。虽然他在二十多年前就离开了我们，但他是一个值得我们怀念的人，敬重的人，也值得我们以他为荣。（我和齐锐新同志夫人张凤春和儿子齐明合影）

的人、敬重的人，也值得我们以他为荣。诚如乔石同志对他的评价："他给我们留下了一笔极为宝贵的精神财富，这笔精神财富表现在方方面面，而集中在一点，就是一个共产党员的本色。"

那么，共产党员的本色是什么呢？要我说，共产党员的本色，就像齐锐新同志带领他那支部队生产的黄金，在脱胎换骨的陶冶和提炼中，不断地去其杂质，让自己的生命，也变得像黄金那样纯粹。

《星火燎原》，永远辉煌

　　也许与我的生命历程和文字生涯有关，如果有人问我：建国后出版的文化和文学类图书你最喜欢哪一部？我会不假思索地回答：《星火燎原》。我觉得，无论从我们这个曾经苦难深重的国家最终走上民族独立来说，还是就国家的历史文化积累和文学疆域的拓展而言，《星火燎原》的留存于世，都值得我们庆幸和万分珍惜。因为，作为一个如今我们想做也无法再做到的伟大文化工程，《星火燎原》既给我们留下了一个如火如荼时代的记忆，也留下了我们所敬仰的那一代人如何以生命和鲜血开天辟地的记忆。

　　1956年7月，为纪念中国人民解放军建军三十周年，中央军委在一次会议上通过了《纪念建军三十周年工作筹备计划》，其中重要一项，就是决定出版一部回忆我军三十年斗争史的文集，并把这个任务交给了解放军总政治部。时任总政副主任的萧华同志批示，由总政宣传部和文化部共同来完成这项工作。于是，宣传部抽调了王彬、黄涛等人，文化部抽调了后来以写革命历史题材短篇小说声名大振的王愿坚等人，组成了一个夙兴夜寐、呕心沥血的编辑部。

　　编辑部组成后便是征文了。总政在全军发了一个电报通知，在军外则以"中国人民解放军三十年征文"的名义，在全国各大小报刊上广为刊登启事，征文内容须反映三十年来中国人民解放军在作战、思想、练兵、生产、群众工作、官兵关系等各方面的史实，包括重大历史事件的始末和片断、著名战役战斗的经过、英雄模范人物的故事和部队生活纪实等等。对待这次征文，当时各方面反响十分强烈，很快就形成了战争亲历者们状写回忆录的热潮。

我父亲贺龙对这项工作非常重视，他不仅自己写，还发动其他老同志写，并组织人员座谈。记得那是1957年初，我家还住在东交民巷，一天，父亲把原红二、六军团的高级干部二十多人召集到家中座谈，有谢觉哉、王震、萧克、王恩茂、余秋里、贺炳炎等。当父亲问到红三军成立的时候谁在场、湘鄂两省省委班子当时都有谁时，与会者都摇头，说没人在场，但有人提到了曾任省委书记的杨光华。父亲听了转头问曾在洪湖苏区工作的谢觉哉，谢老啊，你要把这个省委书记找到啊，他可能在苏联。父亲说的杨光华，的确在王明主持工作时被调到了苏联，最后被送到北极地区劳改，受尽折磨。后来，谢老通过各种渠道，终于找到了杨光华，并使他回到了祖国。从这件事，足可见父亲他们那一代老革命家对《星火燎原》征文工作的高度重视，同时，也正是征文工作和父亲的关怀，改变了杨光华的命运。

征文之初，有个别高级将领因为工作繁忙或者其他原因，对征文没有足够重视，比如兰州军区副司令员、曾任红六军团五十一团团长、红二军团六师师长的郭鹏叔叔。当编辑部的同志向他约稿时，他总说没时间（他可能的确是因为工作忙而没有时间），后来他听说其他将帅们都认真对待征文，尤其是连我父亲都在亲自动笔时，就改变了态度，从不见编辑到主动请编辑来谈稿子。当他谈到当年艰苦的战斗经历时，沉浸到了回忆中不能自拔，从白天谈到半夜都不肯休息。后来，他写出了感人至深的《杀出重围》。这篇稿件真实生动地记叙了当年红六军团在贵州梵净山区被数十倍于己的敌军重重包围，转战几十天、数千里的艰苦卓绝的战斗经过。

《杀出重围》在上世纪五十年代没有被老《星火燎原》选用，是因为它记叙的过程太悲壮、太残酷了，尤其是这样一场全团几乎都打光的苦战，却不是一场胜利的战斗。当历史迷雾一层层掀开，今天我们终于明白，当年红二、六军团在湘桂黔转战千里，不断陷入重围又杀出重围的苦战，正是策应了中央红军的战略转移。虽然其中许多战斗没有取得胜利，但谁又能说，十几年后百万雄师扬帆渡江、摧枯拉朽般取得中国革命战争的辉煌胜利，和这些牺牲于梵净山中的几千名英烈没有关系呢？胜利从来就不仅仅属于幸存者，当革命的鲜花绚烂开放的时候，浇灌于根下的是血。郭鹏叔叔的《杀出重围》一文，对党史军史有着极其重要的补充意义。这篇重要的稿件终于在五十年后，在《星火燎原》的未刊稿中被选用了。我想起当年父亲反复地强调："老同志们写回忆录，不是要宣扬自己的功绩，而是要把他们在气吞山河的中国革命战争中所怀抱的理想、追求、忠诚和为此做出的奋斗牺牲，用文字的形式保存下来，给中国革命历史留下一份旁证，让后人永远记住并珍惜这笔堪称为民族瑰宝的精神财富。"读了郭鹏叔叔的《杀出重围》，再想想父亲这段意味深长的话，令人思绪万千。

我敢说，没有哪部书能像《星火燎原》那样聚集起如此多的开国将帅，承受着那么多生命和热血的润泽。你仔细数数吧，书中的作者，竟有九位元帅、七位大将、四十四位上将、九十一位中将、二百五十四位少将，共四百三十七位将军，还有八十四位副省部级以上领导和一大批部队官兵。我要告诉人们的是，其中的许多作者和作品，我都很熟悉，比如贺炳炎叔叔写的《板栗园阻击》，王绍南叔叔写的《黔东的春天》《鸭池河上》，欧阳家祥叔叔写的《半张旧报纸》……征文正值解放之初，作者们刚刚从战争硝烟中走来，写的又都是自己亲身经历的事情，因此作品语言质朴，情感真挚，故事生动传神；加之他们正处于人生的黄金时期，精力旺盛、思想活跃；当时党内受极"左"路线和形式主义的干扰又少，他们以对历史、对后人高度负责的态度，用事实说话，自己没有经历过的不说，道听途说的不说。因此，《星火燎原》中，情节真实曲折、感人肺腑的文章比比皆是。更加难能可贵的是，这些作者在写作中绝少突出个人，而是把笔墨着力歌颂同志和战友，对自己的过失毫不掩饰。他们这样做，不仅仅是出于道德，更是发自内心。许多老将帅生前不断地感慨："想到那些牺牲了的同志，自己能够幸存下来已经是很满足了。"战友的牺牲成为他们心中永远抹不掉的镜头。《星火燎原》充满了对牺牲者的无尽怀念，是对中国革命英雄们的最深情的讴歌。

1958年9月，解放军出版社在应征的三万多篇稿件中认真遴选，出版了第一集上下册，当时书名叫《光荣的中国人民解放军》，由朱德总司令作序；1959年12月，毛泽东主席亲笔为这套沉甸甸的大书题名——"星火燎原"；1963年10月10日，毛泽东、刘少奇、周恩来、朱德等开国领袖，接见了《星火燎原》编辑部的全体同志；在1982年《星火燎原》一至十集出齐之时，邓小平同志为《星火燎原》题词："继承和发扬人民军队的光荣传统"。这一切，说明的仅仅是《星火燎原》这套亘古难逢的巨著的分量吗？不，它说明了这套书浸润了上至共和国开国领袖，下至千千万万活着的、逝去的将军们、英烈们的肝胆和热血！它是我们民族、我们军队至珍至贵的精神财富！

只要是读过小学、中学，读过《我跟父亲当红军》《强渡大渡河》《老山界》《一袋干粮》《金色的鱼钩》和《狼牙山五壮士》《潘虎》的人，有谁不被文中那种英雄气概和感人情怀所打动？又有多少幼小的心灵，正是因为浸润在这样崇高的情怀中，才萌发出人生最初的理想、情操和品德？直到现在，我依然能清晰地记得那些或细腻、或生动、或令人血脉贲张的文字：

半夜里，忽然醒来，才觉得寒气凛冽，砭入肌骨，浑身打着战，把毡子卷得更紧些，把身子蜷缩起来，还是睡不着。天上闪烁

左图：钟山风雨起苍黄，百万雄师过大江。
右图：1949年4月23日，人民解放军占领南京伪总统府。

的星光，好像黑色幕布上缀着的宝石，它与我是这样的接近啊！黑的山峰，像巨人一样，矗立在面前；在四周，又把这个山谷包围得像一口井。上面和下面，有几堆火没熄；冷醒了的同志们正围着火堆幽幽地说话。除此之外，就是静寂，静寂得使我们的耳朵里有嘈杂的、极远的又是极近的、极洪大的又是极细切的、不可捉摸的声响。像春蚕在咀嚼桑叶，像马在平原奔驰，像山泉在呜咽，像波涛在澎湃……（陆定一《老山界》）

　　这是我过红军生活的第一课。我年纪小，个子矮，生怕人家不要，处处尽量装个大人样。父亲在前面走，我穿着一双不跟脚的鞋，跟在后面。一路上，我模仿着父亲那样一大步一大步地走，走着走着就被落下了，只好踢踢踏踏地跑一阵撵上去。父亲听到这踢踏的声音，就习惯地回头看看我，我也装着没事一样看看他。开始还可以，以后越走越吃力，父亲终于开口说："你快给我回去吧！跟着一路不够垫脚板的！"我一看拗不过他，就离开队伍嘟嘟囔囔地往回走，走不多远，趁他不注意，又钻到队伍里。（吴华夺《我跟父亲当红军》）

庄严的时刻来到了，熊上林带领着十六个同志跳上了渡船。"同志们！千万红军的希望，就在你们身上。坚决地渡过去，消灭对岸的敌人！"渡船在热烈的鼓动声中离开了南岸……（杨得志《强渡大渡河》）

红军通过越城岭那样艰苦条件下露天宿营的感觉；十二岁的小红军为了能跟上队伍，那种既想装大人样又怎么也脱不了孩子气的生动形象；为了革命的胜利、争先恐后勇渡大渡河的英雄们……所有这些，哪一个不是通过文中生动可感的文字，栩栩如生地一一展现在我们面前，让我们为他们揪心、为他们感动、为他们自豪？这样生动感人的篇章，在《星火燎原》里俯拾皆是。

在新编辑出版的《星火燎原》里，我又读到了郭鹏叔叔的《杀出重围》。文中写道："部队在梵净山中左奔右突，怎么也甩不掉如蝗虫一样扑面而来的敌人。在得知被敌人重重包围之后，部队被迫留下所有的伤员，突围的同志想到他们唯有一死，不免伤心落泪，可他们反过来安慰突围的同志：'你们放心地走吧，我们决不会在敌人面前屈服。'""再三地道别，再三地叮咛，再没有比当时告别的情景更使人感动的了。"他们突过了一道山，又一道山，牺牲的人在不断地增多，"同志们那种顽强的战斗精神，是我永生不能忘记的。特别是三连连长，早在鸡公山战斗中即负伤，右臂被打断了。战后他因右臂已碎，自己竟毅然忍痛用菜刀将断臂剁去。在连日转战行军中……遇有断崖陡壁，便抱住伤口滚下去。"在一次战斗中，"眼看挡不住敌人的冲击，正在危急之际，忽然从后面跑过来

上图：1949年10月1日，毛泽东宣布："中华人民共和国中央人民政府已于本日成立了！"并亲手升起第一面五星红旗。

下图：开国大典从天安门前走过的阅兵方队。没有哪部书能像《星火燎原》那样聚集起如此多的开国将帅，承受着那么多生命和热血的润泽。

一个人，他迅速地冲至前卫连阵地，左手持枪高呼：'同志们，拼刺刀，跟我冲！'大家一见这血迹斑斑的空袖筒，就知道正是三连长"。"但是，因为我们根本没有医务人员和药品，三连长的伤口在连日苦战中恶化了，当我

上图：朱德、贺龙、邓小平观看部队军事表演。

下图：（右起）朱德、周恩来、邓小平、贺龙、李先念等国家和军队领导人与英模报告团合影。

最后去看他时，他握着我的手说：'团长，我不能再和同志们一道战斗了！'不久他便牺牲了。"看了这段描述，我怎么也抑制不住心中的悲痛，三连长那截空着的袖筒和他自己挥刀断臂的壮举，总在我的眼前晃动。《星火燎原》里，有多少这样撼人心魄的文章，又有多少这样英雄的形象啊！可以说，这些优秀的篇章和形象，不仅融入了一代又一代人的成长记忆，也成为他们人生启蒙阶段对中国革命和中国共产党的最早认识，成为激励他们一生的人生坐标。

《星火燎原》的作者中，有相当一部分老同志由于出身贫苦，文化不高，参军后又一直戎马倥偬，无暇于文化学习，纵有满肚子传奇的经历和故事也表达不出来，因此他们通过秘书或者文化宣传部门同志的帮助进行写作，这样的稿件和那些自己亲手写作的文章一样，也具有较高水准。稿件到达编辑部以后，编辑们在确定稿件具有价值之后，除了对文字进行认真细致的加工，同时对其中描述的战斗、事件、人物姓名、职务等进行严格的审核。在"文革"前，由于史料缺乏，编辑部全体同志不辞辛苦地去档案馆、博物馆查找资料，对文章一篇篇进行核实。

时光流转到2007年，再度成立的《星火燎原》编辑部全体同志，继承了老编辑们的优良传统。他们不仅依靠手中大量的资料对稿件一一进行审核，依靠军科专家们的严格把关，认真对每一篇稿件进行编辑润色；在保持作者原有风格的基础上，尽量使文章具有文学性和可读性，同时为《星火燎原》的出版注入了许多新的有意义的元素。比如，他们一一配上了作者简介，为所有重要的人物、事件、战役战斗作了相关链接，还为作品配了大量相关图片，使得读者在阅读的同时，最大程度地获取相关信息和历史知识。从这个意义上说，《星火燎原》不是某一个人或几个人、几百个人的单独创作，而是集体创作的结晶，是开国将帅、广大官兵和我军文化工作者，几代人共同创作的智慧之花。

就像石油和煤炭属于不可再生资源，《星火燎原》记录的那个年代和用生命与鲜血写下这部皇皇巨著的那一代革命者，如今都已离我们远去。从这个意义上说，熔铸在这部书里的每一个篇章，每一行文字，都成了绝唱，值得我们永远珍惜，值得历史永远珍藏。

卷四　童眸

　　父亲托秦光远和瞿玉屏把我寄养在洪江，已经有七八年了，我跟着瞿玉屏从不满两岁长到了十岁，此刻已是个不小的姑娘了，但我连这个小城是什么样子都不知道。当我一个人孤独地在小院的围墙里玩耍，是多么渴望跨过那道石门槛，到街上去走走，到江边去看看啊。可是，这是不允许的，养母怕把我玩丢了。许多年后读到林海音的《城南旧事》，我觉得我就是书里的那个小英子，但是，我却比英子可怜多了。因为小英子身边有爱她的亲爸亲妈，小英子可以走出家门，蹦蹦跳跳地去上学。我却没有这个福分。

鸿蒙初开的日子

　　我记不清了，那是1941年还是1942年，在我从一岁零十个月开始寄养的湘西洪江，养父瞿玉屏见我长到了六七岁，该发蒙了，把我送到塘陀巷附近的一所小学读书。当时抗战正进入相峙阶段，离洪江不远的芷江有国民党军的一个机场，日军飞机常飞来轰炸，在洪江能清晰地听见轰轰隆隆的爆炸声，炸弹说不定什么时候就会落在自己的头上，许多有钱人的孩子都不敢往学校送了。养父忽然陷入了矛盾之中，一来他送我去上学，本来就提心吊胆，因为洪江是国统区，而我父亲贺龙却在陕北那边，是共产党赫赫有名的将领，而且闹红的时候在湘西杀过不少人，虽然杀的是土豪劣绅，但他们的势力还在，家人还在，要是让他们知道贺龙的女儿就寄养在湘西，非把我生吞活剥不可；二来学校动静大，师生密集，很容易成为日本飞机轰炸的目标。其次，是我到了求学的年龄，如果不按时受教育，怕误我终生，届时也不好向我父母交代。怎么办呢？养父考虑再三，决定请一个老先生单独教我。

　　此时，和养父一起去陕西富平找过我父亲，要求重返军队参加抗战的秦光远伯伯，已不幸病逝，与秦光远同时接受八路军总部指令的养父，只得以经商作掩护，在湘西独自从事统战和兵运工作。虽然他和秦光远都不是中共党员，但在民族危亡关头，奔流在他们血管的那腔军人的血，同样在燃烧。

养父做棉纱生意，对洪江出货量最大的木材和桐油生意也很感兴趣，与家住在沅水江边一个姓刘的木材商常有来往。刘姓木材商租住在江边一座老宅里，在那儿临街开店铺，把后院多出来的几间厢房，让给了一对从外地逃难来的父女。那对父女，父亲是个老先生，足不出户，全凭教人读书写字度日；女儿老实本分，在父亲的影响下略通文墨，是个很有教养的姑娘。养父在与刘姓木材商的交往中，捎带认识了这对父女。看到父女俩生活不容易，以后再去刘家大院，都会带点粮食或肉去接济他们。有了这种情谊，养父想，先请老先生给我讲讲书，说说故事，这样既能保证我的安全，又能让我认几个字。

养父和朋友合伙，在离洪江不远的安江开公司，十天半个月才回洪江一次。那时他与养母的夫妻关系已名存实亡，他之所以还想着这个家，说到底，是放心不下我，要给我在寄养的日子里最缺的父爱和家的温暖。因为这是他和秦光远从陕西富平庄里镇把我抱回湘西时，当面对我父亲的承诺。事实上，秦光远的孩子够多了，有三个儿子，生活比较困难，因此，我在秦光远家只待了两三个月，养父就把我接到他的家里，把我当亲生女儿养，对我疼爱有加。之所以在秦光远家先待两三个月，也是因为他要给养母做些铺垫，告诉她自己准备从育婴堂抱养一个孩子。养母杨世琰同养父结婚多年从未生育，因而养父提出抱养一个孩子合情合理。他当然不能对养母说，我是贺龙的女儿，是从延安那边抱回来的。后来有些提到我身世的文字，说秦光远和瞿玉屏把我抱回湘西后，曾在育婴堂放了三个月，那是没有的事。

送我去江边那个大院拜师那天，养父一大早起来，领着我从自家住着的塘陀巷宝庆馆，穿过大半座小城，呼哧呼哧地往江边走。因为要尊重老先生，不能让他看出请他教我只是权宜之计，养父按照当地的习俗，左手拎一大扇肉，右手提一只沉甸甸的篮子，篮子里装着糕点、水果和给老先生定做的一双新鞋子，还有一只鸡。沿路上，那只鸡不断地从盖着篮子的一块红布下探出头来，"咯咯咯"地叫。本来还要办拜师酒，当着众人的面签字画押，意思是我把孩子交给你了，只要让他学业有成，要打要骂随你。可老先生推说身体不便，酒不需办了。养父说，酒席不办就不办吧，但其他的不能免。

　　没办正规的拜师酒，但见到老先生，跪还是要下的，头也是要磕的。那时我什么也不懂，当养父喊我跪的时候，我不知道这是礼仪，迟疑地望着他。老先生坐在太师椅子上说，这么小的孩子，免了吧，免了吧。可养父没有迁就我，还是让我跪。他对老先生说，酒席免了，当众拜师也免了，这跪拜不能再免。一日为师终身为父啊！说完，自己也跪在老先生面前，说老先生，孩子瘦弱，胆子又小，现在我把她交给你了，请你老多费心。然后把头磕在地上，咚的一声响。

　　那时候，我真是太小了，对被送回湘西前一岁零十个月中发生的那些事情，只有一些模模糊糊的记忆，浮光掠影的印象，就像穿过树丛落在地上的闪闪烁烁的光斑，根本弄不清自己从何处而来，也根本不知道我的亲生父母是多么伟大的人，多么重要的人，不知道自己的存在对他们意味着什么，更不知道人间冷暖，世态炎凉。但养父知道这些，因此对我倍加呵护，就像当今城里的那些父母对待自己的独生子女，捧在手里怕化了，张开手掌又怕被风吹走了。那种关爱和痛惜，那种既怕委屈我又怕耽误我的小心谨慎，不是我暂时跟着他姓瞿，就能换来的。

　　其实，我暂时跟着养父瞿玉屏姓瞿，也是为了掩人耳目。正因如此，我虽然以抱养的孩子出现在他家里，和他说来是父女关系，但他却不强求我叫他爸爸，而是由着我的兴致，叫他伯伯。警察来查户口，感到奇怪，说，自己的女儿为什么不叫爸爸？养父说，他在庙里请和尚算过一卦，人家说我们父女相克，所以不叫爸爸，叫伯伯。

　　毕竟在塘陀巷宝庆馆那座独门独院待久了，长期不与外人接触，第一

延安乡下保姆和她怀中的我。那时，延安还没有保育院一说。

次走进几年后我和养母也将搬进去的刘家大院，我心里胆怯，有一种走进庙堂的感觉。院子很深，光线很不好，又很潮湿。未进院子抬头望去，只见屋两边的檐角上，漆黑的瓦塄间，都长着嫩嫩的青草。路过天井时，感到脚下软软的，如同踩在松软的地毯上，原来地面和墙根蔓着淡淡的一片青苔。靠近地面的几路砖，因受到潮气侵蚀，有好些地方结着白霜般的一层硝盐。正是梅雨季节，天井上方不时落下一串檐滴，哧溜声中，沟里油绿的水面迅速冒出几个水泡。人在昏暗的屋子里走，脚步声和咳嗽声会把自己吓一跳。

老先生已是风烛残年，半边偏瘫，不大的一个头老在晃动，太阳穴两边各贴着一块黝黑的膏药，像极了我以后在黑白电影中看到的那些脸色阴沉的老掌柜。他的眼睛也不好，看东西非常吃力，常常鼻子碰上了东西才发现有异物，慌忙后仰。坐在后院厅堂的桌案边，他若有若无的身子就像融化在了阴影里，需要好些时间才能看清是个人。

厅堂正面的墙上挂着一幅中堂，上书"天地君亲师"那种；两边有副对联，字迹潦草，我进来时不认识，离开时还不认识。两根黑柱子中间的供案上，放着香炉、供品和几块老人的瓷板画像。画像里画着的一般都是死去的人，目光诡异，看一眼毫毛都会竖起来。

老先生是碍着养父的面子，才答应收我这个学生的。他给我上课，也必须视养父是否回洪江而定。养父告诉老先生，我每次去上课，他都要亲自送，亲自接。他有事在公司回不来，这课就不上了。老先生教我的东西，也不是通常的《四书》《五经》，还有《千字文》《百家姓》《增广贤文》什么的。而是自选课程，并不与公立学校衔接。

这跟当时洪江的开化程度有关，也跟我和别的孩子不一样有关。

至今人们还感到陌生的洪江，它虽然小，但早在明清时期，就已经是一座远近闻名的商业重镇了。靠近云贵川边地的特殊地理位置，加上四通八达的水路，使它成了湘西集数省货物公开交易的集散地。到了抗战时期，大量的官员和社会名流涌到这里来躲避战乱，这使它突然变得光怪陆离，灯红酒绿，其奢靡和开放程度，比人们印象中的老上海和当时的陪都重庆，一点儿也不逊色。著名作家钱钟书在《围城》中写到的，那些从英美野鸡大学混了张假文凭回国的文化人，也大量流落到这座小城。他们混在三教九流的各色人群中，不是给小报当记者，就是谋求教书的职业。

因此，洪江当年的教育，说得上兴旺发达。那些从四处涌来的人，不仅给这座小城带来了商业繁华，也带来了文化的冲击和文化人的拥挤。由于求职困难，什么行业都人满为患，他们要生存下去，就只有去当老师，教孩子们读书。这既不需要多少技能，也不受时间和场地的限制。所以私人办学显得异常活跃，大街上到处贴着登门教学的招贴。出于兵荒马乱对孩子人身安全的考虑，一些官宦人家和有钱人，也乐于把人请进来，做家庭教师。

养父送我去刘家大院请老先生教我，正是在这个时候。

可能是受到外地文化人的冲击，加上自身的陈腐和寒酸，老先生其实已处在冷落之中。他之所以勉强答应收我，有磨不开情面的因素，也有担心教不好我的缘故。当养父把我送到他面前时，他都不知道该教我什么。

养父对老先生说，你就给孩子讲讲故事，教她精忠报国吧。因为当时正值全民抗战，我爸爸、妈妈都在前线打日本人，而且养父自己也是军人出身，所以他未经考虑，就为我选定了课程。事后我想，他肯定是出于对我父母的尊重，希望他们的女儿从小有报国意识。

老先生"哦"了一声，既不感到奇怪，也不觉得为难，就说好吧，今天算是见了面，收了这个学生，下次来正式上课。

再次坐在老先生的面前，他便教我《孔雀东南飞》《木兰诗》和岳飞的《满江红》。还有一篇《硕鼠》，当时我并不知道这是《诗经》里的一首先秦古诗，只当老先生是在逗我玩。我至今记得老先生翻来覆去地对我念叨：大老鼠，大老鼠，别吃我的苞谷；大老鼠，大老鼠，别吃我的麦子；大老鼠，大老鼠，别吃我的禾苗。后来我才知道，老先生是在借古讽今，骂国民党腐败。

单独面对老先生，我如坐针毡，心里七上八下的，眼睛怕看又忍不住往厅堂正中的供案上看。看着看着，瓷板画像里的人动了起来，阴森森的，吓得连气都不敢喘。老先生拿起桌上的戒尺，"笃笃笃笃"地敲打桌面，说，看么子看？把心用在书里，再看我打你的手心！

更不敢看老先生那张冷冷的脸，我觉得他是一个很不真实，很遥远的人，如同刚刚从瓷板画像上走下来。或者说，瓷板上那些人的表情，脸上纵横交错的皱纹，总耷拉下来的眼皮，是照着他的样子画的。老先生乜我一眼，让我坐得离他近一些，我的身子却不听使唤地往后缩。他又不满意了，说，躲什么躲，你看着我像只老虎？

知道花木兰这个人吗？那是一个巾帼不让须眉的烈女子，《木兰诗》就是写她的。说过这句话，老先生开始给我讲花木兰替父从军的故事，接着摇头晃脑地把《木兰诗》朗读了一遍，再让我跟着他读。其实，说读是不准确的，应该是唱，是吟，是一咏三叹。老先生朗读的时候，眯着眼，如醉如痴，从他嘴里发出的朗读声像山峦般颠连起伏，又像流水般去意徊徨，根本听不清词句。我那时小，在学校读那几天书，也没有接触古文，更没有接触过古诗词，哪里听得懂他在读什么？一句也听不清，只能傻傻地望着他。

望我做么子？望书！老先生又用戒尺敲桌子。敲完把手里的书递给我，让我照本宣科。是那种纸页发黄的线装书，竖排，没有标点。我连字都不认识几个，哪里读得下来？

幸好老先生的女儿也在厅堂里坐着，每天和他形影不离，不是在一旁缝缝补补，就是蹲在天井边洗衣服。只是动作极轻，极轻，像害怕打破瓷器那般害怕打破屋里教书和读书的气氛。久了我才知道，老先生行动不便，离开椅子进卧房、上厕所，抑或出去走走，都得由女儿搀扶。他和女儿相依为命，离开她，几乎寸步难行。

也亏得有老先生的女儿在座，待在宽大昏暗的厅堂里，我才不会感到太紧张和太寂寞。每次养父把我送到老先生面前，转身离开，或遭到老先生训斥，我都求救似的望着这位姐姐，祈求她总坐在那儿，别把我丢下。

想不起来是姓兰，还是名字里有个兰字，养父让我叫老先生的女儿兰姐，我就一直这么"兰姐兰姐"地叫她。

兰姐二十八九岁的样子，性情温和，像平静中流淌的一泓溪水，说话细声细语。两只手白白的，软软的，有那么点书香门第的模样，却没有书香门第的命；长得不算好看，也不难看，但身体匀称，健壮，头发梳得纹丝不乱；常年穿着的那件蓝印花布上衣，把她青春勃发的身体撑得凹凸有致，此起彼伏。不知她跟随老父亲从长沙，还是从常德流落于此，说来也是个潇潇湘女，可一点儿也看不出湘女的那种刚烈和热辣。只是以后遇到了事情，才慢慢看出来，在她温婉而波澜不惊的眼眸里，也深藏着三湘女子的坚忍和倔强。但让我感到奇怪的是，依她当时的年纪，用现在话说，早就是个剩女，而且是个老剩女了，却从未嫁人，不知道是被战乱耽误了，还是被他的父亲给拖累的。

老先生见我年纪太小，程度又浅，有些失望，也有些无奈，束手无策中，一个哈欠上来，眼睛便睁不开了。接着他咕哝一声，趴在桌子上睡着了，喉咙里发出咝儿咝儿的哨音。

我两眼茫然，坐在一旁的兰姐抬起头对我笑笑，马上放下手里的针线活，轻手轻脚地走到我身边，打着耳语对我说，小妹妹，别见怪啊，老人家年纪大了，盯不住，先让他睡一会吧，接下来我教你习字。她很熟练地从靠墙的一张桌子上取过毛笔和砚台，放在我面前，俯身捉住我的手，让我对照书里的繁体字，一笔一画地往纸上写。

那些纸不是那个年代常用的九宫格，而是老先生教人写字时用过的废报纸。我在这种写过字的纸上照葫芦画瓢。不用说，我写得极费劲，兰姐

在洪江，养父把我带进照相馆，让我穿上"军装"、骑在"马"上照了这张照片。事后我想，他肯定是出于对我父母的尊重，希望他们的女儿从小有报国意识。

捉住我的手还好些，一旦松开，那字便写得天上一笔，地上一笔。繁体字的笔画又多，结构太复杂，我怎么用心写也写不好，总是笔画叠笔画，有的简直不成字，像鬼画符。

兰姐也不着急，她很有耐心地端正我的坐姿，教我如何运笔，如何把握每个字的结构。对那些复杂难写的字，让我停下笔，伸出手掌，在我的掌心里一撇一捺地写一遍，再让我自己练习。由于不得要领，几个字写下来，我已是满头大汗，她早准备了一条手巾，帮我擦去额角和脸颊上的汗珠。

从这时开始，兰姐和我走得越来越近。因手把手地教我写字，两个人的身子挨得特别紧，近得能听见她的呼吸声，闻得到她身上的体味。但她是这样的温和，这样的善解人意，在她面前，我渐渐的有一种回到亲人怀抱的感觉。到后来，我在叫她兰姐时，就像叫自己的亲姐姐。虽然我同父异母的亲姐姐贺金莲，还有母亲在湘西打游击时生下的小姐姐红红，早就不在人世了，而且我与她们从未谋面，但如果她们活着，我想我肯定也是用这种语气叫她们。

呀！小妹妹，你头上怎么长虱子了？有一天，俯身站在我身后的兰姐，突然失声叫道。说着，她松开我的手，贴近我的头发嗅了嗅，接着说，难怪呢，头发是馊的。你有多久没洗头了？

我当时太狼狈了，红着脸，不知道该怎么回答她。虽然才是个六七岁的小姑娘，但那时我已经知道害羞了，懂得头上长虱子是件见不得人的事。可我不敢告诉兰姐养母不怎么管我，别说给我洗头，就连她自己的头也是乱蓬蓬的，像个鸡窝，只有在出门时才会勉强收拾一下。

以兰姐的心细，我相信她很快就能明白我是个缺少母爱的孩子，只听她轻轻地叹息一声，说先出去一下，马上就回来。我以为她去解手，愣愣地望着她的背影消失在天井边的一道侧门里，这时才感到头有点痒，像有许多小东西在爬，连忙伸出手去抓，自然越抓越痒。

兰姐回到厅堂，见我用两手在头发上乱抓，眼里湿湿的，说，别抓，别抓，让姐姐来帮你。然后把我按在一张椅子上，自己搬来一条板凳，坐在我身后，用一把密密的梳子帮我梳头，梳一下让我看一眼。

连同头皮屑，梳子上梳出许多白白的粉状东西，那些细小的颗粒在匆匆移动，看了让人头皮发麻，浑身起鸡皮疙瘩。兰姐说，小妹妹，你看，这么多的虱子在咬你，吸你的血，头能不痒吗？说着放下梳子，把两个拇指的指甲盖拼在一起，发力一合，立刻响起"噼啪噼啪"的声音。嘴里在喃喃自语，造孽啊，造孽啊，才这么大点的孩子。

估计时间差不多了，兰姐说，走，到院子里去，姐姐帮你洗洗头。我走到太阳底下，她从厨房里一只手提来半桶热水，另一只手端着一个木盆，木盆里放着手巾和包在帕子里的皂角。我这才想到，兰姐刚才说出去一下，原来是去厨房给我烧水洗头。

把水倒进木盆里，兰姐试试水温，让我趴在木盆的边沿，低下头，把头发浸泡在热水里，帮我反复地揉，反复地搓，又用梳子反复地梳。水有点烫，又正值盛夏，我热得汗水淋漓，但只能咬牙坚持。兰姐不断问我，烫吗？水烫吗？马上就好了。又说，姐姐不诓你，洗完就舒服了。哪有小姑娘家家的，头上长虱子的？

洗完头，我真就不觉得痒了，有种从未有过的清爽感。这时，兰姐把我的头发绾成一团，从木盆里提出来，在阳光中抻开，用手巾一点一点吸去上面的水。动作是那样的轻，那样的温柔。再看那只木盆，水面上密密麻麻地漂着一层白色的尸体。因为怕烫着我，兰姐不敢把水烧得太热，有些虱子未被烫死，仍在挣扎。

养父来接我的时候，兰姐已经帮我把头发梳得整整齐齐的，像模像样，还找出两根红头绳给我扎了羊角辫。养父的眼睛一亮，说哇，这是谁家的小姑娘呀，打扮得这么漂亮？然后面有愧色地向兰姐道谢。兰姐说，这有什么呀，我喜欢小妹妹，她真乖。

走在小城的石板小道上，我一路蹦蹦跳跳，感到无比的轻松。养父追着我说，看我家姑娘多高兴啊，像一只小鸟，有本事你给我飞啊，飞到天上去。

从此我每次去刘家大院上课，兰姐都要给我洗头，梳头，扎羊角辫。当然，她更多的时候还是教我习字，也教我认字，永远不厌其烦，差不多成了我的半个先生。

说话间夏天到了，天气炎热，兰姐给我洗头的次数也更多了，更勤了。但她家用的是井水，即使在正午打出来也很凉。兰姐怕我感冒，每次都打好一桶水，先放在烈日下晒，让它回温。课上得差不多了，再给我洗头。这时桶里的水清凌凌的，不热也不凉，浇在头上特别舒服。

还不止这些。去上课的次数多了，兰姐事无巨细，什么都为我着想，好像我真是她的亲妹妹。鞋子破了，她给我做鞋；袜子露出脚趾头了，她给我补袜子。我的衣服大多数是养母穿剩的，不怎么合体，穿在身上空空荡荡的，兰姐便动手给我改，该缩小的缩小，该裁去一截的裁去一截；有的还别出心裁地加个领子，添道滚边，穿出去焕然一新，看不出改过的痕迹。这些事情，我知道凡是女人都会做，但对一个远离母亲的孩子来说，却感到特别温暖。

自从有了兰姐无微不至的照应，我再也不惧怕去江边的刘家大院上课了，面对老先生心里也不觉得忐忑。如果养父在公司被事情拖住了，回不了家送我去上课，我便会烦躁不安，像丢了魂似的。

可是，好景不长，这样的日子过了不到半年，养父就把塘陀巷那个独门独院多出来的几间房子，让给了从外地逃难到洪江来的两户人家住。这两户人家，其中一个是福建人，没有家眷，只身逃到洪江，是个数学老师；另一家的户主也是老师，在国统区教音乐。养父选中他们，不收他们的租金，意在换取他们教我读书。这个用心良苦的安排可谓一举两得，皆大欢喜，首先是给我找到了不出家门就能上课的教师，其次是他们自己也有了安身之处。养父这样的善举，日后想起来，可谓目光深远，用心良苦。

平心而论，与老先生摇头晃脑只会教古书相比，我更喜欢养父用房子给我换来的两个新老师。他们受过现代教育，给我带来了许多新知识，比如，我从此用上了民国商务版的新国文教科书，开篇即是《天地日月》，内容童心洋溢，平白明净。他们还带来了《安徒生童话》《格林童话》，上海出的少年杂志《小朋友》，这些课外读物图文并茂，生动活泼，让我喜欢得不得了。音乐老师则教会了我许多在国统区广为流行的歌谣和电影插曲，有田汉的《义勇军进行曲》，刘半农的《教我如何不想他》；还有李叔同那首《送别》："长亭外，古道边，芳草碧连天。晚风拂柳笛声残，夕阳山外山……"歌里那种空灵而又忧伤的意境，至今让我念念不忘。我以后性情温良，同情弱小，喜欢文学，兴许与此有关。

不再去江边刘家大院上老先生的课，唯一让我不舍的，是离开了兰姐，再没有人给我梳头，给我缝补浆洗了。因此，即使有了新老师，有了我喜爱的求知新天地，我也常常怅然若失。

兰姐的逝水流年

我还要说兰姐。虽然我在前面那篇《鸿蒙初开的日子》中写到过她，但言犹未尽。或者说，我写到过的兰姐，是曾经带给我一抹生命暖色的兰姐，像原野上的一朵摇曳的秋菊在我涉世之初偶尔绽放的兰姐。其实，这个沉静的女人，贤淑的女人，也是一个薄命的女人；她在我的童年曾带给我一抹生命的暖色，也让我第一次感受到了生命的寒冷。虽然六十多年过去了，但是，每当我想起这个像卑微的草那样生长过一秋的女人，她便会湿淋淋地站在我的记忆中，在滴滴答答地滴水。

想起来就让我感到战栗，兰姐后来发生的事情，竟然是从她踏着高高低低的石板路，欢欢喜喜地赶来看我那天开始的。

是我再也没有去刘家大院上课后的一天，忽然有人来敲塘陀巷宝庆馆养父家的门。那种敲法先是犹犹豫豫，好像生怕打扰主人似的；过了一会儿，声音重了起来，有种非要进来的意思。我打开院门，站在面前的，正是那个我希望见到的身影。

兰姐！我一头扑在她怀里，喃喃说，我想你，想死了。说话间，眼泪大滴大滴地涌出来，糊了她一身。

兰姐紧紧搂着我，说，小妹妹，我也想你啊，这不是，你不来看我，我先来看你了。原来，她是趁着老父亲午休的间隙，抽空找来看我的，手上挽着个小包袱，里面装着她给我做的一双新布鞋。我连忙把她让进屋里，告诉养母说，她就是兰姐。

给养母点点头，兰姐也不管是否受欢迎，自己钻进灶间去烧水，又找出木桶和脸盆，给我洗头，好像她就是这个家里的人。

到底是大户人家出身，养母并不小气，她看到兰姐手脚麻利，不把自己当外人，脸上露出了少有的微笑。大概养父对她说起过兰姐，这回亲眼见了，竟一下喜欢上她了。临走的时候，养母拉着兰姐的手说，这么好的姑娘，怎么会嫁不出去呢？又说，兰姑娘，这个媒人我是当定了，一定要给你找个好人家。

都以为养母只是说说而已，未想她早有做媒的心思，不出几天，就把人招到家里来了。这边又把信带到江边，让兰姐赶快过来见面。

那人跟着养父来过家里，我见过他。他也是安江纱厂的股东，姓王，三十岁出头的样子，人长得很壮，也很标致，即使放在女人堆里，也算长得好看的。当时我想，凭着他的容貌，他在纱厂所占的股份，应该生活在上流社会。但他有那么好的条件，为什么才找女人？肯定不是离了婚，就是死了老婆那种人。

听说养母把兰姐介绍给这个男人，我心里很不高兴，觉得太便宜这个男人了，兰姐可是个黄花闺女。

可兰姐还是嫁给了这个我们叫他老王的男人，而且见面后没几天就出嫁了。我弄不明白是养母把她说糊涂了，还是她自己害怕嫁不出去，或者有其他我猜不透的原因。总之，兰姐一嫁给老王，她水深火热的日子就开始了。

按湘西的风俗，新婚夫妇举办婚礼后，第一件事情，就是带上礼物来酬谢媒人。通常是提一只竹篮，用红布半掩半露地盖着，在篮子里放上红包、布匹、鞋子，还有时兴糕点；体面又大方的人家，还会放上一根金条。但养母打开老王送来的篮子，里面只有一双布鞋，几色大路货的糕点，气得她大骂老王小气，是个吝啬鬼。老王一走，她就把他送来的东西扔在了畚箕里。

过去十几天，兰姐单独回到洪江，又来看望养母和我。奇怪的是，她还穿着从前的衣服，两只眼睛肿得像桃子；往常那张水灵灵的脸，异常憔悴，说起话来支支吾吾的。看见养母的茶杯干了，她有意无意地撸起袖子，帮养母续水，白白的手臂上赫然露出一道道血痕。

养母本来就心存疑问，一见兰姐手上的伤痕，大吃一惊，连忙问她是不是老王对她不好。兰姐什么也不说，只是嘤嘤地哭，泪水像雨点那样滴滴答答落下来。养母说，大妹子，你都是入过洞房的人了，男人和女人那点事情，也没什么不好说的。既然是大姐为你做的媒，如果老王欺负你，我和老瞿为你做主。

其实养父挺看不上老王，老王在他眼里，是个拎不清的人，只不过碍着同是纱厂的股东，才有些来往。养母把兰姐介绍给老王，养父本来持反对意见，无奈是自己的老婆穿针引线，而且老王答应抚养兰姐的老父亲，这使兰姐能腾出身子来做回女人，也就默认了。

养父和养母为兰姐受委屈的事去找老王，想不到老王以油嘴滑舌应付他们。老王说，大哥，大嫂，你们都是过来人，夫妻间哪有不吵架的？锅勺还会碰锅沿呢。再说，男人管教一下女人，有什么错？

老王讲出管教兰姐的理由，是她手脚笨，脑子不灵，根本上不了台面。他举例说，一天，他请厂长到家里来吃饭，让兰姐好好做一桌饭菜，结果端上来的菜不是太咸，就是太淡，把好端端的东西糟蹋了，弄得他在厂长面前大跌面子。

养父知道厂长是个挺讲究的人，穿洋装，喝洋酒，闯荡过十里洋场。兰姐生在普通人家，吃粗茶淡饭长大，怎么做得出让厂长喜欢的饭菜呢？但养父对老王说，那你也不能动手打她啊，得慢慢地教她，慢慢让她见世面，长见识，有个逐渐适应的过程。人和人到底不一样。

老王说，那是，那是，我慢慢教，大哥嫂子放心吧。明显的漫不经心，养父看出他是在敷衍他们。

教人的方式有多种，用嘴是教，用拳头也是教，但老王对兰姐采用更隐蔽更龌龊的施教方式，那是养父和养母根本想不到的，也不会往那方面想。俗话说，清官难断家务事，养父和养母当时想，木已成舟，既然兰姐已经嫁给了老王，他们夫妻如何相处，那就是他们自己的事了，说多了让人生厌。谁知老王是个不进油盐的人，以后兰姑娘跟着他过什么日子，只能看她自己的运气了。

然而，事情远没有养父养母想得那么简单。这之后，兰姐挨老王的打，受老王的折磨，不仅不比过去少，反而越来越严重，越来越厉害了。那段时间，兰姐三天两头跑回洪江来见养母，每次来，都一副魂不守舍的模样，别说给我洗头、梳头，就连她自己的头也变成了一蓬乱草。有几次我看见她撩起衣服让养母看，身上青一块紫一块的，让人不敢看，不忍看。

养母有时去邻居家打牌，兰姐来了，见四处无人，什么也不说，一把抱住我呜呜地哭。我帮她擦去脸上的泪水，对她说，兰姐，我从门缝里看到了，老王这样打你，你为什么不还手？兰姐哭得更伤心了，上气不接下气地哭。她说小妹妹，大人的事你还不懂，那样我会被他打死的。可我被打死了不要紧，谁来养我父亲啊！他老人家太可怜了。

世上没有不透风的墙。渐渐的，我从养母和养父的窃窃私语中，听出了兰姐藏着的一个秘密：老王变态，做不了男人要做的事，却不愿放过兰姐，每天夜里都折磨她。兰姐陪着老父亲在贫寒中长大，哪里见过这种事情？面对老王无休无止的折磨，她有苦无处说，有痛不敢喊，每天过着羞于见人，生不如死的日子。

养父怕兰姐被折磨死，再次找到老王，请他放过兰姐。老王见事情败露了，露出一副无耻嘴脸，对养父说，老瞿，你管这个事干吗？你知不知道她是我花钱买的？还请了人服侍她父亲。我愿怎么对她就怎么对她，谁也管不着。养父急了，说老王，人不是畜生，别以为花了钱就可以任你作践，给你当牛作马。这样吧，你说个数，你花了多少钱买的兰姑娘，我给你多少钱买回来，放她一条生路。老王说，那不行！我自己花钱买来的东西，你出多少钱也不卖。养父怒不可遏，抓老王的衣领说，你这个王八蛋，真把兰姑娘当件东西了？当心我去衙门告你！老王也不服软，他说老瞿，你想告就去告吧，告到天王老子那里我也不怕。

当过国民革命军团长，跟着我父亲参加过南昌起义的养父，血里火里死人堆里，什么样的恶人没遇过？但面对老王这样的无赖，还真是没有办法。想到一个好端端的姑娘毁在一个无赖手里，而且是他夫人做的媒，他心怀愧疚，发誓要把这个弱女子救出来。

放下老王，养父去找纱厂老板，提出以厂里的名义给他施加压力。未料老板避之不及，说，老瞿啊，我也同情兰姑娘，她挺可怜的，可这是件私事啊，何况还是通过你老婆明媒正娶的，我们怎么管得了？老王这个人你还不知道，说穿了就是一个痞子，哪有道理可说？你还是睁一只眼闭一只眼吧，不要去捅这个马蜂窝。

养父说，这样下去，是要出人命的。老板说，不就是个女人嘛，要死要活，由着她吧。

只有仰天长啸的份了，养父心急如焚，又一筹莫展。湘西这个地方山高皇帝远，男尊女卑的习俗异常顽劣，买卖女人和打女人的事司空见惯。偏远的乡村，男人和女人通奸，男人可以招摇过市，女人却要被装进猪笼，沉入深潭。对此，衙门不管，社会麻木不仁，只能听之任之。

回到家里，养父无能为力地抱怨养母，他说，你看你，一辈子就做了这么一件事，却伤天害理，把一个姑娘推进了火坑。

养母自知理亏，什么话也说不出来。

可怜的兰姐愤怒，绝望，忍无可忍，她见谁也救不了她，心如死灰，

313

最终想到了往绝路上走。

事情是这样的：老王顽固不化，一意孤行，但也怕触犯众怒，因而选择逃离湘西，远走高飞。不过，他说了狠话，即使离开湘西，他也要把兰姐带走。他说兰姐是他的婆娘，生该是他的人，死也该是他的鬼。他就是把她带进棺材里，别人也拦不住。

兰姐有了死的念头，这时也不怕他了，只是在默默地寻找机会。她心里说，哼，你想把我带走就带走？没那么容易，除非我死了，带走我一具尸体。话说回来，我跟你走了，我年迈的父亲怎么办？让他活活饿死？即使没有那件见不得人的事，我也决不离开洪江。

事情闹到这一步，老王也是一不做，二不休了。离开洪江那天，他雇了一条小船，又招来几条彪形大汉，突然把兰姐按倒在地，用麻绳捆住她的手脚，塞住她的嘴巴，把她抬进了船舱。

但是，船没有走多远，江边就传来了噩耗。

说来也怪，这是个风和日丽的日子，江面风平浪静，出事的地方也不是什么凶险水域，但船说翻就翻了。活下来的只有水性好的船老大，问他船是怎么翻的，回答是，他也不知道，怕是碰见鬼了。

兰姐和老王的尸体被冲了几十里，几天后才在沅水的下游被找到。在水里泡了几天的两具尸体，已面目全非，头胖得像个芭斗。

关于兰姐的死，当时有好几种说话。有的说，船起程后，老王得意忘形，正盘腿坐在船头和船老大喝酒，由于两个人太重了，一个浪头打过来，船突然竖了起来；有的说，是兰姐挣脱了绳索，用舱里的一把斧头劈开船底，导致船舱大量进水；还有的怀疑船老大谋财害命，故意把船弄翻了；甚至有人说，是日本鬼子的飞机炸沉的。当然，这都是猜测，谁也说不清事情是怎么发生的。

听到兰姐和老王的死讯，养父，养母，还有我，几乎不假思索，都想到船是兰姐弄翻的。至于被捆住了手脚的她，如何能做出这种惊天之举，就只有天知道了，因为死无对证。

更惨的是，在兰姐死的当天，她的父亲，那个教过我读《木兰诗》《满江红》和《硕鼠》的老先生，悲愤交加，用一根绳子上吊了。

这是我有记忆以来，第一次看到离自己最近的人死去，而且死得这样决绝，这样壮烈；尤其是，这对相依为命的父女，一个是给我讲过许多故事的人，一个给了我最渴望得到的人间温暖。

我当时被兰姐的死吓坏了，我说，不！兰姐不会死，她还会回来给我洗头，梳头，给我扎羊角辫。我还说该死的是老王，这个老王八蛋、老流氓……早该死了。

我哇哇地哭起来，痛心疾首地哭，昏天黑地地哭。

养父好几天没回安江上班，一直守在我床边。这是由他出钱安葬这对可怜的父女之后，我连日高烧，躺在小床上胡话连连，哭泣不止。养父手端一只药碗，边喂药边开导我说，孩子，你哭吧，哭吧，把心里的恐惧和思念都哭出来，兰姐也不枉疼你一场。

庭院深深深几许……

一

天是在踢踢踏踏的木屐声中开始亮的。那踢踢踏踏的木屐声，先是在窗外零零星星地响，接着是三三两两地响，再接着便是稀里哗啦地响，轰轰烈烈地响，如同热砂锅里炒熟的豆子，正噼噼啪啪地往外迸。记得跟着养母杨世琰从塘陀巷住了几年的那个独门独院，搬进这个三家人合租的临江的院子时，走过曲折幽深的许多巷子，每条巷子里相互连通或直接通向江边的路，都是用大小不一的青石板铺成的。许多的脚在路面上走，渐渐的，就把青石板踩得凹了下去。到了夏天，这座小城的人们都喜欢穿木屐，坚硬的鞋底与坚硬的石板相互磨损，岁月就是这样走过来的。

从窗外踢踢踏踏走过的人，差不多都是些女人，她们大半是去绕城而过的沅水江边洗菜、洗衣服、洗马桶。只有到了年关，她们才会去江边用草木灰和沙子洗桌椅板凳，铁锅铜盆。把这些器物洗清爽了，洗锃亮了，一年也就过去了。而洪江的男人是不会做这些事的，洪江的男人大多数经商，开着各种各样的店铺和商行，通常在晚间聚在一起吃酒，打牌，谈生意，早晨美美地睡个懒觉；一觉醒来，太阳已经移过了晒楼，洒在大院门前的麻石台阶上，升起一缕缕湿气，这才招呼伙计们打开店门，自己则握一壶酽茶，坐在店里等待顾客上门。

养母是这些洪江女人的例外，她是从来不去江边洗菜、洗衣服和洗马桶的，凡事都交给用人做。她生在四川军阀杨森那个大家庭里，对外宣称是杨森的亲侄女，过惯了养尊处优的日子，什么时候都离不开别人伺候。在她看来，她嫁给曾跟随我父亲贺龙参加过南昌起义的养父瞿玉屏，已经是低身俯就了。因为养父娶她的时候，还是杨森部队中的一个下级军官，如果没有这段婚姻，养父在军队也混不到最后的团级。再后来，南昌起义的队伍在潮汕被打散了，养父回到湘西，成了个籍籍无名的商人，养母这时还能和他一起过，已是给足了他面子，所以她该抽大烟还抽大烟，想睡懒觉还睡懒觉。养父离世，从塘陀巷的那座独院搬到这座三家合住的小院，她仍然保持过去的习惯，过着晨昏颠倒的日子。对我而言，她就是孙悟空，我们住着这座小院的那道石门槛，是她用金箍棒给我划定的界线，不可越雷池半步。她的存在，仿佛就是要把养父留下的那点积蓄一天天花光，再就是把我盯死在她那两道懒洋洋的目光中。

父亲托秦光远和瞿玉屏把我寄养在洪江，已经有七八年了，我跟着养父瞿玉屏从不满两周岁长到快十岁，此时已是个不小的姑娘了，但我连这个小城是什么样子都不知道。当我一个人孤独地在小院的围墙里玩耍时，是多么渴望跨过那道石门槛，到街上去走走，到江边去看看啊。可是，这是不允许的，养母怕把我玩丢了。许多年后读到林海音的《城南旧事》，我觉得我就是书里的那个小英子，但是，我却比小英子可怜多了。因为小英子身边有爱她的亲爸亲妈，小英子可以走出家门，蹦蹦跳跳地去上学，我却没有这个福分。

别以为湘西是一片荒蛮之地，其实大大出人意料，它至少有两个很优雅的小城，一个是出过沈从文的凤凰，另一个就是洪江了。两者比较，文人们形容说，凤凰是小家碧玉，洪江是豪门闺秀。

洪江对很多人来说是陌生的，至今依然陌生，殊不知它在几十年前就很繁华，可说是一座奢靡之城，销金之城。城里衙门、寺庙、钱庄、洋行、会馆、报馆、油号、票号、店铺、客栈、青楼、茶楼……这些只有在老上海才能见到的景观，在这里样样都有，且星罗棋布。由渠水、巫水和舞水汇聚而成的沅水，江宽水阔，像条巨大的臂弯把这个小城搂抱在怀里。从城里往江边走几步，沿岸竟有几十个码头。江面上帆樯林立，百舸争流，被沈从文称为"巨无霸"的洪江油船，就像一座座破浪而行的城楼，要多气派有多气派。沈从文当年曾记述：这些油船均为方头高尾，金碧辉煌，"下行可载三四千桶桐油，上行可载两千件棉花，或一票食盐。用橹手二十六人到四十人，用纤手三十到六七十人。"

　　那时，抗战正值紧要关头，湖南是全国的后方，而湘、鄂、黔、川、桂"五省通衢"的洪江，就是后方的后方了，各色人等，尤其是各路达官贵人蜂拥而至，一时人满为患。于是，二十多个省市和外国及港澳台的商人纷纷赶来经商开店，做木材、桐油和供达官阔佬们吃喝玩乐的生意。小小一座弹丸之城，原住民不到四万，但据上世纪三十年代资料统计，竟拥有十五家钱庄、七家银行、十七家报社、八大油号、十大会馆、四十四个经商码头、三十多家烟馆、四十多家妓院，仅商贾就达一万三千人；货币流通量居湖南第二位，仅次于省会长沙，是湘西政治、经济和文化中心。当时就有"小南京"和"小重庆"之说。

　　洪江的另一大景观，是天空中每天都有大量的飞机飞来飞去，与大地上的万家喧嚷，声色犬马，构成一派奇特的图景，如同地球另一边同时期的卡萨布兰卡。因为国民党重要的芷江空军基地，离这里只有四十公里，驻着名声远扬的陈纳德飞虎队。飞过洪江上空的飞机，要么是中国空军飞去轰炸日本人，要么是日本飞机前来寻衅，不时扔下一串串炸弹，不绝于耳的马达声和爆炸声预示着战争离这里越来越近，让人们惶惶不可终日。

　　养父瞿玉屏就在这个时候汇入经商的洪流。这段历史我在前面的文章中说过，他是在1937年七八月份同我父亲的另一个老部下、在南昌起义中担任父亲率领的国民革命军暂编第二十军第二师师长的秦光远，两人结伴到陕西富平庄里镇红二方面军司令部找到我父亲，申请重新归队参加抗日战争，结果周恩来副主席和朱德总司令交给他们一项更重要的任务——回湘西开展统战和兵运工作，最后才打道回府的，同时也把当时不到两周岁的我抱回了洪江。而我的出生决定了养父必须对我遮遮掩掩，整天藏在大门紧闭的院子里，甚至对养母都没有说实话。幸好院子里有前花园和后花园，有足够的地方让我慢慢长大。因而，从这个时候开始，在我的生命履历中，也便有生父贺龙，养父瞿玉屏之说了。

不知为什么，养父的公司并没有开在商业繁荣的洪江，而是开在离洪江不远的安江，十天半个月才回来一次。照顾我的任务交由养母承担。养父回到洪江来，头等的事情，就是加深我们之间的亲情和过问我的学习及生活，给养母带回所需的开销。抗战即将胜利，眼看要撒手人寰时，他在把养母和我托付给他信得过的工作对象也是他的老朋友罗文杰后，才对养母说，过去我瞒你了，孩子是贺龙的女儿，别看她现在跟我姓瞿，但最终还是要姓贺的，如果亏待了她，把她弄没了，将来贺龙回来向你要人，那可不好交代。当然，如果你能继续抚养她，将来贺龙肯定会对你感激不尽。

养母大吃一惊，当场答应了养父的临终嘱托。但是，我说过，她是四川军阀杨森的侄女，从道理上讲，她对我父亲贺龙和共产党阵营，是没有什么好感的，可毕竟跟养父厮守多年，与我在共同生活中也有了些感情，所以在养父去世后，她还不至于把我遗弃。她大概想，养父一去世，我这个孩子是从哪里来的，就再没有人知道了，因此她领着我过，总比养猫养狗多些人气。再说，她如果不答应养父的嘱托，养父万万不会把他的积蓄都留给她。

养父是1944年去桂林八路军办事处送药品和医疗用品途中，被日军飞机炸伤的，回到洪江后没多久，便去世了。弥留之际，他把我叫到床边，拉着我的手说，捷生啊，非常可惜，瞿伯伯看不到抗战胜利那一天了，现在该把你的身世告诉你了。其实，你不是我的女儿，是贺龙的女儿。你的妈妈姓蹇，叫蹇先任。你知道你的爸爸妈妈是什么人吗？是红军，后来叫八路军，他们都是了不起的人。特别是你的爸爸贺龙，是红军和八路军里的一个大官，在我们中国，没有什么人不知道他的名字，连日本鬼子都怕他。在养父说这些话的时候，我睁大眼睛望着他。虽然我依稀记得我很小的时候，他和另一个伯伯把我从很远的地方抱回来，也依稀记得我有自己的爸爸妈妈，但这时话从养父的嘴里说出来，我还是感到震惊，感到恐慌，因为他是个要死的人，而在我当时看来，死是一件很可怕的事情。那时我想，养父死了以后，我去哪里啊？如果爸爸妈妈不来接我，谁送我回到爸爸妈妈身边呢？养父见我睁大眼睛，半天不吭声，怕吓着我了，马上笑了笑，说，是的，你爸爸妈妈说过，打跑了日本鬼子，就来接你。你想不想他们呀？我拼命地点点头说，想……听见我的回答，他两行泪水流了下来，叹一口气说，是瞿伯伯对你不好吗？就没想过以后还姓瞿，永远做我的女儿？我一时回答不上来，只好什么也不说。养父这时说，捷生，瞿伯伯真不忍心丢下你，怕你受苦啊。不过，你也不小了，如果以后跟着杨唔妈过不下去，就去慈利找你外公。记住，你妈妈姓蹇，你外公当然也姓蹇，这个字很难写，但千万不能忘了。然后，在我的手心里，一笔一画地把蹇字写了一遍。

我在洪江的日子，因为养父的死，从此变得更加凄凉，也更加孤苦伶仃。家里发生的最大变化，是养母在养父去世后，忽然领着我从塘陀巷的那个独门独院搬出来，在江边这个破败的院子里租房子住。要知道，当时养父还尸骨未冷，装殓他的那副漆黑的棺材，还存放在附近的一座寺庙里。

也是在洪江，因为养父的死，无情割断了我父亲和母亲同我这个苦命的女儿的唯一一缕联系，让我在抗战胜利后失去了本可回到他们身边的机会。实际上，在日本投降后，我父亲和母亲急于要把我找回来，他们一次次给我养父瞿玉屏写信，无奈没有收到任何回音。情急之下，我思儿心切又忧心如焚的母亲，甚至想到了大海捞针的办法，即通过我父亲1927年在上海短暂从事地下工作时结识的一个老朋友、此时在重庆中共领导下的《新华日报》任经理的熊瑾玎伯伯在《大公报》刊登寻人广告，也没有把我找到。

六十八年后的2013年，我在军事科学院工作时的一个老同事刘统，在上海图书馆翻出1945年在重庆出版的纸页发黄的《大公报》找资料，无意中竟在竖排版的密密麻麻的文字缝隙里，发现了我母亲1945年10月22日至23日托熊瑾玎在《大公报》连续两天刊出的这条只有两指宽的小广告：

瞿玉屏兄鉴：别后九年，不知消息，至念。望兄见报后，即将通讯地址示知。来信请寄重庆《新华日报》熊经理收转。蹇先润启

但是，在此时，我的养父瞿玉屏已经去世了，养母带着我隐姓埋名，正跻身在沅水边的这座破败的院落里，怎么可能看到那两天在重庆出版的《大公报》呢？

隔着六十八年的时光，当那则只有两指宽的姗姗来迟的小广告出现在我面前时，不仅我的父亲母亲，我的养母，帮我母亲在重庆刊登广告的熊瑾玎伯伯早已不在人世了，连我这个当年不满十岁的小姑娘，也成了一个年近八十的老人了。想到岁月这般无常，命运如此弄人，到这时，我就只有仰天长叹了。

二

养母带着我与几户人家合租的这个临江的院子，应该是有名字的。洪江这样的院子不论大小，都有非常雅致和好听的名字，比如荷风院、临江轩、听雨坞什么的。院名都是用暗红色的石料，或者用经过特殊处理的糯米浆和洋灰，雕塑在院门的上方，古色古香的。也有用上等的独块樟木板刻成匾额悬挂上去的，多为颜体和柳体，苍劲有力，显示院子里山高水深，藏龙卧虎，住着一些有身份的体面人。

洪江这样的院子，每条街道都有。比较繁盛的几条街，几乎是院子连着院子。你如果得到允许，跟着主人往院子里走，肯定会有山重水复的感觉，进而发出"庭院深深深几许"的感叹。因为院子里曲径通幽，气象万千，有花园、天井、假山、水榭，有的还有戏台。但是，最多的还是当地俗称的"窨子屋"，它们都是按"井"字形排列，多为两进两层，或两进三层，一律青瓦粉墙，雕梁画栋，苔藓苍苍。由于院子和院子挨得太近，相互挡住了阳光，这在多雨又潮湿的湘西，往往会因为采光不好而显得阴沉沉的，因而每栋窨子屋都有一座高出屋顶的晒楼，几十年后，仍是作为一个区并入怀化市的洪江旧城的一景。这种状如山间凉亭的建筑，既可以登高望远，又可以晾衣晒被。天热的时候，还可以摇一把蒲扇，坐上去乘凉。

也是在几十年后，我在报纸上看到一条消息，说考古学家在湖南省怀化市洪江区发现一座沉睡了五百多年的明清古商城，有三百八十余座古建筑，总面积达十万多平方米，至今还居住着两千多户人家云云，不禁哑然失笑，心想这些记者真是孤陋寡闻，故弄玄虚。他们也不想想，既然你看见的洪江古商城还居住着几千人，凭什么要让考古学家来"发现"？

时间过去了六十多年，我已经想不起来我们三家合租的那个院子叫什么名字了，想了好几年也没有想起来。前些年我回到洪江，特意到江边去寻过它，希望能唤醒更多的记忆，可惜这个院子早被历史的变迁淹没了。我盘桓在一条条小街上，感到哪个院子都像我当年住过的，但哪个院子又都不能让我一眼认出来。

在当年那个小姑娘的眼里，我依稀记得这个院子叫"刘家大院"，大家都这么叫，但在大院的门楣上是绝对不会有这几个字的。我记得它叫刘家大院，是因为大院最老的住户是一家姓刘的人，就是我曾经提到过的那个和养父有生意往来的木材商。其实，这个院子，也就是可怜的兰姐和她的老父亲住过的那个院子，老先生给我讲书讲故事那个院子。我还记得，刘姓木材商占据着前院整整一进的房子，后院的大厅也归他家使用。面向街道的房子，是他们家开的店铺。养母带着我租住在后院一侧的三间偏房里，对面一侧住过兰姐和她老父亲的几间偏房，此刻住着另一家。当我们一老一少由独门独院换成这三间幽暗的小屋子时，在我的印象中，马上有一种寄人篱下的感觉。

两进两层的这个破旧的院落，中间有个光线泛绿的天井，把前院与后院简单分开。天井中间有座用麻石砌成的长方形台子，摆满泥土里藏着许多蚯蚓的盆栽花草，有腊梅、芍药、桂花、缠枝玫瑰和一品红等等。因房屋很高，当地雨水充沛，盆景和花草长得异常旺盛，只是枝干有些孱弱，植物们都长成竞相要钻到天上去争夺阳光的样子。下雨的时候，雨水从四檐上飞流直下，如同一挂方形瀑布。而落入天井的雨水又免不了溅起许多水珠，把四周弄得湿湿的，且难以见到阳光，这使靠近天井的地面长满青苔。

刘家大院虽然只住着三家人，却发生了许多故事，可说是那个黑暗时代的缩影。有的事和有的人，就像逝水流年中飘落的花瓣，带着那个年代的血污和幽香，让我至今想起来还历历在目。

湘西一带兴叫虚岁，一个说是十岁实际上只有九岁多的女娃娃，个子又瘦小，我住进这个院子，就像人们吃西瓜时不经意掉进砖缝的一粒瓜子，尽管也在生长，也能从缝隙里探出两片羸弱的叶子来，却没有人怜惜，没人疼爱，属于我的只有孤单和寂寞。

对了，那时唯一能带给我抚慰，让我在死气沉沉的大院里感到一丝柔软的，是养父生前从安江带给我玩的一条小狗。

那条小狗长着一个细致而灵巧的鼻子，浑身的毛如绸缎般滑溜；两只善良的眼睛水汪汪的，好像随时在为我流泪，随时要对我开口说话。我每天把它抱在怀里，一会儿叫它宝贝，一会儿叫它乖乖，它总会温顺地抬起头来，痴痴地望着我，间或用湿湿的舌头舔我几下。

我这一辈子喜欢狗狗，离不开狗狗，就是从那个时候开始的。因为在我最需要伙伴的时候，只有这条小狗陪伴着我。我们在一起玩，一起说话，谁也离不开谁。如今我只要一闭眼，还能想起它的样子。

睡在那间昏暗又狭小的屋子里，无论太阳升得多高，窗外的木屐声响得多么热烈，我都不敢轻易起床，怕弄出响声来吵醒睡在外间的养母。每当这个时候，小狗都会蹦上床来，舔我的手，舔我的脸，然后咬着我的衣角或裤腿，往床下拖。

那么一点大的小狗，怎么拖得动我呢？不过它也有办法，马上改用低低的叫唤。这时我会立刻坐起来，竖起一根手指对它说，嘘，别叫了，我起来还不行吗？吵醒唔妈，我们都会挨骂的。接着便躬身下床，拎起那双露出脚趾的小布鞋，和小狗一道鬼鬼祟祟地溜出去。但这时养母在睡梦中的嘀咕声也就追上来了，说，死东西，别越过那道石门槛，人贩子都带着大口袋呢，到时把你拐了去，我可不去找你——所以，从那个时候我就知道，抽大烟的人永远都处在半梦半醒之中，一点点动静都听得出来。

而我总是回答养母说，我晓得，我和小狗狗只在院子里玩。然后便趿上鞋，把小狗狗抱在怀里，轻手轻脚地走过厅堂，走过天井，走到那道石门槛上去坐一会儿，眼睁睁地看着人们在石板路上走来走去。

每当这时，我都会想，我爸爸妈妈是不是还在延安那边呢？他们怎么说话不算数，还不来接我？是不是不要我了？现在瞿爸爸不在了，如果杨唔妈也死了，谁来养我呢？

这样一想，眼泪就流出来了，冰凉的。

三

我此生忘不了的刘家三哥，就在这个时候出现了。

记得当时的天气还有些冷，天井里的花草已经有些黄叶被吹落了下来，漂在四周的水沟里，像一只只小船。这天，我和往常一样坐在院子最外面的那道石门槛上，看着大门外石板路上匆匆过往的人流，不知不觉趴在石门槛上睡着了。

隐约中，我感到有一双脚高高地抬起来，从我的身上跨了过去，然后停住脚步，弯下腰轻轻地推我，说，哎哎，哪里来的小妹妹，怎么睡在石门槛上？这里有多凉啊！

我懵懵懂懂地坐起来，揉着惺忪的眼睛，只见一个大哥哥站在我面前。他白净，英俊，温文尔雅，像路边的树那样长着高高的个子。咧开嘴，露出一口整齐的白牙。但说起话来瓮声瓮气的，如同空谷回音。

不知道该怎么回答，我抱起小狗，惊慌地向后院跑。

身后传来他的笑声，哎，小孩，你怎么胆小如鼠啊？

虽然是在跑，但我还是听清了他说的胆小如鼠。我不服气地想，这个人，他怎么这样说话呀？我怎么就成了胆小的老鼠呢？

这时我想起来了，这个大哥哥好像也住在我们这个院子里，是前院刘家的人。

没几天再遇上，他依旧很亲切地对我笑，露出一口白牙。有时在院子里或天井边交错而过，他还会伸出手来，摸摸我的头，说小姑娘，你看见我跑什么啊？我又不是老虎和狮子，你怕什么？

我注意到他再没有说我胆小如鼠了，心里有些感动。这之后，我努力让自己不胆小，不一见他就撒腿跑。当他迎面走过来时，我干脆站在他面前，不动，也不让路，看他还说我什么。

他收住脚，在我的面前蹲下，伸出一只温暖的手捏捏我的鼻子，说，小妹妹，你怎么这么瘦啊！今年几岁啦？什么时候来的？怎么不去上学呢？

一连串的提问，我只能挑我能回答的告诉他。我说我家不住原来那座大院了，搬到这里来住了。我今年十岁。但心里一急，却想哭。我知道在陌生人面前哭不好，又拼命忍住，把小脸憋得通红。

不哭，不哭。他像想起了什么，把我揽在怀里，拍着我的脊背说，我们同住在一个院子里，是邻居啊，难道你真当我是老虎和狮子？

我摇摇头说，不怕，我不怕大哥哥……

这就对了，他很高兴。这时他想了想，接着很认真地对我说，以后你就叫我三哥吧。你什么时候想跟我玩，就来找我；如果哪一天你想让我带你出去玩，比如去江边看油船，那也没问题。

我说，是真的？大哥哥能带我出去玩？

当然是真的！他说，我都是大人了，大人说话算数。再说，你都是个十岁的小姑娘了，怎么天天跟一条小狗玩？多没意思！

但是，唔妈不让……想起养母，我马上泄气了。

嘿！这算什么事啊？他说，我让你唔妈同意就是了。

他说得轻松，很自信，一副胜券在握的样子，好像他已经问过我养母并征得她同意了，又好像他问不问养母，都要带我出去。

我不敢相信，又说真的？是真的吗？

好啦，不说是真还是假了。他忽然严肃起来，说他说过的事情，肯定能做到，但我必须答应他一个条件。

我说什么条件呀？心里忐忑不安。

他说，我刚才不是说了吗，你得叫我三哥。

我明白他是在逗我，说，就这个啊？

他说，就这个，那你叫给我听听。

我看了看四周，就轻轻叫他：三哥……

四

三哥家算得上是洪江的大户，却暮气沉沉，四分五裂，家里不断出一些奇奇怪怪的事情。他家里的人，也都是些说不清的人。

他父亲刘老倌做木材生意，年纪蛮大了，是个干巴老头，言语不多，长年坐在临街的店铺里噼里啪啦地打算盘。偶尔也在院子里走动，在天井里侍弄花草。我看见他的背已经驼得很厉害，像一只直立行走的大虾米。他的老伴很早就去世了，也没有续弦。三个儿女，也老大不小了。大儿子是条匪里匪气的壮汉，不知在什么队伍当过兵，一条腿没有了，挂着拐杖行走时拖着一条空空的裤管；老二像是个女儿，早出嫁了，难得见上一面；三哥是他家的小儿子，大我十岁，高中刚毕业，但他既不愿去他父亲的店里帮忙，也不去找工作，成天独往独来；在他父亲刘老倌眼里，他是个游手好闲的人，像寄生虫。

英俊的三哥在捏过我的小鼻子，答应带我出去玩之后，迅速成了我的精神依托。我每天都想见到他，和他一起玩。他也会主动来找我，真有点把我当小妹妹的意思。虽然他的年纪是我的一倍，别人很难想象我们能玩到一起，但事实上却不是这样。后来我想，这个有些愤世嫉俗，看不惯社会上尔虞我诈，看不惯他老父亲一门心思赚钱，也看不惯他大哥浑浑噩噩的大男孩，其实是个心里善良，生活寂寞，需要有人倾吐的人。而这个能够倾听他的人，必须是个仰望他，内心比他还简单的人，不会说出他的秘密。这样一来，我就成了倾听他的对象。我长期被养母禁锢在屋子里，对外面的世界充满恐惧，又充满渴望，他的出现，如同云层中露出一缕阳光，让我既希望被他点燃，又渴望被他怜爱。我甚至觉得他来到我身边，是老天爷安排的。

三哥没有食言，他真说动了我的养母，没几天就把我带出院子去玩了，而且过程是那么简单，好像养母也在等待他说那句话。

他有个这种年龄难得的爱好，喜欢唱戏，唱当时流行的常德汉戏，洪江当地的辰河戏，刚好养母在抽完大烟后，也喜欢来一嗓子。加上在武汉见过世面，他生着病正感到寂寞的大嫂，三个人经常会在厅堂相聚，唱彼此熟悉的戏文。一来二去，养母欣赏他，也很信任他，说他聪明，懂礼貌，是块天生唱戏的料。因此，当三哥提出带我出去玩的时候，养母就像打瞌睡时碰上了枕头，很爽快便答应了。她说，去吧去吧，别把她卖了就行，成天看着她烦死个人。

我的天地就这样变得宽阔起来，亮堂起来。有了我这个小尾巴，三哥也乐不思蜀，不再像过去那样总在外面溜达了，嘴里常常悠然自得地吹起了小口哨。一听见口哨声，我就知道他是来找我玩的。

不管我是否听得懂，也不管我是否爱听，他总是骑在天井边的那堵矮墙上，给我说许多的话，比如说他家里的事，说他自己遇到的事，也说洪江街面上发生的事，甚至还有抗日的事。我记得清清楚楚，那一年，中国军队在离洪江不远的雪峰山和日军打了一个大仗，他绘声绘色地说，这一仗打得可厉害啦，那些日子，你没听见轰隆轰隆的炮声吗？我似是而非地点点头，想起前一阵雪峰山那边的动静确实挺大的。他说，就是嘛，我们的军队也不是吃素的，动用了飞机和大炮，从天上地下合围小鬼子，打得他们鬼哭狼嚎，屁滚尿流。打那以后，他们就从湘西滚出去了。听着他的讲述，我仿佛看见雪峰山上到处都是中国士兵，他们一个个威风凛凛，而小鬼子则纷纷举起了手，当了俘虏。

几十年后，我在军事科学院从事军史资料的收集和研究工作，才弄明白，三哥当年说的雪峰山之战，其实是国民党上将何应钦指挥的湘西会战，规模空前。日军出动了几个师团上十万兵力，试图夺取芷江机场。中国军队则调集了九个军二十六个师，在中美空军的配合下，给日军布置了一个巨大的包围圈，使日军付出了伤亡两万七千人的惨重代价，被歼灭一个旅团加四个联队，另有一个师团受到重创，还有一千多名日军在被包围后绝望自杀。中国军队的伤亡人数少于日军的三分之二。这是国民党军队在抗日战争中打得最漂亮的一仗，也是成规模的最后一仗。湘西会战之后，中国军队由全面防守转入全面进攻。四个月过去，日军宣告投降。

　　洪江当时有十多家报馆，想必非常详细地报道了湘西会战的过程。三哥特别关注中日战争的进程，因此说起来头头是道。

　　但那时我年纪太小，知道的事情很有限，对他说起的话题，只有睁大眼睛听的份儿。从我眼不错珠的目光里，三哥看出我是他的一个忠实听众，表现欲更强了，每天手舞足蹈的，活生生一个大孩子。

　　有时候，他会冷不丁地对我说，小妹妹，你听不听戏啊？我给你唱一段吧！没等我答应，他已翘起兰花指，自顾自地唱起来。记得《徐策跑城》《霸王别姬》和《追韩信》里的唱段，他都给我唱过。还边唱边跳下矮墙，夹紧屁股，拔直了身子，在厅堂里走起台步来。表演完回到矮墙边问我，小妹妹，我唱得好不好？你为什么不笑啊？

　　那些戏我从来没看过，不知道戏里的历史背景和人物关系，他每次唱完，我都一脸茫然，怎么笑得出来？再说，我长期寄养在别人家里，盼不到爸爸妈妈来接我，七八年都是在压抑中过来的，脸上的哀伤就像结着的一层硬壳，总也蜕不去，哪里还会笑呢？

　　三哥就文绉绉地说，一个十岁的小姑娘，正是天真烂漫的时候，发出的笑声应该像银子那样清脆，像露水那样纯净。接着他叹道，小妹妹，你么子搞的嘛，一副可怜兮兮的样子，连笑都不会？

可是，我还是笑不出来，他越说我越笑不出来。

这时，他的脸便暗了下来，说，小妹妹，我算是想明白了，你和我一样，都没有自己的童年。你看我这个驼背的老父亲，多么古板，脑子什么时候都一根筋。比如，我喜欢戏文，他就说那是下九流，生怕我去当戏子，跟着戏班子跑了。除此之外，他管过我吗？知道我心里想什么吗？没有，从来没有。在他的心里，只想着把生意做得更大，恨不得把洪江所有的生意都揽过来。他认为只要有了钱，就能把这个院子买下来，就能盖公馆，娶小老婆，买更多的田地。他以为做个有钱的人，是一件多么了不得的事。

钱！钱！钱！有一次三哥当着我的面，冲着他老父亲的背影说，这个人就知道钱！没看见天上的飞机飞来飞去吗？什么时候一颗炸弹落下来，所有的银子都会化成水，你哭去吧。

那段时间，是我在洪江最快乐的时光。三哥带着我到处跑，到处玩，今天去寺庙看做法事，明天去江边看油船，后天去闹市看街头戏班子打渔鼓，舞龙灯，唱民间小调。肚子饿了，他就请我在路边打牙祭，吃洪江血鸭、鸭子米粉、鳌山斋饭……

有这么个大哥哥领着，牵着，有时还把手插在我腋下，将我高高举起来，架在他的脖子上，让路边不少的人向我投来羡慕的眼光。此后，我的性格渐渐变得开朗起来，话也多了。啊，关于这个世界，关于这个院子，关于我们共同认识的人，我有太多的问题要问他。

我对三哥说，你家大哥好凶啊，他为什么那么对大嫂？

三哥说，就是，你瞧他那个熊样，就是个恶棍！

他怎么一条腿没有了？从小就这样吗？

不！那是他自作自受。三哥露出一脸的不屑，说，谁让他要去当炮灰，跟红军打仗呢？

到这时我才知道，他家大哥当的是国民党兵，他那条腿是去"围剿"

红军时，被红军的子弹打断的。三哥还告诉我，幸亏他大哥早有个相好的，腿断了还愿意跟他；否则，一辈子别想娶女人。

听到这话，我一阵哆嗦，脑子里蓦然想到了爸爸和妈妈，想到了爸爸曾经是红军里的一个大官。这么说，大哥丢的那条腿，跟我爸爸妈妈有关？

三哥当即看出我脸上的变化，奇怪地问，小妹妹，我说大哥的腿，你紧张什么啊？是害怕打仗吗？

我一阵慌乱，连忙说，没，没什么，打仗多可怕啊。

他说，那当然，子弹不长眼睛，算他命大。

我又问，你说大哥有个相好的，是大嫂吗？

不是大嫂是谁？三哥愤愤地说，也就是她脾气好，忍气吞声。换了别的女人，谁容得他这么野蛮？早一拍屁股走了。

我和三哥是爬到大院的晒楼上说这些话的，看得见院子里偶尔有人走动。当院子里静悄悄时，他压低声音说，小妹妹，你不懂吧？大嫂在武汉当过窑姐，那时大哥常去逛窑子，他们就是这样好上的。

什么是窑姐啊？我惊奇地望着他。

三哥的嘴刚要咧开，又抿上了。他是觉得有些话不好说，一句两句也说不清。迟疑了三两分钟，他低声说，这么告诉你吧，做窑姐的都不是正经女人，她们和好多男人睡觉；不过现在大嫂不这样了，那是过去的事。说完，他叮嘱我说，这是秘密，不许对别人说啊！

怎么会是这样？我茫然地望着三哥。

五

我眼里的刘家大嫂，是一个善良的女人，逆来顺受。她在这个家地位低下，可有可无，永远招人白眼儿。从三哥家门前经过，我老看见她苦乞着一张脸，不是在做饭，就是在缝缝补补，就像一个从乡下雇来的老妈子。不，比老妈子还老妈子，简直就是个奴隶。让人气愤的是，大哥态度恶劣，动不动就训斥她，打她，骂她是丧门星、脏货；还把她在武汉辛辛苦苦挣下的血泪钱，拿出去赌博，而且输个精光。大嫂有什么办法呢？她是个弱者，是众人眼里的下贱女人，只能以泪洗面，任人欺负。

养母带着我刚住进这个院子时，大哥正闹着分家，逼着他父亲刘老倌把家里的钱分他一半。他狠狠地骂他父亲是吝啬鬼，是守财奴；怒斥他父亲，你想把财产带进棺材里去？目的没达到，他就拿病病快快的大嫂出气。在夜里，常常能听见大嫂的哭声。

三哥是刘家唯一对大嫂好的人，他同情她，可怜她，在她需要的时候，会勇敢地站出来为她说话。有件事，我印象特别深刻：湘西有个习俗，一家人围在一起吃饭，女人是不能上桌的，像大嫂这样的人更没有人想到她。但三哥不，家里每次吃饭，他都要等待大嫂一块吃，大嫂提起了筷子，他才动筷子。这时候，家里其他的人包括请来的伙计，都一抹嘴巴离席了，桌上只剩下清汤寡水、残羹剩饭。

对大嫂深怀同情心，让我看到三哥是个与众不同的人，早熟的人，不像他父亲刘老倌说的下九流，好吃懒做。

我第一次看见大嫂的时候，她已经病得很厉害了。听说她得的是大肚子病，像个怀了七八个月的孕妇。她时常用手托着肚子，走起路来格外吃力。但从未听说她生过孩子。有时候，我跟着三哥进他家厨房找东西吃，十回有八回看到她在熬药，陶制药罐里咕嘟咕嘟的，满屋子飘着很苦的味道。但刘家人对她的病讳莫如深，她自己也是。

除去做家务和为自己煎药，大嫂常做的事，是做鞋，做她脚上每天穿着的那种白鞋子。没完没了地做，没日没夜地做。三哥告诉我，大嫂总穿这种白鞋，是为她的母亲戴孝，自她母亲死后就没有断过。

大嫂原来是这个世界上最苦命的女人！

关于她母亲的死，有两种说法。一种是在逃难的路上，她母亲被追赶而来的日本鬼子强奸了，当天便跳河自尽了，连尸体都没有找到；另一种说法是被日本鬼子的飞机炸死的，当时十几岁的大嫂跟着母亲逃难，曾亲身经历了这一幕：炸弹爆炸后，她被巨大的气浪掀倒在地，爬起来时发现母亲不见了，和母亲走在一起的人也不见了；她找来找去，只找到一块块碎肉，一条条残肢断臂，根本分不清是谁的。

以后跟着继续逃难的人，一路流浪，大嫂踉踉跄跄地走到了武汉。但她举目无亲，无处落脚，最终被骗进了妓院。当老板逼着她去接客时，她才知道沦落到了什么地方。但是，一个清白的乡下女子，怎么忍受得了这种屈辱？她哭啊，闹啊，逃跑啊，可都无济于事。后来，她就当自己死了，是在行尸走肉，把身体任意交给别人去糟蹋。这时候，她唯一的自我安慰，就是做鞋，做一双双白鞋，为母亲戴孝。

大哥的部队当时驻在武汉，奉命向洪湖开拔。巧的是，洪湖革命根据地正是我父亲他们开辟的，国民党军同红军打仗，其实就是同我父亲他们打仗。大哥他们知道我父亲带领的红军的厉害，担心再也回不来了，便纷纷涌进妓院寻欢作乐——他就这样认识了大嫂。

得知大嫂的身世，当时的大哥可怜她，同情她，对她说，他的家在离武汉不算太远的湘西洪江，父亲做木材生意，有点钱；打完这一仗只要还活着，就把她赎出去，带她回洪江过寻常人家的日子。

大嫂泪流满面，当即答应了大哥。她那时想，不管大哥家里真有钱还是假有钱，只要不嫌弃她，给她个遮风挡雨的地方，就跟他走。因为，她早就想过，像她这样的下贱女人，在妓院过的不是人的日子，留在这里何时是个头？

结果大哥人是回来了，但一条腿没有了，成了个残疾人。他问大嫂还愿不愿意跟他走，大嫂说愿意，提起包袱就跟他来洪江了。

大嫂是真想重新做人，进了刘家，她不忌冷眼，竟在众目睽睽之下，虔诚地跪在他家的祖宗牌位前，痛心地向他们忏悔，还把她多年攒下的首饰交了出来，希望这一家死去和活着的人，能宽恕她，接纳她。但这个女人太天真了，不知道自己的身子在别人眼里，永远是肮脏的。最要命的，是大哥像换了一个人，露出了凶狠的一面，稍不顺眼便对她拳脚相向，好像只有不断地骂她，打她，才能证明他和她不是一路货色。

悔之已晚，大嫂终于被熬得贫病交加，走投无路。

大哥和大嫂的这些事，凡三哥知道的，他都一五一十地给我说了，听得我的眼泪稀里哗啦地流出来。我那时小小的年纪，还以为自己的命苦，没想到大嫂的命那才叫苦，真是苦不堪言；跟她的苦比起来，我经历的那点苦，就简直不是苦了。

我对三哥说，大哥不算一个坏人，他救了大嫂。

三哥说，怎么说呢？他是救了大嫂，但光救她、娶她做老婆有什么用？关键是要把她当人看，不能歧视她，欺负她。大哥这个猪脑子，他也不想想，大嫂答应给他当牛作马，他就真把人家当畜生啊？不知道人家也是活生生的人吗！要是换了我，早去跳江了。像大嫂这样活着，真是生不如死。

话虽然说得恶狠狠的，但我基本同意三哥的说法。大哥性格粗野，脾气暴躁，不仅对大嫂，对谁都凶巴巴的；他人残废了，还拖着那截空空的裤管在外面瞎混，酗酒、赌博、抽鸦片、逛窑子，什么都干，谁都说他是个浪荡子，在背后戳他的脊梁骨。

对自己这个哥哥，三哥恨他无常，怒他无情，但对他的堕落却心生怜悯。也许怪不得他呢，在沉默很久后三哥说，是这个社会太黑暗了，太残酷了，让他变得人不人，鬼不鬼的。但愿抗战胜利，把日本人赶跑了，大家的日子能好起来。

说完这些话，他发出重重的一声叹息。

在湘西洪江，我渐渐长成了一个小姑娘。当时母亲远在苏联共产国际工作，我身上穿着父亲在战斗间隙交代部下给我寄来的八路军大衣。看得出来，这件小大衣是用成人的大衣改的，下摆改的针脚还依稀可见。

六

　　三哥在晒楼上给我说出那个惊天秘密时，天空正好有一架飞机飞过。是架不小的飞机，巨大的轰鸣声把屋檐上的瓦震得瑟瑟颤抖。我大声地对他说，三哥，你刚才说什么？我没有听清。

　　他没有接话，昂起头望着那架飞向芷江的飞机，直到它变成天空中一个小小的黑点。然后才回过头，眼睛里泛出少有的光芒，对我的称呼也忽然改变了。他一字一顿地说，捷生小妹妹，我要走了。这是我最大的一个秘密，只告诉你一个人，你得为我保密，对谁都不能说。

　　我的耳朵被飞机的引擎声震麻了，正处在静音状态，但还是听清了他的意思，却没有意识到事情的严重性。我说，三哥，你要去哪里？

　　他有些失望的样子，加重语气狠狠地说，你听好了，我要离开这个家，离开洪江，走得远远的。

　　听见这话我有些慌了，说，三哥，你别吓唬我啊。

　　他的眼里溢出几分怜悯，忽然感伤地说，捷生，我真把你当小妹妹了，绝不是吓唬你。再不离开这里，我会疯掉的。

　　那你要去干什么？还说要走得远远的？

　　说这句话时，我声带发颤，眼泪就要夺眶而出。在洪江这么多年，我对养父的养育之恩没齿难忘；对多少有些冷淡的养母，也说不出什么不是来。我知道在这个年代，我能活下来就不容易。但每天躲在屋子里的日子，实在让我过怕了。现在好不容易冒出来一个三哥，他对我又这么好，却突然要走了，我不禁有些着慌和害怕。

　　三哥猜得出我在想什么，他倚着我身边的栏杆，一只手搭在我瘦削的肩膀上，一只手帮我擦去流出的泪水。他说捷生，你信不信？我把你当成我的亲妹妹，才告诉你这个秘密，别人我谁都不说。实话讲，我也舍不得扔下你。但我已经长大成人，必须去为国出力了。

你要去当兵？！说出这句话之前，我突然想到了他家大哥，想到他被红军打断的那条腿，心里更害怕了。

捷生，你真聪明！他激动又诚实地说，我真的要去当兵，去云南中美飞虎队当空军。想了想，他觉得应该说得更明白一些，又说，现在抗战胜利了，报纸上已登出消息，毛泽东已经从延安到了重庆，同蒋委员长谈判，商量第三次国共合作。看来仗是不会打了，我们的国家和政府也该强大了，不能老受人欺侮。

我的心怦怦地跳起来。三哥的话我似懂非懂，但我清清楚楚地听见他提到了"延安"两个字。我想，我的爸爸妈妈就在延安那边，如果共产党真能和国民党合作，他们就真会来洪江接我了。可我不敢说出来，因为养父临死前叮嘱我不要提延安，更不能说我是贺龙的女儿。

这时，三哥从口袋里掏出一张叠好的纸，郑重地递给我说，这是留给我老父亲的一封信，你给我藏好了，一定要藏好！十天半个月后再拿出来交给他。在交给他之前，你要装成什么都不知道。无论他们怎么找我，怎么问你，你都不能把实情说出来，做得到吗？

我的手在颤抖，捧着那封信像捧着一团火。这个秘密太大了，一个不足十岁的小女孩怎么承受得了？我感到我就要被那团火烧着了。

看见我那副模样，三哥不禁笑了，说，没关系，你把信藏好就是了，藏在只有你才能找到的地方。我相信你能做到，一定能做到！

我想到三哥真把我当成了他最信任的人，认真地点了点头。心里想，如果我不答应，他肯定会看不起我，说这些日子枉对我好了。

帮助我把信藏进身后屋柱的一个榫缝里，他踩着木楼梯，从晒楼嘭咚嘭咚地走下去。进了前院他家的时候，稍微耽搁了一会儿，然后他的背影出现在院子门前的石板路上，连头都没回过。

这是我站在晒楼上亲眼看到的。后来我得知，他在自己家耽搁的那一

前些年我回到洪江，特意去江边寻找我住过的刘家大院，可惜这个院子早被历史的变迁淹没了。我盘桓在一条条小街上，感到哪个院子都像我当年住过的，但哪个院子又都不能让我一眼认出来。

会儿，是进了大嫂的屋子。大嫂已瘫在床上，这时正咻咻地喘着粗气，差不多奄奄一息了，他给这个可怜的不久就将去世的女人，扑通下了一跪。

我至今弄不清楚，三哥为什么要以这种方式，离开我们共同住着的刘家大院，离开他的家。

七

三哥的父亲刘老倌，是在他出走后的第五天或第六天才发现他失踪的。头几天，他就觉得有些反常，因为桌上三哥吃饭的碗筷总是空着。那时他家大哥已基本不着家，天天在外面混；大嫂不需要吃饭了，只能躺在床上吃药。在老人的身边，只剩下几个伙计。

那天，在几个月前替补大嫂做饭的老妈子，撩起围裙擦着手，小心翼翼地对刘老倌说，老爷，三少爷有几天没回家了。

晓得啦，刘老倌咕哝一声。他本来就没有多少话，又正在生闷气，脸色像雨天那样阴沉。老妈子见他不当回事，自己走开了。

快过一个星期了，桌上那副碗筷还空着，刘老倌心里慌了，让伙计们满大街去找，而且特别交代伙计们要去找那些戏班子，他断定三哥是跟着戏班子跑了。但是，在洪江，哪里还能找到三哥的影子？就是把街巷里的每块青石板翻过来，也找不到他。

刘老倌沉着一张脸，到赌场求他家大哥也去找。他家大哥连屁股都没有抬一下，说，他跑了管我什么事？他愿意跑让他跑去！刘老倌气得脸色铁青，明白他这个大儿子心黑了，正在盼着独吞他的财产。

第七天，第八天，请了更多的人去找，所有的地方都找过了，还是没找到。刘老倌这时说，去江边问问，看看是否打捞过落水的人。他想三哥对他不理不睬，性情古怪，说不定是活得不耐烦了。但是船夫们说，这些天风平浪静，没有发生过投河跳江这种事。

他们当然也要盘问我，刘老倌问过，其他人也问过。我只是摇头，拼命地摇头，一副吓坏了的样子。养母还关上门，软硬兼施地来套我的话，她说，死丫头，三哥最喜欢你了，天天带你一起玩，就没有发现一点蛛丝马迹？我还是摇头，急得直想流眼泪。

他们大概觉得三哥活得无聊，他过去经常带我玩，只是寻开心而已，不可能跟我这个屁事不懂的小姑娘说实话，因而很轻易就放过我了。

那些天我简直度日如年，时刻在察言观色，看这件事到底会有什么结果。刚开始那几天，没人想起三哥，我就有些沉不住气了，一有机会就爬上晒楼，看看那封信是否还藏在屋柱的那道榫缝里，怕它被哪只鸟儿叼走了。下雨的时候，我也去看，担心雨水会把它打湿，其实那是雨水淋不到的地方。人们发现三哥不见了，到处去找，我又惶惶不可终日，总跑到前院去看他们是否找到了，虽然我知道他们是肯定找不到的。有几次，我都感到憋不住了，差点要说出那个秘密。

到了三哥交代的第十天，我想他一定到昆明了，又跑到三哥家去看动静。三哥家冷冷清清的，请来寻找他的人都散了，只有大嫂还独自躺在床上喘气。我赶紧溜出来，往他家的店铺里跑。

三哥家的店铺几天前就关门了，我看见门里有一条缝，从门缝里溜了进去。眼前的情景让我怀疑是在做梦：刘老倌趴在柜台上，正在哭泣，瘦削的肩膀一颤一颤的。这个脸上从来没有表情的人，看上去是那么悲伤，那么可怜，不知道他是为三哥，还是为他自己。

听见动静，他茫然从柜台上抬起头来，一见是我，急忙擦去老脸上的泪水，声音嘶哑地说，小丫头，你找我有事？

我点点头，说刘爷爷，三哥没有死，他留下了一封信。

刘老倌脸色大变，一把抓住我的小胳膊，用力地摇晃，说，这是真的吗？你没有诓我？三哥的信呢？快给我拿出来！

我告诉他信藏在晒楼上一根柱子的榫缝里，他当即拽着我往晒楼上跑。跑到楼梯下，他松开手，自己连滚带爬地往上攀。

在我的指点下找到那封信，慌乱地读过，刘老倌气得把信撕得粉碎，又抬起脚往散落的碎片上踩了几脚，嘴里骂道，你这个王八羔子，你这个没良心的，你哥哥当兵都当废了，你还要去当兵？就不怕炮子打死你？……

骂着骂着，想起我还站在他身边，刘老倌恶狠狠地瞪着我，指着我的鼻子训我，你这死丫头，前些天不说实话，害得我连死的心都有了。我这就去告诉你唔妈，让她罚你跪祖宗牌。说着扔下我，独自下楼梯，最后那几级，是呼啦一声出溜下去的。

我回到家里，刘老倌已告诉养母我撒谎的事。我想这顿暴打是少不了的，可心里想，你要打就打吧，我完成了为三哥保守秘密的任务，挨一顿打有什么要紧？打多痛我都忍着，不哭。可这是上午九点钟左右，正是养母最困的时候，她软塌塌地把自己从床上掀起来，指着养父的遗像说，死丫头，你知道做错了什么，给你瞿伯伯跪下。

我就在养父的遗像前跪下了。但说来也奇怪，过去养母每次逼我给养父的遗像下跪，我都会伤心流泪，唯独这次一点儿也不伤心，一滴泪也没有。真的没有。

事情过去几个月，三哥从云南给我来信了。这是我平生收到的第一封信。他果然当上了空军，随信还寄来了一张照片。在照片上，他穿着美式空军服装，特别漂亮，特别英武。

遗憾的是，我再也没有收到三哥的第二封信。

我们都知道，在抗战胜利后的第四年，中国天翻地覆，江山易主，三哥所在的阵营土崩瓦解，灰飞烟灭。不知道三哥是步他大哥的后尘，成了国民党的一个炮灰；还是流落到台湾或海外什么地方，成了一个有家难回的游子？

三哥的死活，对我来说，至今还是一个谜。

八

天下着雨，江边停着两只木船，一只装着养父瞿玉屏的棺木，一只坐着养母和我，还有简单的几件行李。船是往乾州方向走的，我寄养在洪江的八年岁月，就这样随着纷纷降落的雨沉进了记忆。

这是1945年冬天，三哥远走昆明之后又过了一段日子，养父那个仍在军中服务的名叫罗文杰的朋友，按照他生前的嘱托，安排养母和我悄悄离开洪江，往湘西的另一座小城乾州转移。在那儿，他已经为我们租好了房子，买好了养父下葬的墓地。养父和罗文杰都是湘西永顺人，他甘愿魂归他乡，我后来才知道，这也是为了我的安全起见。

这时天天困扰我，让我愁眉不展的，是抗战胜利了，爸爸妈妈怎么还不来接我？是不要我了吗？当然，我小小的年纪，此时怎么也想不到，抗战胜利后的国共两党并没有通过和谈达到人们预期的结果，中国人和中国人在自己的土地上打的那场更大规模的战争，很快就将波澜壮阔地拉开序幕。我爸爸妈妈又将被拖入新的战争之中。也就是说，这个时候离我母亲蹇先任1949年冬天从沈阳返回湘西来寻找我，还有漫长的三四年。因此，在接下来的日子里，我依然看不到和平的曙光，还得在战乱中漂泊。

后来我才弄明白，养父那位安排养母和我离开洪江的朋友罗文杰，也曾是我父亲贺龙的部下，衔至国民党军少将，在湘西从事情报工作。他愿接手养父继续保护我，除去对我父亲的尊重，与我养父同过生死，私交深厚外，还与养父在延安接受了八路军总部的指令，把统战和兵运工作做到了他身上有关。罗文杰是个识时务的人，他肯定对自己的政治前途有过深谋远虑。否则，就不能解释他作为国民党将军，明明知道我是贺龙的女儿，为什么还能施以援手，毕竟国共两党是水火不相容的。

我的真实身份，养父是在临死前向罗文杰和盘托出的。养父不想把秘密带进棺材里，他对这个特地赶来为自己送终的朋友说，文杰兄，你不知道，我女儿捷生，其实是贺龙贺胡子的亲骨肉，民国二十六年七八月份，我和光远兄去陕北找他时，我们主动提出把孩子带回洪江来帮他抚养。为此，贺胡子还向八路军总部为孩子申请了三年的抚养费，让我们一并带回来。他说为了孩子的安全，让她跟光远兄和我谁姓都可以。但这话，我怎么敢当真呢？现在，光远兄不在了，我也没有福气把她养大，不能亲手把她交回给贺胡子，希望你能继续帮他一把，至少不能让孩子有个三长两短。又说，天下就这么大，国共两党这样斗下去，谁胜谁负，殊难预料，你总得给自己留条后路吧？罗文杰说，玉屏兄，这些我懂，保护贺胡子一个孩子，我能做到，也义不容辞。

后来的事实证明，他没有食言。

还有一件事需要交代：当养母带着我离开洪江时，刘家大嫂也走到了生命的尽头。巧的是，当我们走出刘家大院时，正值她出殡。

这个可怜的女人来到这个世界忍辱负重，遍体鳞伤，死对于她来说，应该是一种解脱。让人感到凄凉的是，她年轻的时候不知道伺候了多少男人，最后却只有一个男人送她上路。当时唢呐呜咽，纸钱飞舞，我看见刘家大哥面无表情地扶着那口薄皮棺材，摇摇晃晃地往山冈上走。湿漉漉的风吹着他那截空空的裤管，像吹着一面白幡。

船离开码头的一刹那，我百感交集，思绪如麻，在心里说，洪江啊，整整八年了，我就要离你而去。在你的怀抱里，我虽然无数次哭过，悲伤和迷茫过，但你用仁爱呵护了我，抚慰了我，让我在国民党的眼皮底下平平安安地长到了十岁。我还想说，洪江，你无愧于我，有恩于我，我永远不会把你忘记，但如果说还有什么遗憾，是你欠了我一种东西。因为在你的怀抱里，我失去了童年，没有得到我在童年本该得到的欢乐。

当然，我也没有忘记在江边的刘家大院或欣慰或忧伤度过的那些日子。因为在这个破旧的院子里，我亲眼看到，亲身经历了许许多多的事情，至今还让我感到它深不可测。

乾州那条石板路

半个多世纪过去了，我那双苦命的走过许多路的脚，至今还记得乾州古城的那条被磨得光滑如镜的石板路；那条石板路，自然也应该记得我那双十岁多一点的少女的脚，曾怎样在它的路面上踉踉跄跄地走过。

养父去世后，养母带着我从洪江转移到乾州，我就像一只断线的风筝，从爸爸妈妈的眺望中彻底消失了。过去的八年，身在抗日前线的爸爸妈妈虽然顾不上我，被迫忍痛割爱，骨肉分离，但他们毕竟知道我在洪江，在养父瞿玉屏的身边。而养父一死，丢下我们孤儿寡母隐姓埋名，孟母三迁，最后从洪江漂泊到乾州，我爸爸妈妈就再也不知道我的生死和下落了。他们往洪江写去的信和托人寄去的东西，如石沉大海，这也为解放后他们寻找我增加了更大的难度。

完全能想象，我和养母到了乾州，两眼一抹黑，该有多么寂寞和孤单；家里因失去养父这根顶梁柱后面临的困窘，也接踵而至，频频从生活的一条条缝隙里渗透进来。

没有了养父无微不至的呵护，跟着对我不冷不热的养母，我真正感到了举目无亲，感到自己是一个多余的人。

乾州与洪江相比，是一座更小更精致的小城。同样也临水，只是从小城旁边流过的万溶江，与流经洪江的沅水相比，小得就如同涓涓细流。街道也不似洪江繁华，街道两旁虽也挤满了屋角相连的小楼，小楼的门楣上也雕花，却少了许多深宅大院，且多为木楼、砖楼，甚至有不少摇摇欲坠的土楼，带着更古老也更简陋的湘西原始风貌。唯有一条条用青石铺成的石板路，与洪江有几分相像。因小城比洪江更小，更原始，人也更少更淳朴，那些石板路便也更窄，更曲径通幽，颇有"人迹板桥霜"的味道。

初始有种落在井里的感觉。小城都是当地人，随着抗战的胜利，以往从沦陷区逃到这里来避难的人们，几乎在一夜间走光了。狭窄的街道忽然变得空荡起来，白日漏下的阳光，夜间漏下的月光和星光，伴随着阴晴圆缺，把一条条石板路映照得格外寂寥。脚踏在石板上，往往只听见脚步声和说话声，却看不见人。好不容易走来一个人，一闪便不见了，原来横竖和你走的不是一条路。夜晚在巷子里走，总感到有人在身后追你，鬼鬼祟祟的，你停下来，那脚步声也停下来，吓得你汗毛都要竖起来。如此几番折腾，才明白，原来身后根本没有人，是自己的脚步引起的回声。

在小城的中心，竟然藏着一个小湖，夏日长出一簇簇苇草，漂着一团一团紫色的嫩叶，嫩叶间开着星星点点的粉红色小花。薄暮时分，成群结队的红蜻蜓蜂拥而至，贴在水面低低地盘旋，低低地飞。八九月到来，常有人光着膀子，以手当桨，坐在腰子形的木盆里去湖心采菱。而在湖边，早有人用废油桶生好了火，架起了锅，把新采下来的菱角现煮现卖，花很少的钱便能尝到新鲜美味。

在小城里住了些日子，胆子稍大，我沿着通往江边的石板路走出城门，看见清澈见底的万溶江从远处缓缓流来，像一根闪亮的弦子。靠近江边的山坡上，青郁郁一片，长满结着累累果实的橘子树。身边倒与洪江相似，来来回回的，都是些忙忙碌碌的女人。小城的人爱干净，在家里用皂角把衣服搓过，再去江边用棒槌捶打，又用活水一次次地漂洗。在清晨的薄雾中，一阵阵捣衣声，此起彼伏。

站在江边向北望去，在苍茫的山冈上，湘西那道著名的边墙便从视野里浮突出来。几十年后专家们考证,这一蜿蜒在湘西土家族世世代代居住的凤凰县和吉首市境内的古迹,作为封建社会在多民族杂居地区留下的军事防御体系,与北方的长城遥相呼应,堪称人间奇迹。可惜边墙的砖石经风吹雨打,已变得斑斑驳驳的。墙根处因雨水旺盛,长满一丛丛密密麻麻比人还高的芭茅草。

发现江边的幽静之后,我经常从家里溜出来,独自坐在某块石头上发呆。在这样一个地方,两眼茫茫,没有人认识我,可以痴痴地凝望流水,凝望远处莽莽苍苍的山冈。一个眼看要到十一岁的孩子,此刻也有了自己的心思,自己的憧憬和向往,身体里仿佛有一种东西在缓缓打开。

养母发现这个秘密,并不感到惊奇,也不担心我会跑丢了,而是顺水推舟,把一只洗衣用的木盆和棒槌交给我说,捷生,你也老大不小了,既然喜欢往江边跑,那就每天捎带去把衣服洗了。在她看来,我们孤儿寡母地流落在这座小城,就像鸟儿衔来的两粒草籽,鬼都不理你,谁在乎你什么时候在这里生根了,什么时候在这里发芽了?但生活还得照样过下去,小丫头既然长成了一个小姑娘,就得做该做的事。

我们居住的周家大院,是乾州少有的一个繁杂的院落,典型的清代江南庭园建筑,始建于清代同治年间。院落内的房屋为灰砖青瓦,马头墙,桐油壁板,花格檐窗。大门为两层门楼,青条石门框,上盖飞檐架罩。与门楼右接的是两层楼的库房与书房。进了门楼,是青砖铺就的坪场,坪场左边是一个大花园,坪场与花园以砖砌的花墙隔开,花墙约三尺多高,上铺长条青石台板,台板上摆放着一钵钵花卉,栽着五花八门的花草,我记得有紫竹、菊花、月季、含羞草,还有一些我叫不出名字但随手可以采来治疗拉肚子的草药;大花园内有两株金橘,还有栀子花树、桃树、石榴树、茶花树及牡丹、玫瑰、芍药、美人蕉、秋海棠等花卉。园中还有一个高出地面两尺多,四周用青石板合围的花坛,植有各种兰花。花园内有一条用小卵石铺成的弯弯曲曲的路径。坪场快到尽头的左边是一个大金鱼缸，内放假山；右边相对称的是一口大荷花缸，荷花缸的后面又有一个高约三尺多的花坛，坛沿摆茉莉花钵，栽种菊花。庭院的正面是两层楼的主宅，主宅前沿的台阶上窗檐下摆满一钵钵兰草。主宅的后面有天井、回廊、书房、小晒楼、厨房。主宅左面穿过一个幽雅的月亮门，是一个精巧的小花园，内有一珠高大的杨梅树及一片斑竹林。后院有果园、竹园，还有很大一片菜地，菜地边种着柑子和柚子，一直延伸到城墙脚下。

肯定是战乱不休的缘故，当我开始在周家大院里进出时，院落已呈现出颓败的迹象，掉落的墙皮没人补，台阶多处破损，屋檐下的檩条经漏下的雨水反复浸泡，不少地方腐朽得耷拉了下来；花园里的花开得有气无力，懒洋洋的，坪场的砖缝里钻出一簇簇狗尾巴草。

院子里住着周家和黄家两个家族，都一蹶不振，呈现出江河日下的衰落之势。周家曾是旺族，周家爷爷周绍南，妻子是苗族人，曾被当年驻军凤凰的湘西王陈渠珍特聘为凤凰县长。周家大院就是他在同治六年亲手建的。周绍南满腹经纶，豁达开明，正直宽厚，在担任凤凰县长五年间励精图治，为维护凤凰的社会治安和发展当地乃至湘西经济做了大量工作，迎来了民国凤凰的鼎盛时期。那时湘西这座古城社会稳定、民风和顺，百姓安居乐业。1935年秋，周绍南病逝于凤凰县长任上，享年五十岁。陈渠珍痛惜不已，亲自为其主持丧事，并为他题悼"清风惠政"。不过，我看见的周家，此时已门前冷落，家境萧索，长年住在这里的是他们已沦为平头百姓的一个儿子，叫周洪渊，文质彬彬的。住了些日子后，彼此熟了，我叫他周大哥。这个解放初期被冤杀的人，在杭州读过大学，性情温和，说话不温不火，看上去颇有教养。他娶的女人，因名字里有个翠字，我们都叫她翠姐。这个翠姐尽管没读过什么书，却天生丽质，是小城里的一枝花，与周大哥搭配算是郎才女貌。

黄家是生意人，像是在哪条街上开着店铺，也难得照面，请了个六十多岁的老太太帮助管家，大家叫她麻子奶奶。遗憾的是黄家无子，从兄弟家过继来一个女孩，和我差不多大，后来我和这个叫昆玉的女孩成了几十年的朋友。

周家大院旁边有个陈家大院，主人叫陈景尧，娶了三房太太，由长得精明而富态的二太太管家，算得上是个钟鸣鼎食之家。给我留下记忆的是，养母带着我从洪江搬到乾州后，常去和陈家的几个太太打牌和抽大烟，她们好像早就相互认识，是老熟人、老朋友。

对照同一个院子住着的周、黄两家，说养母和我也住在周家大院，不如说是蜷缩在这座大院的屋檐下。我们住在院落里小花园和大花园之间，与周绍南的儿子周洪渊一家住着的两层楼主宅相连的一排厢房里。厢房共有五间，我和养母住其中的两间，也可能是三间。虽然随着养父的离世，家里断了经济来源，生活无可奈何地露出了它的败象，养母却仍然保持先前的那种活法，每天脸不洗，头不梳，睡到中午才起床。醒着的时候没精打采，哈欠连天，只有在抽大烟和打牌的时候，才能看见她眼里的光芒。

家里过得如此潦草，可怜我一个十岁出头的小姑娘，家里除去有帮佣每天做两顿饭，其余的扫地、洗衣服、倒马桶，样样都得学着去做。养母半夜打完牌回来，喊肚子饿了，还得爬起来给她做夜宵，或者为她热帮佣在白天做好的莲子羹。我穿的衣服，更是养母穿旧了不要的，套在矮小瘦弱的身上，晃晃荡荡的，像个小叫花子。脚上穿的鞋，也是养母穿破了不要的。最让我羞愧的，不是养母穿过的旧鞋有多大，穿在脚上有多么空荡，而是两个大脚趾老从破洞里钻出来，像对外面的世界感到惊奇。院子里哪家来了客人，见面先把穿着破鞋的脚缩进大裤腿里，实在藏不住了，就把大脚趾勾回去，不让它们钻出来丢人现眼。

如同从笼子里放出的小鸟，乾州给我带来最大的改变，是能背着书包去上学了。因为养父健在的时候先请那位老先生，后用免费提供住房的方式换取两个老师给我陆陆续续教过学，帮我打下了学业底子，当养母领着我去当地的一所小学报考时，竟直接考取了五年级。

周家大院临近小城的西门，通往学校的那条不算短的石板路，必须经过观音堂、州衙门、州政府……早晨我简单地扒拉几口剩饭，踩着高高低低的青石板，啪嗒啪嗒地跑去上课，得走半个多小时。而且每天需要走三个来回，上午上学一趟，中午回家吃饭一趟，夜里去上晚自习一趟。

实话说，像我这种境况，在该上学的时候没有失学，已经是件相当幸运的事了。否则，推后十几年，我是不可能以自己的实力直接考取北京大学的。因此，我对乾州小城的记忆，其实就是上学的记忆，还有就是在那条石板路上来回颠簸的记忆，这其中，也包括穿什么鞋走路的记忆。

一个已经知道羞耻的少女，穿着一双肥大的露出脚

我在乾州居住的周家大院，是一座典型的清代江南庭院建筑，始建于清代同治年间。院落内的房屋为灰砖青瓦，马头墙，桐油壁板，花格檐窗。大门为两层门楼，青条石门框，上盖飞檐架罩。（向民航摄）

指头的鞋，每天跌跌撞撞地跑去上学，沿路上，就像拖着两只小船，那样子实在有些古怪和滑稽。有时走急了，左边的鞋踩上右边的鞋，人便像鸟儿那般飞出去。这让我深深地记住了这条石板路的冰凉和光滑，记住了我常常在路上摔跤，虽不会磕出血来，但马上就会鼓出一个青色的包，像突然长出来一只角。无比狼狈的是去上晚自习，别的同学有人接送，还有手电或火把一路照明，我只能借着月光和星光，像个幽灵似的在小巷子里来回奔走。遇到阴雨天，乌云遮月，路上黑漆漆的，只好高一脚低一脚地凭着感觉走，或者偷点别人家漏出来的灯光向前走；因为鞋子太大，穿在脚上空空荡荡的，滑溜溜的，有时候走着走着，不免踢出去一只，得停下来像摸鱼那样摸半天。

　　到了夏天，我干脆光着脚走，把鞋拎在手上，像拎着两条臭烘烘的咸鱼。不过，这样反倒走得更快了，更稳了。哪天起晚了，怕上课迟到，索性一路小跑，任两只脚劈劈啪啪地打在石板上。那种从脚板心传来的冰凉而又微痒的滋味，至今想来，依然感到麻酥酥的。

　　小孩子见面熟，大概过了两三个月，我认识了在黄家帮佣的麻子奶奶，还有他家过继而来的小女孩昆玉。周家的周洪渊大哥，还有他长得漂亮的女人翠姐，也叫得出我的名字。麻子奶奶心善，嘴碎，带着昆玉睡一张床。她见我和昆玉常在一起玩，也像待昆玉那样待我。有时在她家玩到深夜赖着不走，麻子奶奶便会收留我，让我和她们在一张床上睡。她睡一头，我和昆玉睡一头。麻子奶奶人老了，俏皮话多，经常和我们两个孩子闹着玩。她看见我的鞋子上的破洞越来越大，嘴里说造孽啊，造孽啊，接着便逗昆玉，说昆玉呀，你和捷生是好伙伴，你看她穿着这双烂鞋去读书，几丢人啊，你把鞋子借给她穿几天吧？我说过，昆玉不是黄家亲生的，又是个赔钱货，在家里也不怎么受待见，脚上也只有一双鞋，同样有寄人篱下的凄楚。听说麻子奶奶要她把鞋借给我穿，她信以为真，吓得大冬天也会从床上蹦下去，把自己的鞋宝贝似的提上来，抱在怀里睡觉，生怕我在她睡着的时候把她的鞋穿走。

周洪渊大哥和翠姐就在这个时候走近我，对我表示格外垂怜，虽然事后证明，这与他们有个儿子有关。周大哥的儿子叫周万应，比我和昆玉小几岁，我和昆玉在院子里打打闹闹的时候，他常像跟屁虫那样跟着我们，讨好地叫我们姐姐。我上学后，周大哥也把儿子送到了同一所学校，读一年级。周大哥和翠姐都在外面做事，送小万应上下学便成了一个让他们头痛的事情。

是就要过年的日子，学校组织聚会，我正愁着脚上的鞋穿不出去，周大哥忽然给我送来一双新鞋，穿在脚上正合适，好像是比着我的脚买的。我想不出周大哥为什么给我买鞋，高兴得把那双鞋久久地搂在怀里，怕它长出翅膀飞了似的，心里仿佛有一朵花在绽开。周大哥请我今后捎带着接送他儿子，我当场便答应了。因为周大哥送给了我平生最想得到的一样礼物，给了我一个少女最不想失去的脸面。我想，这多贵重啊，我没有理由不答应他。

第二天，我早早地穿上那双鞋，高高兴兴地去接周万应，然后牵着他一起去上学。放学回到家，第一件事，就是把鞋脱下来，掸去泥土，小心地放好。这样一日三次，不厌其烦，怕早早地把鞋穿坏了。

周万应个子矮，还未长开，连鼻涕都不会自己擦，有时候还会撒赖，自己能走也不走，我只好背着他走。夜里去上晚自习，还有下雨下雪天，小屁孩子赖着我背他，我从不推辞，也不抱怨。

再去上晚自习，周大哥还为我们准备了一只小灯笼。

尽管还是走那条光滑如镜的石板路，尽管我小小的年纪，小小的身子，经常背着一个和我体重差不多的小男孩在上学的路上来回走，每天被压得呼哧呼哧的，但因为脚上穿上了一双体面的不再露出脚趾头的鞋，从此我感到在人前人后，终于能抬起头来了。

2012年2月—3月

逃离雅丽山

一

写下这篇文字的题目，我那颗苍老的心在怦怦地跳，隐隐地痛，像传说中的那只寒号鸟，发出一阵阵悲鸣。我必须说，耸立在湘西保靖县的雅丽山，是一座美丽的山，优雅的山；坐落在雅丽山上的原省立八中，六十年前在我孤苦无依的日子里，用它博大深沉的胸膛，如同慈母般地温暖了我，并用知识的阳光和雨露滋养了我，浸润了我，至今仍让我魂牵梦绕。

但是，在当年，我为什么要逃离它呢？

1947年夏天，当我与这座美丽的学校不辞而别时，是那样的仓促，那样的惊惶和狼狈。而且，时间过去了几十年，我至今对事情的来龙去脉，也未必能说清楚。

事情的发生和发展，远远超出了一个十二岁女中学生的认识范围。何况，那是一个动荡的年代，天地翻覆的年代，所有的人都像泡沫般地被突然到来的历史大潮不由自主地裹挟着，推拥着，说不定在哪个时候破灭，也说不定在哪一天会像鲁滨逊那样被漂到一个荒凉的孤岛。在那种时候，别说我一个小女孩，就是一个成年人，一个能呼风唤雨的人，也无法主宰自己的命运。

就像有一样重要的东西丢失了，几十年来，我总想把这段经历尽可能完整地回想起来，复原出来，哪怕它是悲凉的，凄苦的。

那就让我在这篇文字中再沉浮一次，再漂流一次。

二

如果时间可以倒流，1946年，当我戎马倥偬，即将投入与国民党生死大决战的父亲和母亲，在战争的间隙想起他们在九年前托人带回湘西抚养的女儿，不知道她是否还活着时，肯定想不到，在此时此刻，他们这个苦命的孩儿，却正穿着国统区的少女们常见的那种白衬衣，黑裙子，行走在湘西保靖县省立八中那座美丽而优雅的校园里。

命运的山重水复，峰回路转，连我自己也像雾里看花。

这年仲夏，我在乾州插班读五年级刚半年，因成绩优异，学校推荐我提前参加中学招生考试。和我半年前直接考取小学五年级一样，这次我又考取了乾州民族中学。消息传开，老师和同学们都用艳羡的目光看着我，说我真是块读书的料。我自己也欢喜，心想，现在我终于可以把过去耽误的时间抢回来了。但录取通知书一下来，我傻眼了：这所中学的学费非常昂贵，每个学期要交两担稻谷。

两担稻谷？养母听到这个数字，吓得两只眼睛瞪大了。她说，丫头，你知道两担稻谷是多少？给你打个比方吧，是我们娘儿俩半年的口粮！接着她爱莫能助地说，这个家你都看到了，一年不如一年。你想上学，又会读书，我自然高兴，可我供你不起啊！

我一个寄养在别人家的孩子，没有生活能力，见养母为两担稻谷发愁，没有继续供我的意思，心里先凉了，像大热天掉进了冰窟里。我记得养父生前说过，他已经备足了我的学费，但养母还像过去那样整天抽大烟，打牌，足不出户，用的都是养父留下的那点积蓄。坐吃山空的冷峻现实，我不接受也得接受。何况往后还要租房、吃饭、请帮佣，家里有多大经济实力，能支撑多久；还有，养母是真供不起我，或是压根就不想再供我了，也只有她自己知道。

我当然不甘心。你想，我才多大啊，个子又那么小，从此就待在家里洗衣服、做饭、倒马桶、服侍养母？这太残酷了！

想不到事情在半个多月后，出现了转机。

这天，养母的脸放晴了，突然笑着对我说，丫头，有好事了。你还记得你瞿伯伯在洪江请来教你数学那个史先生吗？你瞿伯伯去世后才离开我们家，去了长沙，如今在保靖省立八中教书。你如果还想上学，那就得离开乾州，离开这个家，跟他到保靖去读书。

我不知道事情的变化是怎样发生的，可听说还能继续上学，十几天没有的笑容又回到了我的脸上。再说，我当时也没有什么地理概念，不知道乾州离保靖到底有多远，更不知道养母忽然同意我去保靖读书，是真的不想耽误我，还是要把我推出去。不过，想到能跟着史先生上学，他至少不会把我卖了。道理明摆着，跟着养母或跟着史先生，我都是个需要看别人脸色的人。既然还想读书，那就没有其他选择了。

史先生是抗战时期逃到洪江的，是个流亡者。养父当年以无偿提供住房的方式，换取原为老师的两户人家教我学功课，他是教我数学的那位，算是对我们这个家有知遇之恩。再就是，他教过我读书，几年在养父拥有的房子里朝夕相处，相互间多少也有些感情。

见到史先生才知道，他有个和他同时流亡到湖南的弟弟，抗战胜利后在省教育厅找到了一份工作，随后帮他这个哥哥在保靖省立八中谋得一个教书职位。这时他在老家福建的妻子带着他们自己的孩子，还有她弟弟的一个孩子，也奔他来了。他自己在保靖省立八中当老师，把妻子和家安在所里（现在的吉首市），一直两头兼顾。当时长沙在抗战中迁往湘西各地的学校正陆续往回迁，教学秩序还没有走上正轨，作为一个条件，他弟弟又把一个孩子送到所里让他托管。史先生的工资本来就不高，家里养着四五个孩子，在经济上已不堪重负。

知道了这些，我心里的疑问也出来了：史先生有自己的家和孩子，外加两个亲戚家的孩子，肩上的担子已经够重了，为什么还能把我带在他身边？我到保靖省立八中上学后，随着他妻子不断地打上门来，这个疑问也变得越来越强烈，越来越猜不透。

我想，史先生是个有知识的人，对养父生前对他的关照，知恩图报，固然可以成为他收留我的理由。但他扔下好不容易团聚的妻子，特别是扔下同样也要上学的孩子，把我带在身边，这个人情对养母和我来说，还得实在是太大了，简直要把他压弯。正因为这样，他遭到妻子的反对，也合情合理。那么，是养父去世后他与养母惺惺相惜，有过人们猜测的那种暧昧关系？可这在我眼里不仅没有迹象，也不足以让他对我如此偏心。因为我非养母亲生，而且早成了她的累赘，他不可能看着养母的面子勉为其难；又因为他在养父去世前后的养母面前，始终都是一个被收留被怜悯的对象，从来就没以直起过腰来。

那么，他为什么要自讨苦吃？

几天后，史先生不辞辛苦，亲自来乾州接我。一两年没见面，我发现他老了很多，身子弯得像个括号，穿着非常简朴，说话仍带着很重的福建口音。在养母面前，他依旧言语不多，彬彬有礼，还像从前那样保持着主仆之间的距离。领我上路时，他对养母说，杨大姐，你放心吧，我会像对待亲生女儿那样对待捷生，让她好好读书。养母挥挥手说，史先生客气了，你是看着丫头长大的，把她交给你，我没什么不放心的。

在路上，史先生告诉我，他已经在省立八中为我注册，名字叫史捷生，到了保靖就可以跟他去上课了。我感到有哪儿不对，仰面问他，为什么叫史捷生？史先生知道的，我姓瞿，叫瞿捷生。他猛然收住脚，惊愕地

上图：省立八中坐落在酉水河畔郁葱葱的雅丽山上。校园对面的山峦上，有一块被雨水冲刷得色泽发黑的巨大石壁，镌刻着"天开文运"四个大字，笔力沉雄，像一尊醒着的神。

下图：昔日的省立八中，后来演变为保靖民族中学和雅丽中学。此为雅丽中学校园。

看着我，你唔妈没有对你说？学校有规定，每个老师只准带自己的一个孩子在本校上学，你不跟我姓史，他们怎么会收你呢？我再也说不出什么，茫然应了一声，跟他默默地走。心里却想，我真是个多余的人，别人让我姓什么就姓什么，好像一件什么东西，你叫它盆就是盆，你叫它锅就是锅。想想又安慰自己，想那么多做什么，姓史或者姓瞿，又有什么关系呢？不就是个符号嘛！反正我既不姓史，也不姓瞿，而是姓贺，是贺龙的女儿……

想到这，我吓了一跳，忽然明白了：在湘西，我现在姓史，姓瞿，姓什么都可以，就是不能姓贺，否则小命难保！

史先生见我的脸色平静下来，意识到我长大了，有自己的心事了，眼里的惊愕之色逐渐退去。他艰难地吞咽一口唾沫，嗓音嘶哑地说，捷生，不是真让你跟我姓史，做的我女儿，那是做给别人看的。要紧的是能让你继续读书，你懂吗？我认真地点点头，说史先生，这个我懂，但以后我该叫你什么呢？他想说什么又忍住了，往前走了几步，像对我又像对脚下的路说，叫什么无所谓，不让别人看出来就行了。又说，捷生，你也不小了，得学会保护自己，我这是为你好。

我知道他对我好。在那样的年月，许多人妻离子散，自顾不暇，他在只准带自己的一个孩子上学的情况下，把妻子儿女晾在一边，让我跟他去上学，有多么难得！因此，从情理上说，做他的女儿，在众人面前叫他一声爸爸，也没什么大不了的。可是，说不清为什么，我心里就是感到很别扭，怎么也张不开嘴。

这是有原因的。除去他在洪江教我读书时，养父瞿玉屏和他，是一种居高临下的雇佣与被雇佣的关系，还在于他在我的心里曾留下了一个疑团。那是我七八岁对一切都感到好奇的时候，有一次，我不知找什么东西翻过一次他的抽屉，发现了他的许多照片，竟然都穿着国民党军服。他发现我动过他的照片后，很快把照片藏了起来，再也没有让我第二次见到。

从乾州去保靖，必须分三段走。第一段从乾州到所里，也就是到今天的湘西土家族苗族自治州首府吉首市，那是一条古老的官道，十几里路宽阔平坦，马车汽车都能走。在很早的时候，乾州与所里同属乾城，所里是驻兵的地方，乾州才是州首府所在地。那时人们从所里去乾州，才叫进城，是从小地方去大地方的意思。因此从所里进乾州的城门前，曾立着一块石碑，上书"文武官员在此下马"。

　　从所里到花垣，是第二段路，这是一条简易公路，曲曲弯弯，坑坑洼洼，此起彼伏，三五天通一班长途汽车。是那种前面有个长鼻子的老式客车，破烂不堪，脏兮兮的，车轮掀起的泥巴把后车窗厚厚地糊住了。车况更是惨不忍睹，丁零当啷的，好像随时要散架。进了车里，猛然扑来一股浊重扑鼻的汽油味和酸腐味。坐车的人每天蜂拥而来，都是些贩卖山货的人，逃难的人，车票很不好买；好不容易挤上去，车在路上蹦蹦跳跳地颠，人在车里上上下下地摇晃，坐的人提心吊胆。我第一次坐这样的车，闻不惯那股刺鼻的汽油味和酸腐味，车一开天昏地转，难过得腔膛里翻江倒海，一路哇哇地吐，坐一次车就像死过一次。

　　从花垣到保靖的第三段路最艰险，最恐怖，中间横着一片深山老林，令人毛骨悚然。出了花垣县城抬头望去，只见群山巍峨，云雾缭绕，突然高出来一大扇屏障。沿着崎岖的小路走进去，时而翻山越岭，时而穿峡过涧。当时的山林还是蛮荒状态，潮湿又幽暗，高大的树木冠盖云天，阴森森的，地上的落叶一层叠一层，踩上去松软而富有弹性。走在深山老林里，此起彼伏的林涛声滚滚而来，好像要把你淹没。有时候，还能听到一阵阵虎啸，声震山林。再说林中的路，可说神出鬼没，跌宕起伏，两边的草和藤蔓油绿肥厚，盘根错节，像长着腿似的向四处攀爬，把本来就狭小的路面遮得时断时续，时有时无。山路上行人稀少，偶尔遇上的，多为当地的苗族和土家族山民，头包在裹得像个巨大鸟窝的汗巾里，身上插着寒光闪闪的砍刀。湘西当年匪事连连，在这样的山林里遇见土匪，也是常有的事。走这条路,没有人的时候希望遇上人;遇上了人,又害怕与土匪狭路相逢。那种担惊受怕的感觉,让人一路惶恐不安,苦不堪言。

此后的一年多,我记得只和史先生在这条路上走过一个来回。那天他回所里看老婆孩子,我回乾州看养母,同路走到所里,史先生就再不走了,我接着一个人走回乾州。回学校时,史先生在所里等我,到达花垣带我再次翻山越岭去保靖。

从花垣去保靖需要经过的那片深山老林,没有史先生,我是绝对不敢走的,也没有能力走,必须让他背着我走几段。那种情景,很像我们在后来看到的日本电影《远山在呼唤》,剧中的男主人公背着奄奄一息的女主角,在城里的棉织厂耗尽血汗后,翻山越岭回村庄。

当史先生把我从背上卸下来时,他总要狠狠地伸几下身子,仰天声嘶力竭地大喊几声,像困兽在嗥叫。

三

保靖省立八中坐落在酉水河畔郁郁葱葱的雅丽山上,环境优美,宛若万顷碧波簇拥一座岛屿。校园里长着几十株古柏,气宇轩昂,像剑那般直插云霄,据说有上千年了。教学楼和学生宿舍的窗外,一丛丛的桂花树,四季常青,肥厚的叶子绿得能滴下水来。南方多雨,春夏季节尤其旺盛,伴着朗朗的读书声,晶亮的雨淅淅沥沥地敲打在墨绿色的叶片上,发出一阵阵沙沙的如同春蚕啃桑般的声音,分不清是雨打树木,还是在滋润学子们的心灵。到了八月,桂花盛开,把整座校园浸泡在一股馥郁的浓香里;当你从树下走过,总有几片花瓣飘落在你的头顶上或肩膀上。沉浸其中,真想长醉不醒。

校园对面的山峦上,有一块被雨水冲刷得色泽发黑的巨大石壁,镌刻着"天开文运"四个大字,笔力沉雄,像一尊醒着的神,时刻在注视每个眺望着它的人，并告诉你，这里曾经是先贤们读书的地方，你必须像他们那样穷经皓首，博览群书，才有可能受到苍天的眷顾。

最早出现在这里的，是雍正八年（1731年）开辟的"崇文书院"，以后更名为"雅丽书院"和"雅丽学堂"。但它真正兴旺，真正产生影响的时期，却是上世纪的三四十年代。那时国难当头，日军疯狂进攻东南沿海，致使华东数省相继沦陷，大批师生随同决堤般逃难的人群涌向湖南大后方。在国民党教育厅的统筹下，幽静的"雅丽学堂"先是安置了国立八中的初三年级；1941年，省立八中又从长沙整体搬了过来。在这批饱经战乱的学生中，人才济济，有许多人后来成了国家的栋梁，其中就有未来的国家总理朱镕基和他的夫人劳安。

我来到保靖读书时，抗战胜利快一年了，在此办学六年的省立八中陆续迁回长沙。也就是说，隔着前后脚的距离，我与未来的大国总理擦肩而过。几十年后我才知道，我和他竟是校友。

尽管没有带来自己的姓，自己真实的身份，但一走进这座学校，我还是深深地迷上了它，爱上了它，甘愿做它的一草一木。

你能够想到，一个曾经在湘西揭竿起义，扯旗造反，被称为"大土匪"的共产党将帅的女儿，在经历数年漂泊后，忽然出现在国民党统治下的这座美丽的校园里，这是不是一个奇迹？因而，当我穿上那身白上衣、黑裙子的校服时，总怀疑自己是在做梦。

实话说，尽管有史先生在名义上当我的家长，每天以他女儿的身份在校园里走进走出，我依然战战兢兢，有种偷梁换柱的感觉，生怕被人揭穿。那些日子，我必须严格管住自己的嘴巴，不论谁问我，都只能说我姓史，叫史捷生，父亲是本校教数学的史老师。刚读初一时，老师在课堂点名，大声叫"史捷生！史捷生！"我半天反应不过来，觉得是在叫另一个人，惹得同学们哄堂大笑。从此我小心了，努力做到在老师和同学们面前少说话，最好不说话，就让他们当我是一个木讷的人，胆怯的人。不过，这样反倒让我有了更多看书的机会，做功课的机会。

我跟着史先生住在校门旁边的一间逼仄的小屋子里，和他走在一起的时候，碰见老师和员工，我都深深地鞠一躬，然后便闪在他身后。坐在教室里，两眼只看黑板，从不和周围的同学交头接耳。

不到两年时间，至少有两个人对我的身份产生过怀疑。一个是学校的训导室主任，他是国民党党员，人长得相当精明，两只眼睛总在警惕地注视着什么。有一次，他看见我和史先生走在一起，不像父女那般亲热，直接迎了上来，看看史先生，又看看我，嘴里振振有词地说，奇怪，真是奇怪，说是父女，你们怎么长得一点儿都不像？

这之后，每当我单独与训导主任相遇，他总要问这问那。这次说，你怎么不叫史先生爸爸呢？下次问，听说史先生老和他婆娘吵架，他们吵什么？弄得我一见他的身影，便绕道而走。

还有一个中年女人，胖胖的，好像是校方的管理人员，是个基督教徒。她也怀疑我隐瞒了真实身份，说要带我去教堂面对耶稣忏悔，对他说实话。然而，这个最让我害怕的时刻，终于没有到来。我不知道是什么原因让她放过了我。

后来，是我自己不小心露出了马脚。记得是给老师交作业，而且是交我功课最好的作文，我自己在作文本的姓名栏里信笔写上了"瞿捷生"三个字。同样不知道什么原因，虽然有许多人知道这件事，学校也没有追究。

省立八中迁回长沙后，剩下的都是当地的生员，学校又招收了一批民族学生，这使校园变得更加单纯，也更加安静了。可我依旧独往独来，两耳不闻窗外事。别说是男生，就连女同学也很少交往。因为保靖是湘西最封闭的地方，上中学的女生很少；不多的几个女同学，要么是当地官员的孩子，要么是地主家的千金，家里有钱有势。她们都不怎么在乎学业，常常眉飞色舞地聚在一起，涂脂抹粉，比阔斗富，炫耀家里的社会地位，我与她们根本就不是一路人。

我唯一让人高看的，是学习成绩优秀，尤其国文成绩突出，作文经常得"甲"。几十年后我重返母校，虽然不再姓史，也不再姓瞿了，但年纪稍大的老师都还记得我，说我当年沉默寡言，像个闷葫芦，遇事总是往后缩，但作文写得好，那些句子写得活泼乱跳，经常被当作范文宣读。因为湖南出了个女作家丁玲，有的老师就说，当年一看我的作文，就知道我日后在这条路上也会有出息。当然，他们议论最多的，还是我的隐姓埋名，说打死他们，当年也想不到我是贺龙的女儿，是藏在他们眼皮底下的"小红脑壳"。说完都笑，开心地笑，为我们共同度过了那段难忘的岁月。学校还给我发来聘书，聘请我担任名誉校长。

　　在保靖省立八中读书的日子里，我敝帚自珍，比同龄人更早地懂得人生的艰难。史先生带着我住在那间小屋里，扫地、做饭、买菜、洗衣服，凡是我能做的，我都主动承担，不让他动手。他生病了，我像亲生女儿那样照顾他，安慰他，为他煎药捶背，递茶倒水。夜晚预习完功课，还帮他改作业，整理教案。

　　那时物价飞涨，史先生那点微薄的薪水捉襟见肘。为补贴家用，他除了完成教学任务外，还点灯熬油，坚持为乾州一家报纸的"万榕江"副刊写文章，想多挣点稿费。夜深人静的时候，看见墙壁上映出他伏案写作的巨大身影，听着他发出的空空咳嗽声，我真有点同情他，可怜他，虽然我的学费和生活不需要他负担，而且他和养母好像有其他经济往来，养母时不时还会多给他一点。

　　可是，我和他，始终感到有一种距离。

四

　　刚升入初二，我遇上了那件悬窦丛生的事情。

　　那是夏日的一天早晨，天气闷热，像是憋着一场大雨。我和史先生正往校园里走，只见校园里乱哄哄的，聚集着一堆一堆的人。上课铃响了，是一次又一次地响，却没有一个人进教室。最抢眼的是高中部的同学，他们群情激昂，过江之鲫般纷纷往校长室涌。初中部的男生也跃跃欲试，兴奋地跟在学长们身后。女同学胆子小，三五成群地站在桂花树下，注视着事态的发展。

我不知道出了什么事，看见桂花树下站着几个熟悉的身影，便走过去打听。还没有问出头绪，涌向校长室的同学又涌了出来，一个个大义凛然地往校园外走，头上已打出"反饥饿、反独裁"的横幅。走在队伍最前面的那几个同学，挺胸抬头，手挽着手，衬衣上的扣子不知道什么时候被挤掉了，露出健壮的胸膛，一副壮士出征的模样。我忽然明白了，他们这是去大街上游行，是最近报纸上说的闹学潮。

望着远去的队伍，我有几分好奇，也有几分莫名的激动，心在嘭咚嘭咚地跳。在桂花树下站了一会儿，身边的女生也动了起来，跑去追赶游行队伍。这时，我好像听见有人喊了我一声，我没有犹豫，两条腿便迈了出去，也加入了追赶游行队伍的行列。

游行队伍停在县党部门前，我们赶到时，已是人头攒动，黑压压的一片，不断响起热血沸腾的呼喊声。举起来的拳头，像一片呼啸的森林。县党部大门紧闭，没有人出面与学生交涉。大家怒不可遏，嗓门更大了。靠近大门的同学，开始咚咚地敲门。因烈日当头，天气酷热，拥挤在一起的同学们，个个汗流浃背。

我和几个女生站在路边的树荫下，远远地望着他们。

太阳升得很高了，突然，我右臂被谁紧紧地攥住了，正用力往外拽。我以为是哪个同学拉我回学校，回头一看，眼前站着一个高大的军人。我吓得发出一声惊叫，想拔腿跑开，但整个人像只小鸡那般被拎了起来。我紧张极了，不知道这个军人为什么偏偏跟我过不去，拼命地挣扎。但一个初中小女生哪里是军人的对手？他攥着我的手，就像铁钳那样越来越紧，我的两只脚几乎已悬空了。

你是谁？为什么抓我？我颤声问军人。军人迅速用另一只手捂住我的嘴巴，低声说，别喊，我是你善达哥哥，要带你离开这里。

我纳闷了，在保靖，我人海茫茫，举目无亲，连自己的真实姓名都没有带过来，哪来的什么善达哥哥？想到这，我坚决说，不，我不走！我没你这个哥哥。他却死不松手，继续拽着我向外走。

一起站在树下的女生，轰地一下散开了。她们跑出去很远，才惊惶未定地回过头来，朝我这边看。事情来得突然，她们和我一样，惊慌失措。

与游行人群拉开距离后，军人松开手停下脚步，对着我的耳根说，捷生妹妹，我不是告诉你了吗？我不是来抓你的。再说，抓人也不归军队管，你不用怕。但是，你必须离开这里，跟我走。从脸上的表情看，他是诚恳的，没有恶意。可我怎么能相信他？相信一个出现在游行现场的军人？于是我问他，你怎么知道我的名字？我不认识你，为什么要跟你走？

他又拽着我走了好几步，然后松开手，用宽大的身子挡住我。好了好了，他说，现在我告诉你，这是在闹学潮，反对政府，你知道吗？肯定要被镇压的。到时黑狗子警察围上来，警棍挥舞，踩都要把你踩死。

因为全身穿黑制服，那时都叫警察黑狗子，连军人也这么叫。

听说要镇压学生，我心里一惊，但依然要强地对这个自称是我哥哥的军人说，他们闹他们的，我看看不行吗？你到底是什么人？

听见我这句话，军人笑了，说你这个小孩子，到现在还不相信我，怕我吃了你是不是？又说，你知不知道你爸爸瞿玉屏有个老朋友，叫罗文杰？我是罗文杰的大儿子，叫罗善达。

罗文杰？我下意识重复这个名字。在保靖，在省立八中，所有认识我的人，都认定我姓史，充其量知道我姓瞿。但眼前这个自称是我哥哥的叫罗善达的军人，却知道我两年前死去的养父叫瞿玉屏，这让我震惊。至于他说他的父亲是罗文杰——这个名字，我记得在养父家里经常听到，甚至见过他本人；而且，养父在去世前，还托他关照养母和我。如此一想，我觉得事情复杂了，这关系到我一直隐藏着的身世。

罗善达看我愣在那里，再次上来拽我。走吧走吧，他说，你见到我父亲就明白了。此时我们的位置离县党部已经有一段距离，我想我得警惕这个人，他可能在吓唬我，蒙骗我，引我上他布置的某个圈套，于是我说，我不走，我又没有闹事，大家都在看热闹，我也想看看，不行吗？

罗善达的脸色骤变，没有刚才那样耐心了。有什么好看的？他生气地指着我的鼻子说，你真要等到警察围上来，自讨苦吃吗？他们可不会像我这么有耐心，谁管你是看热闹的！

不！就不走！面对罗善达穿着那身连军阶也看不懂的军服，我六神无主，不敢相信他。我想，我就这样跟他走了，到时史先生和学校找不到我，该多么着急啊。再说，他让我跟他走，要走到哪里去？

罗善达不想和我犟下去，忽然拿出军人的霸道，强迫我服从他。你听着，我再叫你一声捷生妹妹。他几乎是在咆哮，你今天跟我走得走，不跟我走也得走。因为我是在执行命令……你懂吗？

和罗善达顶过几句后，我的胆子大了一些，对这个口口声声叫我妹妹的人，开始将信将疑，起码觉得他不是来抓我的。我说，那你先告诉我，你在执行什么命令？谁的命令？

罗善达发现我的态度有所缓和，说，我操，你小小年纪，戒备心那么重，问那么多做什么？

我咬住嘴唇站在那儿，心里说，我就要问，弄不清你执行谁的命令，执行什么命令，就不跟你走。

好吧。罗善达大概觉得和我这么较劲，太累，索性打开窗户说亮话。他说，其实也不是什么命令，是为你好。我刚才不是说了吗？我是罗文杰的大儿子，是他叫我来带你走的。他说其他的事都好说，就是这件事没得商量，你不离开，拖也要把你拖走，捆也要把你捆走。

罗善达说得斩钉截铁，这使我相信他真是罗文杰派来的。想到在洪江时，罗文杰曾经来过养父家里，与养父瞿玉屏的关系非同一般；特别是养父去世前和他曾有一番长谈，托付他关照养母和我；我问自己：难道罗善达此刻要把我带走，就是罗文杰的关照？

　　趁着我陷入沉思，罗善达一把拉住我的胳膊，把我推进早在路边停着的一顶轿子里。

　　我还想说什么，轿子已被人抬起来飞跑。

五

　　不知走了多久，轿子停在一座有人站岗的洋房前，罗善达拉着我旁若无人地往里走。进了会客厅，只见一个穿着黑色对襟衫的矮胖子坐在屏风下喝茶，衣架上挂着黄呢子军大衣和手枪。

　　我心里一惊，发现他真是在洪江养父家里见过的那个人。而且从长相上看，罗善达和他长得一模一样，像从壳里剥出来的。

　　罗善达瓮声瓮气地对坐在屏下的罗文杰说，父亲，人给你叫来了，小孩子一直在边上看热闹。她不相信我，也不相信你。

　　还好嘛，罗文杰欣慰一笑，说，终究没有用绳子。

　　我木然站在客厅中央，低着头，不敢往罗文杰坐着的地方看。心在一阵阵发冷，好像置身在冰天雪地。这时候，我已经意识到罗文杰是一个非常神秘的人，神通广大，好像长着无数双眼睛，他不仅知道外面发生了什么事情，而且对我这样一个看热闹的学生，也尽在视野中。

　　看见我神情紧张，他和蔼地笑起来，说小丫头，你现在叫史捷生，对吧？是善达哥哥吓着你了？坐下，快坐下，到了我这里就像到了家一样。说着，他走到我身边，让我在旁边的一张沙发里落座，又从果盘里抓起一把糖，塞在我手里。我更紧张了，几粒糖从我抖动的手里掉在地上，也不敢捡，更不敢剥开一粒吃。

罗文杰坐回沙发里，像对我，又像对他自己说，哦哦，三两年不见，都长成大姑娘了，还那么害羞。又说，你这个小姑娘，好大的面子哟，害得善达哥哥特地去跑一趟。他大小也是个团副啊，带好几百号人呢！

说到这，他像想起了什么，忽然哈哈大笑起来。然后说，对了，你善达哥哥对你说了没有？我交代他，如果你不肯来，拖也要把你拖来，捆也要把你捆来。就是嘛，你不能去那种地方。

罗文杰就这么自顾自地说着，即使是问我话，也不等我回答。但他话锋一转，忽然怔怔地盯着我说，姑娘啊，你也是个中学生了，知道我为什么要让你离开那个地方，到我这里来吗？

"是因为你该叫我罗叔，我不能让你有个闪失。"话说到此，他好像不准备隐瞒什么了，话听上去有些语重心长。

他说，捷生姑娘，有些事你小孩子不知道，现在我可以告诉你了。在很早以前，我和你瞿伯伯瞿玉屏，早就是以心换心的朋友，在战争中共过生死。他离开队伍后，我们各走各的路，但朋友的情谊还在。他去世前，特意带信让我去见他，说他最放心不下，最牵肠挂肚的，就是你。他还说受人之托，命比天大。我说这个你不用操心，只要在湘西，我就不会让孩子流落街头，不会让她遭遇不测，因为我知道她的命有多重。所以，在你瞿伯伯去世后，我按照你瞿伯伯的意愿，一直想着让你们离开洪江，给你们找一个更隐蔽更安全的地方落脚。所以抗战胜利后，立刻把你和你唔妈从洪江转移到了乾州。

我睁大眼睛望着罗文杰，感到他在我的头顶捅了一个窟窿，开了一扇天窗。过去我总感到有个人在暗中盯着我，左右我，现在我终于知道，这个盯着我和左右着我的人，就是他！

罗文杰像看见了我的五脏六腑，又说，捷生姑娘，你肯定想知道我是个什么人，对吧？我可以告诉你：我也曾经是你爸爸的部下——哦，你听真了，不是你瞿伯伯，而是你的亲爸爸贺龙！就因为有这段经历，现在不管我们是哪一边的人，我都把你当孩子。何况，在你瞿伯伯临死前，他还亲自把你托付给了我，这我就不能不管了。

这时候，我简直就成了一个傻瓜，一个没有知觉的木头人。我目瞪口呆，脑子里一片空白，手和脚在不听使唤地颤抖起来。凭着我一个只有十二岁的女孩的智力和能力，我是无论如何也把握不住眼前的事态的。

罗文杰说完，叹息一声，仰倒在沙发里，眼望着天花板，像翻过了一座高山，累得什么也不想说了。

客厅里寂静无声，只听见放置在墙角一个巨大的座钟在滴滴答答地走。

不知过了多久，我鼓足勇气，小心翼翼地问，过了这么多年，你怎么知道我到了保靖，在八中读书？

罗文杰重新坐直了，会心地笑着。你真是个孩子，湘西才多大，怎么会有我不知道的事情？他说，我不仅知道你到了保靖，怎么到的保靖，还知道你什么时候跟着史先生姓史，知道你学习很用功……

这个人太厉害，太可怕了，没有什么能瞒过他！发生在我身上的事情，他竟比我自己都知道得多，知道得详细。

那天的午饭，也是在他家吃的。是顿纯粹的家常便饭，餐桌上围满他的家人，有他的太太，他大儿子罗善达，还有其他儿孙。桌子上的菜眼花缭乱，我多半没见过，更没有吃过，但我从没有自己伸出一次筷子。他和太太不断地往我的碗里夹菜，要我多吃点，说吃饱了好赶路。但我没有一点食欲，也不敢吃，更不知道要赶什么路。

刚吃完，他太太拿出一套衣服，让我换下身上的白衬衣，黑裙子。我说，为什么要换衣服？我还要回学校上课呢。

罗文杰说，还是换了吧，这课你不用去上了。

我简直不相信自己的耳朵，急促地问，为什么？

他说，没那么多为什么，你听罗叔的就是了。下午我请人送你回乾州，回你唔妈那儿。这学还上不上，以后再说。

那么史先生呢？总得告诉史先生一声吧？

他说，这个你不用担心，我自有安排。

这一天发生的事，每一件都出乎我的意料，就像一出戏，人家早把剧本写好了，我只能任其摆布，按规定的角色进入剧情。

接下来，他们七手八脚，剪去了我一头长发，把我打扮成一个男孩子模样；接着大门口抬过来上午抬过我的那顶轿子，要我像婴儿那般团起来，蜷在轿子里；又让他家一个和我差不多大的儿子坐在轿子里的板凳上，从窗口露出头来。罗文杰还把头伸进轿子里，对蜷在轿子里的我说，捷生姑娘，委屈你了，这是为了不让人看见你，还是为你好。

临离开，我听见罗文杰低声交代轿夫，只管向前走，如有人问到轿子里抬的什么人，就说是我家少爷，送他去乾州治病。

几个轿夫言听计从，抬起轿子奔向乾州。

第二天，关于我的遭遇，当地的报纸上发了一条消息，标题是《国民党军官抢女学生》。不知是授罗文杰的旨意，还是记者被蒙在鼓里，不知道事情真相。

六

1947年在罗文杰的家里与他一别，我再也没有见过他。后来，在湘西来人的闲聊中，我得知他1950年在四川率部起义，受到湖南省政府的妥善安置，在省府任参事。但两个月后，全国兴起镇压反革命运动，他服毒自杀，在湘西历史上留下了一个悬案。

有人说，罗文杰在自杀前曾提起他认识我父亲贺龙，如果找我父亲，肯定会为他说话，救他一命。他向有关方面交代，他的历史复杂，确实长期为反动派卖命，但也曾脚踩两条船，既带领国民党部队围剿过红军，镇压过湘西革命力量，也曾对红军消极作战，网开一面。而且，对红军的家属也没有赶尽杀绝，比如对贺龙流落在湘西的女儿贺捷生，他便尽了保护之力。

许多年后，我在湖南的文史资料上，读到了以下一段文字：

罗文杰，原名余华，湖南永顺县两岔乡冗迪湖村人。少时随父居长沙，读私塾，稍长从军。民国十二年（1923年）任泸溪县警备队队长，不久投奔辰沅清乡指挥田义卿，任第一团副。民国十四年（1925年）湖南督军赵恒惕所属三师叶开鑫部内部异变，设伏击毙田义卿，罗随团长田少卿投奔贵州建国军川军贺龙部。民国十六年（1927年）又投奔国民革命军独立十九师师长陈渠珍。民国十八年（1929年），陈委派罗为桑植县清乡委员并代县长。次年，任永顺县保安团团长。民国二十八年（1939年），国民党军统组织发展到湘西，罗在沅陵参加军统组织，相继任常德、沅陵情报组长，军统湘西站站长，湘鄂川黔反共游击总司令，军统边区特派员等。军衔少将。

罗与湘西地方势力有广泛联系，也和轿夫、马弁等三教九流称兄道弟，被视为"红黑两斩，哪儿都行得通"。他与红军打过仗，搜捕过中共地下工作者和进步人士，也掩护过一些共产党人及其家属。

1949年10月中旬，湘西相继解放，罗避之龙山里耶，与国民党暂一军军长陈子贤，四川八区专员度贡廷，龙山地方武装头子师兴周、瞿波平等集会八面山，组建"湘鄂川黔军政委员会"，任副主任。

1950年，湖南公安厅派先期投诚的军统特务方印天到四川酉阳密访罗文杰，申明党的政策，罗遂率部起义。同年10月，省公安厅在长沙召见罗，设宴招待，委任罗为省政府参事。当年12月，"镇反"运动开始，罗在沅陵服鸦片自杀。

看完这段文字，我的心里有种说不清的滋味。我想，不管罗文杰的政治面目如何模糊，不管他是在怎样的情况下死的，他在我流落湘西的那些年，确实关照过我，保护过我，给了我一缕微弱的生命之光。我是否应该为他叹息，为他悲伤？

再后来，我主动与他的大儿子罗善达取得了联系，就是当年把我从省立八中学潮现场拽走的那个团副，那个自称是我的大哥哥的人。这时，我不仅回到了父亲贺龙身边，还在北京大学历史系完成了1947年在保靖中断的学业。

又过去许多年，出于对罗文杰曾为革命做过一些事情的尊重，他的大儿子、曾跟随他弃暗投明的罗善达，被他们的故乡永顺县推选为政协委员。

七

1947年逃离保靖省立八中，逃离雅丽山的时候，我无法向史先生道一声别。我知道罗文杰肯定会为我做这件事，也许他和史先生之间本来就存在一种我不知道的关系。但对这个在我漂流湘西的年代，给过我多方照顾的人，我还是心存感激。

史先生这个人以后还出现过。这是解放后，我母亲蹇先任已经回湘西找到我，把我送到重庆西南局我父亲贺龙身边。她自己后来被组织上安排在武汉市人民政府担任秘书厅主任。为报答史先生当年对我的照应，母亲把他调到武汉的一所大学工作。但是，不知为什么，他几年后忽然锒铛入狱，成了一个囚徒。听到这个消息，我感到太不可思议了。

至于那年我不辞而别，留在史先生那间小屋子里的东西，比如破旧的衣物，无数次翻阅过的书本，还有一个小姑娘逐渐有了的青春气息，则随着后两年更大战乱的到来，被淹没得无影无踪。

回到乾州的那两年，我和养母依旧生活在周家大院空荡而荒凉的屋檐下，过着从前那种局促而窘迫的日子。像那个时代的许多苦孩子一样，我每天洗衣、做饭、倒马桶……只不过我又大了两岁，比过去长高了一些，在做各种琐碎的家务时，再也不用踮起脚来。

　　略有闲暇，我便用来回想在保靖省立八中度过的日日夜夜，回想雅丽山那座美丽校园里的琅琅读书声，还有在空中飘着的那股浓郁的桂花香。

　　两年后的1949年10月，父亲那支队伍回到了湘西，随后乾州、所里、保靖和永顺等地，相继解放；而此时此刻，我满身伤痕的母亲正走在从东北回湘西寻找我的道路上。

2012年3月—6月　北京木樨地

父亲和母亲刚把我从湘西找回来，放在身边上学。沐浴着新中国灿烂的阳光，我和所有的人一样，感到天是那样的蓝，水是那样的清，走在路上都想唱歌。彼此的心，就像春天树枝上爆出的嫩芽，正在一簇一簇地绽放。（上图从左至右：我、我母亲蹇先任、小舅蹇先辉；下图从左至右：我母亲、我、幺姨蹇先佛）

在父亲身边的时光。（上图从左至右：薛明妈妈、妹妹贺晓明、我、妹妹贺黎明、父亲贺龙、弟弟贺鹏飞；下图从左至右：贺鹏飞、我、父亲贺龙、贺黎明、贺晓明、薛明妈妈）

1966年3月22日，三姐妹与担任国务院副总理、军委副主席的父亲贺龙在他七十岁生日那天合影。（后排左起：我，妹妹贺晓明、贺黎明）

上世纪五十年代中期，我当兵、上大学、去青海支边……艰难地走着一条只属于自己的生命之路；八十年代再次回到部队，直到今天成为一个深陷在对往事的回忆中不可自拔的老人。

追溯着，倾诉着，快乐着（后记）

早知道文字是迷人的，却不知道文字这般迷人。坐在北京木樨地那座住满世纪老人的高楼里，我期待的文字常常穿越时空，翩然而至。它们引领我回溯和追忆，寻觅和缅怀，在一次次倾情呼唤中，沿历史的大河逆流而上，直至它的源头。我发出的声音可能很微弱，但我感到我是在对天空倾诉，对大地倾诉，对潺潺湲湲流向未来的时间倾诉，而这种倾诉，原来是如此幸福，如此快乐。

感谢生活，感谢命运，它们让我经历了那么多，那么曲折和独特。这其中有苦难，有艰辛，有郁悒，有悲伤；有绚丽和繁华，也有黯淡和飘落。同时，还得感谢命运给了我一枝笔，它让我几十年来始终保持着倾诉的欲望。作为一个过去时代的见证人，一代俊杰和风流的目击者，朋友们每次见到我，都说我这个人的存在本身就是一部书，随便把生命中的往事写出来，就是弥足珍贵的文字。我说，是吗？那我试试吧。然而，我仅仅是个业余作家，在很长一段时间里，我要照顾自己的家，哺育膝下的儿女，当然也有自己的工作，而且这种工作要求严谨和细致，不允许我心猿意马，走火入魔，只好把倾诉的欲望埋藏在心里。那时，我唯一能挤出时间做的，就是把某个早晨或者夜晚触景生情回想起来的，把整天在浩如烟海的史料中偶然遇到的，把在与父母那一辈人的聚会中即兴讲述出来的那些东西，用如同画家匆匆勾勒几笔的素描，简单地记录下来。久而久之，竟然积累了厚厚的一沓。孰料人生苦短，在不经意间，我也到了古稀之年。这时候，再环顾四周，不仅有许多的人已经不在人世了，许多的事早已被人淡忘，而且，一个时代和经历过这个时代的人，都陆续谢幕了。因而，我对自己说，我不能再等了，我也没有时间等下去了。这样，我便以孤独而孱弱的身躯，翻出过去那些长长短短积累的文字，开始了我自封的"专业写作"。我写我亲爱的一生跌宕起伏的父亲和母亲，我宿命般诞生的故乡和忧伤的童年，写我在漫长的七十多年中亲身经历的林林总总，点点滴滴，枝枝叶叶。我承认，这种如同每天呼吸和咳嗽那般的回忆和写作，让我感到逐渐充实，逐渐愉悦，以至有那么一点自得其乐的感觉。我安慰自己：我写了，我倾吐了，我诉说了，我就有理由相信，当我认识和不认识的朋友读过后，也许会说：这个一生颠簸的老太太，她活得还算精彩，还算丰富，因为她和我们一样，哭过，笑过；迷茫过，快乐过，千山万水都曾走过。

我近年写的都是散文，回忆和追溯性的散文。有人说我是唯一的，是独自在营造"红色意境"。我觉得这种说法没什么不好，我能够接受。但我必须告诉人们，我写的都是我亲身经历的事情，亲眼看过的事情，还有我没齿难忘地爱着和记住的那些人。真实和真情，是我最在乎的东西，最珍惜的东西。我把这种真实和真情，当作我写作必须遵守的原则。我心里清楚，假如离开了真实和真情，我的这些文字将变得一钱不值。

文学界有些朋友对散文书写的真实性产生过怀疑，他们觉得要把散文写得更精彩，更智慧，更超脱和空灵，也可以虚构，可以像写小说那样无中生有，这让我大吃一惊：一个作家写自己亲身经历的生活，自己曾经有过的甜酸苦辣，怎么可以偷梁换柱，明修栈道而暗度陈仓呢？或者像当下的某些食品那样滥用添加剂？这太不可思议了！它直接造成的破坏力，是损伤我们对文字的真诚和敬畏。我们要知道，我们写下的这些文字，肯定会比我们的生命活得更久长，如果你哪一天发现鲁迅写的那两棵枣树纯属子虚乌有，发现朱自清没有望着父亲那肥胖的背影穿过铁道去为他买那几只忽然滚落的橘子，那会是什么情景呢？

也许我老了，跟不上时代潮流了，也许我写不出人们期待的那种锦绣文章，但我在文字的真实性上是不敢越雷池一步的，因为我害怕给后人留下一些虚幻的东西，真假难辨的东西，有化学残留物或病毒的东西。要知道，信息时代的病毒对文字的侵略和腐蚀已防不胜防，如果我们对自己父辈的经历，还有自己的亲身经历都不加尊重，都要去杜撰或粉饰，那我们留下的这类文字，何以去面对我们的后人？

谢谢关心和爱护我的朋友和亲友们，谢谢每个有兴趣读这本书的读者。因为有你们，我才感到不孤独，才觉得依然行走在我热爱的熙熙攘攘的人群中。

2012年11月1日　北京木樨地